Brenda DRAKE

La Briseuse d'Illusions

Library Jumpers - 3

Traduit de l'anglais (États-Unis)
par Diane Durocher

LUMEN

Titre original :
Library Jumpers book 3 - Assassin of Truths

Loi n° 49-956 du 16 juillet 1949 sur les publications destinées à la jeunesse : avril 2021.

Édition originale : Entangled Publishing.
Design de la couverture : Cover Couture.
Design intérieur : Toni Kerr.

ISBN 978-2-266-31095-6

Dépôt légal : avril 2021.

À ceux qui n'ont pas peur de se jeter
à corps perdu dans la bataille.
Et à Jacob, mon fils, qui est un guerrier.

Chapitre 1

Par moments, j'étais saisie par l'envie de hurler et le désir tenace de voir le monde anéanti pour me retrouver seule au creux des vallons de mon nouveau chez-moi.

Enfin, je dis « chez-moi », mais nous étions bien loin de Boston…

Il n'empêche que l'Irlande est une cachette idéale. J'ai changé de position pour m'installer aussi confortablement que possible sur le mur qui me tenait lieu de repaire lorsque j'avais besoin de m'isoler du reste des occupants de la grande ferme. La végétation tapissait la moindre paroi extérieure de cette bâtisse de deux étages – comme le moindre vestige de mur qui se dressait sur la colline, d'ailleurs. Mais, à cet endroit que j'affectionnais tant, le muret était surmonté d'une roche bien lisse et, un peu plus bas, une pierre saillante me servait de repose-pieds.

L'automne n'en était qu'à ses prémices et, pourtant, je ne parvenais pas à me réchauffer. Malgré le sol humide et boueux et la coriace odeur de fumier qui imprégnait l'air frisquet, je me délectais du paysage. Les collines irlandaises s'étendaient à perte de vue dans un camaïeu de verts, parsemé du violet éclatant des fleurs. *Un paysage comme Afton aime en peindre!* Mon cœur s'est serré lorsque j'ai pensé à ma meilleure amie. La quitter, ainsi que Pop, Nana et oncle Philip, avait été un véritable crève-cœur. J'avais l'impression d'être déchirée en deux.

Je me sentais comme une revenante errant parmi les vivants, peinant à se souvenir de son identité. Gia Kearns... Même ce nom me semblait étrange à présent que j'étais devenue la Sentinelle Gianna Bianchi McCabe – une guerrière dotée de pouvoirs magiques dont la mission était de protéger les bibliothèques et les humains de créatures maléfiques. Bianchi était le nom de famille de ma mère, et McCabe, celui de mon père biologique, Carrig.

Même si j'avais appris à manier l'épée, je me sentais désarmée et seule loin de Pop, mon beau-père et surtout le seul parent que j'aic jamais eu. Mais quel parent!

Deux mois s'étaient écoulés depuis que nous avions rejoint cette cache et je commençais à angoisser. Mes journées étaient rythmées par les entraînements et les tâches à accomplir avec les autres Sentinelles mais, lorsque j'étais livrée à moi-même, mes pensées revenaient invariablement vers Nick, mon cousin et meilleur ami. Je venais de fêter mes dix-sept ans et, pour la première fois de ma vie, il n'était pas présent à mon anniversaire. Nous nous connaissions depuis la naissance et le quotidien sans lui me paraissait anormal.

Et puis, soudain, des pensées plus sombres m'assaillaient. Conemar torturait-il Nick? Quel sort funeste cet homme – le père biologique de mon ami, certes, mais surtout le magicien le plus dangereux du monde des Chimères –, réservait-il à son propre fils ?

Tout à coup, j'ai vu le corps duveteux de Momo fuser entre les interstices les plus étroits du mur de pierre. Jamais je n'aurais cru un jour aimer autant un furet. Cette petite créature avait veillé sur moi, m'alertant au moindre danger, tout le temps que j'avais passé dans la Somnium, un monde perdu peuplé de bêtes terrifiantes. Aussi, lorsque j'avais eu l'occasion de m'échapper de cet endroit, je n'avais pu me résoudre à l'abandonner.

D'ordinaire, ses acrobaties avaient le don de me distraire, mais en cet instant, mon esprit était trop occupé à ressasser l'enlèvement de Nick. Je ne pouvais m'ôter de l'esprit l'image des Sentinelles de Conemar qui le poussaient à l'arrière de la Subaru de Mme Bagley et son air désespéré tandis que la voiture s'éloignait avant de disparaître au coin de la rue.

« Je suis désolé », avait-il articulé.

Il était désolé, lui… alors que c'était moi qui m'étais laissé dépasser par la bataille. Autour de moi, tout allait beaucoup trop vite : Pop avait manqué de se faire tuer – il ne devait sa survie qu'à l'intervention de Faith, qui s'était interposée entre la dague et lui. Tous les gens que j'aimais étaient impliqués dans ce combat. Ne sachant plus où donner de la tête, j'étais restée plantée là, paralysée par la peur.

Ce jour-là, je m'étais juré de ne plus jamais faillir. Mais pour Faith et Nick, il était trop tard…

De même que pour Kale et Gian. Comme Faith, ils avaient péri au cours de cette journée fatale.

Je n'avais pas été capable de protéger les miens.

Faith… J'ai porté la main à son pendentif, un bijou de style gothique avec un cristal rouge sang serti de roses en argent qui, depuis, pendait à mon cou. Cette Laniar qui me servait au départ de garde du corps était devenue avec le temps une amie chère. L'idée qu'elle soit morte m'oppressait tellement que j'en avais parfois le souffle coupé.

J'ai ouvert le carnet relié de cuir de Gian et des effluves de vieux papier m'ont envahi les narines à mesure que je tournais les pages. C'était mon arrière-grand-père – un magicien puissant qui s'était sacrifié pour me sauver la vie –, qui avait rédigé ce journal à mon intention. Je savais qu'il y avait consigné une information capitale, mais je ne parvenais pas à la déceler. Il avait aussi inscrit un poème dont les vers contenaient tous les indices pour retrouver les *Chiavi* : sept artefacts cachés dans différentes bibliothèques à travers le monde, sept clés bénéficiant chacune d'un pouvoir spécifique, et qui, sous leur forme première, permettaient d'ouvrir la prison où était enfermée la Tétrade. Quiconque libérerait ce monstre apocalyptique en deviendrait le maître et pourrait asservir les deux mondes : celui des Chimères et celui des Hommes.

Perplexe, j'ai tapoté sur mes lèvres la carte de prière que Gian utilisait comme marque-page. Oui, j'allais relire *Libero il Tesoro*. C'était ce poème qui, au fil des vers, énumérait des indices permettant de retrouver les lieux où mon arrière-grand-père avait choisi de dissimuler les clés. « Libère le Trésor »… Ces trois mots du titre constituaient aussi l'incantation magique permettant de déloger un artefact de sa cachette.

Le talisman d'un prêtre pendu à sa soutane

Ce premier vers désignait un pendentif en forme de crucifix que Gian avait trouvé dans la bibliothèque du Vatican.

Une école de putti, l'un d'entre eux voit plus loin

Nick et moi avions déniché cette clé-là – un télescope –, dans la bibliothèque de l'abbaye de Saint-Gall.

Sur le plafond peint, une poignée de femmes
L'une de la Sentinelle porte l'habit.
Dans sa main une pointe enchantée

Une épée, en fait, sur laquelle j'étais tombée complètement par hasard lors d'une bataille dans la bibliothèque du Sénat, à Paris.

Derrière Léopold elle se dresse, une main posée
Sur une couronne, l'autre tient un prix

Nous avions aussi découvert cette *Chiave*: elle était dissimulée dans la Bibliothèque nationale d'Autriche.

Elle a des nombres en tête, le savoir dans ses mains
Sur son front une couronne luit.

Celle-là, nous l'avions trouvée en Allemagne, au cœur de la bibliothèque de l'abbaye de Wiblingen, à Ulm, alors que nous en cherchions une autre.

Devant le monde, sur sa poitrine il porte son honneur
Sous le saccage et la ruine, il inscrit le mot avant que sonne l'heure
Tout cela dans une bibliothèque, à l'abri.

J'ai entouré les deux dernières énigmes restées non élucidées avant de replier le papier pour le glisser dans ma poche.

J'avais déjà parcouru le journal de Gian à plusieurs reprises, mais ce n'était qu'une liste de trappes vers des Somniums. Lorsque les mages avaient séparé le monde des Chimères de celui des Hommes, des agrégats de mondes avaient été générés, tels des bugs dans un programme informatique. Les trappes pour y accéder apparaissaient et disparaissaient au hasard dans les bibliothèques.

Gian avait consigné toute une série de détails pour décrire les alentours de chaque faille, mais rien ne me semblait véritablement digne d'intérêt. Pourtant, en feuilletant une fois de plus le carnet, j'ai été interpellée par une inscription tout en haut d'une page. « *Faisant* », avait-il noté à l'encre noire.

— Dis-moi, Momo, pourquoi cette attention soudaine pour le gibier ? (Elle a remué son petit nez rose histoire de humer l'air.) D'ailleurs, « faisan » s'écrit sans « t »… C'est étonnant, Gian n'a fait aucune autre faute dans le reste de son journal… Et si c'était un indice ? Ou un acronyme ?

L'écho des collines m'a transmis un cri de Deidre. Mon changelin ne me ressemblait plus du tout, avec ses cheveux décolorés et son style vestimentaire. Elle laissait à présent s'exprimer sa propre personnalité. Tant mieux ! Elle avait été créée par les fées, dans leur Jardin de la Vie, afin de me remplacer auprès de mes parents, car je devais rejoindre les rangs des Sentinelles. Mais ma mère s'était échappée avec moi avant que l'échange ne puisse être effectué.

Royston pourchassait Deidre armé d'un seau d'eau qui débordait à chacun de ses mouvements. À une époque, j'aurais adoré m'amuser avec eux. Mais maintenant que la survie du monde reposait sur mes épaules, c'était une autre histoire… Qui concernait aussi largement Royston, d'ailleurs, puisqu'il était l'Élu – le seul être capable de vaincre la Tétrade.

Cet homme vivait depuis des siècles, mais il s'était retrouvé enfermé dans la Somnium, où le temps était figé, et il ne semblait donc pas âgé de plus d'une vingtaine d'années. Avec ses cheveux longs châtain clair et ses larges épaules, il ressemblait à un dieu implacable.

Les ailes de Cadby, semblables à celles des chauves-souris, ont tressauté à la vue des deux insouciants. Le Malailes, sorte d'homme-oiseau, avait été assigné à la garde du jeune héritier depuis sa plus tendre enfance. Les représentants de son espèce n'exprimaient jamais la moindre émotion : ce n'était tout simplement pas dans leurs gènes. Pourtant Cadby m'avait assuré que son peuple était courageux et loyal. Et je savais, à sa façon de couver Royston du regard, qu'il n'avait pas menti.

Le Malailes a passé une main sur son crâne chauve dont la peau jaunâtre se confondait presque avec l'enduit qui couvrait la façade de la ferme. Son visage, à la bouche pincée et aux yeux ronds, telles deux billes noires, ne trahissait rien de ce qu'il pouvait ressentir – à supposer qu'il éprouve quoi que ce soit.

Par la fenêtre de la cuisine restée ouverte – les rideaux flottaient doucement au gré de la brise –, je voyais Sinead et Carrig qui s'activaient à préparer le petit-déjeuner.

Mon père biologique a porté une cuillère aux lèvres de la fée, sans doute pour lui faire goûter un plat qu'il venait de préparer. Ils formaient un couple adorable. Je rêvais de vivre un jour une idylle pareille…

Les autres Sentinelles vaquaient à leurs occupations. Demos et Lei aiguisaient leurs épées. Nous ne les utilisions plus depuis des mois, mais Carrig insistait pour que nous en prenions soin quotidiennement. Selon lui, il nous incombait en permanence d'avoir des armes présentables. Jaran, un panier plein de légumes à la main, est sorti du potager pour s'engouffrer dans la maison, non sans m'avoir observée du coin de l'œil au passage. Il redoutait que je me laisse gagner par la dépression. Mais j'étais devenue bien trop insensible pour craquer.

Arik, le chef de notre escadron de Sentinelles – et en prime, mon ex-petit ami –, s'efforçait d'éviter mon regard pendant qu'il nourrissait au biberon une chevrette orpheline. Après notre rupture, il m'avait avoué m'aimer encore, mais nous n'avions pas vraiment pris le temps de parler de notre relation, ni d'évoquer mes sentiments pour Bastien. Le sujet était sans doute clos. D'autant que j'étais déjà bien assez tourmentée par les récents deuils qui nous avaient frappés et par l'enlèvement de Nick pour en remettre une couche avec ces histoires d'amour à l'eau de rose.

Cadby a grimpé la colline et s'est dirigé vers moi. J'ai baissé les yeux sur mon livre dans l'espoir qu'il comprendrait le message et me laisserait en paix.

Raté.

— Le petit-déjeuner est bientôt prêt, a-t-il annoncé en se plantant devant moi.

— Pourquoi du gibier ? ai-je lâché à voix haute, encore plongée dans mes réflexions.

— Je doute que ce soit ce qu'ils aient prévu au menu... Enfin, après tout, je n'en sais rien. Quand j'étais petit, j'aimais beaucoup les histoires de chasse.

De l'index, j'ai indiqué la note sur la page.

— Regarde, c'est écrit là : « FAISANT ».

— Qu'est-ce que tu lis ?

— Le journal de Gian, ai-je répondu sans relever la tête. Il a dressé la liste des trappes qu'il a détectées dans chaque bibliothèque. Mais ce mot-là n'a rien à voir avec le reste...

— As-tu une idée de ce qu'il peut vouloir dire ?

— Je pencherais pour un acronyme.

J'ai froncé les sourcils.

— Qu'est-ce qu'il y a ? s'est-il enquis.

— Je suis sûre qu'il s'agit d'un indice, d'une consigne qui m'indique quoi faire. Après tout, je ne sais rien de mon rôle de « gardienne » de Royston.

Il s'est frotté le crâne et ses ailes se sont croisées dans son dos.

— Tu es une guerrière, laisse-toi guider par ton instinct. Le moment venu, tu sauras comment agir.

— Au moins, toi tu crois en moi.

Contrairement à moi... J'en étais arrivée au point de vouloir me couper de mon propre cerveau pour échapper à la peur qui me tenaillait. Sur le point de refermer le livre, j'ai replacé mon marque-page.

— Je peux voir ? m'a soudain demandé Cadby.

Perplexe, j'ai désigné le petit carré de carton plastifié.

— Ça ?

— Oui.

— Ce n'est qu'une carte de prière, l'ai-je prévenu en la lui tendant. Je ne comprends même pas ce que signifie cette inscription.

Le Malailes l'a retournée entre ses doigts pour l'étudier.

— Tu ne crois pas que l'église représentée ici pourrait t'aiguiller vers un indice ?

— C'est fort possible.

— Tu sais, autrefois, tout le monde cachait ses lettres d'amour ou de dénonciation à l'intérieur de cierges ou autour. Ensuite, on expliquait comment retrouver ces messages secrets sur des mouchoirs, par exemple, afin que le destinataire puisse récupérer le billet. Ceci… (Il a désigné le dos de la carte en lisant tout haut.) « Cierge, septième rangée, trois allumés » semble indiquer un endroit bien précis dans l'église.

Il m'a rendu le marque-page.

— C'est malin, ai-je observé.

À condition que le cierge en question s'y trouve toujours…

Nos regards se sont croisés.

— Tu veux bien garder tout ça pour toi ? Je ne suis plus certaine de savoir à qui faire confiance et je ne dois pas mettre la sécurité de Royston en péril. D'ailleurs, avec la chance que j'ai, tu es peut-être toi-même un ennemi infiltré…

— Je t'assure que je suis de ton côté, Gianna, m'a répondu Cadby en tournant la tête pour observer les autres, en bas de la colline. Notre devoir premier est certes de préserver Royston, mais ta sécurité est tout aussi importante. Sans toi, il n'a aucune chance contre la Tétrade. La responsabilité qui t'incombe est énorme.

Si je peux me permettre un conseil, tu devrais mettre tes émotions de côté et utiliser ta tête, uniquement ta tête. Et puis accepter l'aide des autres, aussi.

Il avait raison, mais je n'ai pas pu m'empêcher de protester :

— Je ne…

Il m'a interrompue d'un geste de la main.

— Ce n'était pas un reproche. On se laisse tous guider par nos émotions, parfois. Mais si tu veux y voir plus clair, mets ton cœur en sourdine.

Il s'est retourné, puis a redescendu la colline. Une seule de ses ailes se mouvait en même temps que lui – l'autre, cassée, reposait contre son dos. Il s'était blessé en me sauvant la vie, m'évitant de justesse un accident avec la moto de Nick. Sa guérison était en bonne voie : il pouvait déjà voler de nouveau sur de courtes distances.

La Tétrade… J'étais chamboulée rien que d'avoir entendu ce nom. Un Archimage de l'époque médiévale avait créé ce quatuor démoniaque en greffant des corps d'animaux sur ceux de quatre soldats tombés au combat avant de lier les créatures par une seule et même âme. Ces êtres maudits, terrifiants, me hantaient. Le premier avait été couplé à un lion : il possédait des babines de félin déformées par un bec-de-lièvre, et ses mains étaient pourvues de griffes puissantes. Le deuxième avait une tête de sanglier d'où s'élevaient, au niveau du groin, deux défenses acérées. Le front du troisième était surmonté d'énormes cornes de bélier qui défiguraient l'homme qu'il avait été. La dernière bête, dont les dents étaient aussi pointues que ses écailles luisantes, avait des allures de reptile. Chacun de ces monstres, qui ne pouvaient se séparer sous peine d'en périr, contrôlait un élément : présenté de la sorte, le quatuor pouvait passer pour un mythe. Pourtant… la Tétrade était bien réelle et mon destin était de l'anéantir.

Afin d'y parvenir, je devais trouver les sept *Chiavi* qui, une fois combinées, permettaient de libérer la bête de sa prison enfouie sous une montagne lointaine, dans un monde peuplé de créatures surnaturelles. Bref, un jeu d'enfant ! J'ai levé les yeux au ciel.

Mon regard s'est de nouveau posé sur le journal. « FAISANT », ai-je alors relu. Il devait forcément s'agir d'une énigme !

Le mot contenait sept lettres et il existait sept *Chiavi*… dissimulées dans sept bibliothèques différentes ! Je me suis redressée.

Nous avions déjà récupéré cinq clés. J'ai noté le nom des lieux où nous les avions trouvées, mais les initiales ne correspondaient pas.

Ce n'étaient donc pas le nom des bibliothèques que nous cherchions… Mais alors, quoi d'autre ? Je gardais les yeux rivés sur la page. J'ai essayé avec les villes, sans plus de succès.

Voyons voir avec les pays… Autriche, France, Italie, Allemagne et Suisse.

C'est ça ! Ne restaient plus que deux lettres… Le « T », et le « N ».

J'ai ressorti la liste que nous avions établie avec l'aide d'oncle Philip, celle des bibliothèques où se trouvaient des œuvres susceptibles de receler une *Chiave*. J'ai entouré la Tchéquie. D'après lui, le portrait d'un homme de sang royal du XVIIIe siècle pouvant illustrer l'un des vers du poème était conservé dans l'un des établissements du pays.

Devant le monde, sur sa poitrine il porte son honneur

C'était la seule bibliothèque du lot située dans un pays dont le nom commençait par « T ».

Sous le saccage et la ruine, il inscrit le mot
avant que sonne l'heure

Telle était la dernière énigme que nous avions déjà élucidée grâce à Nick. Penser à mon ami m'a serré le cœur.

Conemar ne fera pas de mal à son fils, ai-je tenté de me rassurer.

Mon camarade était persuadé que ce vers faisait allusion au *Scribe Médiéval*, une fresque de la rotonde McGraw conservée à la Bibliothèque publique de New York. Il l'avait visitée quelques années plus tôt en compagnie de ses parents et, s'il se souvenait si bien de cette œuvre, c'était uniquement parce qu'il avait fait semblant de l'admirer pendant presque vingt minutes dans le but d'impressionner une fille.

À l'imaginer en train de faire des pieds et des mains pour attirer l'attention d'une parfaite inconnue, je n'ai pu retenir un sourire. Il pouvait se montrer tellement bête parfois… C'était ce que j'aimais le plus chez lui.

Pourtant, la lettre qui me restait de l'acronyme, « N », ne correspondait pas à « États-Unis ». Je me suis remise à cogiter, lorsque soudain, j'ai eu une illumination. Mais bien sûr ! Le pays était beaucoup trop vaste ! Gian avait donc précisé l'État où trouver la bibliothèque en question. À sa place, j'aurais fait de même.

Le « T » désignait donc la Tchéquie, et le « N », New York. Le mystère de ce « Faisant » résolu, j'étais à présent capable de déterminer avec certitude l'emplacement des deux dernières clés.

Dans la descente, Cadby a croisé Arik, qui, à son tour, montait la colline à ma rencontre.

J'ai glissé la liste dans ma poche et ouvert au hasard mon carnet de notes, que j'ai posé par-dessus le journal de Gian, pour pouvoir faire semblant de relire mes dernières réflexions. Lorsqu'il s'est arrêté devant moi, je n'ai pas relevé la tête, faisant mine d'être trop absorbée dans ma lecture pour avoir remarqué sa présence.

C'était tout le contraire, en réalité. D'ailleurs, rien ne m'échappait quand il s'agissait d'Arik. Son aisance déconcertante pendant nos entraînements, le soin avec lequel il s'occupait des animaux de la ferme. Ou encore le regard sombre et plein d'espoir qu'il posait sur moi. Il flottait entre nous une interrogation latente à laquelle je ne souhaitais pas répondre et que lui ne voulait pas énoncer.

— Qu'est-ce que tu fais ici, toute seule ? m'a-t-il demandé avec son accent anglais avant de m'adresser ce petit sourire timide, un peu forcé, qu'il ne réservait qu'à moi.

Dans l'attente de ma réponse, il a balayé le paysage des yeux. Il semblait mal à l'aise, ce qui n'avait rien d'étonnant puisque je passais le plus clair de mon temps libre à l'écart.

— Je sais où sont cachées les deux dernières clés, ai-je fini par lâcher.

— Génial ! s'est-il exclamé avant de s'asseoir près de moi. Où sont-elles ?

— J'irai seule, ai-je répliqué, éludant sa question.

Il a relevé un sourcil, visiblement déçu.

— Alors, tu ne me fais plus confiance ?

Je me suis mordu la lèvre, pensive. De tous mes compagnons dans cette retraite irlandaise, Arik était bien le seul dont je n'avais pas à douter de la loyauté.

— Au contraire. C'est justement parce que je sais que je peux compter sur toi que je te demande de rester. Protège Royston en mon absence. Impossible pour moi de m'éloigner si tu ne me remplaces pas.

— J'enverrai quelqu'un pour t'accompagner.

— Non, c'est trop dangereux ! Les hommes de Conemar s'attaquent à quiconque emprunte les portes-livres. Oncle Philip est persuadé qu'ils détiennent l'un des Surveillants disparus. Si quelqu'un vient avec moi, il sera aussitôt détecté.

Il n'a pas répondu sur-le-champ. Il ne restait plus que quatre Surveillants. Ces perroquets possédaient le don d'identifier chaque voyageur qui traversait les portes-livres. La plupart de ces exceptionnels volatiles avaient péri lorsque, cherchant à sauver Bastien et Gian, j'avais jeté un globe de combat dans la trappe et provoqué une déflagration magique qui avait descellé certains passages et tué bon nombre d'oiseaux.

Arik a arraché quelques brins d'herbe des fissures.

— Comme tu voudras. Mais Lei et Jaran resteront dans la bibliothèque de Dublin pour protéger les pages du livre.

Cette condition n'était pas pour me déplaire : je me sentirais moins seule avec deux Sentinelles en train de veiller sur mon saut.

— Entendu.

Mon ex-petit ami a laissé retomber la poignée d'herbes et regardé Deidre secouer son T-shirt trempé devant un Royston captivé. J'ai tout de suite reconnu l'expression sur son visage : il s'inquiétait pour moi.

— Ne t'en fais pas.

J'ai effleuré le croissant de lune sur ma poitrine. Cette cicatrice était la marque du charme de protection que ma grand-mère, Nana Kearns, m'avait lancé.

— Je saurai me débrouiller, ai-je ajouté. Rappelle-toi, je suis invisible dans les portes-livres : deux petits sauts, et je serai déjà de retour.

Les commissures de ses lèvres se sont retroussées timidement, laissant deviner ses fossettes.

— Tu es devenue une véritable battante, Gia Kearns.

Encore ce nom… qui m'apparaissait comme celui d'une étrangère désormais.

— Je suis fier de toi, a-t-il continué. Tu es la partenaire de combat rêvée. Reste vigilante et ne baisse jamais la garde, compris ?

— Promis !

Il s'est relevé, puis a épousseté son pantalon.

— On a reçu un message de Bastien. Carrig ira le chercher à Asile pour l'amener ensuite ici. Le Conseil des mages a beau ne pas croire Carrig impliqué dans votre disparition, ses allées et venues restent contrôlées. Comme il ne peut plus emprunter les portes-livres, Bastien et lui seront contraints de suivre les routes humaines pour parvenir jusqu'ici. Ils en auront du coup pour plusieurs jours, mais tu devrais le retrouver bientôt.

— Super.

J'ai soudain senti la joie m'envahir, mais je n'en ai rien laissé transparaître devant Arik.

J'ai eu beau employer le ton le plus neutre possible, un voile de déception a tout de même troublé ses yeux noirs. À quoi s'attendait-il ? C'était lui qui m'avait abandonnée – il n'y a pas d'autre mot – pour Emily… Cette sale sorcière l'avait envoûté grâce à un charme. J'avais alors décidé d'aller de l'avant et fini par me rapprocher de Bastien pendant que nous étions enfermés dans la Somnium.

Se retrouver coincés ensemble à l'intérieur d'un monde parallèle inconnu, glacial et peuplé de créatures qui rêvent de vous dévorer, ça crée des liens…

Arik a hoché la tête et s'est retourné, avant de se raviser.

— Les dernières *Chiavi*… Où crois-tu qu'elles soient ?

J'ai baissé les yeux sur mes notes.

— Je ne peux pas te le dire. Oncle Philip m'a interdit d'en parler.

Après l'assassinat de Merl, mon oncle était devenu le nouvel Archimage d'Asile et nous, les Sentinelles, étions tenus de suivre ses ordres. Arik, en soldat bien discipliné, n'insisterait pas pour me faire déroger à cette règle.

Il a de nouveau opiné – deux fois –, puis m'a tourné le dos.

— Tu devrais partir dès ce soir, dans ce cas. Préviens Philip, m'a-t-il conseillé par-dessus son épaule alors qu'il descendait déjà la colline. Tu viens ? Le petit-déjeuner est prêt.

J'ai refermé mon cahier, que j'ai serré contre mon cœur avec le journal de Gian, avant de sauter au bas de mon mur pour suivre Arik.

S'il avançait de plus en plus vite, je n'ai pas accéléré mon allure pour autant, préférant laisser la distance augmenter entre nous. D'ordinaire, il avait une attitude fière et altière, pourtant, en cet instant, ses épaules musclées étaient affaissées.

Le visage de Bastien m'est soudain apparu. Sans lui, jamais je n'aurais survécu dans la Somnium. Le souvenir de ses baisers et de ses douces caresses m'a fait frémir. Il me manquait.

J'ai secoué la tête pour en chasser les images qui s'y invitaient et je me suis concentrée sur la trajectoire à suivre entre les touffes d'herbe grasse. Mes amours devraient attendre. Il y avait plus important.

Chapitre 2

Vêtus de leurs uniformes de Sentinelles, Lei et Jaran – mon escorte pour la mission à venir –, étaient prêts à en découdre. Lei portait une coiffe de samouraï et Jaran un couvre-chef orné de cornes. Je venais de réciter la formule pour révéler la porte-livre et j'attendais donc qu'elle veuille bien se révéler à moi en flânant dans la pénombre et le calme de la *Long Room* de la bibliothèque du Trinity College de Dublin.

J'avais invoqué un globe lumineux pour me guider dans ma progression. Les rayonnages étaient cernés de hauts piliers qui s'élevaient du sol jusqu'à la voûte du plafond, au-delà du seul et unique étage. J'ai déambulé le long des cordons rouges qui barraient l'accès aux alcôves latérales. Dans le silence, les semelles de mes bottes claquaient sur le parquet poli. Dans le même temps, mon sac en bandoulière – où j'avais fourré mon casque en forme de tête de chat –, battait la mesure contre ma hanche.

— Dis-moi, ai-je interpellé Jaran, comment fait-on pour se rendre à Tearmann, d'ici ?

Le refuge irlandais m'intriguait. Si Carrig y avait ses racines, les miennes s'y trouvaient aussi. J'espérais pouvoir m'y rendre, un jour.

— Il faut réciter un charme qui ouvre toutes les entrées des refuges depuis l'escalier en colimaçon de cette bibliothèque, a répondu mon ami.

— Merci, c'est toujours bon à savoir, ai-je dit en me frottant le nez.

— Je préférerais savoir où tu vas, a-t-il ajouté. Autrement, comment veux-tu que l'on te vienne en aide si tu ne reviens pas ?

Jaran avait été ma bouée de sauvetage quand Arik et moi nous étions séparés. Il m'avait tenu compagnie sans relâche – que ce soit pour regarder des films d'horreur ou pour m'écouter patiemment me lamenter au sujet de la relation entre mon ex-petit ami et Emily. C'était lui encore qui m'avait tenue dans ses bras pendant que je pleurais toutes les larmes de mon corps.

— Au moindre problème, appelez oncle Philip. Il vous dira où aller.

L'air de la bibliothèque se faisait de plus en plus étouffant, comme dans un sauna. Or j'étais forcée de porter une veste par-dessus mon attirail de Sentinelle. Mon T-shirt était trempé de sueur et mon pantalon de cuir me collait aux jambes. J'ai récupéré l'élastique passé autour de mon poignet pour m'attacher les cheveux, avant de repositionner mon plastron. Le pendentif de Faith et mon médaillon contenant une plume blanche de Pip – cadeau d'oncle Philip – ont tinté joyeusement contre la protection.

Mais où est passé ce bouquin ? Jamais un livre enchanté n'avait mis autant de temps à se révéler. J'ai remis en place la montre que Carrig m'avait donnée – une antiquité au bracelet bien trop large pour moi, qui ne cessait de tourner à mon poignet. Lorsque nous avions quitté Asile en pleine nuit pour venir nous cacher en Irlande, nous avions été contraints d'abandonner nos téléphones portables, afin d'éviter d'être repérés. Nous devions à présent utiliser des technologies plus anciennes : montres et téléphones fixes. Résultat, j'avais l'impression d'être retournée à la préhistoire.

Décidant en fin de compte de dénicher moi-même la porte-livre, je me suis dirigée vers le centre de la pièce. Des bustes en plâtre d'hommes illustres trônaient entre chacune des alcôves : Aristote, Cicéron, Homère, Platon…

— Pourquoi le livre ne se montre-t-il pas ? a demandé Jaran, qui venait de me rejoindre.

Je me suis arrêtée pour jeter un coup d'œil circulaire à la salle.

— Aucune idée, ai-je fait en haussant les épaules. C'est étrange…

J'ai récité à nouveau le charme qui permettait de localiser le livre : « *Sei zero sette periodo zero due DOR!* » Un bruit de frottement a retenti un peu plus loin dans l'allée. Je me suis approchée avant de répéter la formule. Sur une étagère libellée « *ll* », la porte-livre remuait, sans pour autant voler jusqu'à moi.

— On dirait qu'elle est coincée…

Aidée de Jaran, j'ai grimpé à une échelle qu'il maintenait en équilibre.

— En fait, le livre est attaché, ai-je constaté une fois arrivée à la bonne hauteur, avant de passer une main derrière l'ouvrage pour en suivre les liens. Il est retenu par une corde clouée à la paroi du fond.

— Curieux, a commenté mon ami.

Dans son dos, Lei a soupiré bruyamment. Surpris, Jaran a sursauté et, dans son élan, donné un coup de pied contre le montant de l'échelle, qui a vacillé dangereusement.

— Jaran ! ai-je grondé.

— Pardon, a-t-il marmonné en se tournant vers notre camarade. Tu pourrais prévenir avant d'apparaître comme par magie juste derrière moi… Surtout en plein milieu d'une bibliothèque plongée dans le noir.

— Je te présenterais bien des excuses, mais on saurait tous les deux que ce ne serait pas sincère, a-t-elle lâché en s'inspectant les ongles. Le Conseil des mages a envoyé des instructions à tous les refuges. Les portes-livres sont scellées depuis qu'une bande de Chimères malveillantes, probablement à la solde de Conemar, a attaqué Mantello.

En temps normal, on pouvait accéder aux refuges – ces sortes d'enclaves magiques – grâce à des entrées secrètes disséminées dans certaines bibliothèques du monde des humains. Mais nous vivions dans une période troublée où plus personne ne savait à qui se fier. Si le Conseil avait fait sceller les portes-livres, c'était bien la preuve qu'il n'avait pas plus de certitudes que nous.

— Attendez ! ai-je protesté. Que se passera-t-il si je saute et que le livre, de l'autre côté, est condamné lui aussi ? Est-ce que je ne risque pas de rester piégée à l'intérieur ?

— Bien sûr que non. Le sort ouvre le livre le temps du saut, et le verrouille juste après. (J'ai ouvert la bouche pour poser une question, mais elle m'a devancée, blasée.) Et avant que tu me le demandes : non, les humains ne peuvent pas voir ces liens. C'est vraiment fantastique, la magie, quand même.

Mais son intonation, morne au possible, laissait entendre qu'elle pensait tout l'inverse.

J'ai planté mon regard dans le sien.

— OK, merci pour l'information. Et tu connais le charme pour desceller le livre ?

— « *Liberato* ».

« Libérer »… J'aurais dû y penser !

— Philip ne te l'a pas appris ? s'est étonné Jaran.

— Non… ça a dû lui échapper.

— Rien ne lui échappe jamais, a répliqué Lei en retournant à l'inspection de ses ongles. Allez, dépêche-toi, la nuit promet d'être longue.

C'était pourtant vrai. Se pouvait-il que son nouveau rôle d'Archimage pèse plus à mon oncle qu'il ne voulait bien le montrer ?

J'ai récité la formule et attrapé le livre avant de redescendre l'échelle tant bien que mal. Lei m'a retenue par le bras pour m'aider à sauter du dernier échelon.

— Merci !

Mon sourire n'a eu aucun effet sur son regard impassible. L'amie enjouée, la jeune fille qu'elle était avant la mort de Kale et qui donnait du « mon chou » à tout le monde, me manquait. Elle s'était fait tatouer un charme sur la main – un superbe lotus entre le pouce et l'index –

pour refouler ses émotions. Même si je comprenais qu'elle ne veuille plus subir pareille torture – elle avait perdu l'amour de sa vie ! –, je ne la reconnaissais plus.

Imperturbable, elle continuait à me dévisager.

— Mets ton casque. Tu dois protéger tes points vitaux. Surtout que, si l'on en croit certains rapports, le sort de désactivation des armes humaines dans les bibliothèques n'opère plus. Sûrement un effet secondaire du globe que tu as lancé dans la trappe.

J'ai tiré ma coiffe à l'aspect félin de mon sac et l'ai enfoncée sur mon crâne. La protection argentée, ornée de saphirs, couvrait la partie supérieure de mon visage.

Jaran a posé une main sur mon épaule pour me glisser à l'oreille :

— Dis… tu passes toujours un coup de fil à Nana avant de ressortir d'une bibliothèque ?

C'était une habitude que j'avais prise : juste avant le saut de retour, j'appelais ma grand-mère à partir d'un fixe, si j'en trouvais un, ou d'un portable que je subtilisais au premier venu. L'appel ne durait jamais plus de quelques secondes, juste le temps de la rassurer d'un « Tout va bien ».

— Oui, pourquoi ?

Il m'a tendu un bout de papier.

— Voici le numéro de Cole. Pourrais-tu l'appeler pour moi, s'il te plaît ? Dis-lui que je suis en vie et que je vais bien. Maintenant que Carrig nous a interdit d'utiliser téléphones et ordinateurs…

Cole était le président du conseil des élèves du lycée où nous avions été inscrits durant notre retraite à

Branford, dans le Connecticut. Et c'était aussi le petit ami de Jaran.

Vivre éloignés de la sorte ne devait pas être facile, je pouvais parfaitement le comprendre. Je trouvais si horrible d'être séparée de Bastien…

De nouveau, son visage s'est imposé à mon esprit – image qui m'a transpercé le cœur. En son absence, j'avais l'impression de dépérir. Les souvenirs des moments que nous avions passés ensemble venaient me tarauder jusque tard dans la nuit, et chaque minute sans lui me semblait durer une éternité.

— Gia ?

La voix de Jaran m'a arrachée à ma rêverie.

— Pas de problème, je m'en occupe ! lui ai-je assuré en glissant le papier dans la poche avant de mon pantalon.

— Tu es la meilleure, a-t-il répondu avec un clin d'œil avant de se diriger vers le côté opposé à celui qu'occupait déjà Lei.

J'ai feuilleté l'ouvrage de référence jusqu'à trouver ma destination. La page de la Bibliothèque nationale de République tchèque n'était pas illustrée par une photographic, mais par une vidéo en temps réel. La salle de lecture était déserte : le bâtiment devait être fermé.

— Allez, *hasta la vista, baby*…

— Pardon ? m'a lancé Lei sans ciller.

— Oh rien, c'est dans un film… (À son expression, j'ai deviné qu'elle ne l'avait pas vu.) Laisse tomber. Je reviens vite.

« *Aprire la porta* », ai-je lancé avant de sauter dans le livre, sans manquer d'attraper au passage quelques pages afin de les tourner derrière moi.

C'était une opération dangereuse, mais je tenais à ce que mes camarades ignorent ma destination. En cas d'attaque, je serais sans doute épargnée : moi seule étais capable de trouver la *Chiave*. En revanche, rien n'empêcherait Lei et Jaran d'être tués.

Accueillie par une agréable fraîcheur, je me suis enfoncée dans les ténèbres, le dos bien droit, sans éprouver le besoin de créer un globe de lumière. Le vent hurlait à mes oreilles et j'avais l'impression de surfer sur le néant, l'esprit vide.

J'ai volé hors du livre pour retomber sur mes pieds avec un claquement de bottes qui a résonné jusqu'aux coupoles ornées de fresques. La porte-livre s'est redressée avant de retourner à sa place, où elle s'est aussitôt retrouvée muselée par des lanières en cuir.

Lei avait dit vrai. Et tant mieux, car quiconque manquait la sortie et restait coincé à l'intérieur était voué à une mort certaine. Nick, Afton et moi avions eu une chance inouïe de nous en sortir sains et saufs lorsque, la première fois, nous avions sauté dans une porte-livre par accident. Notre salut tenait de l'intervention divine.

Profitant de l'absence de visiteurs dans la bibliothèque, je me suis autorisée à ôter ma veste et l'ai repliée sur mon bras.

La galerie supérieure, bordée par une rambarde en fer forgé délicatement ouvragée, était supportée par des colonnes de bois torsadées. Je haïssais ce genre de coursives qui fourmillaient de caches parfaites pour qui voulait tendre une embuscade.

Alors que je remontais l'allée centrale, où était exposée une série de globes terrestres soutenus par des armatures en bois, j'ai entendu un bourdonnement dans mon dos. Reconnaissant la signature d'Aetnae, j'ai aussitôt fait volte-face. Tel un oiseau-mouche, elle se tenait en vol stationnaire, juste sous mes yeux.

— Bonjour, Gianna, m'a-t-elle lancé d'une voix à peine audible.

— Comment vas-tu ? lui ai-je demandé.

À chacune de mes rencontres avec la fée des livres, j'avais besoin d'un petit moment pour m'habituer à sa peau verte qui lui donnait des airs de mante religieuse et ne cessait de me surprendre.

— Très bien, merci.

Soudain, une autre fée a voleté à hauteur de la première. D'après ce que je pouvais en juger – mais difficile d'en être certaine avec des êtres aux allures d'insectes aussi minuscules –, c'était un garçon d'à peu près le même âge qu'Aetnae. Il avait de courts cheveux châtains, et était un brin plus grand qu'elle, avec des ailes plus longues.

— Alors, qu'est-ce qu'on fait ici ? a-t-il demandé.

— Comment ça, « on » ? s'est offusquée la fée. C'est toi qui me suis tout le temps ! Tu n'as rien de mieux à faire ?

Un voile d'anxiété s'est abattu sur le minuscule visage de son compagnon.

— En fait, je pensais qu'on pourrait peut-être… eh bien, faire un bout de chemin ensemble.

— Va-t'en ! lui a-t-elle lancé, à bout de souffle. (Le surplace semblait l'épuiser.) Je suis en plein travail.

— Bon, d'accord, on se retrouve au dîner. Je te réserve une place ! a-t-il capitulé avant de s'éclipser.

— Au revoir, euh…

Je ne connaissais même pas son nom.

— Sen ! a-t-il complété alors qu'il se trouvait déjà loin.

Aetnae s'est posée sur mon épaule et accrochée à ma queue de cheval, le long de ma clavicule.

— Ça ne te dérange pas si je me repose quelques instants ? Je n'en peux plus.

Elle était tellement légère que je ne sentais presque pas la pression de ses petits poings autour de mes mèches.

— Pas de souci, lui ai-je assuré. Tu lui plais bien, on dirait.

— Quel pot de colle ! a-t-elle grommelé. Il me suit partout, sauf qu'il préfère les bibliothèques modernes et les romans graphiques… Il est incapable d'apprécier l'architecture et la littérature classiques !

— Je suis sûre qu'il a le béguin pour toi.

Elle a tourné la tête dans la direction qu'il avait prise pour repartir et j'ai remarqué un petit sourire sur ses lèvres.

— Ah bon, tu crois ?

— Tu voulais me parler, non ?

Je devais écourter la conversation, car la fée était de nature bavarde et j'avais une mission à accomplir.

— J'ai un message pour Sinead. Une catastrophe est en train de se produire au royaume des fées. (Je peinais à la comprendre tant sa voix était étranglée.) Aucun changelin n'éclôt plus dans le Jardin de la Vie. Les fées ne peuvent donc pas les échanger contre les Sentinelles qui viennent de naître dans le monde humain. Résultat, nous ne pourrons pas les récupérer. Elles resteront coupées de notre univers, abandonnées à leur sort, à moins que…

Elle n'a pas terminé sa phrase, mais j'ai deviné ce qu'elle se refusait à me dire. *À moins qu'elles ne soient mortes, ou qu'elles n'aient jamais vu le jour.*

Mon cou commençait à me lancer à force de pencher la tête pour regarder la petite créature dans les yeux.

— Vous avez une idée de ce qui peut être à l'origine du problème ?

Elle a lâché mes cheveux pour planter les poings sur ses hanches.

— Les anciens pensent que c'est à cause de toi.

Comment ça, à cause de moi ?

— Impossible, je ne suis jamais allée au Jardin de la Vie !

Aetnae a perdu l'équilibre et s'est rattrapée à une de mes mèches.

— Quand tu as lancé ton globe de combat dans la trappe, les charmes qui verrouillaient les Somniums ont été rompus, et l'ensemble des sorts qui régissaient le royaume des fées ont été endommagés. Dans le monde des Chimères, tout est lié, tu le sais. Les anciens sont persuadés que c'est ce qui a perturbé la magie du Jardin. Quoi qu'il en soit, les cosses à changelins se sont desséchées. En plusieurs siècles d'existence, je n'avais jamais rien vu de tel.

Génial… Je serais donc responsable de la disparition de toute une génération de Sentinelles ! Voilà de quoi forger ma réputation d'Enfant de l'Apocalypse !

— C'est bon, je transmettrai le message. Tu peux y aller.

J'ai repris ma déambulation dans la grande salle, le long de la rangée de globes terrestres. Aetnae a continué de me suivre en voletant, pointes de pied tendues : décidément, pour un insecte, elle ne manquait pas de grâce !

Elle s'est raclé la gorge avant de déclarer :

— Tu ne devrais pas froncer les sourcils, ce n'est pas joli.

— Je suis concentrée.

Elle battait furieusement des ailes et j'avais l'impression d'entendre l'agaçant sifflement d'un moustique à mes oreilles.

— Tu cherches une *Chiave* ? a-t-elle lancé avant de m'assaillir de questions. Tu en as trouvé combien, déjà ? Il y en a une cachée ici ? Tu veux que je t'aide ? J'ai l'œil, tu sais ! Un jour, j'ai retrouvé une bobine pour Laila…

Aetnae m'avait déjà épaulée à plusieurs reprises dans ma recherche des clés, ainsi que pour trouver la Citadelle lorsque j'en avais eu besoin. Nous étions devenues amies. Je pouvais lui faire confiance.

— Oui, je cherche une *Chiave*. Nous en avons déjà cinq.

« Nous »… Nick et moi. Une boule s'est formée dans ma gorge : mon cœur se serrait dès que je pensais à lui. J'ai secoué la tête pour chasser son image de mon esprit avant de conclure :

— Et l'une des deux dernières se trouve dans cette bibliothèque.

— Que cherchons-nous, exactement ?

— Ça, ai-je lâché après m'être arrêtée net devant un tableau.

Il s'agissait du portrait d'un homme, en perruque blanche et uniforme, datant sans doute du XVIIIe siècle.

L'une de ses mains était posée sur un rouleau de parchemin, l'autre calée sur sa hanche. Une décoration honorifique en or, composée d'une croix et d'une étoile au cœur de rubis, était épinglée sur sa poitrine.

J'ai saisi le médaillon enfermant la plume de Pip avant de réciter le charme pour récupérer la clé : « *Libero il Tesoro* », « Libère le trésor ».

Un tourbillon s'est déchaîné autour de moi et a emporté la fée des livres.

— Aetnae ! me suis-je exclamée avant de me retourner pour la chercher du regard, en vain.

— À quoi bon m'invoquer si c'est pour ignorer mon entrée ? a maugréé une voix masculine derrière moi.

— Pardon, me suis-je excusée en me retournant face au portrait. C'est mon amie, elle…

Il a levé la main pour m'interrompre.

— Je suis l'esprit de la *Chiave* que tu cherches. Tu peux la prendre à présent. Mais gare à ne pas abîmer l'étoffe !

Il a gonflé sa poitrine, le menton relevé.

Eh bien… Monsieur ne se prend pas pour n'importe qui !

J'ai posé ma veste pour effleurer le badge de mes doigts tremblants.

— Du nerf, manante ! Nous n'avons pas toute la journée !

Je préfère être une manante plutôt qu'un crétin arrogant dans ton genre ! Bien sûr, j'ai gardé ma repartie pour moi : le type était déjà assez peu commode comme ça.

La fermeture a enfin cédé et j'ai pu détacher la décoration.

— Attendez ! ai-je interpellé l'homme qui gesticulait déjà pour se redresser à l'intérieur du tableau.

Il a posé le regard sur moi et ses mains ont repris leur position initiale.

— Eh bien ? s'est-il impatienté en me voyant hésiter.

— N'êtes-vous pas censé me dire comment fonctionne la clé ? Tous les autres m'ont fourni une explication à ce sujet… Ils ne se sont pas contentés d'être l'esprit de la *Chiave*.

— Je t'en prie, continue de m'importuner ! a-t-il ronchonné, le visage renfrogné. Mais puisque tu le demandes, je suis forcé de te répondre : c'est un bouclier. Cependant, reste prudente, le charme ne fonctionne que quelques minutes.

J'ai observé la lourde décoration qui reposait au creux de ma main. Les branches de la croix étaient évasées aux extrémités, et le rubis terni par les ans.

— Un bouclier ? Peut-il me rendre invisible ?

J'ai relevé les yeux : l'homme était redevenu inerte.

— Vous étiez probablement un rustre de la pire espèce, de votre vivant, ai-je lâché.

Soudain, dans le silence de la bibliothèque, un faible couinement s'est fait entendre derrière moi.

— Aetnae ?

J'ai fourré la croix dans la poche principale de mon sac pour partir à la recherche de mon amie, en commençant par la section autour des globes.

— Où es-tu ?

Lorsqu'un nouveau cri a retenti, je me suis figée. Ma botte ne se trouvait qu'à quelques centimètres du petit corps ratatiné sur le marbre, que j'ai ramassé avec précaution. La fée gisait inerte entre mes mains. J'ai tenté de bouger le moins possible, je me suis même empêchée de respirer, de peur que le moindre mouvement la réduise en poussière.

Oh, mon Dieu, elle est morte!

— Aetnae? l'ai-je interpellée en effleurant son épaule du bout du doigt.

Lorsqu'elle s'est accroupie en grognant, tous mes muscles se sont relâchés et j'ai poussé un profond soupir.

— Tu es blessée?

Elle a écarté les boucles rousses qui lui cachaient le visage et s'est relevée.

— Non, mais je suis bien secouée.

— Je dois filer à New York, ai-je dit avant de la poser sur l'un des globes terrestres. Tu vas t'en sortir toute seule?

— Aucun problème! (Elle vérifiait l'état de ses ailes.) Devine qui a pris soin de moi durant tous ces siècles. Je vais te donner un indice: ça commence par « moi » et ça finit par « même »... Mais laisse-moi t'accompagner: je suis minuscule, je peux faire une bonne vigie!

— Une fée de garde? (J'ai jeté un coup d'œil à ma montre.) Impossible, malheureusement! Il est 22 heures passées ici, soit près de 16 heures à New York. La bibliothèque est encore ouverte. Tu seras forcément repérée.

— C'est vrai que toi, tu vas passer inaperçue, dans cet accoutrement... a-t-elle raillé en me désignant d'un geste de la main.

— Tu n'as pas tort, ai-je concédé avant de retourner chercher ma veste.

Aetnae m'a suivie, le vol un peu hésitant. Mon manteau avait été emporté par le vent jusque sur l'un des globes de l'allée. Lorsque j'ai attrapé le vêtement, un bout de papier s'est échappé de la poche pour atterrir au sol.

— Je l'ai ! s'est écriée la fée des livres, qui, visiblement remise de ses émotions, avait plongé et s'était emparée de la note en un éclair. C'est un plan de la cathédrale Saint-Patrick ? C'est là que tu te rends ? m'a-t-elle demandé en me tendant le papier.

— Oui, ai-je acquiescé, occupée à nouer la ceinture de ma veste autour de mes hanches et à fourrer mon casque dans mon sac à bandoulière.

— Tu n'as pas peur d'attirer les soupçons avec cet énorme sac ? m'a fait remarquer Aetnae.

En effet… On aurait dit que je trimbalais un ballon de volley ! J'ai attrapé le casque pour le poser sur le globe : je reviendrais le récupérer plus tard.

— Et là, ça va ? me suis-je assurée.

— C'est déjà mieux en tout cas ! Mais je ne comprends toujours pas pourquoi je ne peux pas t'accompagner. Au moins jusqu'à la bibliothèque…

Son air mutin m'a amusée. Quand je faisais du baby-sitting, les gamins me servaient exactement la même moue à l'instant où je leur annonçais qu'il était temps d'aller au lit.

— La prochaine fois, d'accord ? lui ai-je promis en souriant pour la rassurer.

La bibliothèque publique de New York était encore ouverte, ce qui excluait pour l'instant de partir à la recherche de la dernière *Chiave*. J'ai donc décidé de m'attacher en premier à élucider l'énigme de la carte de prière de Gian. Mais avant tout, je devais m'acquitter de la mission que m'avait confiée Jaran. J'ai parcouru l'allée centrale, bordée de bureaux, dans l'espoir de repérer un portable dont le propriétaire serait absorbé par sa lecture ou son travail, et qui ne serait pas verrouillé par un mot de passe.

C'était peine perdue du côté des adolescents : ils ne lâchaient pas leur téléphone des yeux. J'ai soudain repéré la cible idéale : un appareil à clapet posé devant un homme barbu aux vêtements vieillots et chaussé de Birkenstock. Parfait ! Un portable de cette génération n'était probablement protégé ni par un mot de passe ni par une empreinte digitale. Et encore moins par reconnaissance faciale !

Je commençais à exceller en matière de vol de téléphones, ce qui ne m'a pas empêchée d'avoir le ventre noué par la peur d'être prise en flagrant délit. J'ai attrapé une pile de bouquins abandonnés sur une table et me suis dirigée vers le lecteur d'un pas résolu, prête à feindre la chute une fois parvenue à sa hauteur. Lorsque les livres se sont éparpillés sur la table et au sol, ma victime a sursauté.

— Oh, je suis vraiment désolée ! me suis-je exclamée, faussement confuse.

— Regardez où vous mettez les pieds, enfin ! a-t-il rétorqué d'un ton tout sauf aimable.

Il s'est baissé pour attraper les ouvrages tombés par terre et j'en ai profité pour ramasser ceux qui avaient atterri sur sa table, mon larcin coincé entre deux bouquins.

Puis il s'est relevé et a déposé quelques livres en haut de la pile qui m'encombrait les bras.

— Merci…

Il n'a émis qu'un grognement pour toute réponse.

Quel malotru… Il aurait pu se montrer plus clément ! Après tout, il ignorait que j'avais prémédité mon acte. Certes, je venais de lui emprunter son téléphone sans son accord, mais il ne le savait pas non plus. D'ailleurs, avec un peu de chance, il ne le découvrirait jamais.

J'ai abandonné ma pile de livres sur la dernière table de la rangée et me suis mise en quête d'un coin tranquille pour passer mes appels. Faute de mieux, je me suis engouffrée dans les premières toilettes venues.

Une femme, sans doute italienne, vêtue d'un pantalon gris à carreaux, d'une chemise blanche et d'une écharpe rouge, est entrée à ma suite. J'ai foncé dans une cabine et ai attendu qu'elle s'en aille pour tirer un bout de papier de ma poche, puis composer le numéro que Jaran m'avait indiqué.

Cole a décroché dès la première sonnerie.

— Allô ? a-t-il hasardé, apparemment anxieux.

— Salut, Cole, c'est Gia. Tu te souviens de moi ?

La porte des toilettes s'est ouverte à la volée. Je me suis interrompue pour observer la nouvelle arrivante par les interstices de mon box. Une femme rousse, habillée de vêtements noirs et d'une écharpe à motifs floraux, venait d'entrer dans la dernière cabine.

— Bien sûr, tu es l'amie de Jaran, c'est ça ? a répondu mon interlocuteur. Tu sais où il se trouve ? L'internat pour étudiants étrangers s'est vidé d'un coup… Ils sont tous partis !

À l'inquiétude qui perçait dans sa voix, j'ai su que mon camarade lui manquait.

— Ils ont eu des soucis avec leurs bourses, ai-je menti. Écoute, je n'ai pas beaucoup de temps, mais Jaran m'a chargée de te prévenir qu'il est en Afrique pour rendre visite à sa famille. Il t'appellera dès que possible.

— C'est tout ? a-t-il répondu d'un ton plein d'espoir, cette fois.

— Ah non, bien sûr, j'ai failli oublier… (Mon ami m'aurait réduite en bouillie s'il avait entendu la suite.) Il a dit qu'il t'aimait.

Aussitôt, sa voix s'est faite enjouée.

— C'est vrai ? Si tu as l'occasion de lui parler, tu veux bien lui transmettre un message pour moi ? Je l'aime aussi, et je l'attendrai. Demande-lui de m'envoyer un e-mail, ou un texto, dès qu'il pourra.

Ouah, il est hyper amoureux !

— Compte sur moi.

— Super… et merci pour ton appel.

— Je t'en prie. Bye !

À peine avais-je raccroché que j'ai composé le numéro de Nana… Répondeur. J'ai tenté le téléphone fixe de la maison, sans plus de succès. Je réessaierais plus tard.

J'ai refermé le clapet du portable : il était temps de le rendre à son propriétaire.

L'homme n'était plus à sa table. Il reviendrait sans doute sur ses pas quand il s'apercevrait qu'il avait oublié son téléphone. Je l'ai donc posé sur la chaise pour qu'il l'y trouve et me suis hâtée vers la sortie. L'église se trouvait à dix pâtés de maisons de là.

Les rues, au pied des gratte-ciel, étaient noires de monde. Les trottoirs, les magasins… le moindre centimètre carré était occupé. J'ai tenté de me frayer un chemin entre les passants qui se pressaient sur la Cinquième Avenue afin de me diriger vers la cathédrale Saint-Patrick.

Même les nuages s'accumulaient au-dessus de nos têtes… pourtant de fins rayons de soleil avaient réussi à percer, illuminant le paysage citadin par touches. Des feuilles d'automne, emportées par la brise, tourbillonnaient le long des trottoirs. Pour une fois, ma veste était adaptée à la météo.

L'édifice religieux en marbre blanc, dont les tours de style gothique s'élevaient vers le ciel, occupait un vaste espace au cœur des immeubles. Aussitôt, je me suis sentie submergée par la multitude de détails sur la façade : des sculptures aux vitraux, chaque élément était impressionnant.

Je me suis arrêtée un instant devant les lourds panneaux de bronze de l'entrée principale où figuraient la Sainte Famille, saint Patrick ainsi que d'autres saints dans des cadres rectangulaires. J'ai regretté de ne pas avoir mon portable pour envoyer une photo à Afton. Cette image aurait tout à fait eu sa place dans l'un de ses cahiers d'architecture.

— L'entrée se trouve sur le côté, m'a informée une jeune femme, au chignon haut, dont un petit garçon tirait frénétiquement le bras.

Je l'ai remerciée puis me suis dirigée vers l'endroit qu'elle venait de m'indiquer.

Un poste de sécurité était installé à l'entrée et un homme au crâne rasé a inspecté mon sac. Intrigué par la *Chiave*, il l'a soupesée.

— C'est un accessoire pour un costume de théâtre, me suis-je empressée d'expliquer, avant qu'il ne pose la moindre question.

Je prenais bien soin de garder mon bras serré le long de mon corps, espérant qu'il ne remarquerait pas l'épée sous ma veste.

Pourvu qu'il ne me demande pas d'enlever mon manteau… Je me suis concentrée sur ma respiration pour avoir l'air normal tout le temps où il m'a toisée.

Il a fini par me rendre mon sac et me faire signe d'entrer. Incroyable ! Il n'avait même pas pris la peine de vérifier si je ne cachais rien sous ma veste. Pour la sécurité, on repasserait… Le vigile avait sans doute commis une faute d'inattention. De mon côté, je n'avais qu'une seule envie : courir vers les cierges avant qu'il ne se ravise, m'emparer de ce que Gian avait laissé à mon intention – quoi que ce fût –, et déguerpir à toute vitesse.

Malgré tout, je me suis contenue pour avancer d'un pas de plus en plus lent entre les rangées de bancs en bois poli qui se succédaient dans la nef de style gothique. À mesure que je me dirigeais vers l'aile droite de l'édifice, j'imaginais Gian évoluer dans ce même décor au cœur des années 1930… Les lieux n'avaient probablement pas beaucoup changé depuis. Les hauts vitraux étaient encore plus beaux de l'intérieur. Mon regard, incapable d'enregistrer tant de détails, se perdait dans la quantité d'ornements et de statues.

Les porte-cierges étaient partout. Comment savoir auprès de quel autel Gian avait déposé ce qu'il me destinait ? J'ai ressorti la carte de prière de ma poche et relu la note pour la énième fois : « Cierge, septième rangée, trois allumés ». Rien de plus. J'ai retourné le carton par habitude, sans même réfléchir. Je devais donc inspecter chaque table de bougies avant de trouver l'emplacement en question. Je risquais d'en avoir pour un certain temps... D'autant que les visiteurs étaient beaucoup trop nombreux pour que je puisse chercher à mon aise.

Dans les alcôves de part et d'autre de la nef trônaient de nombreux autels, chacun doté de porte-cierges. Dans la quatrième sur la droite une grande composition de statues – des saintes, sans doute – a retenu mon attention. Elles étaient entourées de deux anges... Et c'était l'exacte réplique de ce qui était représenté au dos de la carte de Gian... En effet, maintenant que j'y pensais, cette image pouvait très bien constituer un indice. « Autel de Sainte Rose de Lima », expliquait la légende.

C'était forcément là...

Un couple de quinquagénaires admirait les sculptures derrière le garde-fou de pierre. La dame a grimpé sur le prie-Dieu pour mieux braquer l'objectif de son bel appareil photo sur le personnage central, dont la tête était ceinte d'une couronne de fleurs. Je me suis résignée à patienter assise sur le banc le plus proche jusqu'à ce qu'ils se décident à décamper.

Pendant que j'attendais, j'observais les visiteurs, qui semblaient de moins en moins nombreux. Un groupe a pris la pose devant l'autel principal, une jeune fille armée d'une perche à selfie s'est immortalisée en compagnie d'une statue. Tous avançaient, la tête en l'air, tentant d'appréhender toutes les merveilles que recelait la cathédrale.

Lorsque le couple a filé, j'ai laissé passer trois femmes avant de m'aventurer au-delà des barrières de pierre délicatement sculptées. Les porte-cierges me paraissaient bien modernes pour être ceux que Gian avait connus... J'ai tout de même compté sept rangées dans un sens, trois dans l'autre, et vérifié toutes les bougies qui pouvaient correspondre à cette position, sans rien trouver. J'ai réessayé avec le présentoir de gauche. Là encore, bredouille.

Une vague de découragement m'a submergée : j'étais dans une impasse. Le porte-cierges que mon arrière-grand-père avait utilisé devait avoir été remplacé depuis belle lurette...

Soudain, j'ai entendu quelqu'un s'approcher. Retenant ma respiration, je me suis camouflée dans un recoin de l'alcôve. Un prêtre, qui remontait la nef à vive allure, m'a dépassée. Mon regard s'est posé sur les flammes vacillantes des cierges.

Se pouvait-il que j'aie manqué un indice ? Il fallait à tout prix que je tente encore une fois ma chance.

Pour commencer, je devais reprendre le contrôle de mes nerfs et me calmer : j'ai serré les poings avant de les rouvrir en étirant les doigts le plus possible – dans cette position, mes mains me faisaient penser à des étoiles de mer.

Que se passera-t-il, si je suis repérée ?

Poings. Étoiles.

Ils me jetteront dehors, voilà tout.

Poings. Étoiles.

Pas la peine de flipper, Gia.

J'ai relâché la tension dans mes mains avant d'observer autour de moi pour appréhender la situation. Quelques touristes se tenaient de l'autre côté du bâtiment, me tournant le dos. Lors des entraînements, Carrig nous avait souvent répété que les mouvements brusques attiraient l'attention. D'après lui, il fallait agir avec lenteur et fluidité si l'on voulait être invisible. Je me suis extirpée de mon recoin pour retourner devant les porte-cierges. Notre formateur avait raison : personne ne s'est aperçu de mon déplacement.

Malgré la fraîcheur qui régnait dans la cathédrale, de la sueur ruisselait dans mon cou. J'ai glissé le bout de mes doigts entre les lumignons installés sur le support en bronze, espérant tomber sur ce que Gian avait caché pour moi. Mais rien. Quel que soit l'indice que mon arrière-grand-père avait laissé là à mon intention, il s'était perdu dans les méandres du temps.

J'en aurais pleuré de rage. Je ne saurais donc jamais ce qu'il avait voulu me transmettre. Ce devait être important… Pourquoi le dissimuler avec autant de précautions, autrement ? La perte était sans doute dommageable, même si je ne pouvais évaluer à quel point.

D'un coup, l'air froid de la chapelle m'a paru se réchauffer. J'étouffais. Je devais sortir prendre l'air.

Au moment où je tournais les talons pour partir, un homme s'est mis à tousser, me faisant sursauter. Surprise, j'ai heurté par mégarde le porte-cierges, dont les flammèches ont vacillé dans un même mouvement. Mon pied, en dessous du présentoir, a buté contre une sorte de tige métallique qui s'est soulevée.

Une nouvelle quinte de toux s'est élevée des bancs. Aux aguets, j'ai jeté un regard par-dessus mon épaule. Le visiteur, qui me tournait le dos, ne m'avait pas remarquée. Je me suis donc accroupie pour étudier ma trouvaille.

Il devait s'agir d'un levier ou d'un mécanisme du même genre, que je me suis empressée de redresser.

Une pierre a soudain crissé près de moi : l'un des blocs du mur venait de se désolidariser de la paroi pour se déplacer vers l'avant.

Eurêka ! L'adrénaline s'est répandue dans mes veines, à tel point que j'ai eu du mal à garder mon calme. Pourtant, ce n'était vraiment pas le moment de se déconcentrer.

Je devais me contenir.

Après avoir vérifié une fois de plus que je n'avais attiré l'attention de personne, je me suis approchée du compartiment secret, où j'ai découvert une boîte cylindrique en cuir, dont je me suis emparée. Du bout du pied, j'ai rabattu le petit levier, et la pierre est rentrée en tremblant dans le mur, avec une série de grincements qui m'ont tétanisée.

Mais, comme quelques instants plus tôt, personne ne me prêtait attention. Le bruit avait dû être couvert par les chuchotements et les pas des visiteurs. J'ai enjambé le garde-fou pour m'agenouiller sur un prie-Dieu, juste au moment où le prêtre passait dans l'autre sens. Il m'a adressé un signe de tête et j'ai baissé les yeux, feignant de prier. C'est seulement lorsqu'il s'est trouvé à bonne distance que j'ai glissé la boîte en cuir dans la poche de ma veste.

Soudain, une silhouette est apparue à côté de moi, qui a fait vaciller les flammes des cierges. Bien décidée à laisser le nouveau venu se recueillir, j'ai esquissé un signe de croix avant de me relever, mais le son de sa voix m'a tétanisée.

— Je ne savais pas que tu étais croyante, m'a lancé Véronique d'un ton affable.

Aurait-elle oublié que nous étions ennemies jurées ?

Chapitre 3

Je me suis relevée d'un bond pour faire face à mon interlocutrice.

— Tu ignores beaucoup de choses à mon sujet.

— J'en doute…

Ses lèvres aussi parfaites que deux pétales de rose se sont serrées lorsqu'elle a passé une main sous son manteau, me laissant entrevoir la garde de son épée où se reflétaient les flammes des bougies.

— Nous ferions mieux de sortir d'ici, ai-je dit sans quitter l'arme des yeux. Il doit bien y avoir une loi au sujet des lieux sacrés, non ?

Mon sang n'a fait qu'un tour à la vue du sourire digne du Chat du Cheshire qu'elle m'a adressé – le même qu'elle avait affiché, au printemps dernier, lors de la bataille qui s'était déroulée dans mon jardin. Il m'avait fallu attendre de rentrer après avoir échoué à récupérer Nick pour apprendre que c'était elle qui avait tué Kale. Penser à mon camarade m'a presque fait monter les larmes aux yeux… Je me suis efforcée de les refouler, en l'évinçant de mon esprit.

— Oh, tu sais, les lois… a-t-elle répété sans son fort accent français.

Ses cheveux blonds avaient beau être tressés, j'ai remarqué qu'ils avaient poussé depuis notre dernière rencontre. D'un air encore plus méprisant et avec un sourire encore plus large, elle a ajouté :

— Lorsque tu t'autoriseras à enfreindre les lois, Gia, plus rien ne pourra te retenir, et tu deviendras enfin la guerrière qu'Agnost avait annoncée.

Agnost… Je n'avais pas entendu ce nom depuis un bout de temps. Quand j'avais rejoint le monde des Chimères, on m'avait raconté la prédiction de ce devin, qui avait vécu deux siècles avant moi : la venue au monde d'un enfant né de deux Sentinelles marquerait la fin des temps. Les sentiments de mes parents l'un pour l'autre ayant été irrépressibles, j'étais l'heureuse gagnante de cette loterie prophétique.

Il me fallait à tout prix gagner du temps pour trouver un moyen de m'échapper.

— Tu as perdu ton accent ?

La question pouvait paraître idiote à un moment aussi critique, mais elle a eu néanmoins l'avantage de tromper sa vigilance, l'espace de quelques instants. L'ancienne Sentinelle continuait cependant de me suivre des yeux pendant que je me déplaçais imperceptiblement vers la droite, cherchant la moindre opportunité pour lui fausser compagnie.

— Un sort m'en a débarrassée. Ça m'aide à passer inaperçue.

Comme si tu en étais capable…

J'ai reculé jusqu'à ce que mes talons cognent contre le prie-Dieu derrière moi.

— Que s'est-il passé, Véronique ? Pourquoi as-tu décidé de rejoindre les rangs de Conemar ?

Elle a fait un pas vers moi, la main toujours posée sur la poignée de son épée.

— Tu as risqué le tout pour le tout afin de sauver ceux que tu aimes. Pourquoi en irait-il autrement pour moi ? Nous ne sommes pas si différentes, toi et moi, tu sais.

Elle parlait de Bastien et Gian, bien sûr. Pour les sauver, j'avais jeté une sphère magique dans la trappe qui les retenait prisonniers entre les murs d'une Somnium. Ce faisant, j'avais libéré de nombreuses créatures maléfiques qui y étaient retenues et, du même coup, peut-être déclenché ce qui provoquerait la fin de nos deux mondes. Elle avait raison, j'avais agi de manière inconsidérée en vue de leur salut.

— Mais pourquoi Conemar ? Tu es une Sentinelle, ton rôle est de combattre les criminels dans son genre !

— Je suis sa fille.

— Sa… sa fille ? ai-je répété, abasourdie.

— Exact.

Je l'ai dévisagée, bouche bée, incapable de reprendre le fil de mes pensées.

Comment se faisait-il que personne n'en ait jamais rien su ? Ou qu'on ne m'en ait rien dit ? Qu'importe… Je devais la laisser parler et continuer de la distraire, le temps de trouver une échappatoire.

— Comment Conemar aurait-il pu cacher votre lien aux yeux du Conseil ?

— Mon père m'a échangée contre une véritable Sentinelle lorsque je n'étais encore qu'un bébé. La pauvre enfant repose aujourd'hui au fond d'un lac, lestée de quelques pierres… Lorsque j'ai eu six ans, avant que mes pouvoirs ne se révèlent, il a convaincu mes parents-fées que j'avais besoin d'un entraînement personnalisé.

En effet, Bastien m'avait raconté qu'elle avait bénéficié d'un professeur particulier pour sa formation dans la campagne française.

— Mais… tu peux invoquer des sphères de combat !

Elle a observé ses mains et j'en ai profité pour évaluer mes possibilités de fuite. Tenter par la gauche, voilà mon meilleur espoir, c'était de ce côté qu'il y avait le plus d'espace.

— Malgré tout, je suis la fille d'un magicien. Même si mes pouvoirs sont limités, je peux faire en sorte que mes sorts de feu prennent une forme sphérique. (De faibles étincelles ont jailli du bout de ses doigts qu'elle continuait de contempler.) Tiens donc, il semblerait que la cathédrale soit protégée par un charme… Tant pis, mon épée fera l'affaire.

— Alors, comme ça, tu es la sœur de Nick. (Rien que d'y penser, j'en avais des haut-le-cœur.) Est-ce que tu l'as vu ?

Elle a redressé la tête. Sur son visage, son sourire s'était transformé en un masque de haine.

— Tu crois que je n'y vois pas clair dans ton petit jeu ? Tu essaies de me distraire. C'est peine perdue : la cathédrale est cernée par des Sentinelles bien plus talentueuses que toi. Donne-moi toutes les *Chiavi*, et j'essaierai de faire en sorte que ta mort soit rapide et peu douloureuse.

Toutes les Chiavi *? Elle croit que j'en ai plus d'une sur moi...*

— Je ne les ai pas toutes.

— Oh, pardon, peut-être n'ai-je pas été assez claire, a-t-elle répliqué d'une voix plus sinistre encore. Les deux dernières suffiront puisque nous détenons déjà les autres. En plus du vieux bouquin de sortilèges, bien sûr.

Mon cœur a raté un battement.

— Comment... ai-je balbutié sans pouvoir achever ma phrase.

Les *Chiavi* étaient censées se trouver en sécurité à Asile, dans les appartements de l'Archimage... Autrement dit, d'oncle Philip.

— Comment ? Nous sommes allés les chercher, voilà tout. Il y a moins d'une heure. Quel dommage... Le refuge compte quelques gardes et une Sentinelle en moins depuis notre visite ! Tiens, d'ailleurs, si on jouait à un jeu... Allez, juste une petite devinette : à ton avis, qui est mort ? S'agit-il de quelqu'un de ton entourage ?

Oh non... Carrig avait rendez-vous à Asile avec Bastien pour l'accompagner jusqu'à notre planque en Irlande. *Pourvu que mon père ait été épargné...* ai-je prié intérieurement. La gorge serrée, je peinais à déglutir. Mais je me suis efforcée de garder contenance : hors de question de verser la moindre larme devant elle. Je me refusais à lui montrer qu'elle avait touché mon point faible.

Reprends-toi, Gia !

La colère s'est emparée de moi. J'avais soudain une folle envie d'exterminer cette fille. Juste derrière elle, des touristes étaient là, assis sur les bancs ou en train de photographier le monument. J'ai pris une profonde inspiration. Tous ces visiteurs seraient de potentielles victimes si une bataille éclatait. Je ne pouvais courir le risque qu'ils soient blessés.

— C'est mon jour de chance, aujourd'hui ! s'est pavanée Véronique en caressant le pommeau ouvragé de son épée, qui n'était autre que la *Chiave*. J'étais sur le point de rapporter notre butin à mon cher papa lorsque mon sycophante m'a révélé ta petite excursion !

Quelqu'un lui a donc indiqué mes déplacements ! Mais qui ?

— Les agents de sécurité sont armés, l'ai-je avertie en attrapant la garde de mon épée.

Un rictus malveillant a déformé son joli minois.

— Plus rien à craindre de ce côté-là : on s'est occupés d'eux.

Alors qu'elle extirpait l'arme de son fourreau, un groupe assez dense de choristes est passé entre nous. J'en ai profité pour me placer en position d'attaque de kick-boxing : pied gauche en avant, jambes écartées de la largeur des épaules, poings à hauteur des joues, coudes repliés contre les côtes.

À peine les deux dernières dames étaient-elles passées que j'ai chargé mon ennemie pour lui asséner deux coups en pleine face.

Du coin de l'œil, j'ai aperçu des touristes, qui, témoins de la scène, reculaient en gesticulant.

Reste concentrée, Gia !

J'ai enchaîné avec un direct dans les côtes qui l'a fait tituber. Puis je lui ai lancé un coup de pied latéral dans la poitrine, qui l'a envoyée valser en arrière : elle s'est affalée sur un banc.

Tout de suite après, j'ai entendu un bruit de bottes à ma gauche : deux Sentinelles, une femme et un homme, fonçaient sur nous. Coincée entre deux rangées de bancs, mon adversaire peinait à se relever. Je me suis remise en position d'attaque aussi sec.

C'est alors qu'un inconnu m'a tirée par le bras vers un renfoncement dans le mur. Aussitôt, les pierres se sont refermées, nous emprisonnant dans les ténèbres.

Que se passait-il ? Il fallait à tout prix que je récupère les autres *Chiavi* !

— Non ! ai-je hurlé en martelant le mur de mes poings. Laissez-moi sortir !

J'ai invoqué une sphère de lumière et me suis retournée pour me retrouver face au prêtre que j'avais croisé à deux reprises dans la nef. Il m'a lancé un regard compatissant.

— Ses complices allaient te tomber dessus. Ils t'auraient tuée.

J'ai continué à tambouriner contre le mur.

— Il faut que je lui reprenne ce qu'elle m'a volé, autrement les conséquences pourraient être terribles. Je dois l'arrêter !

— Suis-moi.

J'ai hésité, fixant la paroi devant moi, la mort dans l'âme.

— Tu auras d'autres occasions de récupérer ce que tu as perdu.

Il avait raison. Je devais aller de l'avant.

— Très bien, ai-je capitulé. Je vous suis. Vous connaissez le monde des Chimères ?

Il a hoché la tête avant de s'engouffrer dans un tunnel.

— L'Église est au courant de son existence depuis toujours. Le Vatican est devenu une sorte de passerelle entre les deux mondes après le schisme, lorsque les Chimères ont fait le choix de se retirer.

Il avançait à vive allure et nos pas résonnaient dans le passage étroit.

— Comment saviez-vous que j'étais ici ?

— C'est Antonio qui m'a alerté. Apparemment, il te doit une faveur.

Sa réponse a éveillé mon attention : si Véronique et Antonio avaient repéré mes allées et venues, je n'étais pas aussi discrète que je le croyais…

— Et comment Antonio l'a-t-il appris, lui ?

— Depuis les récentes attaques, le Vatican a posté des gardes en civil dans la plupart des bibliothèques durant les heures d'ouverture : des femmes et des hommes chargés de se fondre dans la foule. Tu as été aperçue à ton insu.

Je sens que je vais devoir faire une croix sur les sauts de jour…

— Je vois. La prochaine fois que vous verrez Antonio, remerciez-le de ma part.

— Je n'y manquerai pas.

Sauver cette jeune Sentinelle du Vatican ne m'avait pas demandé trop d'efforts. L'incident s'était déroulé quelques mois plus tôt, lors d'une échauffourée dans une bibliothèque. Je m'étais contentée de le protéger d'une boule de feu lancée par Nick grâce à l'un de mes globes.

Le labyrinthe de couloirs nous a menés à un escalier en pierre.

— Savez-vous ce qui s'est passé à Asile ?

— Oui, a répondu laconiquement mon guide qui ne cessait de me jeter des regards par-dessus son épaule pendant qu'il avançait. Antonio me donne régulièrement des nouvelles du monde des Chimères. D'après lui, un petit groupe de malfaiteurs a attaqué le palais pour pénétrer dans les appartements de l'Archimage et dérober un butin précieux. Plusieurs gardes et une Sentinelle ont été tués.

— Vous a-t-il révélé le nom de la Sentinelle en question ?

— Non, Tout ce que je sais, c'est qu'il s'agit d'un homme d'âge moyen, qui venait tout juste de prendre sa retraite.

Ce ne pouvait donc pas être Carrig : lui avait souhaité devenir instructeur au terme de ses années de service. *Dieu merci, il est vivant !* J'étais tellement soulagée que des larmes ont perlé à mes paupières. J'ai détourné la tête pour les essuyer discrètement.

Tout à coup, nous avons débouché dans un nouveau tunnel, où stationnait une voiturette de golf. Le prêtre s'est installé au volant, puis il a attendu que je prenne place à ses côtés et démarré l'engin qui a filé dans les boyaux.

— Comment vous appelez-vous ? ai-je demandé.

— Père Peter fera l'affaire.

L'air était de plus en plus chargé d'humidité à mesure que nous avancions le long des murs de pierre, éclairés par les phares de la voiturette. Après une dizaine de minutes de trajet, mon guide a coupé le contact. J'ai sauté de mon siège, pour le suivre en haut d'un escalier qui semblait avoir été muré. Il a posé les mains sur la paroi et s'est penché en avant pour regarder à travers un judas.

— Nous sommes arrivés. La bibliothèque publique de New York est de l'autre côté. Tu as un peu d'avance. La sécurité de la cathédrale va s'efforcer de retenir Véronique et ses sbires le plus longtemps possible.

Comme je ne répondais rien, il s'est tourné vers moi. J'ai opiné du chef et il a repris sa surveillance.

— Ah ! La voilà. Il est temps d'y aller.

— Je ne sais comment vous remercier.

— Inutile, a-t-il rétorqué, un sourire chaleureux aux lèvres. C'est moi qui devrais te remercier. Tu es notre seul espoir.

— J'ai bien peur de vous décevoir tous, ai-je répondu dans un souffle, si bas que j'ai douté d'avoir réellement prononcé ces mots.

— J'ai foi en toi, Gia, a-t-il pourtant déclaré.

Quelle ouïe !

— Tu n'es pas qu'un simple présage, a-t-il poursuivi. Si un jour, toi ou l'un des tiens avez besoin d'un abri, venez ici. Il suffit d'appuyer sur les minuscules étoiles d'argent au bas des murs coulissants pour déclencher le mécanisme.

Il s'est baissé pour me montrer le fonctionnement du panneau, qui a pivoté pour s'ouvrir sur la bibliothèque.

L'Italienne que j'avais repérée dans les toilettes un peu plus tôt se tenait face à moi, avec son écharpe rouge.

— Bonjour à vous, mon père, a-t-elle lancé avant de me saluer. Gianna.

— Merci de nous accueillir, a répondu l'intéressé. Gianna, je te présente Agata. C'est elle qui va te servir de guide à présent.

D'un coup d'œil à gauche puis à droite, elle a assuré ses arrières.

— La bibliothèque est encore ouverte. Hâtons-nous avant que cette porte ne soit repérée.

Père Peter m'a adressé un sourire bienveillant qui a accentué les rides au coin de ses yeux. Il devait être très souriant pour avoir des pattes-d'oie aussi marquées.

— Allez, file ! m'a-t-il encouragée.

— Merci.

Quand j'ai franchi le passage, ses mots ont continué de résonner en moi : « *Tu n'es pas qu'un simple présage.* » J'étais certes l'Enfant de l'Apocalypse, annonciateur de la fin des temps, mais il n'appartenait qu'à moi de renverser la situation. Je pouvais encore tout arrêter. Pour y parvenir, il me fallait simplement délivrer la Tétrade afin que Royston la détruise.

Restait à savoir comment… J'étais persuadée de trouver des réponses dans la petite boîte en cuir que Gian avait tenu à me transmettre à moi, sa descendante. Mais pour l'heure, le mieux que j'avais à faire était sans aucun doute de me rendre directement à la salle de lecture de la bibliothèque de New York pour sauter dans la porte-livre et retourner me cacher, bien en sécurité. Pourtant, je ne pouvais me résoudre à repartir sans la *Chiave*. Véronique venait de voler les cinq premières, je voulais m'assurer qu'elle ne s'emparerait pas des deux dernières.

Agata, qui s'était précipitée dans le couloir d'un pas assuré, a fait volte-face lorsqu'elle s'est aperçue que je ne la suivais pas.

— Par ici ! a-t-elle insisté.

— J'ai quelque chose à récupérer, d'abord.

Elle a secoué la tête en signe de protestation.

— Véronique et sa bande vont débarquer d'une minute à l'autre !

— Je n'ai pas le choix : la survie de nos deux mondes en dépend.

Elle m'a dévisagée pendant quelques secondes.

— Entendu. Je m'occupe du guet, mais fais vite, compris ?

— Promis !

J'ai traversé à la hâte le hall Astor, dont la hauteur sous plafond m'a impressionnée, avant de m'engouffrer, le souffle court, dans l'escalier qui menait à la rotonde McGraw.

Le Scribe médiéval occupait tout le mur droit de la salle du Catalogue, montant presque jusqu'au plafond. Cette fresque représentait un moine assis derrière un pupitre, occupé à recopier un manuscrit sous la surveillance d'un autre homme. En arrière-plan, on voyait la mer, un château et une grange en feu, devant laquelle deux palefreniers tentaient de maîtriser un cheval cabré. Au bas de l'œuvre se trouvait une pancarte indiquant les horaires d'ouverture de la bibliothèque et, non loin, un banc.

Une fille y était assise, plongée dans la lecture d'un livre. La rotonde grouillait de visiteurs qui flânaient d'une fresque à l'autre pour prendre des photos. Les yeux rivés sur le moine, je me suis remémoré les mots du poème de Gian :

« *Sous le saccage et la ruine, il inscrit le mot avant que sonne l'heure* »

Avant que sonne l'heure…

— Qu'a-t-il voulu dire par là ? ai-je marmonné, comme si la réponse allait m'arriver par miracle.

À force d'étudier l'image, j'ai repéré des livres ouverts, un rouleau de parchemin, et, aux pieds du scribe, une plume usée. D'autres, reliées par un ruban rouge, étaient posées sur le pupitre, ainsi qu'un encrier, un sablier et un autre ouvrage. Chacun de ces objets pouvait être la *Chiave*.

Aussitôt que des visiteurs sortaient, d'autres entraient. La panique a commencé à m'envahir lorsque j'ai compris que je ne pouvais pas attendre que la salle se vide, car je risquais de me faire rattraper par Véronique et ses Sentinelles. Quand la fille assise sous la fresque s'est levée, a rassemblé ses affaires et s'est éloignée, j'ai décidé de me lancer malgré la présence de témoins. J'ai donc récité le charme pour desceller la clé :

— *Libero il Tesoro.*

Les poils sur mes avant-bras soudain hérissés, je me suis retrouvée au centre d'un tourbillon de vent frais. Des exclamations stupéfaites et des hoquets de surprise se sont fait entendre autour de moi.

— Que se passe-t-il ?

— Vous avez vu ?

— Ça bouge !

— Ne craignez rien, est intervenue Agata. (J'étais tellement captivée par la fresque que je ne l'avais même pas vue entrer.) Vous allez assister en avant-première au nouveau spectacle son et lumière en cours de préparation.

Bien joué !

Sur le panneau mural, les flammes dansaient, le cheval ruait et les deux hommes s'affairaient autour de lui. Le moine du tableau a déposé sa plume sur son pupitre au moment où son compagnon levait les yeux sur moi. Il s'est levé, vêtu de sa soutane immaculée, puis il s'est éclairci la voix avant de s'emparer du sablier. Lorsqu'il me l'a tendu, j'ai été frappée par ses yeux d'un bleu délavé, empreints de tristesse.

— Tu n'es qu'une enfant, fille des Sept. Je suis Frances, le gardien de la *Chiave* que tu cherches. Ce sablier permet à son détenteur de ralentir le cours des événements, le temps qu'il se vide.

Il s'est penché par-dessus le cadre, en dehors de la surface plane du tableau, afin de me tendre l'artefact. Je me suis avancée pour le récupérer.

— Merci, me suis-je contentée de lâcher.

Il a incliné légèrement la tête, avant de retourner s'installer dans son siège et de reprendre sa plume. L'observateur attentif, les flammes, le cheval et ses dompteurs se sont figés. Enfin, le vent est retombé et les pages des livres ouverts sur les tables ont cessé de tourner. J'avais beau en avoir vu de nombreuses démonstrations, la magie ne cessait de me surprendre.

— Maintenant, disparais, m'a ordonné Agata. Ils arrivent !

Quand je me suis retournée, je l'ai vue foncer sur nos assaillants. L'instant d'après, je m'élançais pour traverser la rotonde à toute allure, sur le claquement de mes bottes contre le marbre, dont l'écho était amplifié par les hauteurs du plafond du hall.

Malgré la foule des visiteurs qui arpentait la bibliothèque, je me sentais désespérément seule.

Un frisson m'a parcouru l'échine.

Arrête tes jérémiades! Je me suis arrêtée quelques secondes pour ajuster ma besace et reprendre ma respiration. L'immense salle de lecture de la bibliothèque de New York était baignée de soleil. Ses rayons pénétraient dans la pièce par les gigantesques fenêtres arrondies et se reflétaient sur les abat-jour métalliques des centaines de lampes fixées sur deux longues rangées de bureaux.

J'avais toujours le sablier dans la main. À voir la fragilité de ce vieil objet, fait de bois et de verre, j'ai redoublé de prudence pour le glisser dans mon sac, aux côtés de la médaille. Puis j'ai appelé la porte-livre, sans me préoccuper d'être vue par d'éventuels témoins.

Les rayonnages s'élevaient sur deux niveaux superposés. Arik m'avait confié un jour que les bibliothèques étaient pour lui des sortes de jardins secrets. À une époque, j'aurais été d'accord avec lui, mais il n'en était plus rien à présent. Si les monuments en eux-mêmes étaient souvent magnifiques, leurs étagères et patrimoines architecturaux recelaient bien trop de dangers.

Où se cache donc ce fichu bouquin? Les mains moites, le souffle court, j'ai jeté un coup d'œil derrière moi, certaine de voir bientôt Véronique débouler dans la pièce.

Il y a vraiment du monde… Beaucoup trop…

Ça suffit, concentre-toi!

Je ne pouvais faire courir aucun risque à ces vies innocentes. Mais ils étaient tellement nombreux… Comment étais-je censée les protéger tous ?

Soudain, m'arrachant à mes réflexions, une alarme incendie a retenti dans tout le bâtiment. Aussitôt, lectrices et lecteurs se sont levés pour quitter les lieux au pas de course.

Sans doute une diversion d'Agata !

J'étais en train de fourrer ma veste dans mon sac quand j'ai enfin repéré un faible mouvement au niveau des étagères les plus hautes. Derrière une porte, j'ai découvert un petit escalier qui menait au balcon. Bien sûr, l'ouvrage était sanglé.

— Ça devient pénible, ces histoires de verrous, ai-je grommelé en attrapant le volume.

D'un mouvement de la tête, j'ai rejeté une mèche rebelle en arrière avant de prononcer la formule : « *Liberato* ».

Les liens se sont desserrés et le livre a comme bondi de l'étagère. L'ayant rattrapé au vol, j'ai commencé à le feuilleter de mes mains tremblantes.

Tout à coup, une boule de feu a filé avec fracas juste au-dessus de ma tête pour venir s'écraser contre une étagère. J'ai fait volte-face. Une troisième Sentinelle avait rejoint Véronique. Il se tenait entre deux rangées de tables, une nouvelle sphère crépitante au creux de la paume.

Où est donc passée Agata ? Me mettant en position accroupie, je l'ai cherchée du regard à travers la rambarde ouvragée du balcon. Elle gisait inerte au sol, au milieu de plusieurs chaises renversées. Elle était figée dans ce qui semblait être du givre et son regard vide fixait le plafond.

Véronique, penchée au-dessus de mon escorte, arborait un rictus satisfait.

Mon Dieu, elle est morte… Non, non, non ! J'ai refoulé mes larmes : l'heure n'était pas aux lamentations. Je devais sauver ma peau à tout prix. J'ai rampé au milieu des livres éparpillés, cherchant des yeux celui qui permettrait ma fuite.

Une nouvelle boule de feu est venue frapper les étagères. L'instant d'après, une pluie d'ouvrages calcinés et de pages enflammées s'abattait sur moi. J'ai invoqué un globe de combat que j'ai jeté par-dessus la rambarde. La sphère possédait une apparence cristalline que je ne lui avais encore jamais vue. J'ignorais quelles en seraient les propriétés. Le projectile a enflé à mesure qu'il fendait les airs, puis s'est écrasé sur une table – des tessons ont fusé partout dans la salle de lecture. Un éclat particulièrement important a transpercé la gorge de mon assaillant qui s'est écroulé, hébété, dans des effusions de sang. Un éclair de feu s'est alors élevé de son corps pour venir me frapper de plein fouet, me réchauffant instantanément. J'ai tout de suite palpé mes vêtements, de crainte qu'ils ne soient déjà en flammes, mais il n'en était rien.

Je l'ai tué. JE L'AI TUÉ !

De la bile a remonté le long de mon œsophage. *Reprends-toi, Gia !* me suis-je intimé.

J'aurais tout le temps de paniquer plus tard. J'ai fait glisser mon sac dans mon dos pour continuer mon exploration, malgré la fumée noire qui commençait à envahir la salle de lecture. Beaucoup d'ouvrages brûlaient, si bien que quelques instants plus tard, les asperseurs de la sécurité incendie se sont déclenchés.

Soudain, une sphère violette a explosé près de ma main. Par réflexe – à moins que ce ne soit par pure frayeur –, j'ai immédiatement formé un globe de verre pour le jeter en contrebas de toutes mes forces.

Seul un hurlement déchirant m'a répondu. Je ne me suis pas laissée distraire de ma recherche pour autant – de toute façon, j'étais bien trop terrifiée pour affronter les conséquences de mes actes. Je refusais de voir si j'avais encore tué.

À cet instant, un rayon de lumière violette a surgi de nulle part pour me frapper en pleine poitrine. *Non, pas un sort de stupéfaction !* Pourtant, étrangement, je pouvais encore respirer et bouger les mains… Ça n'avait pas fonctionné !

Enfin, mes doigts ont effleuré le cuir de la porte-livre, au toucher si familier. J'ai ouvert l'ouvrage en essuyant les larmes qui me brouillaient la vue.

À ma droite, les rayonnages ont tremblé sous un nouveau choc. De la glace a recouvert le dos des ouvrages, éteignant les braises qui consumaient les livres éparpillés au sol. L'eau qui s'échappait des asperseurs a gelé et une pluie de grêle m'a piqueté la peau. Lorsque j'ai enfin trouvé la page de la bibliothèque de Dublin, je me suis relevée, restant le plus voûtée possible afin de ne pas attirer les regards.

Pourtant, un globe de feu lancé par Véronique m'a heurtée à l'épaule et a enflammé ma veste.

— C'est pas vrai ! ai-je hurlé en même temps que je me débattais pour enlever le vêtement.

Une fois libérée, j'ai ressenti une vive douleur à l'endroit où le projectile m'avait touchée. Cependant, grâce à mon plastron, les dégâts seraient minimes.

Mon répit s'est révélé de courte durée, car cet instant de distraction avait suffi à la dernière Sentinelle pour grimper sur le balcon. Elle m'a foncé dessus, en même temps qu'elle invoquait un globe de glace. Je l'ai évitée, mais bientôt une avalanche de givre et de neige s'est abattue sur moi.

Je me suis retenue de riposter, car je ne voulais pas la tuer. J'ai donc carré les épaules, prête à encaisser. Quand elle s'est trouvée assez près de moi, je lui ai envoyé un coup de pied dans l'estomac suivi d'un crochet dans la mâchoire. Elle a titubé en arrière jusqu'à la rambarde gelée, qui s'est brisée sous le choc, puis a dégringolé avant de s'écraser sur une table en contrebas. Son corps, à moitié avachi sur la table, pendait d'un côté et les os saillaient sous la peau de son cou figé dans un angle étrange.

Était-elle morte ?

Soudain, une vive lueur s'est échappée de son corps pour me percuter en pleine poitrine. J'ai reculé, redoutant de me transformer aussitôt en bâtonnet de glace humaine, mais il ne s'est rien passé. Seul un frisson m'a parcourue de la tête aux pieds.

— Tu l'as tuée ! a vociféré Véronique en grimpant tour à tour sur une chaise puis sur une table, pour m'atteindre par le chemin le plus court.

Je suis tombée à genoux sans cesser de tourner les pages de la porte-livre. Mon cœur tambourinait dans ma poitrine… J'avais l'impression qu'une fanfare avait pris ses quartiers à l'intérieur de ma cage thoracique. Il fallait que je sorte de là.

Mais pour aller où ? Je ne peux pas la conduire à notre planque... Au détour d'une page, je suis tombée sur celle consacrée à l'Athenæum de Boston. *À la maison ? Je pourrais en profiter pour voir Nana. Et Afton... Non.* Véronique savait où vivaient les personnes à qui je tenais. Pas question que je les mette en danger. J'ai donc continué de feuilleter l'ouvrage.

Encore haletante, mon adversaire a enfin réussi à se hisser sur le balcon pour me lancer un nouveau globe incandescent. Telle une comète, le projectile serti de flammes ardentes laissait une traînée de fumée dans son sillage. Lorsqu'il m'a effleuré la joue, la chaleur m'a arraché un cri.

Le son d'une sirène a retenti non loin. Nous n'allions pas tarder à recevoir de la visite.

L'air mauvais, mon ennemie a tiré une dague d'un fourreau fixé dans son dos. J'ai alors remarqué un sac de velours, qui pendait lourdement à ses hanches.

Était-ce là qu'elle conservait les *Chiavi* volées ? Je devais les récupérer coûte que coûte. Pour me donner du courage, j'ai serré la bandoulière de mon sac.

— Tu ne peux pas gagner, Gia. Tu es lâche et sans talent... Rien qu'une sale pleurnicheuse.

— Il me semble t'avoir pourtant flanqué une bonne raclée... Tes amis ne sont d'ailleurs plus là pour s'en plaindre.

Quel euphémisme ! Les trois Sentinelles gisaient dans la salle... mortes. Je me suis forcée à conserver une attitude de guerrière tout en soutenant le regard de Véronique. Pourtant, les vies que je venais d'arracher pesaient lourd sur ma conscience.

Elle a avancé d'un pas, me contraignant à reculer d'autant.

— Simple coup de chance ! Mais voilà qui devrait te donner du fil à retordre, bécasse ! a-t-elle lancé en se plaçant en fente.

J'ai tout juste eu le temps de dégainer mon épée pour parer et contre-attaquer. Elle a esquivé mon assaut de justesse puis, sans me laisser amorcer une deuxième action, m'a plaquée de tout son corps contre une bibliothèque. J'en ai lâché mon épée.

Radieuse, elle m'a enfoncé sa dague dans le bras, m'écorchant la joue au passage. Un cri d'effroi s'est échappé de ma gorge, au moment même où mes jambes se dérobaient sous moi. Je me suis écroulée par terre.

Tétanisée par la douleur, je n'aspirais plus qu'à une chose : me rouler en boule pour attendre la fin.

Elle va me tuer… Je vais mourir.

Puis, peu à peu, la peur qui me submergeait a laissé place à la colère.

Bats-toi, Gia ! m'a grondé une voix intérieure, puissante et déterminée. C'est cette injonction qui m'a donné la force de me relever et d'agir.

Ton globe ! Neutralise-la avant qu'elle ne t'achève !

J'en ai invoqué un que j'ai jeté contre sa cuisse. Quand les fragments de glace l'ont atteinte à la jambe, lui lacérant la peau, elle a poussé un hurlement avant de trébucher.

J'en ai profité pour me contorsionner et lui faire un croc-en-jambe en travers des mollets, ce qui l'a mise au tapis. Dans sa chute, sa tête a heurté le sol sans ménagement.

Elle ne bougeait plus.

— Alors, tu trouves toujours que je manque de talent ? ai-je craché. C'est plutôt toi qui devrais prendre des cours du soir…

Pour toute réponse, elle a esquissé un geste.

J'ai ouvert le livre le plus vite que j'ai pu et je me suis effondrée dessus. Impossible de bouger tant mon épaule, mon bras et ma joue me faisaient souffrir. Je tremblais de tous mes membres et le sang ruisselait de ma joue jusque sur mes lèvres. Un goût de métal se répandait dans ma bouche.

« *Aprire la porta* », ai-je récité. Aussitôt, tout mon corps a été entraîné par le livre.

Alors que je serrais mon sac contre ma poitrine, je me suis souvenue de la besace de Véronique.

— Non… Attendez !

Trop tard : un tourbillon de vent m'emportait déjà dans la page. Pourtant, au dernier moment, mon adversaire s'est redressée et a sauté avec moi dans le néant, les bras serrés autour de mon cou.

Chapitre 4

L'air frais a apaisé la brûlure sur ma joue. Ma manche était gorgée de sang à cause de ma blessure à l'épaule. À voir mon état, la terreur m'a prise aux tripes. J'étais tentée d'abandonner, de laisser les ténèbres m'engloutir pour m'emporter loin de ces lieux et de cette porte-livre infernale où j'étais coincée avec Véronique. Mais les violents coups de poing dont elle me labourait les côtes m'ont rappelée à la raison.

Je ne la laisserais pas gagner.

D'un coup de coude en arrière, je l'ai frappée au menton – elle a lâché prise et disparu au loin. Comme je ne pouvais plus voir où elle se trouvait, j'ai invoqué une sphère lumineuse que j'ai lancée devant moi pour éclairer notre trajectoire. Tel un lampion, la sphère restait en suspension à notre hauteur.

Comme mon ennemie peinait à sortir l'épée enchantée de son fourreau, j'ai tenté une attaque avec un globe de bataille pour l'en empêcher. Malheureusement, je l'ai manquée de peu. En revanche, le globe suivant a bien rencontré sa cible.

Véronique a lâché la *Chiave* et poussé un hurlement, dont l'écho m'est parvenu, emporté par les vents. La lame, filant vers moi, a heurté ma cuisse.

J'ai franchi la porte-livre avec fracas, faisant tomber plusieurs ouvrages au passage, puis me suis affalée sur un sol de marbre. Juste après, mon globe de lumière a surgi des pages pour retomber à côté de moi.

L'épée l'a suivi de près – le pommeau a tinté contre le marbre –, puis Véronique a atterri exactement au même endroit, s'empalant sur la lame au niveau du sternum.

L'instant d'après une pluie de fragments de verre s'est abattue sur nous, m'arrachant une grimace de douleur lorsque les éclats se sont fichés dans ma peau.

J'ai déployé d'ultimes efforts pour ramper jusqu'à mon adversaire, malgré les haut-le-cœur que provoquait en moi la vue du sang qui s'écoulait de sa poitrine. La lame tremblait à chacun de ses hoquets.

J'étais sans voix, incapable de réfléchir. Tout ce que je savais, c'était que mon corps était perclus de douleurs.

Soudain, un son guttural s'est échappé de ses lèvres, puis elle a toussé et m'a dévisagée de ses yeux bleu ciel.

— Ne sois pas lâche, Gia. Tu es une Sentinelle du Conseil des mages. Je n'avais qu'une seule idée en tête : te tuer. (Sa respiration s'est affaiblie à mesure que son intonation devenait à la fois plus douce et plus affligée.) Nous devons choisir en permanence entre le bien et le mal. Assure-toi que tu es du bon côté... (Elle a été saisie d'une nouvelle quinte de toux.) Ils te mentent. Trouve le Rouge. Lui sait...

Elle venait de rendre son dernier souffle, sans avoir pu prononcer ses ultimes paroles. Son regard s'était figé, son corps raide baignait dans une mare de sang, mais sa beauté restait intacte.

Elle est morte. Je ne saurais jamais pourquoi je devais trouver le Rouge. Je ne savais même pas où vivait cet impressionnant Laniar.

Lorsque mes yeux se sont posés de nouveau sur la dépouille de Véronique, j'ai été envahie par la tristesse.

Je me demandais bien pourquoi : elle avait tué Kale et me réservait le même traitement. Elle avait mérité son sort. Pourtant, dans ses prunelles, je voyais l'enfant qui s'entraînait avec acharnement pour devenir la meurtrière dont rêvait son père, qui cherchait à tout prix à lui plaire alors qu'il se servait d'elle. La Sentinelle française n'avait probablement jamais reçu d'amour paternel. En tout cas, rien qui puisse ressembler à ce que Pop m'avait offert pendant toute mon enfance.

C'est fini. Efface-la de ta mémoire.

Le saut de cette traîtresse avait sûrement été enregistré par un Surveillant. Aussi, je devais quitter les lieux avant de me retrouver nez à nez avec quelqu'un parti à sa recherche. Sauf qu'avant tout, je devais récupérer les *Chiavi*. L'une des clés se trouvait fichée dans le cadavre de Véronique. J'ai dénoué les liens du sac de velours et saisi la poignée de l'épée. Fermant les paupières, j'ai tiré de toutes mes forces sur une profonde inspiration, jusqu'à ce que la lame sorte du corps. J'ai d'abord entendu un bruit de succion, suivi d'un autre évoquant une sorte d'écoulement. Lorsque j'ai rouvert les yeux, mon adversaire baignait dans son sang et je pataugeais dedans. Dans un mouvement de recul, je me suis cognée dans une étagère.

L'arme dégoulinait de liquide poisseux. Comme je n'avais rien de mieux pour l'essuyer, j'ai jeté mon dévolu sur un pan de la veste de Véronique. J'ai frotté la lame contre le tissu avant de la ranger dans son fourreau, puis j'ai attaché le sac de velours à ma ceinture.

Fébrile, j'ai ensuite ramassé la porte-livre – du sang de ma blessure a aussitôt moucheté la page. J'en ai alors volontairement taché plusieurs d'autres, afin de brouiller les pistes. Personne ne devait savoir que je me rendais à l'Athenæum de Boston.

La bibliothèque était calme et le décor accueillant. Je m'y suis sentie chez moi, comme si je rentrais à la maison. J'ai descendu l'escalier à grand-peine – mes blessures me torturaient à chaque pas. En passant devant la réception, j'ai aperçu un téléphone, que j'ai utilisé pour appeler Nana Kearns. J'ai attendu cinq sonneries avant que quelqu'un décroche.

— Allô ? a lancé une jeune fille à l'autre bout du fil.

— Katy… Katy Kearns… ai-je bafouillé d'une voix rauque. Est-ce qu'elle est là ?

— Non. Qui êtes-vous ?

Soudain, j'ai reconnu cette voix.

— Emily ?

L'entendre m'a rappelé ce moment atroce où Arik avait mis un terme à notre relation pour sortir avec cette sorcière qui avait utilisé un charme pour le réduire à l'état de marionnette, et, les ficelles en main, le faire agir selon ses propres désirs.

— Gia, c'est toi ?

Si Nana n'était pas là, Emily ferait l'affaire : j'avais désespérément besoin d'aide. Tout ce que je voulais, c'était m'allonger, fermer les yeux et oublier cette nuit maudite.

— Je suis blessée. Peux-tu venir me chercher ?

— Blessée ? Oh mon Dieu ! Est-ce que c'est grave ?

— Je vais m'en sortir, mais viens me chercher !

— Où es-tu ?

— À l'Athenæum. On se retrouve au cimetière.

— J'arrive.

Dès qu'elle a raccroché, j'ai lâché le combiné.

Heureusement, j'avais la clé enchantée qu'Arik m'avait donnée : elle a déverrouillé les portes de la bibliothèque du premier coup. Après les horreurs que je venais de vivre, cette petite victoire m'a rendu une étincelle d'espoir. Je suis sortie le plus discrètement possible pour m'engager dans les rues Beacon puis Tremont et rejoindre le Granary Burying Ground. Le trajet n'était pas long, mais diminuée comme je l'étais, je l'ai vécu comme une véritable épreuve. Le sac de velours me semblait toujours plus lourd à mesure que mes forces s'amenuisaient et le lien autour de mon poignet me brûlait la peau. J'ai attendu qu'un couple âgé, un loulou de Poméranie en laisse, s'éloigne avant de pousser la grille du cimetière.

À bout de forces, je me suis cachée derrière l'un des piliers de l'entrée, les yeux rivés sur les pierres tombales plongées dans les ténèbres. Certaines semblaient abattues et penchaient vers leur voisine.

Adossée contre la pierre, je me suis laissée glisser jusqu'à terre, où j'ai fermé les yeux, animée d'une seule envie : me laisser gagner par le sommeil. Avec un peu de chance, lorsque je les rouvrirais, cette nuit serait reléguée à l'état de cauchemar, tout comme ma douleur ne serait plus qu'un mauvais souvenir.

Non, ne t'endors pas!

Je me suis fait violence pour me relever: debout, je resterais en alerte.

Près de quarante minutes plus tard, une petite voiture blanche s'est garée le long du trottoir. La fenêtre côté passager s'est abaissée avec un crissement.

— Gia? a chuchoté Emily.

J'ai traîné mon corps meurtri hors de ma cachette pour tituber vers elle. La douleur a redoublé lorsque je me suis assise.

— Tu sembles mal-en-point, a-t-elle constaté en démarrant. Que s'est-il passé?

J'avais le tournis et commençais à me sentir mal.

— Véronique… elle m'a attaquée.

— Oh non… Je la tuerai un jour, celle-là, je te le promets!

— Pas la peine, c'est déjà fait, ai-je répondu avant de sombrer dans les ténèbres.

Quelque chose de froid et humide est passé sur mon front. J'ai ouvert les yeux pour découvrir Emily qui m'observait. J'ai tenté de me relever, mais elle m'en a gentiment dissuadée. Derrière elle, j'ai reconnu la vieille armoire qui constituait, avec le lit grinçant où j'étais allongée, le mobilier de la chambre d'amis de Nana. Pourtant, je ne me trouvais pas à Mission Hills: la fenêtre était différente et surtout, du mauvais côté de la pièce.

Emily a froncé les sourcils, ce qui a plissé son front et entraîné vers l'avant la ligne d'implantation de ses cheveux attachés en queue de cheval.

— Ne bouge pas, m'a-t-elle ordonné. Je t'ai administré les horribles mixtures de Nana pour tenter de faire cicatriser tes blessures.

— Où est-elle ? ai-je demandé d'une voix rauque, méconnaissable, avant de me redresser contre les coussins.

— À Seattle, a répondu la jeune fille en s'emparant d'un verre d'eau sur la table de nuit pour me le tendre. Elle va tenter de rentrer au plus vite. J'ai pour mission de te garder au lit et de faire baisser ta fièvre. Tu n'as pas fière allure, tu sais.

— Je ne reconnais pas cette maison. Elle a déménagé ?

— Oui. Ils ont décidé de nous cacher, pour notre sécurité. On est à Jamaica Plains. C'est assez sympa.

— Dans ce cas, pourquoi Nana a-t-elle gardé le même numéro de téléphone ? C'est plutôt risqué si vous ne voulez pas qu'on vous retrouve, non ?

— Elle voulait que tu puisses l'appeler, mais elle l'a assorti d'un sort de protection. Personne ne peut remonter jusqu'ici.

— Et d'ailleurs, qui vous a demandé de déménager ?

Elle m'a lancé un regard soucieux.

— Des gardes d'Asile, bien sûr. Pourquoi ?

Les intéressés connaissaient-ils les adresses de Pop et d'Afton ? Je vivais moi-même cachée dans un lieu tenu secret de tous, hormis d'oncle Philip. Or Véronique m'avait révélé que j'étais espionnée… Je n'appréciais guère l'idée qu'Asile puisse localiser mes amis et ma famille.

— Pour rien, ai-je rétorqué, évasive. Je suis dans le cirage. J'ai dormi longtemps ?

— Près de trois jours.

J'ai bu quelques gorgées d'eau, puis lui ai rendu le verre. En le récupérant, elle en a profité pour plaquer sa paume contre mon front.

— Ça promet… Tu es bouillante !

— Pourtant, je me sens super bien.

— Pas étonnant… Je t'ai fait avaler je ne sais combien de potions de Nana ! Tu dois planer, en fait.

Aussitôt, elle s'est débarrassée du gobelet et s'est saisie d'un des pots de crème de Nana.

En effet, j'étais partie très loin dans mon esprit. J'ai déployé toutes mes forces pour soulever mon bras, qui m'a semblé bien lourd, et palper le bandage sur ma joue.

— Et voilà ! s'est-elle exclamée. Si tu ne gigotais pas autant, tu n'aurais pas rouvert ta plaie à l'épaule ! (Elle a dû lire mon anxiété sur mon visage, car elle s'est arrêtée pour ajouter :) Tu vas mettre du temps à guérir, mais la cicatrice devrait être minime. Un peu de maquillage, et il n'y paraîtra rien.

J'en doutais fort. La coupure était tout de même profonde. Mais la tentative d'Emily pour me rassurer était louable.

— Tu as été formée par Nana, pas vrai ?

Elle a plongé ses doigts dans le pot d'où elle a extrait une noisette d'onguent qu'elle a étalée sur mon épaule.

— Écoute… je sais que tu ne m'aimes pas. Je suis sincèrement désolée pour Arik. Jamais je ne l'aurais envoûté si je n'avais pas été possédée par une Sorcière noire de Conemar.

Nous avions déjà eu cette discussion.

— Je sais. Ne t'en fais pas, cette histoire est terminée.

— Je voudrais seulement me faire pardonner, a-t-elle insisté.

— Et tu es en très bonne voie en ce moment même. Bon, je dois retourner à la planque.

— Tu es en sécurité ici, seul Carrig sait où tu te trouves. Tu ne « dois pas bouger d'un orteil », *dixit* Nana.

Quelqu'un est entré dans la chambre, mais la silhouette d'Emily me bouchait la vue.

— Oh, j'oubliais, a-t-elle annoncé. Tu as de la visite. Il attendait ton réveil avec impatience.

Arik ? Génial… Il allait me passer un savon, aucun doute là-dessus. Normalement, je devais sauter, récupérer la *Chiave* et revenir sans tarder. Aller chercher la mystérieuse boîte de Gian ne faisait pas partie du plan.

Ma bienfaitrice s'est relevée pour sortir de la pièce, aussitôt remplacée à mon chevet.

Le sourire de Bastien m'a coupé le souffle. J'ai eu l'impression de revoir le soleil après avoir traversé un long tunnel. Ses iris bleu azur trahissaient une profonde inquiétude. Le voir m'a tellement émue que des larmes ont perlé à mes cils. Était-il bien réel ? Rassemblant mes forces, j'ai tendu la main vers lui. Quand il l'a saisie, mon cœur s'est mis à battre à tout rompre.

— Tu étais… Je croyais que… Carrig…

Mes phrases étaient aussi hachées que mes pensées, aussi brisées que mon corps.

— Nous avons quitté les lieux peu avant l'attaque. Si j'avais su… Enfin, je suis là maintenant, m'a-t-il assuré, le regard fixé sur le sac en papier replié dans son autre main.

— Il y avait une femme avec moi. Agata.

Mon cœur s'est serré au souvenir de son corps inerte sur le sol de la bibliothèque.

Bastien s'est rembruni pour me répondre d'une voix grave :

— Elle est soignée à Mantello. D'après les Guérisseurs, elle n'en gardera aucune séquelle.

— Elle va bien, alors ?

J'ai laissé échapper un rire nerveux – un poids immense venait de s'envoler de ma poitrine.

— Oui, a-t-il confirmé.

— Qu'est-ce que tu fiches là ? Tu aurais pu te faire…

Il a lâché ma main pour poser sa paume contre ma joue.

— Rien n'aurait pu me retenir. J'ai eu tellement peur…

— Je vais rester balafrée à vie.

— Ta beauté n'a que faire des cicatrices.

Son sourire, qui ne s'était effacé qu'un court instant, lui a de nouveau illuminé le visage, gonflant mon cœur de joie. Il s'est approché pour déposer un baiser doux et délicat sur mes lèvres.

— Tu es tellement belle…

— Comme si j'allais te croire, vu mon état…

Nerveuse, j'ai lâché un nouveau rire, vite remplacé par une grimace : la douleur aux côtes venait de me rappeler les coups sauvages que Véronique m'avait assénés.

— Tu as encore beaucoup de fièvre, s'est inquiété Bastien. Je vais demander à Emily de te donner quelque chose de plus efficace.

— Non, je t'en prie, reste ici… J'ai peur.

Incapable de retenir mes larmes plus longtemps, je les ai laissées rouler sur mes joues. De la boîte posée à mon chevet, il a tiré un mouchoir qu'il m'a tendu. Il a ensuite retiré ses chaussures pendant que je me décalais pour lui faire de la place. Le sommier a grincé lorsqu'il s'est adossé contre les oreillers.

Enfin, il a ouvert son sac en papier et en a sorti un ouvrage à la couverture verte.

— Si je te lisais une histoire pour te changer les idées ? Je crois que tu l'aimes bien, celle-là.

J'ai su quel livre il avait apporté avant même d'en déchiffrer le titre en lettres d'or : *Le Jardin secret*. À en juger par la couverture, il s'agissait de l'édition originale. J'ai souri, touchée par tant d'attention.

— Viens, m'a-t-il invitée, visiblement heureux d'avoir visé juste.

Je me suis serrée contre lui et j'ai posé la tête sur sa poitrine au moment où il passait un bras autour de mes épaules. Être près de lui s'avérait très réconfortant. C'est à ce moment précis que je me suis rendu compte à quel point il m'avait manqué. J'étais heureuse de retrouver son regard perçant et son écoute attentive. Quand il m'observait, j'avais l'impression qu'il cherchait à mémoriser la moindre de mes expressions et, surtout, il s'intéressait à tout ce que je racontais, même si c'était des sottises.

— Je vais avoir besoin de ton aide pour tourner les pages, m'a-t-il prévenue. (Je me suis exécutée jusqu'à atteindre le premier chapitre, puis il a entamé la lecture.) « Quand Mary Lennox arriva au Manoir de Missel… »

Chacun de ses mots me faisait l'effet d'une berceuse bienfaisante. J'aurais pu rester là pour toujours, à l'écouter, ses doigts dans mes cheveux. Plus rien n'existait : seulement nous deux et cette histoire que nous aimions tant.

Par moments, je levais les yeux vers lui afin d'admirer son beau visage éclairé par la lampe de chevet. Une mèche de ses cheveux bruns retombait sur son front, l'obligeant à plisser les sourcils pendant qu'il lisait. Je craquais complètement quand il changeait de voix pour donner vie à chaque protagoniste du roman.

Vers la fin du troisième chapitre, ma tête a commencé à dodeliner et j'ai dû lutter pour ne pas m'endormir. Il a refermé le livre, puis l'a posé sur la table de nuit.

— Je crois qu'il est temps que tu te reposes.

— Reste !

Il s'est tourné sur le côté pour me faire face, prenant ma main dans la sienne.

— Qui a dit que je partais ? (Il a reposé son front contre le mien.) C'est mieux comme ça ?

— Parfait, ai-je acquiescé en serrant sa main avec le peu d'énergie dont je disposais. Je les ai tués… Véronique et ses Sentinelles. Ils sont tous morts.

À peine lui avais-je fait cet aveu d'une voix chevrotante que les larmes ont envahi mes yeux. Il les a essuyées du pouce.

— Tu n'as fait que te défendre, a-t-il argué.

Il venait de prononcer à voix haute ce que je ne cessais de me répéter depuis cette affreuse nuit, sans pour autant réussir à effacer le souvenir des cadavres de mes victimes.

Je ressassais chacun des combats, comme s'il s'agissait d'un film d'horreur sans fin.

— Mon globe… a une texture différente maintenant. Il est aussi fragile que du verre. Quand je le lance, il enfle et explose en éclats mortels.

— Curieux… Il a dû se transformer lorsque tu as lancé ta sphère dans la trappe afin de nous sauver, Gian et moi. Quand tu seras remise, nous irons consulter un de nos professeurs en sciences magiques.

Son souffle chaud caressait ma joue.

— Génial, j'ai toujours rêvé de devenir un sujet de laboratoire, ai-je ironisé.

— On en reparlera plus tard, a-t-il conclu en déposant un baiser sur mon front. Maintenant, dors.

Être collée de la sorte contre lui m'a rappelé les nombreuses nuits glacées que nous avions vécues dans la Somnium. Je me sentais en sécurité avec Bastien. Le rythme de sa respiration et les effluves de son eau de Cologne m'ont emportée dans un sommeil profond qui, pour une fois, n'a été troublé ni de cauchemars ni de souvenirs macabres. Le néant.

La lumière en provenance de la fenêtre m'a fait cligner des paupières et une odeur automnale m'a chatouillé les narines. « *Ils te mentent. Trouve le Rouge. Lui sait…* » La voix de Véronique a retenti à mes oreilles comme si elle se trouvait avec moi dans la chambre. Je me suis redressée dans mon lit.

Cinq jours s'étaient écoulés depuis que j'avais tué Véronique à la suite de l'attaque de la bibliothèque de

New York. Bastien était parti depuis deux jours, au beau milieu de la nuit, pendant que je dormais. J'étais presque tentée de croire que j'avais rêvé sa présencc, mais Emily m'a confirmé qu'il était venu en personne.

Mon petit ami avait risqué sa vie pour me rendre visite, et j'aurais aimé qu'il reste plus longtemps, mais Couve, son royaume, avait besoin de lui. Il était probablement rentré par la bibliothèque du Sénat à Paris, qui avait été récemment le théâtre de multiples batailles. Aussi m'inquiétais-je pour lui.

Soudain, la porte s'est ouverte sur Emily, m'arrachant à mes pensées.

— Bonjour ! Je viens prendre ta commande pour le petit-déjeuner. Qu'est-ce qui te ferait plaisir ?

— Je vais descendre manger.

J'ai glissé mes jambes hors du lit. Mes plaies et autres hématomes guérissaient très rapidement grâce à la mixture magique de Nana. Même la profonde blessure à mon épaule ne déclenchait plus qu'une légère douleur quand je levais le bras.

La jeune sorcière a ramassé ma robe de chambre pour me la donner avant de sortir de la poche avant de son jean la montre de Carrig qu'elle m'a également tendue.

— Ah, j'allais oublier. J'ai réussi à la nettoyer. Elle était couverte de sang.

— Merci, ai-je dit, soulagée, en la passant à mon poignet.

— Tu es au courant que tu parles dans ton sommeil ?

— Ah bon, et qu'est-ce que j'ai raconté ? ai-je demandé ébahie.

— Tout. La manière dont Véronique est morte. Ses dernières paroles et sa volonté que tu retrouves le Rouge.

Sa chevelure noir de jais était plus longue que dans mon souvenir, mais l'implantation de ses cheveux sur son front décrivait toujours un V très prononcé, qui donnait une forme de cœur à son visage d'un blanc maladif.

— Tu ne te rappelles vraiment rien ? a-t-elle continué, un sourcil levé.

Hum… non. J'ai secoué la tête pour toute réponse et elle s'est installée à côté de moi sur le lit.

— Et si on partait à la recherche du Rouge, toutes les deux ? a-t-elle proposé. C'est sûrement ce qu'il y a de mieux à faire.

— Attends, quoi ? Le Rouge ? Toi et moi ? Certainement pas !

De toute façon, je ne risquais pas de bouger de là. D'ailleurs, qui sait ? Peut-être que si je restais cachée chez Nana, l'apocalypse n'aurait jamais lieu. Et puis, j'avais récupéré toutes les *Chiavi* à présent.

À cette pensée, j'ai bondi sur mes pieds avant de m'affaler aussitôt, terrassée par une douleur dans les côtes.

— Où est mon sac ?

— Juste là, a-t-elle indiqué avec un geste en direction de ma besace, posée sur un fauteuil à haut dossier dans le coin de la pièce.

— Non, l'autre, celui en velours.

Un sourire aux lèvres, elle a foncé jusqu'à un placard sans prendre la peine d'éviter de marcher sur le tapis.

— Tu n'imaginais quand même pas que j'allais laisser les *Chiavi* traîner dans la chambre ? Je les ai cachées.

D'une main, elle a poussé le panneau en bois du fond, dont une partie s'est détachée, puis elle a retiré le sac de sa cachette et me l'a apporté.

Une fois le lien dénoué, j'ai aligné chacune des *Chiavi* sur mon édredon, à côté du grimoire magique. Du bout des doigts, j'ai effleuré toute la rangée d'artefacts: d'abord la couronne, ensuite l'épée, le télescope, la croix et enfin le manuscrit.

Emily s'est assise face à moi, au pied du lit.

— Elles sont magnifiques… D'après ce que m'a enseigné Nana, chacune d'elles a un pouvoir.

— C'est vrai, ai-je confirmé avant de me glisser hors du lit. Bon, encore faut-il découvrir comment s'en servir.

— Où vas-tu ? s'est-elle exclamée en se relevant. Tu dois te reposer, ordre de Nana.

— Je vais juste chercher mon sac.

Je me suis traînée jusqu'au fauteuil pour attraper ma besace et rejoindre ma garde-malade sur le lit. J'ai d'abord sorti ma veste, encore roulée en boule, puis j'ai récupéré le sablier, la décoration, le journal de Gian et la boîte en cuir, que j'ai disposés sur le matelas à côté des autres *Chiavi*. Je m'apprêtais à attraper le grimoire antique mais je me suis ravisée, comme si le toucher allait attirer une malédiction sur moi.

Emily l'a pris à ma place et s'est mise à le feuilleter.

— C'est du latin… Le papier semble tellement ancien ! J'ai presque peur de voir les pages s'effriter sous mes doigts.

Une étrange odeur, rappelant la réglisse, s'est échappée du cylindre en cuir lorsque je l'ai ouvert. J'ai retourné le coffret et deux fioles ont atterri sur le matelas. L'une des deux était vide, l'autre contenait une épaisse solution noire.

— C'est curieux, cette odeur, a fait remarquer Emily.

— Oui, ça doit provenir de ce liquide.

J'ai retiré avec précaution le morceau de parchemin coincé au fond de la boîte et je l'ai déroulé dans un froissement pour l'aplatir sur le matelas. L'écriture m'était familière : les caractères avaient le même tracé que ceux du journal de Gian.

Emily a tourné une nouvelle page du grimoire et s'est penchée pour l'étudier.

— Je ne comprends pas un mot de ce qui est écrit là-dedans, a-t-elle maugréé avant d'agiter la main au-dessus du livre. *Ad mutare anglicus.* Ah, voilà, c'est mieux !

Elle a ensuite feuilleté l'ouvrage en suivant les phrases avec le doigt.

— Qu'est-ce que tu as fait ?

— J'ai utilisé un sort pour tout traduire en anglais. Que dit la note ?

Je l'ai lue à voix haute :

À mon héritière,

Une page peu après le signet marquant le milieu de l'ouvrage portant mon nom, caché dans la maison des livres de la cité où j'ai vu le jour, tu trouveras l'entrée d'une contrée montagneuse et enneigée dont le plus haut sommet abrite les Quatre. Sois vigilante car les trappes pourraient entraver ta quête.

J'ai métamorphosé les Chiavi en artefacts enchantés. Elles t'aideront à éviter les erreurs de jugement. Cherche les indices gravés afin de déterminer quelle Chiave utiliser. Quand tu toucheras au but, il t'incombera de leur rendre leur apparence originelle grâce à ce charme : « modificare ». Les sept clés redeviendront alors sept baguettes, dont chacune se place à un endroit particulier dans la porte qui tient la bête enfermée. Avant d'insérer chacune des tiges, n'oublie pas de réciter la formule pour les faire luire : « accendere ». Lorsque tu auras glissé chaque clé dans la serrure, il te suffira de prononcer le mot « rilascio » et le battant se déverrouillera. Qui libère la bête la commande.

Au moment où la porte s'ouvrira, l'Élu devra boire le philtre. Pour l'obtenir, il te faudra mêler le sang des héritiers des sept mages – les plus proches en vie à ce jour – à la mixture que Mykyl avait mise au point afin de créer la bête. C'est la potion que tu trouveras dans cette boîte. Si ton mélange est correct, le liquide se teintera d'or. Qui avalera cette solution se verra conférer un pouvoir équivalent à celui de la créature. Seul le plus pur des héritiers peut espérer tuer les quatre incarnations de la Tétrade. Mais il devra se *hâter, car le sort ne sera pas éternel, et dès lors, l'Élu n'aura plus aucune chance.*

D'héritier à héritier, de sang à sang viendra le remède.

Suis ton instinct. Écoute ta voix intérieure. Tout ceci a été déterminé bien avant ta naissance.

Puisse sainte Agnès te guider dans ta quête.

Gian

Mykyl… Le père d'Athela et Archimage d'Estril, créateur de la Tétrade. Conemar avait utilisé sa recette pour façonner les Méduses à partir de Chimères. Il en avait résulté des créatures abominables et difformes, aux dents acérées, capables de se contorsionner dans tous les sens. J'avais bien failli perdre la vie lorsque j'avais dû les combattre dans la bibliothèque de Mafra.

Le regard d'Emily s'est détaché de la page du manuscrit qu'elle déchiffrait pour se poser sur mon parchemin.

— « L'Élu » ? « Le plus pur héritier » ? De qui parle-t-il ?

Je me suis demandé à cet instant si j'avais bien fait de lire le message de Gian à haute voix devant elle. L'élixir de Nana faussait mon jugement.

J'ai dévisagé la jeune sorcière pour tenter de déterminer si je pouvais lui confier le mystère de l'existence de Royston. Après tout, Conemar avait déjà réussi à prendre le contrôle sur elle… Mais Nana lui faisait confiance et force était de constater que je lui devais une fière chandelle, vu l'état dans lequel elle m'avait récupérée après ma lutte à mort contre Véronique.

— Ce sont les différents noms donnés à celui qui détruira la Tétrade.

— La quoi ?

— Un monstre, créé il y a des siècles dans le but de devenir une arme capable de commander aux éléments et de détruire nos deux mondes.

Inutile de préciser que cet Élu n'était autre que Royston… De mes doigts engourdis, j'ai délicatement enroulé le parchemin.

— Quel cauchemar… (Son attention s'est portée de nouveau sur l'ouvrage qu'elle tenait entre les mains.) En revanche, ce bouquin est génial ! Il contient plein de sorts que je n'avais encore jamais vus dans les livres de Nana. Oh, regarde… Une page a été arrachée.

Elle a levé les yeux vers moi, d'un air interrogateur. J'ai baissé le col de mon haut de pyjama pour lui montrer ma cicatrice en forme de demi-lune.

— Un sort de protection y était référencé. Celui que Nana a utilisé pour me marquer de ce charme. Il me rend invisible aux yeux des Surveillants lorsque j'effectue des sauts à travers les portes-livres.

Soudain, quelque chose a cogné contre la vitre et nous a fait sursauter. Emily en a même lâché le grimoire.

Nous sommes restées immobiles, même quand d'autres coups ont suivi.

— Qu'est-ce que c'est ? a demandé ma camarade, paniquée.

— Aucune idée, ai-je lancé tout en attrapant la *Chiave* épée avant de m'arracher du lit. Range tout dans le sac et cache-toi dans le placard.

Chapitre 5

Emily, bouleversée, s'est hâtée de tout fourrer pêle-mêle dans la besace avant de traverser la chambre en trombe. J'ai attendu qu'elle ait bien refermé la porte de l'armoire sur elle pour jeter un coup d'œil derrière les rideaux.

— Afton ?

J'ai ouvert les tentures en grand alors qu'elle s'apprêtait à frapper une troisième fois. Dans un sursaut, elle a trébuché sur une pierre et atterri dans une plate-bande d'asters violets. Elle m'a adressé un regard ahuri, puis m'a indiqué la porte d'entrée.

— Pourquoi tu n'as pas sonné ? lui ai-je demandé, sans penser qu'elle ne pouvait pas m'entendre à travers le double vitrage.

— La sonnette ne fonctionne plus, a répondu Emily en sortant du placard.

J'ai balancé la *Chiave* sur le lit avant de me précipiter dans le couloir.

— Oh non… a grondé la sorcière. Tu dois rester au repos !

— Je me sens bien.

— Non, non, et non ! Si je te laisse déambuler partout, Nana va me passer le savon du siècle. Ses consignes étaient on ne peut plus précises, et tu sais combien elle peut être terrifiante.

— Tu exagères, c'est un ange.

— Bien sûr. Et moi, je suis la reine d'Angleterre. Retourne te coucher ! m'a-t-elle ordonné en désignant le lit du menton avant de quitter la pièce.

Quelques instants plus tard, j'ai entendu la porte d'entrée s'ouvrir et se refermer. Afton, agitée, a déversé un flot de paroles qui m'est parvenu de loin. Mais pas besoin de distinguer ses mots pour en comprendre le sens, le ton suffisait : quelque chose clochait. Je me suis glissée hors du lit afin de revêtir ma tenue de combat.

Je n'avais pas terminé que mon amie faisait irruption dans la chambre, Emily sur les talons.

— Nous devons partir sur-le-champ ! s'est-elle écriée avant de s'apercevoir que j'enfilais mon pantalon. Oh, tu es déjà en train de t'habiller ? Parfait !

— Que se passe-t-il ?

Au moment de mettre mon T-shirt, j'ai éprouvé une douleur dans l'épaule, qui m'a fait grimacer.

— Je ne sais pas trop, a rétorqué Afton, occupée à arpenter la pièce. Nana m'a demandé de venir ici et d'en repartir avec toi. À tous les coups, ils ont découvert où tu te cachais…

Comme je peinais à enfiler mes bottes, Emily s'est agenouillée pour m'aider.

— Et alors ? Où allons-nous ? ai-je questionné en même temps que je serrais les boucles.

À chacun de mes mouvements, la douleur irradiait de mes nombreuses blessures. J'étais rouillée d'être restée allongée si longtemps.

Mon amie m'a dévisagée un moment avant de poser les yeux sur la porte.

— Nous avons rendez-vous à l'Athenæum, mais je n'en sais pas plus. Le réseau était mauvais, et quand j'ai rappelé, Nana n'a pas décroché, m'a-t-elle expliqué avant de traverser la pièce pour jeter un coup d'œil derrière les rideaux.

— Est-ce qu'elle va bien ?

— Oui, a répondu Afton.

Les mains crispées, elle se balançait nerveusement d'un pied sur l'autre, sans quitter le jardin des yeux.

Je n'arrivais pas à refermer mes maudites bottes. Vu que les lanières m'échappaient sans cesse des doigts, je ne parvenais pas à les faire glisser dans leurs boucles. J'ai poussé un soupir d'agacement avant de repartir à l'assaut :

— Mais qu'est-ce qu'elle fabrique, à la fin ? Il me paraît clair qu'elle n'est plus à Seattle. Où est-elle, alors ?

— Bon, d'accord, j'ai menti, a avoué Emily. Nana m'a fait promettre de ne pas t'en parler, car le Conseil des mages a adopté des mesures drastiques au sujet des sabbats. Ta grand-mère s'est rendue au rassemblement de la Guilde des Chimères qui a lieu à Eelsteed.

Quel genre de « mesures drastiques » ? Les créatures diverses et variées appartenant au monde des Chimères vivaient dans les sabbats. Et moi qui pensais que Nana en avait fini avec les mensonges… D'autant qu'elle me l'avait promis.

— Pourquoi cette décision du Conseil ?

— Elle ne m'en a rien dit.

Une fois de plus, j'ai lâché la lanière récalcitrante. Emily a écarté ma main pour attacher les boucles à ma place.

— Merci.

— Pas de quoi, a-t-elle répondu avant de se relever en s'essuyant les mains sur son jean. Maintenant, mettons les voiles avant que des intrus se pointent.

Elle a attrapé le grimoire, le journal de Gian et la boîte pour les ranger dans mon sac à bandoulière. Mais la vue de l'épée lui a arraché une grimace : l'arme ne se camouflerait pas aussi facilement…

— Je vais la porter, ai-je proposé.

J'ai attaché le fourreau à ma taille pour pouvoir y glisser la *Chiave*, puis j'ai camouflé le tout sous ma veste dont j'ai noué fermement la ceinture.

Au même moment, un bruit de pas s'est fait entendre sur les pavés du jardin.

— Trop tard ! s'est exclamée Afton, paniquée, en tournant vivement le dos à la fenêtre. À terre !

J'ai plongé en même temps qu'Emily et mon amie s'est étalée sur le tapis. L'instant d'après, la fenêtre nous tombait dessus, dans une explosion de tessons. Mes blessures me faisaient tellement souffrir que je serais bien restée en plan, mais j'ai serré les dents et me suis relevée tant bien que mal.

D'une rotation du poignet, j'ai invoqué mon globe de combat, que j'ai lancé en direction de la fenêtre alors qu'un individu mi-homme mi-taureau s'apprêtait à en enjamber le chambranle.

C'est quoi ce délire ? Mon globe avait encore changé !

Interdite, j'ai contemplé ma main où s'était matérialisée la boule de feu de plus en plus imposante qui venait de percuter mon adversaire de plein fouet.

Une Laniar, créature en apparence plus proche du lévrier que de l'être humain, a sauté dans la chambre tous crocs dehors, prête à nous bondir dessus.

Ses yeux noirs, semblables à des charbons ardents, ressortaient sur son visage pâle. Son regard était féroce et déterminé. J'ai créé un nouveau globe, froid cette fois-ci, dans ma paume, que j'ai perdu de précieuses secondes à observer. Cette sphère, d'un blanc aussi pur que de la neige immaculée, n'était pas la mienne.

Quand la Laniar a chargé, je lui ai lancé le globe qui, en l'atteignant, l'a recouverte de vagues de givre. L'instant d'après, elle était complètement gelée.

Emily, mon sac à bandoulière à l'épaule, m'a tirée par le bras.

— Amène-toi ! a-t-elle hurlé. Par ici !

— Comment fais-tu pour créer ces globes ? m'a demandé Afton qui s'était ruée à notre suite dans le couloir.

— Je… Je n'en ai pas la moindre idée ! ai-je balbutié d'une voix que je ne reconnaissais pas.

Comment est-ce que je réussis ce tour ? Qu'est-ce qui m'arrive ?

— Hors de question de s'enfermer ici, ai-je décrété, quand la jeune sorcière a ouvert la porte de la cave. Ils vont nous déterrer en deux temps trois mouvements. Sortons plutôt par-derrière !

— Fais-moi confiance !

Elle s'est engouffrée dans l'escalier, Afton et moi sur ses talons. Emily a slalomé entre des cartons empilés, sauté par-dessus plusieurs autres, avant de s'arrêter devant une vieille chaudière, que j'aurais tout à fait pu imaginer figurer un passage vers les enfers dans un film d'épouvante. L'appareil occupait presque tout le mur du fond et semblait ne pas avoir servi depuis des lustres. Notre guide a appuyé sur une brique derrière l'installation, qui s'est dérobée pour révéler un tunnel obscur.

— Où est-ce que ça mène ? ai-je demandé après avoir créé un globe de lumière.

— Je ne sais pas, a répondu Emily en s'engageant dans le boyau. Nana m'a dit de l'emprunter et de le suivre jusqu'au bout en cas d'urgence.

J'ai avancé dans la galerie en me forçant à ne pas penser à tous les insectes qui devaient grouiller dans ce sous-sol noir et humide. À en croire sa respiration dans mon dos, Afton était au moins aussi affolée que moi.

— Je n'aime pas ça, a soufflé mon amie quand notre guide a actionné un levier pour remettre en place la chaudière.

De l'autre côté de la paroi, des voix et des bruits de bottes ont résonné dans l'escalier.

Emily a posé un doigt sur sa bouche pour nous intimer le silence et, d'un mouvement du menton, m'a invitée à prendre la tête de notre escouade.

J'ai couru dans l'étroit tunnel, illuminant sur mon passage les murs de brique et les fissures du plafond d'où suintaient des gouttes d'eau. D'épaisses racines dépassaient de la surface du sol en terre battue, à tel point que nous devions parfois les escalader.

— Où sommes-nous ? ai-je interrogé.

Emily a rajusté mon sac bien rempli sur son épaule – les *Chiavi* se sont entrechoquées les unes aux autres. Elle avait fourré le sachet en velours dans la grande poche, si bien que le rabat ne fermait plus qu'à grand-peine.

— D'après Nana, cette galerie aurait été creusée pendant la guerre d'Indépendance. Les colons l'auraient utilisée pour convoyer des armes vers le cœur de la ville. La maison qui nous abritait servait d'armurerie de fortune et…

Une violente déflagration a ébranlé les murs du tunnel, très vite suivie d'une autre.

— J'ai bien peur qu'ils aient trouvé par où on s'est enfuies… ai-je remarqué.

J'ai accéléré le pas sans cesser de m'assurer qu'Emily et Afton tenaient le rythme derrière moi. Toutes deux semblaient terrifiées.

— Plus vite ! Il faut qu'on sorte d'ici !

À toute vitesse, nous avons enjambé des racines et quelques amas de briques, sûrement délogées par des coulées de boue. L'un des éboulements barrait complètement la voie, et nous avons dû nous ménager une ouverture dans le tas de gravats. Avec toute cette agitation, je peinais à maintenir mon globe lumineux, qui s'est éteint plusieurs fois. La peur au ventre, je m'empressais à chaque fois d'en rallumer un. J'ignorais qui était à nos trousses, mais sa façon de nous poursuivre, tapi dans l'ombre sans se manifester, mettait nos nerfs à rude épreuve.

Pourtant, nos agresseurs gagnaient du terrain, cela ne faisait aucun doute. J'ai dévalé un tas de briques et, en attendant que mes amies me rejoignent, j'ai invoqué un globe de combat de ma main libre. Une sphère violette est apparue sous mes yeux ébahis.

— Mais qu'est-ce que c'est que ça?! me suis-je exclamée.

— C'est dingue… a soufflé Afton.

— Je n'y comprends rien.

Quoi qu'il en soit, ce globe-là n'allait pas nous être d'une grande aide pour le moment. À moins que… Je me suis baissée pour déposer tout doucement le globe à terre, afin d'éviter qu'il éclate. Mission accomplie! La sphère s'est immobilisée bien sagement au sol, prête à cueillir sa victime.

— À quoi va-t-il servir? m'a demandé mon amie.

— À les ralentir. Enfin, j'espère que…

Soudain, une douleur m'a traversé l'épaule, si fulgurante que j'en ai titubé. Emily m'a rattrapée avant que je ne m'écroule.

— Ta blessure s'est rouverte, les bandages sont imbibés de sang…

— Je sens comme une brûlure…

J'ai baissé les yeux: une tache écarlate s'épanouissait sur ma veste, au niveau de l'épaule.

— Ça craint, a commenté Afton. Tu devrais te reposer.

Je me suis redressée, tentant de rassembler mes esprits.

— Vu la situation, ça me paraît compliqué… Ça fait un peu mal, mais la douleur va bien finir par passer.

— Tu aurais dû le dire plus tôt! m'a rabrouée Emily en plongeant la main dans la poche avant de son jean pour en tirer une petite fiole en verre. Tiens, l'élixir analgésique de Nana!

Je me suis emparée du flacon dont j'ai aussitôt fait sauter le bouchon de liège.

— Pas plus de la moitié ! m'a avertie la jeune sorcière. Sinon, ça va t'assommer, et ne compte pas sur nous pour te porter…

Le liquide sucré a coulé sur ma langue.

— Allez, c'est reparti, essayons de les distancer le plus possible, ai-je décrété en rebouchant la fiole que j'ai glissée dans ma poche.

Et à ce moment-là seulement, je me suis aperçue que je n'avais pas enfilé mon plastron. Lors de notre dernière rencontre, Véronique ne portait pas le sien. Résultat, elle était morte, empalée sur une épée Je me suis soudain sentie très vulnérable. Je devais à tout prix me montrer moins étourdie si je voulais sauver ma peau. Une guerrière ne prend aucun risque, elle anticipe. J'ai jeté un regard à Afton et Emily. Mon devoir était de les mettre en sécurité.

L'élixir faisant son office, j'ai repris un rythme de course plus soutenu. Dans notre dos, une faible explosion a retenti, suivie d'un éclair violet dont nous avons aperçu les rayons : quelqu'un venait de tomber dans mon piège.

Parvenues au bout de la galerie, nous avons buté sur une lourde porte en bois aux gonds de métal rouillé, dont la poignée semblait dater d'un autre âge. Nous n'étions pas trop de trois pour pousser le battant. Lorsqu'il s'est enfin entrouvert, il a émis un tel grincement que j'ai craint d'avoir attiré l'attention de quiconque se trouverait de l'autre côté. Les voix et bruits de pas se sont amplifiés derrière nous. Nos poursuivants gagnaient du terrain.

Mes amies et moi nous sommes jetées contre la porte d'un même mouvement, sans réussir à la faire céder de plus d'un centimètre.

— Encore ! a hurlé Afton, qui était la plus proche de l'entrebâillement. On y est presque !

Lentement, laborieusement, le battant a fini par céder assez pour nous laisser passer l'une après l'autre – et encore, à condition de rentrer le ventre.

— Il faut la refermer, ai-je déclaré en me projetant de toutes mes forces contre la porte.

Voyant que je laissais des taches de sang sur le bois à chaque impact, Emily et Afton se sont empressées de me prêter main-forte.

— Plus fort ! nous a encouragées mon amie avant que nous nous précipitions de concert.

Une longue main aux ongles semblables à des griffes est passée par l'ouverture au moment même où nous lancions notre dernière offensive contre le panneau, le refermant avec une telle brutalité que le membre en a été sectionné. La main flasque est retombée sur les dalles de pierre rougies par le sang.

Horrifiée, Afton a poussé un cri.

— Ne regarde pas. On avance, ai-je ordonné tout en la tirant en avant.

— C'était vraiment dégueulasse ! s'est-elle lamentée. Quand ce cauchemar va-t-il enfin cesser ?

— Jamais, j'en ai bien peur, ai-je déploré avant d'observer les lieux où nous avions débouché. On ne revient jamais indemne du pays des merveilles, Alice.

— Très drôle… a-t-elle grogné, les bras croisés. On se caille ici.

Tous les murs de la pièce étaient en briques.

— Par là, il y a un escalier ! a lancé Emily en rajustant le sac sur son épaule avant d'entamer son ascension. C'est peut-être la sortie… Suivez-moi, il vaut mieux rester ensemble : on ne sait jamais ce qui nous attend.

— Voilà qui est rassurant, a ironisé Afton qui s'est contentée de décroiser les bras pour monter les marches.

Je leur ai emboîté le pas, sans cesser de surveiller nos arrières, au cas où nos poursuivants réussiraient à ouvrir la porte.

Un loquet de bronze oxydé dépassait du plafond en pierre. Emily a tiré dessus, en vain. Elle l'a poussé, sans plus de succès, et a fini par le faire pivoter sur lui-même, ce qui lui a valu de recevoir une poignée de terre en plein visage. La trappe a coulissé pour s'ouvrir sur l'extérieur. De l'air frais s'est engouffré dans la cave, au plus grand soulagement de mes poumons.

Aussitôt que nous avons réussi à nous hisser dehors, j'ai reconnu l'endroit : nous étions au Granary Burying Ground ! Le tunnel débouchait sous l'obélisque de la sépulture des parents de Benjamin Franklin, au centre du cimetière.

— Regardez ! Ces filles sont sorties du tombeau ! s'est exclamée une femme.

Avant cet instant, je n'en avais pas pris conscience, mais nous étions entourées de familles avec enfants, de personnes âgées et de groupes d'adolescents. Autour de nous, les badauds qui flânaient encore quelques secondes plus tôt nous regardaient à présent d'un air médusé. Forcément, à cette heure de la journée, l'endroit grouillait de touristes... Dans mon dos, l'obélisque est revenu à sa position initiale. Le passage était désormais rebouché. Mes yeux ont croisé ceux de mes compagnes. Nous étions pétrifiées, incapables de déterminer la marche à suivre.

Soudain, le monument s'est ébranlé de nouveau : quelqu'un, en dessous, devait actionner le levier...

— Il faut évacuer les lieux, ai-je décrété. Afton, tu t'occupes de la droite, Emily, de la gauche. Je m'occupe de l'allée centrale. Faites sortir tout le monde !

J'ai couru vers un groupe de six femmes en pleine conversation.

— Partez, vite ! Des créat... (Je me suis interrompue juste à temps.) De dangereux individus ne vont pas tarder à arriver.

— Vous avez un souci, jeune fille ? a demandé l'une de mes interlocutrices avec un sourire, très vite remplacé par une expression ébahie.

Quand j'ai fait volte-face, l'obélisque était décalé sur le côté, livrant d'abord le passage à un Laniar, bientôt suivi par un homme affublé de cornes puis d'une sorte de troll d'environ deux mètres de haut.

La panique m'a submergée. *Comment pourrai-je en venir à bout ? Non seulement ils sont plus nombreux, mais je suis blessée !* Je devais me ressaisir, refouler la terreur et me battre. Je ne pouvais laisser tous les innocents autour de nous être tués à cause de ma propre lâcheté.

Soudain, un cri de terreur – provenait-il de quelques-unes des femmes du groupe ou de toutes ? – s'est élevé, couvrant celui qui me martelait le crâne depuis quelques instants.

— Fuyez ! leur ai-je ordonné.

Les visiteuses ont pris leurs jambes à leur cou, sans cesser de hurler, pour certaines. Sans plus tarder, j'ai invoqué mon globe de combat : une boule de feu s'est formée dans la paume de ma main. Je me suis placée en position de lancer et l'ai projeté sur mes assaillants. En plein dans le mille ! Les vêtements de l'homme cornu ont pris feu.

J'ai ensuite fait pleuvoir des projectiles de toutes sortes sur nos adversaires – stupéfaction, feu, verre.

Et glace.

La dernière sphère a manqué sa cible, mais son effet a vite gagné les marches du caveau, faisant déraper les créatures qui peinaient à se relever.

J'ai enchaîné avec un globe violet que j'ai lancé sur le troll. Il s'est effondré, provoquant une légère secousse. La stupéfaction l'empêchait de respirer, et si personne ne lui venait en aide, il allait mourir.

Le Laniar, à quatre pattes, a bondi mais s'est fait intercepter par un globe de glace qui l'a gelé en plein vol. Lorsqu'il a heurté le sol, il s'est brisé en mille morceaux.

J'entendais de l'agitation sous l'obélisque : d'autres créatures allaient débouler d'une minute à l'autre.

— Repli ! ai-je crié à l'intention de mes amies avant de battre en retraite.

Devant nous, les derniers touristes se bousculaient vers la sortie. L'adrénaline qui venait d'affluer dans mes veines m'avait redonné de la force. À peine mes camarades m'ont-elles rejointe, pantelantes, que je me suis élancée dans la rue, direction l'Athenæum.

— Emily, je vais avoir besoin de ma carte de lectrice, elle se trouve dans la poche avant de mon sac !

J'ai entendu un bruit de fermeture Éclair.

— Je l'ai !

À l'approche de la bibliothèque, nous avons ralenti le pas.

— Collez-vous à moi. Avec un peu de chance, mon épée et le sang à mon épaule passeront inaperçus…

Plantée devant les hautes portes tapissées de cuir rouge, Afton se mordillait les lèvres.

— Ça ne marchera jamais, ils vont te demander d'enlever ton manteau ou de laisser tes affaires au vestiaire.

— J'ai un laissez-passer, ai-je expliqué. Tout ce dont nous avons besoin, c'est d'une issue de secours.

— C'est-à-dire ?

L'air étonné de mon amie m'a confirmé qu'elle ne se souvenait pas d'avoir vu Arik utiliser sa clé pour pénétrer dans les bibliothèques.

— Un laissez-passer magique, ai-je précisé avant de tirer la carte enchantée de ma poche de poitrine.

— Ah, mais oui, suis-je bête ! s'est-elle exclamée en attrapant son téléphone portable dans sa poche arrière. Attends, je vais chercher un plan du rez-de-chaussée sur Google. (Quelques minutes plus tard, elle a relevé le nez de l'écran et s'est élancée sur le trottoir.) C'est bon. Suivez-moi !

J'ai scruté les environs, traversée par un frisson de terreur… Pourvu que les créatures qui se trouvaient encore dans le tunnel lorsque nous avions quitté le cimetière aient perdu notre trace !

J'ai plaqué ma carte sur la serrure de la sortie de secours et la porte s'est ouverte.

Juste à ce moment-là, des hurlements et des bruits de tôle froissée se sont élevés depuis la rue. Tendue, j'ai pris le temps de me calmer. Afton et Emily avaient besoin de moi, il était de mon devoir de les escorter.

— Entrez là-dedans, ai-je dit. J'ai comme l'impression que Beacon Hill est en train de faire connaissance avec des Chimères peu recommandables.

— Dépêchons-nous, a enchaîné Emily en refermant la porte.

— Passez devant pour vous assurer que la voie est libre, ai-je conseillé. Je ne veux pas risquer d'effrayer qui que ce soit avec mon épaule ensanglantée. Je vous suis de près.

Afton m'a adressé un bref signe de tête, que j'ai imité en réponse. C'était notre langage secret, notre manière à nous de nous assurer que nous nous protégions l'une l'autre. Puis, elle s'est ruée à la suite d'Emily.

Chaque pas ravivait une nouvelle douleur lancinante, ce qui ne faisait qu'accroître ma peur. L'effet de l'élixir était en train de se dissiper. J'ai sorti la fiole de ma poche pour avaler le reste d'une traite.

Nous sommes passées devant la section jeunesse avant d'atteindre l'ascenseur qui nous mènerait au cinquième étage sans croiser personne. Soudain, une rumeur s'est élevée dans le hall d'entrée. Les visiteurs devaient s'y être regroupés pour observer le spectacle qui se déroulait dans la rue. À peine les portes se sont-elles ouvertes, que nous nous sommes engouffrées dans la cabine.

Tout à coup, les bavardages se sont mués en cris et des pas précipités ont martelé le sol de marbre. Les murs de la bibliothèque se sont mis à vibrer sur fond de grondements et grognements bestiaux. Une gigantesque Chimère efflanquée à la peau grisâtre et aux bras démesurés est apparue à l'angle du couloir. J'avais déjà rencontré un individu de cette espèce après une audition au Conseil en compagnie de Bastien. Plus tard, j'avais appris qu'il s'agissait d'un Grigiolien. La panique m'a submergée.

En découvrant l'intrus, mes amies ont poussé des cris de terreur.

M'efforçant de maîtriser le tremblement de mes mains, j'ai sorti la *Chiave* de son fourreau dans un crissement métallique et je l'ai brandie bien haut.

Du calme. Ne montre pas ta peur.

J'avais beau essayer de me rassurer, mon corps ne voulait rien savoir.

Comme Emily martelait le bouton « 5 » du panneau de commande, le bruit a fini par attirer l'attention du Grigiolien, qui a foncé vers nous. Les portes ont commencé à se refermer, mais trop tard. De ses longs doigts, la créature les a bloquées.

Quand il a sauté dans la cabine, nous nous sommes terrées contre la paroi du fond – Afton et Emily ont hurlé d'une même voix. J'ai brandi ma *Chiave* dont la lame a reflété la lumière blafarde des néons.

— N'ayez crainte, Gianna, a-t-il articulé d'une voix caverneuse avant que j'aie eu le temps de me fendre. Katy m'envoie vous porter un message. Elle m'a confié qu'elle vous aimait, et aussi quelque chose à propos d'une puce, même si je n'ai pas tout compris…

« *Je t'aime, ma puce.* » Je pouvais presque entendre la voix de ma grand-mère. C'était sa manière de me témoigner son affection.

J'ai rengainé la *Chiave*.

— Tout va bien, ai-je tenté de rassurer Emily et Afton qui n'avaient pas décollé du mur. C'est Nana qui l'envoie.

— Je suis Doylis de Grigiol. Nous nous sommes déjà rencontrés. Vous étiez alors en compagnie de l'honorable Bastien.

Sur ce, il m'a quasiment bousculée afin de se faire une place dans la cabine et de permettre aux portes de se refermer.

Déjà que d'ordinaire, je me sentais mal à l'aise dans les espaces exigus, là, avec la stature de ce géant, je commençais à suffoquer. *Pas de panique*, me suis-je intimé.

— J'étais talonné par les Chimères à vos trousses, a ajouté Doylis. En sortant de l'ascenseur, foncez sans vous retourner.

Afton a glissé sa main dans la mienne.

— Tout va bien, m'a-t-elle murmuré.

Elle connaissait tout de moi, jusqu'à mes phobies et mes angoisses. Je devais me reprendre.

Au cinquième étage, les portes ont coulissé et un vacarme infernal nous est parvenu depuis l'escalier. Nos poursuivants venaient sans doute de pénétrer dans le bâtiment.

À notre niveau, la salle de lecture était vide.

— *Sei zero sette periodo zero due DOR*, ai-je récité pour appeler à moi la porte-livre.

Je n'avais qu'une seule hâte : m'éloigner de cet endroit le plus vite possible. Mais il fallait en premier lieu trouver comment chasser ces Chimères renégates de la bibliothèque avant qu'elles ne blessent qui que ce soit.

Au milieu de l'agitation, un bruit sourd a retenti, accompagné d'un choc, comme si tout un pan de rayonnages s'écroulait. Un tintement de verre brisé m'a fait tressaillir et je me suis tournée vers l'ascenseur.

Il faut que j'y aille. Ils ont besoin d'aide.

Doylis a perçu mon trouble.

— Ne vous inquiétez pas. Je suis venu escorté de mes hommes. Ils s'occuperont de protéger les humains. Allez vous mettre en sécurité avec vos amies.

Un bruissement confus me parvenait depuis l'autre bout de la pièce. Je me suis précipitée vers l'endroit en question, les filles et Doylis sur mes talons. La porte-livre, comme toutes ses semblables, était attachée à l'étagère. J'ai prononcé le charme pour la libérer et l'attraper.

— Où allons-nous ? ai-je demandé.

— À Édimbourg, a répondu le Grigiolien. Dans la Bibliothèque nationale d'Écosse. Aetnae vous y attend pour vous mener jusqu'à Katy.

Je n'avais pas revu la fée des livres depuis le jour de mon combat à mort contre Véronique… soit une éternité à mes yeux.

Les doigts d'Emily se sont crispés.

— On va vraiment sauter dans ce livre ? Nana m'en a souvent parlé, mais je ne pensais pas devoir le faire un jour…

J'ai cessé un instant de feuilleter l'ouvrage pour la dévisager.

— Ne t'en fais pas. Ce n'est pas aussi terrible que tu le crois.

— Ben voyons ! s'est indignée Afton, trahissant mon mensonge. C'est comme sauter dans un trou noir sans parachute.

La jeune sorcière a dégluti et s'est raclé la gorge.

— Après tout, il n'y a pas à avoir peur… Vous l'avez tous fait. Je suis sûre que j'en suis capable.

— Tu as raison, l'important, c'est de croire en soi, a lancé ma meilleure amie avec une pointe de sarcasme.

— J'entends du bruit dans l'escalier, a déclaré Doylis en tournant la tête vers l'entrée de la salle.

J'avais enfin fini par tomber sur la photo de la bibliothèque d'Édimbourg.

— Je l'ai ! Alors, comment allons-nous procéder ?

— Vous partez sans moi, a-t-il répondu. Je dois m'assurer que personne ne vous suit. J'irai ensuite prêter main-forte à mes hommes.

— Travaillez-vous avec les gardes des refuges ?

— Non, a-t-il affirmé en secouant la tête. J'appartiens à la Guilde des Chimères. Partez, maintenant, dépêchez-vous.

J'ai posé le livre ouvert à terre avant de prendre la main d'Afton, puis celle d'Emily.

— Ne me lâchez sous aucun prétexte, ai-je dit en lançant un regard appuyé à la sorcière. Sans quoi, vous serez perdues à jamais.

— Rien de tel pour vous donner du courage… a commenté l'intéressée en serrant ma main de plus belle, au point que je ne sentais plus mes doigts.

— Merci pour tout. Soyez prudent ! ai-je lancé à Doylis, qui a acquiescé sans mot dire avant de diriger son regard vers l'escalier.

— Finissons-en ! a gémi Afton, qui ne cessait de remuer.

— Très bien, dans ce cas… C'est parti ! *Aprire la porta.* « Ouvre la porte. »

Un tourbillon m'a frappée en plein visage avant de nous encercler comme un lasso, plaquant mes deux amies contre moi.

— Sautez ! leur ai-je ordonné.

Emily n'a pu retenir un cri au moment où nous nous sommes élancées pour être aspirées par le livre. Impossible pour moi d'invoquer le moindre globe lumineux – je devais tenir les mains de mes amies –, aussi avons-nous fait le trajet dans le noir le plus total. Emily et Afton se réduisaient à de simples silhouettes grises, mais j'ai tout de même pu constater que ma meilleure amie s'était beaucoup améliorée en saut : elle ne criait pas et se tenait bien droite.

En revanche, les jambes de la sorcière se balançaient au gré des bourrasques.

— Je n'aime pas ça du tout ! a-t-elle hurlé en plein vent.

Elle battait tellement des bras et des jambes qu'elle menaçait de me briser le poignet.

— Cesse de gesticuler et tiens-toi droite !

— Je n'aime pas ça, je n'aime pas ça, je n'aime pas ça ! continuait-elle de crier en secouant mon bras.

— Calme-toi, bon sang !

Mais ma voix, où perçait la panique, s'est perdue dans le vide. La main d'Emily n'était plus dans la mienne.

Chapitre 6

La jeune sorcière a poussé un hurlement assourdissant qui a retenti dans les ténèbres. J'ai agrippé ce qui m'a semblé être sa manche, et j'ai tiré dessus aussi fort que ma main tremblante me le permettait.

Enfin, nous avons aperçu au loin la lueur familière qui annonçait la fin du voyage et nous avons surgi de la porte-livre. Emily, qui est tombée à plat ventre, a roulé sur le tapis bordeaux jusqu'à se cogner contre une chaise.

Afton a retenu un cri en se précipitant vers elle.

— Rien de cassé ?

L'apprentie de Nana a observé ses paumes tremblantes.

— Non. Enfin, je crois. En revanche, je me suis brûlée. On ne m'y reprendra plus !

J'ai scruté les lieux. Les murs démesurément hauts étaient d'une teinte jaune pâle rehaussée de bordures et d'ornements blancs. Côté fenêtres, d'immenses voûtes ouvraient sur des alcôves spacieuses. D'étroits balcons, protégés par une rambarde en fer forgé, desservaient les niveaux supérieurs des étagères en bois sombre.

Aetnae a fait son apparition dans la salle, suivie de deux garçons. Le premier avait de courts cheveux bruns et des yeux noisette, tandis que le second ressemblait beaucoup à l'image que je me faisais de Bastien jeune. Enfin, derrière eux, une fillette aux boucles rousses et au port altier s'est avancée d'un pas fier. Ils semblaient vêtus d'uniformes.

— Qui sont ces enfants ? ai-je demandé.

— Les dernières Sentinelles. Elles ont huit ans, m'a appris la fée des livres en se posant sur une table. Je les ai trouvées cachées dans la bibliothèque.

— Comment ça, les dernières ? s'est étonnée Afton.

— J'en ai déjà parlé à Gia, a expliqué Aetnae, agacée. Les nouvelles pousses de changelins n'ont pas éclos. Mais il y a pire. Les dernières Sentinelles sont décimées par une maladie qui se propage dans les sabbats.

Que répondre ? Je ne supportais pas même l'idée que ces enfants puissent être malades. Comme je restais muette, la fée a continué :

— Katy travaille avec les Guérisseurs. Espérons qu'elle réussira à sauver ces gosses.

La fillette a redressé la tête.

— Pardonnez-moi, mais on nous a ordonné de nous rendre à Asile.

Malgré sa petite taille, elle manifestait une très grande assurance : elle avait du caractère, peut-être même un peu trop.

J'ai soudain été saisie d'un doute.

— Qui vous l'a demandé ?

— Notre entraîneur du refuge de Greyhill. (Elle a baissé la tête.) La maladie l'a emporté. Comme les autres de notre espèce.

— C'est affreux ! s'est exclamée Afton qui s'était couvert la bouche d'effroi.

J'ai posé un genou à terre pour prendre la main de la petite.

— Comment t'appelles-tu ?

Aussitôt, elle a relevé la tête et plongé ses yeux marron, mêlés de jaune et de vert, dans les miens.

— Peyton. Lui, c'est Knox, a-t-elle ajouté en désignant le garçon aux yeux noisette. Et voici Dag.

J'ai tout de suite remarqué les cernes de ce gamin qui ressemblait tant à Bastien. Il paraissait peiner à garder sa tête droite. Ce n'était pas pour me rassurer.

— Moi, c'est Gia, et je suis très heureuse de vous rencontrer.

— Est-ce qu'on va mourir ? a-t-elle enchaîné avant de se mordiller la lèvre inférieure.

Elle me dévisageait de ses yeux immenses. Il y avait une telle intensité dans son regard que je luttais pour ne pas me détourner de manière à dissimuler mes doutes.

Mais je ne me suis pas dérobée.

— Non, bien sûr que non. Malheureusement, nous ne pouvons pas nous rendre à Asile. Nous allons retrouver Nana. C'est une Sorcière blanche qui a le don de guérison.

— Vous êtes prêts ? nous a pressés Aetnae, qui venait de s'envoler.

— Affirmatif ! ai-je assuré d'un ton déterminé, sans rien refléter de la terreur qui me tenaillait.

Dag aurait-il contracté la maladie ayant déjà décimé presque toutes les Sentinelles de sa génération ?

— Alors suivez-moi, a lancé Aetnae en se dirigeant vers la porte. L'entrée se trouve du côté de la section jeunesse, au rez-de-chaussée.

Afton a attrapé les deux garçons par la main. Emily a calé le sac sur sa hanche pour tendre la sienne à Peyton, qui l'a ignorée. Nous nous sommes avancés vers l'escalier qui menait à l'étage réservé aux jeunes lecteurs. La fée a pris place sur mon épaule pour nous guider vers un coin lecture.

— Nous devons trouver un livre pop-up, a-t-elle annoncé en montrant l'étagère.

— Lequel ? ai-je demandé, estomaquée par le nombre impressionnant d'ouvrages qui correspondaient à ce descriptif.

— *Le Jardin secret.*

J'ai retenu un cri.

La fée des livres, soudain aux aguets, a fouillé les environs du regard.

— Que se passe-t-il ?

Je n'en revenais toujours pas.

— C'est son livre préféré, a expliqué Afton.

J'avais découvert un exemplaire de l'ouvrage dans la collection de ma mère et, dès la première lecture, son univers m'avait happée. Voilà également sans doute pourquoi les parents-fées d'Arik avaient choisi de le lui lire dès son enfance.

— C'est l'une de mes histoires favorites, à moi aussi, m'a révélé Aetnae. La grand-mère de notre reine l'a choisie lorsque nous avons dû modifier les entrées dans le royaume. Nous en changeons tous les cent ans. Je vais regretter ce livre-là. Tu vas voir, c'est ravissant !

Elle a levé la main et prononcé des mots dans un langage qui m'était inconnu.

À peine avait-elle achevé qu'un ouvrage volumineux s'est extirpé de l'étagère du bas pour léviter jusqu'à nous.

— Reculez ! Vous risquez de vous faire mal ! s'est exclamée la fée en me tirant les cheveux.

Je me suis exécutée au moment où le livre, une fois au sol, s'est ouvert pour commencer à grossir. Emily a reculé, imitée par Afton, qui a entraîné les trois enfants avec elle de l'autre côté de la salle.

Les pages continuaient de tourner et l'ouvrage, lui, n'en finissait pas de grandir. Des images se dressaient et se repliaient, dans un bruit de papier froissé. Soudain, toute cette scénographie a cessé : le livre, qui avait atteint le plafond, était resté ouvert à une double-page d'où s'élevait un mur couvert de végétation sous laquelle était nichée une porte.

Cette œuvre de papier était si détaillée que c'en était époustouflant ! Le bois de la vieille porte paraissait rongé par le temps, le vert lumineux des feuilles tirait sur le jaune, chaque brique était fissurée ou abîmée. J'étais bluffée par tant de réalisme.

Emily est revenue se placer à côté de moi.

— Alors, ça, pour une surprise…

— Je commence à en avoir vu un certain nombre, ces derniers temps, a renchéri Afton. Mais je dois avouer que celle-là est bien plus agréable et bien moins effrayante que les autres !

Lentement, la porte s'est ouverte sur un jardin à la végétation luxuriante, constellé de fleurs multicolores. Un chemin pavé de grès brillant serpentait au milieu de la pelouse. Le chant des oiseaux, mêlé au murmure discret des insectes, produisait une douce mélodie. Aussitôt, un sentiment de paix m'a envahie et certains muscles de mon corps, dont j'ignorais même qu'ils puissent être contractés, se sont détendus.

Je n'avais jamais rien vu d'aussi beau. C'était l'idée exacte que je me faisais du paradis. Peut-être en plus magnifique, encore.

— On peut entrer ? a demandé Peyton, qui s'était glissée à côté de moi, abasourdie.

— Bien sûr ! Suivez-moi, a proposé la fée des livres en voletant au-dessus des fleurs.

Peyton a attrapé ma main et j'ai tenté de la rassurer du regard avant de m'engager sur le chemin. Cette petite, forte et déterminée, me surprenait. Je l'imaginais très bien mener ses deux petits camarades à la baguette. Pourtant, à sa façon de leur jeter des coups d'œil furtifs, j'ai compris qu'elle s'inquiétait pour eux.

Passer le seuil de la vieille porte a été comme pénétrer dans un rêve. La température était parfaite et une odeur de miel flottait dans l'air. J'étais partagée entre l'excitation et la peur de l'inconnu.

Emily s'est engagée derrière nous, suivie par Afton flanquée des deux garçons qui s'accrochaient à elle comme à une bouée de sauvetage. Enfin, la porte qui s'était refermée a rétréci jusqu'à disparaître entre les feuilles.

— Je dois être en train de rêver… a soufflé la sorcière, qui regardait partout autour d'elle, songeuse.

— C'est merveilleux, a commenté Afton.

— Bienvenue à *Tír na nÓg* ! a déclaré Aetnae lorsqu'elle est revenue vers nous.

— Tir-quoi ? s'est exclamé Dag avant de se cacher derrière Afton.

La fée des livres a voltigé vers l'avant.

— C'est le nom de notre monde. Par ici !

— Vous croyez qu'ils ont de la nourriture ? s'est inquiété Knox en se frottant le nez.

— Évidemment ! Il faut bien que les fées mangent, elles aussi, a répondu Peyton, avant de reprendre à mi-voix, comme pour elle-même. J'espère juste qu'elles ne sont pas insectivores…

Je me suis mordu les lèvres pour ne pas rire. Cette fillette avait tout de même un point faible !

Le chemin serpentait entre des maisonnettes de dimensions variées. Certaines étaient grandes avec des portes arrondies, d'autres accrochées à des branches tels des nichoirs et d'autres encore, creusées dans des troncs d'arbres. Des individus aux tailles tout aussi variées, pas toujours pourvus d'ailes, nous ont observés depuis les fenêtres et les porches.

De minuscules créatures bourdonnaient autour des buissons. Leurs ailes de papillon de nuit, leurs chevelures de brindilles et leurs corps longilignes leur permettaient de se fondre parfaitement dans la végétation.

— Qu'est-ce que c'est ? m'a demandé Peyton, toujours collée à moi.

— Ce sont des lutins, lui a répondu Aetnae, qui voletait autour de nous. Il existe beaucoup d'espèces différentes parmi les fées. Certaines peuvent se montrer sournoises et d'autres peu sympathiques, même si dans l'ensemble, nous formons un peuple accueillant. Restez malgré tout vigilants jusqu'au château !

Nous avons continué à déambuler dans ce monde inconnu. Au bout du chemin, devant nous, se dressait une splendide cité surplombée par de très hautes tours de verre et de bronze, qui, serrées les unes contre les autres, s'élevaient dans un ciel du plus parfait azur.

Un pont délicat, à la structure faite de branches tortueuses et de lianes, permettait de traverser le large fleuve qui bordait la ville. Des engins volants monoplaces, aux allures d'oiseaux métalliques, vadrouillaient dans les airs au milieu d'une multitude de créatures ailées différentes.

Au loin, sur la plus haute des collines, on apercevait un gigantesque château cristallin, qui chatoyait sous les rayons du soleil.

Aetnae est venue s'asseoir sur mon épaule, une main accrochée au revers de mon manteau.

— Je suis en plein rêve, c'est obligé, a décrété Afton.

— Dans ce cas, on est dans le même, ai-je répliqué avant de m'engager sur le pont pavé.

— Dommage que j'aie oublié mon téléphone, a déploré Emily, qui venait de me rejoindre. J'aurais pris de ces photos !

Aetnae lui a lancé un regard réprobateur, mais personne – à part moi – ne l'a remarqué tant elle était petite.

— Vos portables ne fonctionneraient pas ici : nos enchantements bloquent la technologie humaine. Elle détruit l'environnement. De toute façon, peu d'individus de votre espèce pénètrent ici. Votre présence en ces lieux est un véritable événement !

À en juger par les regards fascinés que nous croisions, il y avait fort à parier que les habitants de *Tír na nÓg*, eux non plus, ne s'aventuraient jamais dans notre monde.

La plupart des fées que nous apercevions depuis notre arrivée me rappelaient Sinead, avec leurs oreilles pointues et leurs ailes. Penser à elle m'a ramenée à mes compagnons restés dans notre planque en Irlande… Ils me manquaient. À présent, je les considérais comme ma famille. Ils me donnaient la force de persévérer dans ma mission.

Ces vagues de nostalgie finissaient toujours par me rappeler Pop. Que faisait-il ? Est-ce que je lui manquais autant que je souffrais de son absence ? J'avais beau savoir que nous étions séparés pour préserver sa sécurité, je n'avais qu'une envie : courir me pelotonner dans ses bras pour qu'il me rassure, ainsi qu'il l'avait toujours fait, avant que ces histoires de magie à la noix ne me tombent dessus.

— Afton ?

— Oui…

Elle a réussi à arracher son regard du décor pour s'intéresser à moi.

— Je n'ai pas encore eu le temps de te le demander mais… As-tu vu Pop récemment ? l'ai-je interrogée, anxieuse.

Bien sûr, mon amie ne me l'aurait pas caché, s'il était arrivé quoi que ce soit à mon père, mais je voulais l'entendre de sa bouche.

— Il va bien, a-t-elle répondu en attirant l'un des garçons contre elle pour laisser passer un groupe de fées. Il se trouve avec mes parents dans un gîte à Cape Cod, qu'ils louent sous le nom de jeune fille de ma mère. Aucune chance que quelqu'un les retrouve !

J'ai poussé un soupir de soulagement. En plus, Pop adorait pêcher à Cape Cod.

— Tes parents se sont réconciliés ?

— Plus ou moins… Ils essaient de se donner une nouvelle chance en tout cas, a-t-elle résumé de manière laconique, sans grand enthousiasme.

J'ai fait un pas sur le côté pour éviter une vieille fée voûtée, aux longues oreilles pointues. Elle portait une cape vert feuille et une longue robe assortie, brodée de fils d'or, avec des manches bouffantes. Une autre femme, bien plus jeune cette fois, m'a dépassée, elle aussi. Elle était vêtue d'un ensemble identique à celui de la fée précédente. Il devait s'agir de la dernière mode locale.

Les portes du château, d'un vert émeraude transparent, se sont ouvertes lentement à mesure que nous approchions. Plusieurs fées à la mine grave sont sorties sur le perron. Le palais ainsi que les tenues de ses occupants me rappelaient la cour de Versailles, dans une version plus sage et sans corset.

Une jeune fée au long cou s'est détachée du groupe pour s'approcher de nous. Elle avait coiffé ses cheveux blond platine en une tresse lâche. Ses oreilles, qui se dressaient de chaque côté de sa tête, ressemblaient de loin à des ailes de chauve-souris.

— Bonjour à vous, nous a-t-elle lancé. Je suis la reine Titania. Soyez les bienvenus à *Tír na nÓg*.

C'est une blague ? La reine des fées portait le même nom que celle du *Songe d'une nuit d'été* de Shakespeare ! J'ai jeté un coup d'œil furtif à Afton, qui paraissait aussi abasourdie que moi. Il se pouvait en fin de compte que nous soyons en train de rêver.

Emily m'a lancé un regard insistant avant de poser les yeux sur le sac qui pendait sur son ventre. J'ai compris son inquiétude : si nos hôtes s'apercevaient que nous possédions ce trésor, tenteraient-ils de nous dérober les *Chiavi* ?

— Gianna Bianchi, a continué la reine, c'est un réel plaisir de te rencontrer. Agnost était mon demi-frère… Il rêvait de toi depuis son enfance. Quelle tristesse qu'il ne soit plus là aujourd'hui pour voir son présage se réaliser.

Que pouvais-je bien répondre ? C'était à la fois étrange et pesant de me rendre compte à quel point tout le monde comptait sur moi. Je redoutais plus que tout d'échouer dans la mission que le destin m'avait confiée. Et puis, je n'avais que dix-sept ans, après tout… Pas depuis longtemps, en plus.

— Tu n'as guère confiance en toi, a deviné la reine, qui me jaugeait de ses yeux charbonneux. C'est une bonne chose… Ceux qui sont trop sûrs d'eux ménagent leurs efforts. Ne baisse jamais les bras, Gianna. Nous avons tous besoin de toi.

Son regard s'est alors posé sur les enfants qui nous accompagnaient.

— Aetnae, qui sont ces petits ?

La fée des livres a quitté mon épaule pour rejoindre sa reine. Leur conversation n'arrivait pas jusqu'à mes oreilles, mais il devait être question des petites Sentinelles, car Titania ne les quittait pas des yeux.

Une fois qu'Aetnae a eu terminé son rapport, la souveraine a convoqué d'un geste un homme grand et mince. Il avait tout du beau ténébreux, les oreilles pointues en plus.

— Suivez-moi, les enfants, leur a-t-il ordonné.

Peyton m'a lancé un regard plein de détresse qu'elle tentait de masquer tant bien que mal.

— Où les emmenez-vous ? ai-je demandé dans l'espoir que la réponse rassurerait la petite.

— Ils seront bien traités et placés sous notre protection, a déclaré la reine, qui s'est agenouillée devant la fillette pour la regarder droit dans les yeux. Je ne laisserai personne vous faire de mal, chère petite. Tes amis doivent consulter un Guérisseur.

— Ça va bien se passer, ai-je promis, une main sur l'épaule de Peyton.

— D'accord.

L'enfant a redressé le menton et, d'un air courageux, elle a pris la main de ses camarades pour suivre l'homme dans un long couloir.

— Nos gardes vont vous conduire à Katy Kearns, nous a annoncé Titania avant de repartir par un autre couloir, sa cour à sa suite.

Trois fées – deux hommes et une femme –, vêtus de capes doublées d'or, nous ont guidées dans un grand escalier qui menait à un laboratoire blanc et stérile, identique à tous ceux que j'avais connus à travers les mondes.

Mon cœur a failli exploser de joie quand j'y ai retrouvé Nana. Penchée sur une haute table, elle examinait un étrange engin d'où émergeait un grand verre ovale posé sur un bras en bronze. Ses courts cheveux argentés avaient un peu poussé – ils lui arrivaient à présent au niveau de la mâchoire – et elle portait son jean noir préféré avec une chemise blanche. À ses côtés se tenaient deux femmes plus âgées. La première était grande et dégingandée, affublée d'un visage étroit et d'un long nez. J'ai reconnu la seconde, plus petite et légèrement bossue, qui se déplaçait avec l'aide d'une canne : Morta... La Guérisseuse qui était restée à mon chevet après mon séjour dans la Somnium.

— Nana ? ai-je appelé d'une voix tremblante.

Les larmes perlaient au coin de mes yeux, à mesure que m'envahissait la chaleur de mon enfance. Soudain, au beau milieu de ce monde inconnu, je me sentais chez moi. Nana m'avait toujours répété qu'une maison ou une ville ne pouvait être considérée comme son foyer tant que les êtres qui nous étaient chers n'y vivaient pas.

Ma grand-mère a sursauté avant de fondre sur nous.

— Oh, ma chérie ! Je me suis fait tellement de souci !

Je me suis jetée dans ses bras. L'odeur familière de son savon à la lavande et de son parfum floral m'a empli les narines.

— C'est vraiment toi, je n'y crois pas !

— Là, tout va bien maintenant, m'a-t-elle rassurée en me tapotant le dos. Tu es en sécurité.

— Qu'est-ce que tu fais ici ?

Je me suis redressée pour plonger mes yeux dans son regard gris pâle où j'avais toujours pu lire l'amour qu'elle me portait et combien elle tenait à moi. Cette fois, il était voilé et ses paupières semblaient gonflées par la fatigue. Quelque chose n'allait pas.

— J'ai été convoquée, m'a-t-elle expliqué en me relâchant. Félicitations, Emily : ma petite-fille semble fourbue, mais dans l'ensemble, elle va bien !

— J'ai été à bonne école, a répondu la jeune sorcière. Cela dit, la tâche n'a pas été facile : elle ne tient pas en place et ne cesse de malmener sa plaie à l'épaule.

Nana a abaissé la manche droite de ma veste pour évaluer les dégâts.

— Laisse-moi regarder… Ena, il va falloir recoudre cette vilaine plaie.

— Non… pas des points… me suis-je lamentée.

— Oh que si ! Assieds-toi ici, m'a-t-elle ordonné en désignant un tabouret.

Les trois femmes échangeaient des regards peu rassurants. J'en étais certaine à présent, elles nous cachaient quelque chose.

Ena a clopiné jusqu'à une paillasse où elle a récupéré du matériel avant de nous rejoindre et de disposer tous ses ustensiles sur la table. Nana a noué un garrot de caoutchouc autour de mon bras et s'est mise à examiner ma peau.

— Ah, en voilà une jolie veine !

J'ai écarquillé les yeux en voyant se rapprocher de mon bras la seringue argentée à l'aiguille particulièrement longue qu'Ena venait de lui donner.

— Je ne crois pas que… Aïe ! Nana ! Tu n'as même pas compté jusqu'à trois !

— Autant se débarrasser des désagréments le plus vite possible, comme ça, on évite d'y penser. Voilà qui cst mieux.

Elle a pressé la pompe, injectant le liquide translucide dans ma veine, sans desserrer les lèvres, comme si elle se retenait de parler. Après quelques instants, la douleur dans mon épaule a complètement reflué et la plaie a pu être suturée.

Ma grand-mère s'est tournée vers Afton.

— Nous te devons une fière chandelle, jeune fille. Merci d'être arrivée à temps pour les prévenir du danger. Il était hors de question que je prenne le risque d'appeler, vu que Conemar avait déjà réussi à localiser notre adresse…

— C'est normal, a répondu mon amie. Moi aussi, je veux protéger Gia.

Nana a posé une main sur sa joue.

— Je sais bien. Nous allons d'ailleurs avoir besoin de ton aide ici.

— Bien sûr, que puis-je faire ?

— Nous avons de nombreux malades à soigner et nous manquons de bras. (Elle a posé le dernier point.) Tu auras de quoi exercer tes talents. Ena ? Peux-tu trouver des vêtements propres pour Afton, je te prie ? Profites-en pour lui montrer l'infirmerie. Il faudra ensuite lui donner les instructions, même si ce n'est pas la première fois qu'elle prête main-forte aux Guérisseurs.

Après le départ de mon amie et d'Ena, j'ai suivi Nana qui retournait à son expérience précédente. Ma grand-mère n'avait pas l'air dans son assiette. On aurait dit qu'un nuage noir planait au-dessus de sa tête.

Emily s'est affalée sur l'un des tabourets près de la paillasse.

— Pourquoi m'as-tu fait venir ici ? ai-je demandé à Nana en m'appuyant contre la table sans la quitter des yeux. Je dois retourner en Irlande. As-tu réussi à joindre Arik ?

— Elle m'a contacté, oui.

Cette voix si familière, avec sa pointe d'accent anglais, m'a paru incongrue dans cet environnement impersonnel.

À ses cheveux noirs en bataille et à l'état de son uniforme de Sentinelle, j'ai deviné qu'il revenait du combat.

— Arik ?

Emily s'est redressée et a recoiffé ses mèches brunes. Durant notre retraite à Branford, Conemar avait fait en sorte qu'une Sorcière noire prenne possession de ma voisine. Sous l'emprise de leur magie, elle avait utilisé un charme pour rendre Arik amoureux d'elle. Et la ruse avait fonctionné : le chef de notre escadron de Sentinelles m'avait quittée pour elle, qui était censée récupérer un maximum d'informations sur Nick et moi. Finalement, Emily s'était libérée de son asservissement et avait combattu à nos côtés lors de la bataille sanglante qui avait eu lieu devant ma maison à Branford. Pourtant, à en juger par son attitude, ses sentiments pour Arik ne se cantonnaient pas à une simple amitié.

Il s'est approché de moi.

— Tu as l'air en meilleure forme, Gia.

Comment pouvait-il le savoir ? Il ne m'avait pas vue avant !

— Je suis venu te rendre visite à Jamaica Plains, m'a-t-il expliqué tout en observant le pansement qui me barrait le visage. Tu étais sonnée, mais tout à fait apaisée, alors je n'ai pas voulu te déranger, ça aurait été cruel. J'aurais bien aimé rester à ton chevet, mais on m'a appelé ailleurs.

Ses yeux étaient cernés et voilés de tristesse.

— Qu'est-ce que tu fais là ? Qu'est-ce que vous me cachez, tous ? Je sais que vous ne me dites pas tout !

Lorsque je me suis redressée pour avancer vers lui, il a baissé la tête.

— En mon absence, notre planque a été attaquée.

Il m'a semblé que le monde s'effondrait sous mes pieds.

— Quoi ? Où sont les autres ? (Son mutisme m'a terrorisée.) Est-ce qu'il y a des blessés ?

Les larmes me brûlaient les paupières tandis que je sondais ses yeux pour y lire les réponses à mes questions.

Il s'est mordillé la lèvre et a baissé un peu plus la tête.

Oh non…

— Ne me dis pas qu'ils sont morts…

Chapitre 7

Son silence était insoutenable.

— Par pitié Arik, explique-moi : que s'est-il passé ?

Nana m'a fait sursauter lorsqu'elle s'est approchée de moi et a passé son bras autour de mes épaules, sans doute pour me préparer à ce que j'allais entendre.

— Lei et Jaran ont disparu le soir où Véronique t'a attaquée, a commencé mon ami. Ils se sont comme volatilisés. Je les ai cherchés des heures durant, j'ai fait tout ce qui était en mon pouvoir, sans résultat. Puis je suis rentré à la planque. (Il s'est passé la main sur la nuque : visiblement, il n'en avait pas fini avec les mauvaises nouvelles.) Deidre et Demos sont indemnes. Cadby a pu s'échapper avec Royston. Ils se sont tous réfugiés à Asile.

Son bras est retombé et, du regard, il a cherché l'approbation de Nana pour continuer.

— Où sont Carrig et Sinead ? l'ai-je pressé.

— Carrig a été enlevé. Je n'ai pas réussi à identifier ses ravisseurs dans l'obscurité, ils portaient tous des capes. Sinead est blessée. Elle se trouve ici même, à l'infirmerie.

Des yeux, j'ai désigné le sac à Emily, lui indiquant que je lui en confiais la garde. Elle a acquiescé discrètement.

— Conduis-moi à Sinead.

Sans attendre, je me suis dirigée vers une porte toute proche, jusqu'où il m'a suivie.

— Gia, laisse-la se reposer.

— Je veux la voir. S'il te plaît, Arik.

J'ai ouvert le battant, qui donnait en fait sur un placard.

— D'accord, suis-moi, a-t-il concédé au moment où je refermais le cagibi.

Je ne pouvais imaginer une seule seconde de les perdre, Carrig et elle. À vrai dire, survivre à un tel chagrin me paraissait invraisemblable.

Au fond de la salle, mon ami a ouvert une autre porte qu'il a tenue pour me laisser passer. Je m'attendais à trouver une petite chambre, or j'ai découvert une pièce immense, surmontée de deux étages ouverts. Le rez-de-chaussée comptait environ vingt rangées de lits occupés, et les mezzanines bien d'autres encore. Il devait y avoir au moins une centaine de patients alités – fées et Chimères mélangées.

— De quoi souffrent-ils ?

J'avançais d'un pas lent pour repérer Sinead parmi les malades. Arik s'est couvert le visage avec un masque de chirurgien et m'en a tendu un.

— Tiens ! Ne touche à rien. Ils sont victimes d'une épidémie qui se propage à travers le monde des Chimères.

J'ai attrapé la protection et l'ai passée autour de ma tête, pour l'appliquer soigneusement sur mon nez et ma bouche.

— Où est Sinead ?

— Au deuxième étage, pour éviter la contagion.

J'ai observé mon guide du coin de l'œil. Ses beaux yeux noisette et ses traits tirés trahissaient son inquiétude, j'en étais terrifiée.

— Est-ce si terrible que ça ? ai-je demandé.

— Elle a été plongée en sommeil de fée, m'a-t-il répondu droit dans les yeux. Elle va s'en sortir. En revanche, le sort de Carrig m'inquiète davantage. Et puis, ne pas savoir ce qu'il est advenu de Lei et Jaran m'est insupportable. Le mal a envahi nos deux mondes. Celui des humains subit des attaques répétées de créatures malfaisantes. On ne parle plus que de ça à la télévision… Nous devons mettre un terme à cet enfer.

Ces mots ont anéanti le peu d'espoir qui subsistait en moi. Je ne pourrais supporter qu'il arrive quoi que ce soit à mes amis.

— Tu vas y arriver ? m'a-t-il demandé d'une voix qui me semblait lointaine.

— Oui… Allons voir Sinead.

— Par ici.

Alors que nous remontions la première rangée de lits, je n'ai pu m'empêcher d'observer les patients. Une fée dont la bouche était cernée d'escarres avait les yeux rivés au plafond, la couverture relevée jusqu'au menton. Un homme-oiseau, tellement déplumé qu'il en était devenu chauve, marmonnait dans un souffle rauque ce qui ressemblait à une prière. Une Guérisseuse a tiré un drap sur le visage d'un Laniar dont je n'ai eu le temps d'apercevoir que les crevasses sanguinolentes et le regard figé, éteint à jamais.

À mesure que je découvrais les malades, je me sentais de plus en plus oppressée. Le masque de protection se collait à ma bouche au rythme de ma respiration saccadée. Malgré ma démarche vacillante, je me suis forcée à suivre le rythme d'Arik.

Comment les sauver tous ?

Au bout de la rangée, Afton, de dos, se tenait assise sur un tabouret au chevet d'un enfant qu'elle bordait. Dès que je l'ai aperçue, j'ai fait un détour pour la rejoindre.

Au claquement de ses bottes, j'ai compris qu'Arik me suivait.

— Où vas-tu ?

— Afton ? ai-je appelé en m'approchant de mon amie.

Elle a fait pivoter le tabouret vers moi. Son visage était à demi couvert par le même masque que moi, ses mains protégées par des gants en caoutchouc et ses cheveux tressés en arrière. Par-dessus son épaule, j'ai reconnu Dag dans le lit.

J'ai reculé en titubant, la main plaquée sur le tissu qui me couvrait la bouche.

Afton a bondi pour faire écran entre le petit et moi.

— Attention, tu vas lui faire peur… m'a-t-elle sermonnée à voix basse.

— Est-ce qu'il va s'en sortir ?

Elle n'a pas répondu, mais les larmes au coin de ses yeux parlaient pour elle : rien n'était moins sûr.

Après m'être ressaisie, je me suis forcée à sourire sous mon masque et me suis approchée du petit garçon. Une crevasse marquait la commissure de ses lèvres et ses cheveux, presque noirs, étaient collés à son front par la sueur.

J'ai tendu la main pour arranger ses mèches, mais Afton m'en a empêchée.

— Ne le touche pas. Tu risques d'être contaminée.

J'ai laissé mon bras retomber et me suis assise sur le tabouret.

— Salut, Dag.

Ses yeux ont papilloté avant de s'ouvrir en plein.

— Dis, pourquoi je ne peux pas rester avec Peyton et Knox ?

Sa voix, éraillée mais sereine, m'a fait l'effet d'un pieu dans le cœur.

Que pouvais-je bien lui répondre ? En tout cas, je me refusais à lui mentir.

— Tu les rejoindras dès que tu iras mieux, a répondu mon amie à ma place.

— Il faut que j'y aille, ai-je enfin réussi à articuler. Je reviens te voir plus tard, d'accord ? Tu as besoin de quelque chose ?

— Est-ce qu'ils ont de la glace, ici ?

— Je vais voir ça…

Je lui ai adressé un dernier sourire avant de me tourner vers Arik. J'avais l'impression de porter le poids du monde sur mon dos. J'en avais du mal à respirer.

— Allons-y, ai-je articulé d'un ton monocorde pour tenter de cacher mon trouble.

Une fois revenus sur nos pas, nous avons grimpé deux volées de marches pour nous retrouver bloqués derrière un mur de verre. Une femme élancée aux yeux de biche et aux cheveux tellement brillants qu'on aurait pu y voir des reflets iridescents comme dans une flaque d'huile est venue à notre rencontre. Ses oreilles pointues étaient ornées de piercings : autant de pierres précieuses qui brillaient de mille feux.

— Nous venons rendre visite à la patiente, a déclaré Arik.

La créature a acquiescé avant de nous ouvrir, sans manquer de refermer soigneusement juste derrière nous. De l'autre côté d'une nouvelle porte en verre se trouvait une pièce avec six lits, dont un seul était occupé. Au centre d'une sorte de cocon de verre, Sinead semblait dormir paisiblement. À défaut de pouvoir lui prendre la main, j'ai agrippé la barrière du lit.

J'étais tellement secouée d'avoir vu tous ces malades et ce pauvre petit Dag, que je n'ai même pas senti mes larmes ruisseler sur mes joues.

— A-t-elle parlé à quelqu'un ?

Mon camarade a croisé les bras en secouant la tête.

— Non. On l'a retrouvée inconsciente dans la grange. Les Guérisseurs ont fait tout ce qu'ils pouvaient avant de la plonger en sommeil de fée. Son organisme doit récupérer, maintenant.

Je me suis détournée pour essuyer mes larmes.

— Est-ce qu'on peut l'aider d'une quelconque manière ?

— Non.

Il a baissé les yeux, comme s'il avait peur que j'y lise la vérité.

— Tu ne me dis pas tout…

— Ce n'est rien d'important…

— Je te connais mieux que personne, Arik. Tu es mon équipier, je te rappelle. Alors ?

Il a relevé la tête et planté son regard dans le mien.

— À leur mariage, Sinead et Carrig ont uni leurs vies. Lui peut survivre seul, en revanche, elle ne peut vivre sans lui. Il y a donc de grandes chances pour que ton père soit sauf.

Enfin, une lueur d'espoir au bout du tunnel.

— Alors il est permis d'espérer, ai-je conclu en posant mes yeux sur la fée endormie.

— Sauf que vu l'état de Sinead… Carrig est mourant.

De nouveau, je me suis sentie anéantie. Les paupières closes, j'ai posé la tête contre le cocon de verre.

Carrig est solide, il va s'en sortir… Il le faut!

Les autres et lui avaient besoin de moi : je ne devais pas flancher. J'ai inspiré profondément à plusieurs reprises avant de me tourner vers mon coéquipier.

— Quel est le plan ?

— Tu retournes à Asile. Mais pas tout de suite, il faut d'abord que tu te reposes. (J'ai opiné du chef, trop épuisée pour répondre.) Ça te dirait d'aller prendre l'air, histoire de nous changer les idées ?

Son accent s'atténuait quand il parlait sans détour, comme à cet instant. Sa voix m'apaisait, mais malgré son assurance, je savais qu'il était aussi dévasté que moi.

Depuis que je le connaissais, je n'avais que rarement surpris Arik en état de faiblesse. Soudain, j'ai eu l'impression qu'une éternité s'était écoulée depuis que nous étions entrés en collision, à l'Athenæum de Boston. Le temps où nous étions bien plus que de simples coéquipiers, quand nous échangions des mots tendres et qu'il était la seule étoile de mon sombre univers m'a également paru très lointain. Je continuais à espérer qu'un jour, notre entente cordiale se muerait en véritable amitié.

Je l'ai suivi sans mot dire dans le couloir. Les murs de verre, dans leur structure d'acier, étaient tout sauf accueillants. Nous avons passé une porte pour déboucher dans le monde enchanteur de *Tír na nÓg*, et je me suis laissé enivrer par la chaleur, les couleurs, les senteurs et les chants d'oiseaux. Ce cadre était bien trop idyllique pour deux camarades à la relation compliquée.

Nous avons emprunté un chemin qui serpentait entre les buissons et menait au bord d'une falaise, sur un promontoire bordé par un garde-fou en fer forgé ouvragé.

Les mains agrippées à la rambarde, je me suis étirée autant que j'ai pu.

— Tiens ? Ce n'est pas du fer, me suis-je étonnée tout en feignant d'ignorer mon manque de force musculaire. On dirait du cuivre… Comme tout ici, d'ailleurs.

— C'est bien ça, m'a-t-il répondu en me regardant fixement. Le fer brûle les fées, tu n'en trouveras nulle part à *Tír na nÓg*.

— Oh… C'est un peu la kryptonite locale, alors.

— Si on veut, a-t-il conclu avant de détourner les yeux pour admirer la vallée en contrebas.

— Ce monde est sublime. J'aimerais tant pouvoir y demeurer éternellement…

J'étais incapable de chasser les derniers événements de mon esprit. Le temps pressait pour les malades et les disparus. Nous ne pouvions nous permettre de nous attarder dans le royaume des fées.

— Carrig et Nick sont en danger, nous devons les retrouver… Pareil pour Lei et Jaran. Nous avons assez perdu de temps ici.

Lâchant la barrière, je me suis écartée d'Arik, qui m'a emboîté le pas. Si je restais en mouvement, peut-être que l'image de Dag, souffrant dans son lit d'infirmerie, cesserait de me hanter.

Tu parles! Son visage déformé par la maladie, avec ses yeux cernés et la crevasse sur ses lèvres, surgissait sans cesse derrière mes paupières.

— On a envoyé des chercheurs pour tenter de retrouver leur trace… en vain, m'a assuré mon partenaire.

— Je ne peux pas rester ici les bras ballants.

J'ai repensé aux yeux pleins d'espoir de Dag…

Quittant le chemin pour faire quelques pas dans une prairie tapissée de jacinthes, j'ai réveillé au passage une nuée de lutins endormis sous les feuilles, qui se sont envolés à la hâte.

Le jeune malade m'avait réclamé de la glace. Quoi de plus simple?

Derrière moi, les pas d'Arik ont écrasé les pousses d'herbe.

— Je n'ai jamais rencontré quelqu'un d'aussi têtu! Tu ne veux pas suivre mes ordres, pour une fois? Nous repartirons dès que nous en recevrons l'autorisation. Mais pour l'instant, nous devons nous reposer, souffler un peu.

Souffler? Alors que j'étouffe?

— Je suis inquiète.

— Et moi donc, a-t-il murmuré, le visage caché dans l'ombre. Lorsque je t'ai vue dans ce lit, baignant dans ton sang, j'ai cru mourir.

Serait-il en train de me pardonner? Qui sait, peut-être qu'un jour, nous pourrions redevenir amis et partenaires.

Alors que Dag, lui, était tout seul et n'attendait que de retrouver ses camarades…

Nous avons marché jusqu'à un halo de lumière sous un réverbère en cristal. Soudain, mon ventre a gargouillé. À ce bruit, les coins de la bouche d'Arik se sont relevés, creusant ses fossettes.

— Aurais-tu faim ? Allons trouver quelque chose à nous mettre sous la dent.

Je n'étais pas sûre de pouvoir avaler quoi que ce soit. J'aurais préféré me rouler en boule dans un coin tranquille pour m'endormir, sombrer dans le néant et l'oubli.

Après avoir avalé à la hâte une portion de poulet rôti assorti de légumes, Arik et moi sommes revenus au laboratoire. Nana et les Guérisseuses étaient captivées par des données affichées sur le grand écran d'un ordinateur. À notre arrivée, ma grand-mère s'est hâtée de l'éteindre. Le visage d'Emily, occupée jusqu'alors à lire sagement le livre des sortilèges à une table, s'est illuminé à la vue de mon compagnon.

— Salut, Arik, a-t-elle lancé en refermant le grimoire pour sauter de son tabouret. Ça faisait longtemps.

— Salut, a-t-il répondu sans même la regarder.

Sa réaction grossière a fait l'effet d'une gifle à la pauvre sorcière dont le sourire s'est évanoui aussi sec. Elle est restée en plan, ne sachant plus où se mettre.

Passant à côté d'Arik pour rejoindre Nana, j'en ai profité pour lui souffler :

— Inutile d'être méchant avec elle.

— Je n'étais pas…

Il n'a pas pu achever son objection, car je me suis éloignée et il aurait dû hausser le ton, au risque d'être entendu par Emily.

— Que faisais-tu, ma chérie ? m'a demandé Nana.

— Je suis allée visiter l'infirmerie.

Son regard s'est assombri.

— Ça n'a pas dû être une partie de plaisir… Ne t'en fais pas, je vais trouver un remède.

— Vous continuez vos recherches ? s'est étonné Arik, sans quitter Nana des yeux, alors qu'elle attrapait une bouteille dans une armoire pour me la tendre.

— Bois-en quelques gorgées avant de te coucher, ça t'aidera à dormir.

Elle avait délibérément ignoré la question de mon camarade, mais c'était compter sans la détermination de notre chef.

— Le Conseil des mages vous a pourtant ordonné d'y mettre fin, a-t-il insisté.

Ma grand-mère a posé les deux mains sur la paillasse.

— Les fées m'ont priée de continuer mon travail et de mettre au point ce médicament. Le Conseil n'a pas voix au chapitre, ici. Maintenant, si vous voulez bien cesser de m'importuner, jeune homme, j'ai à faire.

— Seriez-vous en train de me chasser de votre laboratoire ? a demandé Arik d'un ton qui m'a surprise tant il était sec.

— En effet. Je vous ferai savoir lorsque ce que vous attendez sera prêt.

— Je vois, a-t-il conclu avant de se tourner vers Emily. Toutes mes excuses. Je ne voulais pas me montrer grossier.

(Il a ensuite cherché mon regard pour ajouter :) Je passerai te voir plus tard.

— D'accord, à tout à l'heure.

Je pressentais un désaccord entre Nana et le Conseil des mages. Mais les réactions de ma grand-mère m'avaient permis de deviner qu'elle ne m'en parlerait pas en présence d'Arik. D'ailleurs, à peine avait-il refermé la porte du laboratoire qu'elle a rallumé son écran.

— Approche, m'a-t-elle dit. J'ai quelque chose à te montrer.

Je me suis penchée par-dessus son épaule. Le moniteur affichait deux fenêtres : dans l'une, on voyait une sorte d'échelle tordue, et dans l'autre, une image qui semblait représenter un pissenlit.

— C'est une molécule d'ADN, n'est-ce pas ? Et ça, à droite, qu'est-ce que c'est ?

En deux temps trois mouvements, elle a projeté plusieurs hologrammes en trois dimensions, juste devant nos yeux.

— C'est une séquence d'ADN de Sentinelle. Et regarde, là, a-t-elle précisé en désignant un bout de la chaîne. C'est un gène de Sentinelle : très peu d'individus le possèdent. Sans ADN de magicien, il reste en dormance. (Elle a ensuite affiché une nouvelle image avant de poursuivre :) Voici ton ADN. Tu possèdes les mêmes gènes que les autres, sauf que ton gène de Sentinelle est bien plus long, probablement parce que tu es l'enfant de deux Sentinelles.

— Comment t'es-tu procuré ces informations ?

— Morta a fait un saut à Boston pendant ta convalescence. Je lui ai demandé d'en profiter pour me rapporter un échantillon de sang.

— Sans me demander la permission ? lui ai-je lancé à travers l'image en trois dimensions, en appuyant ma question d'un regard torve.

— Tu étais dans les vapes, mon cœur, j'aurais pu attendre longtemps…

Elle m'a adressé son regard de chien battu. Je connaissais bien son manège pour l'avoir vue en user à plusieurs reprises avec Pop. C'était grâce à cette expression, travaillée de longue date, qu'elle l'avait convaincu d'adopter Cléo, ma chatte.

— Des vies sont en jeu, a-t-elle poursuivi. Nous avons développé un traitement à partir du sang d'une Sentinelle, mais il n'a pas été assez efficace : les sujets traités ont rechuté au bout de quelques jours. Les essais effectués à partir d'autres donneurs n'ont pas été plus probants. Nous avons tout de même obtenu un résultat non négligeable : nous retardons la mort autant que possible, en attendant de trouver le remède miracle.

J'étais fascinée par l'image de mon ADN.

— Depuis quand exactement es-tu chercheuse en médecine scientifique ?

Elle a éteint l'écran.

— Je suis à la retraite, maintenant, mais j'avais un emploi humain, autrefois. Je travaillais dans un laboratoire médical, en plus de mes activités de Sorcière blanche. J'ai plusieurs cordes à mon arc.

Je vois…

— Pourquoi je ne me souviens pas de cette époque ?

— Lorsque ta mère est décédée, j'ai interrompu ma carrière pour aider Pop à prendre soin de toi. Et je ne l'ai jamais regretté !

Le sourire qu'elle m'a lancé m'a réchauffé le cœur.

— Merci, Nana, ai-je répondu en souriant à mon tour. Bon, qu'attends-tu de moi ?

— Elle a encore besoin de ton sang, est intervenue Emily.

Ma grand-mère semblait tellement petite dans le siège face à l'écran… Son visage trahissait autant l'épuisement que l'inquiétude.

— Qu'est-ce qui te tracasse ? lui ai-je demandé en posant une main sur son épaule.

— Dès que nous aurons élaboré une nouvelle formule du remède, nous commencerons les tests. C'est là que j'aurai besoin de toi. Tu devras t'échapper discrètement de *Tír na nÓg* pour remettre l'antidote au sabbat de Greyhill. Bastien t'y attendra. Il s'assurera que les malades reçoivent leur traitement… L'accès se fait par la bibliothèque de l'abbaye de Saint-Gall.

À la perspective de revoir mon petit ami, mon cœur s'est emballé, mais l'idée de contrevenir aux ordres du Conseil m'a vite rappelée à la réalité. Qu'est-ce que j'encourais, si on me surprenait en flagrant délit ? Je ne connaissais même pas les peines prévues pour acte de désobéissance.

— Je ne comprends pas… Pourquoi le Conseil refuse-t-il de diffuser ce remède ? Et pourquoi dissimules-tu ces informations à Arik ?

Nana s'est frotté le menton. À en juger par les poches sous ses yeux et l'affaissement de ses épaules, elle avait sacrifié de nombreuses heures de sommeil pour ses recherches.

— Arik ne désobéira jamais au Conseil. Combien de personnes savaient que tu te rendais à New York, le jour où Véronique t'est tombée dessus ?

— Seulement oncle Philip, pourquoi ? ai-je répondu, perplexe.

— Véronique ne se trouvait pas là par hasard.

— Je sais. C'est un espion qui l'a informée de ma position. Lui, en revanche, a dû me croiser par hasard.

— Je ne crois pas au hasard, a-t-elle soufflé avant de poser une main sur la mienne. Quelqu'un lui a donné ta position.

— Oncle Philip ? (Je refusais d'y croire.) S'il avait voulu se débarrasser de moi, il aurait pu le faire bien avant : les occasions n'ont pas manqué. Et puis, je l'ai soumis à un de mes globes de vérité : je sais qu'il est honnête et…

— Je n'ai jamais dit que Philip t'avait trahie, m'a coupée Nana. En revanche, il a dû parler de ton saut au Conseil. Les refuges sont le théâtre de nombreux troubles depuis cette série de meurtres d'Archimages durant le procès de Crapaud. Parmi leurs successeurs, nous ne savons pas encore qui est véritablement fiable. Voilà pourquoi je préfère que tu restes discrète au sujet de la mission que je te confie. Beaucoup de vies en dépendent.

Si le Conseil était corrompu, il fallait que je pousse Arik à en prendre conscience. J'étais persuadée qu'il m'écouterait et qu'il comprendrait l'importance d'aller livrer le remède dans les sabbats. Soudain, un détail qui datait de l'audition de Bastien au Conseil concernant la disparition de Conemar m'est revenu à l'esprit. À ce moment-là, nous avions dû répondre de l'évasion de Crapaud des geôles du Vatican.

— La maladie se répand aussi dans les refuges, ai-je déclaré. Akua, du refuge africain de Veilig, l'a mentionné lors d'une audition.

Nana a posé un présentoir à éprouvettes sur la table.

— Maintenant, je comprends pourquoi le Conseil a demandé à Arik de rapporter une quantité phénoménale de médicaments à Asile… Ils ont prétexté que c'était pour pratiquer des tests, alors qu'en réalité, ils n'avaient pas besoin d'une telle quantité de solution… Ils cherchent à sauver les refuges, quitte à sacrifier les sabbats. Merl n'aurait jamais toléré un comportement pareil.

L'ancien Archimage d'Asile avait péri lors d'une attaque de refuge et c'était oncle Philip qui lui avait succédé. Avant son décès, Nana et lui avaient vécu une courte idylle. À la tristesse dans sa voix, j'ai compris que ce deuil la faisait encore souffrir. À quel point il lui manquait ?

— Pourquoi les refuges refuseraient de porter secours aux sabbats ?

Ma grand-mère a attrapé l'une des fioles pour en examiner le contenu.

— À l'origine, le monde des Chimères a été créé pour permettre aux créatures, magiques ou non, de vivre loin des persécutions humaines. Les Archimages de l'époque étaient persuadés que les refuges et les sabbats parviendraient à cohabiter en paix. Mais certains magiciens xénophobes ne partageaient pas cette idée. Les populations des refuges étaient divisées. Même si la plupart d'entre elles souhaitaient rester liées aux sabbats, certaines plaidaient pour une séparation.

— Et les attaques répétées des Chimères malveillantes n'ont rien amélioré… ai-je remarqué.

— En effet, a acquiescé Nana en s'emparant d'une autre éprouvette. Conemar était l'un des partisans de la scission. Je ne serais pas surprise d'apprendre qu'il a commandité ces attaques pour semer la terreur dans les refuges et en rallier les habitants à sa cause. Le Conseil des mages a dissous le mouvement du mage maléfique en 1938, juste après la mort de Gian… enfin, sa disparition.

Conemar avait tenté d'assassiner mon arrière-grand-père, qui avait réussi à lui échapper en plongeant dans une Somnium. Il en était ressorti seulement quelques mois plus tôt, pour décéder lors d'un affrontement avec l'armée ennemie.

— Je vois, ai-je conclu afin de chasser au plus vite le souvenir de mon aïeul. Quand dois-je partir ?

Nana a d'abord récupéré du matériel sur une étagère avant de me répondre : gants, seringues, garrots, fioles, compresses de gaze et antiseptique.

— Nous allons d'abord vérifier l'efficacité de notre formule sur un volontaire. Inutile de te faire traverser les mondes pour des placebos. Je te préviendrai lorsque tout sera prêt. (Elle a enfilé ses gants.) Assieds-toi.

— Et Afton ?

— Je l'ai prévenue que nous repartions bientôt, m'a appris Emily. Mais elle préfère rester pour aider Nana. Elle ne veut pas laisser les gamins. Tu as vu comme elle les materne ?

Le contraire m'aurait étonnée, ma meilleure amie adorait les enfants. Du temps où je faisais du baby-sitting, je pouvais toujours compter sur elle lorsque j'avais besoin d'une remplaçante au pied levé. Il lui était même arrivé de m'accompagner tout en refusant que je lui donne la moitié de ma paie. Était-ce pour autant une raison suffisante de la laisser dans un autre monde ? Que se passerait-il si elle ne parvenait jamais à rentrer ?

Un sourire bienveillant s'est dessiné sur le visage de ma grand-mère alors qu'elle nouait le garrot autour de mon bras.

— Je prendrai soin de ton amie. Elle ne risque rien avec moi.

Lorsqu'elle a brandi la seringue, les lampes du plafond ont fait briller l'aiguille. J'en ai frissonné d'angoisse.

Emily m'a pris la main.

— Serre aussi fort que nécessaire. Ça va juste piquer un peu, rien de douloureux.

Je lui ai souri. Et dire que lorsque je l'avais rencontrée, je l'avais prise pour une horrible garce. Mais ce n'était pas sa vraie personnalité : elle avait été possédée, manipulée pour me jouer des tours affreux. Pour faire amende honorable, elle avait d'ailleurs fait preuve de tant de gentillesse et de dévotion durant ma convalescence que je commençais à l'apprécier.

Je devais me résoudre à laisser Afton à *Tír na nÓg*… Au moins, même si je ne l'avais jamais vue faire et priais pour ne jamais assister à tel spectacle, Nana était spécialisée dans la magie d'Incantora – une pratique qui consistait à faire brûler un individu de l'intérieur. De plus, pendant dix-sept années j'avais toujours pu compter sur elle et j'étais sûre qu'elle prendrait soin d'Afton comme de moi-même, coûte que coûte. Ce qui ne me rassurait pas davantage…

Morta est entrée dans le laboratoire. Derrière elle, deux hommes poussaient un brancard sur lequel gisait une vieille fée de sexe masculin. Son visage, rougi par la fièvre, était tout crevassé.

Quand l'aiguille a percé ma peau, j'ai grimacé, les dents serrées. Nana s'est mise à remplir des fioles de mon sang. Au bout de la troisième, j'ai commencé à me sentir mal. Morta a dû le remarquer, car elle s'est précipitée en claudiquant pour m'apporter un verre de liquide rouge vif.

— Qu'est-ce que c'est ?

— Jus de baies du monde des fées, a-t-elle répondu avant de retourner à sa chaise.

Ma grand-mère a déposé les flacons pleins sur une paillasse jonchée de burettes, d'éprouvettes et de toute une collection de récipients en verre aux formes variées. À côté d'un microscope, j'ai remarqué aussi un appareil dont je ne connaissais pas l'utilité et tout l'attirail typique d'un laboratoire. Nana a enfilé des gants en caoutchouc, puis a saisi l'une des fioles écarlates tandis que Morta lui apportait un bécher qu'elle venait tout juste de récupérer dans un réfrigérateur en verre.

— À quoi sert cette espèce de grosse cuve métallique ? a demandé Emily qui s'amusait à pivoter sur son tabouret.

— Ce dispositif permet de produire le remède en grandes quantités, a expliqué Morta qui venait de jeter un coup d'œil à l'engin. Nous l'utiliserons plus tard pour mettre au point un vaccin.

Ma grand-mère a versé le contenu de la fiole dans le bécher avant de mélanger mon sang à la solution à l'aide d'un agitateur en verre, produisant un tourbillon carmin. Puis, elle a versé un peu de la mixture dans une petite bouteille qu'elle a scellée d'un bouchon de caoutchouc, percé avec l'aiguille d'une seringue que la Guérisseuse venait de lui tendre. Quand elle a tiré la pompe, le cylindre s'est rempli de la solution.

— Bien, passons aux essais dès maintenant, a proposé Nana. Je ne voudrais pas faire attendre notre volontaire.

Elle s'est dirigée vers le brancard, le remède à la main. J'ai détourné le regard lorsqu'elle a approché l'aiguille de la peau du patient.

— Et après ? s'est enquise Emily, qui venait de sauter de son tabouret.

Ma grand-mère a retiré ses gants et les a lancés sur la paillasse.

— Il ne reste plus qu'à attendre de voir si son état s'améliore.

— Combien de temps ? ai-je demandé.

— Une nuit devrait suffire, a répondu Morta. Du moins, si les délais sont les mêmes qu'avec les premiers antidotes.

Sa canne a cogné contre le sol au rythme de son pas traînant quand elle s'est dirigée vers le malade. Claquement, bruit de frottement. Clac, frottement. Clac, frottement… À l'arrivée, elle était à bout de souffle.

— Vous pouvez l'emmener à l'infirmerie, a-t-elle indiqué aux deux brancardiers.

— Peut-on essayer le remède sur Dag ? ai-je demandé en me remémorant ses yeux pleins d'espoir. Il est mal-en-point, j'ai bien peur qu'il ne…

Meure. Je n'ai pas pu prononcer le mot, terrifiée à l'idée qu'il lui porte malheur.

Nana a dégagé une mèche argentée de son front.

— Dès que nous serons sûres de la formule, nous la lui injecterons. (À l'instant où le patient a été transporté hors de la pièce, elle s'est appuyée contre la table en face de moi.) Je dois te parler d'un sujet qui me préoccupe. Afton m'a raconté que ta magie avait évolué. Elle m'a expliqué qu'à présent, tu es capable d'invoquer des globes de feu, de glace et de stupéfaction, c'est bien ça ?

Notre nuit cauchemardesque à New York est revenue me torturer l'esprit.

— Oui… Je crois que j'ai absorbé les globes des Sentinelles que j'ai tuées ce soir-là.

— Étrange…

Elle s'est dirigée vers une bibliothèque constituée d'ouvrages anciens au dos usé et aux titres indéchiffrables, en a choisi un et s'est mise à le feuilleter.

Emily et moi nous sommes regardées, perplexes.

— Qu'est-ce que tu cherches ?

Elle s'est arrêtée à une page dont elle a parcouru le contenu en suivant les lignes du doigt.

— C'est un livre de médecine féerique. Il contient un chapitre consacré aux Sentinelles. Je suis sûre qu'il s'y trouve un passage au sujet du transfert de pouvoir. Reste à le trouver…

Le transfert de pouvoir ? Voilà qui me paraissait plausible.

Nana s'est éclairci la voix.

— Il est noté ici que les sujets dont le gène de Sentinelle est plus long que la normale peuvent absorber les pouvoirs de leur victime quand ils tuent un de leurs semblables. Lorsque la magie quitte le corps du défunt, c'est la Sentinelle dominante qui l'aspire.

— C'est déjà arrivé ?

— Oui. Ce phénomène était plutôt courant avant. Quand les fées ont créé les Sentinelles, elles n'ont pas trouvé tout de suite le pourcentage correct de sang de mage dans la formule.

— C'est tout ce qui est écrit ?

— Non. Le livre explique aussi que les fées ont choisi d'élaborer les Sentinelles à partir de gènes de mages et d'humains pour que vous ayez des affinités avec les deux mondes. Tous les huit ans, la solution magique est envoyée chez les humains et chez les Chimères. Parmi tous les fœtus en formation à ce moment-là, le sortilège cherche ceux qui détiennent une mutation génétique rare et leur inocule la magie. À la naissance du bébé, son changelin éclôt dans le Jardin de la Vie.

— C'est flippant… a lâché Emily en s'accoudant sur la paillasse. De quelle sorte de mutation s'agit-il ?

Nana a croisé les bras.

— À la différence de certaines qui causent des maladies, cette mutation-là est inoffensive. Elle prédispose seulement les fœtus à l'absorption de la magie.

J'ai étendu mon bras sur la table, car il était tout engourdi après le prélèvement de sang.

— Pourquoi les fées n'utilisent-elles pas leur jardin pour produire leurs propres chevaliers ? ai-je demandé à Nana, qui refermait l'ouvrage.

— Elles ont bien essayé, mais leur organisme n'est pas réceptif à cette magie.

Soudain, une jeune fée, dont les cheveux châtains étaient plaqués derrière ses oreilles pointues, est apparue sur le seuil. Elle se tenait bien droite, les bras le long du corps, et semblait vouloir parler à ma grand-mère.

— J'en ai terminé avec toi, tu peux aller te reposer maintenant, m'a annoncé Nana. Le remède ne sera pas produit en quantité suffisante avant plusieurs jours. À ce propos, je vous présente Nysa. Elle vous mènera à vos chambres et sera votre hôte durant votre séjour dans le monde des fées.

— Suivez-moi, nous a demandé la nouvelle venue en tournant les talons.

— Ce n'est pas de refus. Je crois que je pourrais dormir une semaine entière, ai-je répondu à ma grand-mère en me dirigeant vers la sortie pour ne pas faire attendre davantage Emily, qui me tenait la porte.

— Au fait, Gia ! s'est exclamée Nana. Souviens-toi : pas un mot à Arik.

— Ne t'inquiète pas, j'ai compris, l'ai-je rassurée avant de refermer la porte.

J'avais toujours fait confiance au jeune homme, ne serait-ce que parce qu'il était le chef de notre escadron de Sentinelles. Certes, notre relation s'était sacrément détériorée à cause du philtre d'amour d'Emily et de mon histoire avec Bastien, mais nous n'en restions pas moins partenaires au combat. Lorsqu'il découvrirait que je lui avais désobéi – ce qui arriverait à coup sûr –, toutes mes tentatives pour regagner son amitié seraient anéanties.

J'étais néanmoins prête à courir ce risque. Après tout, il en allait de la vie de toutes les Chimères et des fées malades dont l'infirmerie était pleine, mais aussi de la sauvegarde des sabbats… Et du sort de Dag.

Chapitre 8

Sous le plafond suintant de la chambre obscure, je me suis entortillée tant bien que mal dans la couverture rêche : j'avais les oreilles et le nez gelés. La température avait considérablement baissé, ce qui était pour le moins surprenant, car, depuis mon arrivée à *Tír na nÓg*, elle s'était maintenue aux alentours de vingt-deux degrés : l'atmosphère idéale, ni trop chaude ni trop froide. Quand la porte a grincé, je me suis redressée. Je me suis alors rendu compte que je n'étais pas dans la chambre où je m'étais endormie.

— Votre Altesse… s'cst excusée la voix grave d'un homme dont je discernais mal le visage, éblouie que j'étais par la chandelle qu'il tenait. Vous avez demandé à être réveillée s'il arrivait des nouvelles d'Asile.

— En effet, a répondu Athela en se redressant pour poser pied à terre.

J'avais tout de suite reconnu cette femme dont les longs cheveux blonds lui descendaient jusqu'à la taille. Je me trouvais dans l'esprit de la mère de Royston, mon ancêtre, qui avait vécu bien des siècles auparavant.

L'enchanteresse avait trouvé le moyen de s'introduire à l'intérieur de mes rêves depuis que j'avais pénétré dans le monde des Chimères. De cette manière, elle me révélait des fragments de son passé afin de me transmettre des informations qui me seraient essentielles pour aider son fils à vaincre la Tétrade.

L'homme a fait demi-tour et Athela a passé une épaisse robe de chambre rouge sur sa tunique légère avant de le suivre.

— Qu'avez-vous appris ? a-t-elle demandé sans pouvoir réprimer un frisson.

— Les fils de Taurin ont été assassinés. Quant aux *Chiavi*, elles restent introuvables. Mykyl… (L'homme s'est raclé la gorge.) Le peuple d'Estril célèbre la crucifixion de votre père, dont le cadavre est en train de pourrir. Dois-je envoyer une armée récupérer sa dépouille afin de lui offrir une digne sépulture ?

— Non.

Debout face à un miroir déformant, Athela, a noué une ceinture d'or autour de sa taille. Plus âgée que dans mon dernier rêve, elle devait avoir atteint la cinquantaine.

— Mon père a mérité son sort, a-t-elle poursuivi. Il a trahi notre peuple et moi avec. Laissons-les savourer leur vengeance.

La colère que ressentait Athela envers l'homme qui l'avait mise au monde se mêlait à la tristesse que j'éprouvais pour elle. Elle non plus n'avait pas eu la chance d'être élevée avec l'amour d'un Pop. Grandir aux côtés d'un père aussi cruel que Mykyl avait dû être terrible.

Pourquoi suis-je ici ? me suis-je interrogée. *Que veut-elle me montrer ?*

Le messager ne quittait pas des yeux la porte dans son dos.

— Comme vous voudrez, Votre Majesté. Mais il nous faut partir sans tarder, vous n'êtes plus en sécurité céans. La révolte gronde et une horde de meurtriers a été mandatée pour vous supprimer.

— Entendu. Nous partirons ce soir. Préviens Cadby.

L'homme s'est retourné une énième fois.

— Le Conseil l'a envoyé dans une Somnium pour le punir du meurtre de votre fils.

Athela a plaqué une main tremblante sur sa bouche.

— Il a été accusé à tort ! Mon fils est en vie !

— Vous savez que le Conseil des mages est intraitable quand il s'agit d'empêcher une révolte. Ceux qui veulent asservir le monde des hommes ne cesseront de vous poursuivre qu'en foulant votre dépouille. Les deux mondes, tels que les envisageait Taurin, ne resteront pas séparés longtemps : ils seront bientôt gagnés par des velléités de conquête.

— Ma mort ramènera le peuple à la raison et le poussera à élire un Archimage plus juste à la tête du Conseil.

Elle s'est emparée de petites fioles contenant des herbes et des insectes avant d'ouvrir un livre à la couverture de cuir : le vieux grimoire de sorts trouvé par Nana, le même qui passionnait tant Emily.

C'était le livre d'Athela.

— Les descendants de Taurin feront en sorte de maintenir la paix pendant plusieurs générations. (Elle a parcouru une page du livre.) Mais cet équilibre fragile sera mis en péril lorsque le dernier héritier – ou la dernière héritière – parviendra au terme de son règne. Un autre dirigeant lui succédera et le Conseil voudra alors réveiller la Tétrade pour sortir le monde des Chimères de l'ombre.

Elle a versé le contenu des fioles dans un mortier, puis commencé à écraser la mixture à l'aide d'un pilon, jusqu'à ce qu'un choc sourd ébranle tout le château, faisant trembler la table.

Si le messager restait impassible, il ne quittait plus la porte des yeux.

— Les assassins… Ils sont en train d'enfoncer la porte !

Imperturbable, Athela a réchauffé le contenu de son récipient à l'aide d'une allumette.

— Qu'ils me tuent, mon esprit, lui, ne mourra point. J'enverrai à leurs trousses quelqu'un qui saura percer à jour leur tissu de mensonges.

Quand ses yeux se sont fermés, une vague de tristesse m'a envahie. Elle a récité un charme et, aussitôt, une lueur est apparue sous ses paupières. Soudain, un vacarme assourdissant l'a forcée à rouvrir les yeux. Le messager gisait, inerte, sous les gravats du plafond qui venait de s'effondrer. Sa barbe était tachée de sang et même sa chandelle se mourait.

— Fille du septième mage, c'est toi que j'ai choisie !

Serait-elle en train de me parler ? J'ai frissonné intérieurement.

— Je t'attends depuis des siècles. J'ai pleuré des torrents de larmes pour la paix. Je te confie la tâche de guider mon fils vers sa destinée. Tu es la Briseuse d'illusions. Révèle le mal qui gangrène le monde des Chimères. Détruis l'arme qu'ils s'apprêtent à utiliser !

Tout à coup, le reste du toit s'est effondré, ensevelissant Athela sous une montagne de décombres. Au moment où son esprit a quitté son corps, j'ai cru étouffer. J'avais l'étrange impression d'avoir été débranchée, si bien que je me retrouvais à présent seule, plongée dans des ténèbres glacées, enfermée dans l'esprit d'Athela.

Une tristesse insoutenable m'a alors submergée jusqu'au tréfonds de mon âme. L'évidence m'a saisie : Athela était morte et, désormais, plus jamais elle ne reviendrait hanter mes rêves. Elle m'avait montré tout ce que je devais savoir. Au fil de mes songes, elle avait réussi à me toucher au cœur et m'avait convaincue de poursuivre son combat. À présent, je savais ce qu'elle attendait de moi. Faire triompher la vérité. Détruire la Tétrade. Maintenir la séparation des deux mondes pour préserver la paix, comme Taurin le souhaitait. Car, selon lui, les êtres dépourvus de magie ne pourraient pas lutter face aux Chimères.

— Gia, réveille-toi, a-t-on murmuré à mon oreille.

J'ai soulevé les paupières. À la lueur de la lune, j'ai découvert le visage blafard d'Emily, penchée au-dessus de moi. La température était redevenue clémente et des cristaux colorés avaient remplacé le plafond suintant. Les coussins des fauteuils ainsi que les draps du lit se déclinaient en camaïeux de bleus. J'étais bel et bien de retour dans ma chambre aux murs de grès du royaume des fées.

Je n'avais pas beaucoup vu Emily depuis quelques jours : elle passait la plupart de son temps claquemurée dans sa chambre, absorbée par la lecture du vieux livre de sorts.

— Tu pleures ?

— J'ai fait un cauchemar, ai-je répondu de manière évasive avant de m'apercevoir que mon sac à bandoulière était posé sur mon lit. Merci de garder les *Chiavi* en sûreté...

— Pas de souci, a-t-elle répondu en souriant avant d'ouvrir le grimoire à une page qu'elle avait cornée. Je voulais te parler d'un charme intéressant que j'ai trouvé là-dedans. Tu vas sûrement trouver cette pratique barbare, mais écoute quand même. Il existe une formule qui permet de cacher des objets à l'intérieur d'une personne. Les magiciens l'utilisaient pour se prémunir contre les vols de pierres précieuses, par exemple. Je pense qu'on devrait l'essayer. Comme ça, plus besoin de se trimbaler partout avec ce sac en priant pour que personne ne le remarque... Et si on considère que l'avenir de nos deux mondes dépend du fait que les *Chiavi* ne tombent pas entre de mauvaises mains...

Je me suis adossée contre mes oreillers.

— En effet, c'est barbare.

Elle a poussé un soupir théâtral.

— Oh, ça va, c'est juste un tatouage.

— Pardon ?

— Tu as très bien entendu.

— C'est justement ce que je craignais.

J'ai porté les doigts à la cicatrice en forme de croissant de lune, dont ma grand-mère m'avait marquée sous la clavicule lorsque j'étais toute petite, pour me rendre invisible aux Surveillants et me permettre de sauter dans n'importe quelle porte-livre sans être repérée.

— Nana avait au préalable utilisé un sort anesthésiant. Est-ce que tu en connais un ?

À la mine confuse de la jeune sorcière, j'ai compris que la réponse était négative.

— Je ne suis même pas certaine de réussir à te tatouer correctement. On pourrait faire un essai à un endroit peu visible, dans un premier temps. Pour voir.

— Pourquoi ne pas utiliser l'un des élixirs de Nana ?

Emily a secoué la tête.

— Le labo était fermé et elle n'a pas répondu quand j'ai frappé à la porte de sa chambre.

Rien d'étonnant à ça, ma grand-mère dormait avec des bouchons d'oreilles, car elle avait le sommeil léger.

Les yeux rivés sur mes mains, j'ai tenté de me raisonner : *Allez, reprends-toi, Gia. Arrête de faire ta froussarde !*

Ma camarade avait raison : voyager avec ce sac d'objets encombrants, qui s'entrechoquaient et tintaient à chaque pas, n'était guère prudent. Mieux valait les dissimuler.

— Bon, c'est d'accord.

Elle a posé le livre sur le lit avec un hochement de tête.

— Où veux-tu que je te marque ?

Bonne question ! Pas sur les bras, c'était trop visible. Le ventre ? Risqué... Il fallait choisir un endroit que je ne découvrais jamais.

— Les côtes. Comment je les récupère après ?

— Il faut prononcer un charme. On s'entraînera.

Je me suis placée de profil avant d'ôter mon T-shirt. Au moins, j'avais encore ma brassière de sport.

— Très bien... Allez, finissons-en. (Elle m'a tendu un épais morceau de cuir.) C'est pour quoi faire ?

— Coince-le entre tes dents et mords très fort dedans… Ça t'évitera de hurler ou d'avaler ta langue.

— Tu regardes trop la télé.

J'ai retourné le morceau de peau tannée dans tous les sens pour l'inspecter et tenter d'en identifier la provenance, sans pouvoir m'empêcher de penser à la quantité de microbes qu'il devait contenir.

— Où est-ce que tu l'as trouvé ? C'est propre au moins ?

— Je l'ai découpé dans un fauteuil de ma chambre et je l'ai lavé. Bon, on s'active, avant que quelqu'un ne débarque ?

Elle a jeté un coup d'œil vers la porte.

— Vas-y, torture-moi, fais-toi plaisir !

— Très drôle… a-t-elle répliqué en s'installant.

Le cuir, rigide sous mes dents, avait le goût de mes gants de kick-boxing pleins de sueur. Emily a ouvert mon sac pour en tirer une première *Chiave* : la croix. Le médaillon en argent, serti de pierres précieuses, qui pendait au bout d'une chaîne, faisait la taille de sa main. Elle l'a posé devant moi sur le lit pour lire attentivement les notes du grimoire. Puis elle a couvert le bijou de sa paume et apposé son autre main contre mes côtes.

— *Abscondere.*

— C'est normal que rien ne sc passe ? ai-je bafouillé, mon morceau de cuir entre les dents.

— Chut ! Laisse-moi me concentrer. (Elle a baissé la tête en marmonnant, sans plus d'effet.) *Abscondere !*

Sa voix s'était faite plus forte, ténébreuse et méconnaissable. Soudain, j'ai ressenti une vive brûlure au côté. Poussant un grognement, j'ai mordu dans le cuir de toutes mes forces, mais j'avais plutôt l'impression de hurler bouche fermée. Je suis tombée en avant, la tête dans les draps, ravalant tant bien que mal mes cris de douleur. Mes yeux s'étaient emplis de larmes, tant la peau me chauffait. J'ai inspiré profondément à plusieurs reprises pour reprendre mes esprits.

— Tu tiens le coup ? s'est inquiétée Emily.

— C'est si moche que ça ? me suis-je alarmée à mon tour.

Je me suis fait violence pour tourner la tête et observer la marque. Une croix, de la taille d'une pièce de monnaie, rougeoyait sur ma peau. L'instant d'après, elle s'est estompée pour devenir une cicatrice blanche, très simple. J'étais médusée.

— C'est tout petit…

— Et ça cicatrise vite, a enchaîné Emily en tournant les pages du bouquin. Tu veux qu'on essaie de la retirer ?

— Je ne sais pas si je serai capable d'endurer l'expérience encore six fois, ai-je avoué.

— Peut-être que tu n'auras pas aussi mal… Il paraît que le corps s'habitue à la douleur.

J'en doutais.

— Bon, dis-moi comment récupérer la *Chiave*, alors.

— Pose le majeur et l'index de ta main dominante sur le symbole. Focalise ton attention sur la croix et prononce : « *Reditum* ».

Sous mes doigts, je sentais le relief de la cicatrice. Je me suis concentrée sur mon premier souvenir de cette croix. Je m'amusais à brandir le vieux parapluie rouge de ma mère telle une arme, lorsque le manche s'est détaché et qu'Afton a failli recevoir les baleines en pleine figure. La croix était logée dans la poignée du parapluie.

— *Reditum*, ai-je récité.

J'ai soudain eu l'impression qu'on m'arrachait un pansement très collant et la *Chiave* s'est extraite de ma peau pour reprendre sa taille originelle. La croix, dont la chaîne pendait, lévitait devant moi, attendant sagement que je l'attrape.

— Eh bien… On ne voit pas ça tous les jours ! s'est extasiée Emily, abasourdie.

— Comment je la remets en place ?

— Comme moi : il te suffit de dire : « *abscondere* », et la clé réintégrera ta peau.

— Parfait ! ai-je répondu, bien que l'idée de devoir endurer chaque fois la même souffrance me semblât tout sauf parfaite.

— Bon, a-t-elle repris en s'asseyant en tailleur sur le lit, tu veux qu'on les insère toutes d'un coup ?

Mon cœur s'est emballé, si bien que j'ai dû attendre quelques secondes avant de trouver le courage de lui répondre. Me tatouer les *Chiavi* à même la peau était la meilleure manière de les conserver en sécurité. D'autant que seules Emily et moi serions au courant de cette cachette. Pourtant, la peur de la douleur continuait à prendre le dessus sur mon esprit.

Arrête donc ces enfantillages ! Fais-le, qu'on en finisse.

J'ai acquiescé nerveusement en m'efforçant d'étouffer ma peur.

— OK, je veux bien essayer.

Après avoir gravé chaque *Chiave* à l'intérieur de mon corps, Emily est retournée se coucher. Je lui ai confié le vieux grimoire, estimant qu'il lui revenait de droit et qu'elle en ferait meilleur usage que moi. Je me suis également résignée à laisser le cahier de Gian. J'avais beau me répéter que j'en avais tiré tous les secrets, je n'ai pu m'empêcher de ressentir un pincement au cœur en le déposant sur ma table de chevet en cristal.

Mieux vaut voyager léger. Mes blessures me brûlaient encore, mais c'était tout à fait supportable désormais. J'ai donc pu enfiler un pantalon et un T-shirt à manches longues. Machinalement, mes doigts ont effleuré mes deux pendentifs, celui de Faith et celui contenant la plume blanche de Pip. J'aurais pu les laisser eux aussi, mais j'ai préféré les dissimuler sous mes vêtements. J'avais fini par les considérer comme des porte-bonheur et craignais de m'en séparer.

Emily m'avait dégoté une élégante veste noire pour remplacer l'ancienne, maculée de sang. Dans le fond percé d'une des poches, j'avais glissé le boîtier de cuir contenant les deux flacons accompagnés des indications de Gian pour combattre la Tétrade. Enfin, je me suis délestée de mon fourreau – sans épée, il ne me servait à rien – après m'être assurée que mon poignard se trouvait toujours dans ma botte.

Cependant, avant de rejoindre Nana, il me restait une dernière chose à faire. Dans le couloir désert aux murs nus, le bruit de mes pas résonnait sur le sol en pierre polie. Discrètement, j'ai ouvert la porte de l'infirmerie et me suis glissée à l'intérieur.

Malgré l'éclairage tamisé, j'ai repéré Afton de loin, grâce à une lampe attachée au lit de Dag. Assise sur un tabouret, mon amie lisait une histoire au petit malade. Sa douce voix portait jusqu'aux lits alentour.

Elle s'est levée dès qu'elle m'a entendue approcher.

— Quoi de neuf?

— Où as-tu dégoté des livres par ici?

— Les fées les empruntent dans les bibliothèques, a-t-elle répondu en posant les yeux sur l'ouvrage entre ses mains, avant de le confier à la petite Sentinelle. J'imagine que tu n'es pas venue parler littérature...

Elle me connaissait tellement bien.

— Je pars ce soir. Je voulais juste te dire au revoir et m'assurer que Dag allait bien.

— Son état s'améliore d'heure en heure. Le remède fait des miracles... (Elle s'est retournée pour embrasser l'immense pièce du regard.) Ils guérissent tous un à un. Notre protégé pourra retrouver Peyton et Knox dès demain.

— En voilà une bonne nouvelle!

Je me suis penchée vers lui pour écarter les mèches de son beau visage qui me rappelait tant celui de Bastien. C'était d'ailleurs sans doute pour cette raison que je m'inquiétais à ce point pour cet enfant.

— Tu m'as l'air en forme, mon grand! Dis-moi, est-ce que tu as eu droit à ta glace?

— Il n'y en a pas ici, a-t-il déploré d'un air dépité. Mais on m'a donné des gâteaux.

— Ne t'inquiète pas, va, quand tu rentreras à Asile, tu mangeras toute la glace que tu voudras. Je dois m'en aller, mais j'espère te revoir bientôt!

J'ai ébouriffé tendrement ses cheveux avant de me relever.

— Moi aussi, a-t-il répondu sans détacher le regard des illustrations de son livre.

Je me suis retournée vers Afton, dont les yeux étaient mouillés de larmes.

— Qu'est-ce qui t'arrive ?

— Nick me manque. Si tu le trouves, dis-lui...

Un sanglot, qu'elle a tenté d'étouffer d'une main, l'a empêchée d'achever sa phrase. Je lui ai pressé doucement l'épaule pour la réconforter.

— Je n'y manquerai pas. Je suis sûre qu'il t'aime, lui aussi. On le retrouvera et je le ramènerai coûte que coûte.

— Tu y arriveras, j'en suis sûre, est-elle parvenue à répliquer alors qu'une larme dégringolait le long de sa joue. Pars tranquille, je serai bien ici. (Voyant que je jetais un regard à la galerie du deuxième étage, mon amie a ajouté :) Sinead aussi. Je veillerai sur elle.

Nous nous sommes enlacées avec une telle intensité que nous ne parvenions plus à nous détacher l'une de l'autre. J'ai fini par m'écarter lentement.

— Je reviens dès que possible.

À peine avais-je terminé ma phrase que je me suis détournée pour m'éloigner. Je ne voulais pas qu'elle voie mes yeux emplis de larmes. Une peur grandissante me rongeait un peu plus à chaque instant. J'ignorais si je la reverrais un jour.

Afin de ne pas me perdre, je me suis empressée de retourner dans le couloir qui menait à ma chambre. *Tourner deux fois à gauche, une fois à droite, puis prendre l'escalier.* J'étais perdue dans mes pensées, concentrée sur la voie à suivre quand un tableau a capté mon attention.

Au premier plan, on voyait un homme et une femme en uniforme de Sentinelle. Malgré la bataille qui faisait rage autour d'eux, lui était étendu sur le dos pendant que sa compagne maintenait une main entaillée au-dessus de la bouche de son camarade. À côté de son genou à elle se trouvait un parchemin où figurait une inscription en italien.

« *Erede di erede. Sangue per Sangue. Si trova la cura.* »

« *D'héritier à héritier. De sang à sang. Viendra le remède* », ai-je traduit mentalement. J'ai tout de suite reconnu la formule que Gian avait notée sur le parchemin du boîtier de cuir. À présent, j'étais certaine qu'il avait vu ce tableau, dans ce couloir.

— Gia ? m'a soudain hélée Arik.

Je me suis retournée dans un sursaut.

— Oh, salut... ai-je bredouillé.

J'avais la désagréable impression d'être prise en flagrant délit d'insubordination.

— Qu'est-ce que tu fais debout à cette heure ? m'a-t-il demandé en avançant vers moi de quelques pas.

Même si je brûlais de lui poser la même question, je m'en suis bien gardée : inutile de le mettre sur la défensive.

— Je n'arrivais pas à dormir. Je suis sortie me dégourdir un peu les jambes, mais je crois que je me suis perdue. Pas moyen de retrouver ma chambre... ai-je brodé en jetant un regard de chaque côté du couloir.

Quand je mentais ou que j'étais nerveuse, la commissure de mes lèvres se mettait à trembler, aussi me suis-je empressée de les pincer.

Alors qu'il m'observait, méfiant, j'ai prié pour qu'il n'ait rien remarqué. Il connaissait en effet très bien ce tic. J'ai tenté de me calmer... Après tout, il n'avait aucune idée de l'endroit où je me rendais. Nana m'avait fait promettre de ne rien lui révéler. Jamais il n'aurait approuvé ma démarche, qui allait à l'encontre des ordres du Conseil. Or je devais absolument mener cette mission à bien. La vie de centaines de Chimères était entre mes mains.

— C'est par là, m'a lancé Arik en m'indiquant d'un geste du menton la direction opposée à la mienne. Difficile de se repérer dans ce château, tous les couloirs se ressemblent… Je te raccompagne.

Mon cœur a manqué un battement. J'allais être en retard à mon rendez-vous avec Nana. Seulement, si je refusais, je risquais d'éveiller les soupçons du jeune homme.

— C'est gentil, merci, ai-je accepté avec un sourire forcé, avant de le suivre dans un silence gênant.

— Tu es en colère contre moi ? a-t-il fini par demander.

— Non. Et toi, tu m'en veux ?

— Pourquoi cette question ? Aurais-je des raisons de t'en vouloir ?

Il a des doutes…

— Bien sûr que non. Je suis juste inquiète pour Sinead.

Ce demi mensonge avait beau comporter une grande part de vérité, il me laissait un goût amer en bouche.

— Nous y sommes, a-t-il déclaré. Et si on prenait le petit-déjeuner ensemble, demain matin ?

— Avec plaisir.

Après tout, je n'en étais plus à un mensonge près.

— Tu comprends pourquoi je ne peux pas laisser les sabbats accéder au remède, n'est-ce pas ?

Ces mots m'ont brisé le cœur. Comment pouvait-il se montrer aussi injuste ?

— Non, je ne comprends pas, ai-je fini par répondre. La formule a été testée. Nos malades guérissent à vue d'œil. J'admire ta loyauté, Arik. Mais parfois, obéir aveuglément peut mener à de graves erreurs. J'espère que tu reviendras sur ta décision, car des milliers de vies en dépendent.

À mesure que je parlais, la rage et la frustration me gagnaient, s'accumulant tel le magma d'un volcan prêt à entrer en éruption.

— J'ai prêté serment alors que je n'étais qu'un enfant. J'ai juré de respecter les ordres du Conseil des mages, et je m'y suis toujours tenu. Je ne saurais agir autrement. Si le remède est efficace, alors le Conseil parviendra aux mêmes conclusions que Katy et le fera distribuer aux malades.

Au papillotement de ses paupières, j'ai deviné qu'il était aussi fatigué que préoccupé.

Nous n'avions pas le temps d'attendre que le Conseil procède à ses tests. Mais à quoi bon le lui rappeler? Je me suis contentée d'un sourire.

— Merci de m'avoir raccompagnée, ai-je lancé avant d'ouvrir ma porte.

— Dors bien.

— Bonne nuit, Arik.

Retenant mon souffle, je me suis adossée à la porte, pour guetter le bruit de ses bottes qui s'éloignait dans le couloir.

Lorsque j'ai été sûre et certaine qu'il ne traînait plus dans les parages, j'ai inspiré profondément pour me donner du courage. Et, après quelques minutes encore, qui m'ont semblé durer une éternité, j'ai conclu que la voie était libre. Afin de rester le plus discrète possible, j'ai ôté mes bottes avant de m'aventurer dans le couloir.

Deux fois à gauche, une fois à droite, prendre l'escalier. En haut des marches, je me suis trouvée face à une porte qui donnait sur un balcon semblable à une piste d'atterrissage pour hélicoptères. Au centre trônaient deux appareils aéronautiques individuels en forme d'oiseau, dont la carrosserie noire reflétait la lune. Sous la supervision de Nana, une demi-douzaine de fées s'affairaient pour charger des boîtes en cuir à l'arrière des véhicules, puis les fixer à l'aide de lanières.

Vêtu d'un uniforme de Sentinelle noir et d'un casque de cuivre en forme de gland, Bastien se trouvait au milieu de cette fourmilière, un second couvre-chef, identique au premier, sous le bras. Dès que je l'ai vu, toute la frustration ressentie après mon entrevue avec Arik s'est dissipée.

Lorsqu'il m'a aperçue à son tour, un grand sourire s'est dessiné sur son visage : si je ne tenais pas la preuve qu'il avait souffert de mon absence autant que moi de la sienne, je ne m'y connaissais pas !

J'ai lâché mes bottes et couru me jeter dans ses bras, manquant de le faire tomber à la renverse.

Il a éclaté de rire.

— Holà, du calme !

— C'est vraiment toi ?

— Il semblerait…

Quand il parlait, je sentais son souffle chaud sur ma joue. J'ai reculé pour admirer ses magnifiques yeux bleus.

— On ne devait pas se rejoindre à la bibliothèque ?

— Si, mais je n'avais rien de mieux à faire, alors… m'a-t-il expliqué avec un petit sourire malicieux.

— Ah oui ?

Il a approché ses lèvres de mon oreille pour murmurer sur un ton qui m'a fait frissonner de la tête aux pieds :

— Je meurs d'envie de t'embrasser, mais ta grand-mère nous regarde.

J'ai écarquillé les yeux et me suis arrachée à son étreinte, me rappelant soudain où nous étions. Nana feignait très mal d'être en pleine conversation avec une fille rousse.

— Tu as un gland sur la tête, ai-je observé.

— Et je le porte avec beaucoup d'élégance, a-t-il répliqué, de nouveau tout sourire.

Il avait raison, mais je n'étais pas prête à le lui concéder.

— Gia ! Tu en as mis du temps ! s'est exclamée ma grand-mère en faisant le tour d'un vaisseau pour nous rejoindre.

— Je suis tombée sur Arik dans un couloir… J'ai dû le semer avant de venir.

— Et qu'as-tu fait de tes bottes ? a-t-elle enchaîné, les yeux rivés sur mes chaussettes.

— Je les ai enlevées pour éviter de faire trop de bruit.

Je suis retournée sur mes pas afin d'aller me rechausser. Quand j'ai eu fini, Bastien m'a tendu son second casque.

— Tiens, mets-le.

— Bon, a repris Nana, prenez garde à ne pas briser les fioles. Surtout lors du saut dans la porte-livre. Nous ne pouvons pas nous permettre de perdre la moindre goutte de remède. Emily vous retrouvera dans quelques jours, sitôt que nous aurons mis au point le vaccin.

— Nous prendrons soin de la cargaison, l'a rassurée Bastien.

— Tu te souviens des chercheurs de Sinead ? m'a demandé Nana.

— Bien sûr.

Ma grand-mère a fait signe à la fille rousse, qui s'est précipitée vers nous, un papillon argenté sur le bout du doigt.

— Lève la main, paume vers le ciel, m'a-t-elle conseillé.

Je me suis exécutée.

Elle s'est adressée à l'insecte dans ce qui m'a semblé être une langue ancienne. La bestiole a voltigé jusqu'à mon poignet pour s'y fondre et n'y laisser qu'un dessin au contour pâle.

— Parfait, a déclaré l'inconnue, qui venait d'attraper mon bras pour examiner la marque. Si tu veux faire appel à quelqu'un, souffle sur le papillon, c'est un chercheur. Il est déjà programmé et connaît la marche à suivre pour obéir aux ordres.

— Les Surveillants vont détecter le saut de Bastien, non ? me suis-je inquiétée tout en agitant le poignet dans la lumière pour faire briller mon nouveau tatouage.

— Je leur ai transmis d'avance la liste de mes déplacements, en leur expliquant que j'allais discuter du remède avec les fées, a répondu l'intéressé. Ils ne se préoccuperont pas de mes sauts.

Son plan me paraissait solide, mais comportait pourtant encore un écueil à mes yeux.

— Ils ne risquent pas de se poser des questions, si tu ne rentres pas directement chez toi ?

— J'ai fait figurer toute une série de bibliothèques dans mon itinéraire. Ne t'en fais pas. Je voyage tellement qu'ils ne se douteront de rien.

Il a posé une paume rassurante sur ma joue, mais aussitôt, Nana a toussoté et la main de Bastien est retombée.

— Je vous déconseille malgré tout d'emprunter les portes-livres, une fois que vous aurez livré les remèdes à Greyhill. Rendez-vous au sous-sol du 3, passage des Fleurs d'Orge. Il vous suffira de pousser la brique la plus éloignée de l'escalier pour ouvrir le portail et de suivre le tunnel talpar jusqu'au bout. Mieux vaut passer sous les radars du Conseil des mages.

Les Talpars étaient des Chimères qui ressemblaient à un croisement de taupe et d'humain. Le Rouge avait utilisé un de leurs souterrains pour s'échapper d'Asile, le soir où Merl avait été assassiné. Leurs galeries étaient nombreuses, mais la plupart étaient connues de leur seule espèce. L'idée de crapahuter sous terre ne me plaisait guère.

— Vous déboucherez dans une bibliothèque, a continué Nana. Tu devras alors utiliser ton chercheur, Gia, pour appeler Aetnae, qui vous conduira en lieu sûr. Maintenant, Oxillia va vous montrer comment piloter ces vaisseaux.

La jeune fée aux cheveux roux et au regard d'ambre était un peu plus petite que moi. J'aimais bien l'allure de bricoleuse que lui donnait sa ceinture encombrée d'outils.

— L'un de vous a-t-il déjà conduit une moto humaine ?

— Moi, ai-je répondu, sans m'attarder sur le fait qu'elle avait fini en miettes.

À ma décharge, je n'avais pas vraiment eu le choix : je pourchassais la Subaru dans laquelle Nick avait été enlevé, sous une pluie de globes de combat.

— Pour ma part, je n'en ai jamais été ne serait-ce que passager, a répondu Bastien.

Soudain pétrie d'anxiété, j'ai examiné minutieusement les engins.

— Ce n'est pas une bonne idée. On pourrait s'écraser, ai-je lâché en enfilant le casque.

— On va faire en sorte que ça n'arrive pas, a répondu Oxillia avec un mouvement de tête en direction des appareils. Montez, je vais vous donner une leçon rapide. Cela dit, ils ne sont pas aussi complexes que les véhicules humains.

Grâce au marchepied et à un peu d'élan, j'ai réussi sans trop de peine à enfourcher le vaisseau. Bastien, qui s'était installé sur le sien avec une aisance déconcertante, était déjà en train d'ajuster son dossier. Après nous avoir expliqué à plusieurs reprises le fonctionnement de nos bolides, Oxillia a enfoncé un bouton au centre de mon guidon afin d'afficher un GPS en trois dimensions.

— J'ai programmé vos véhicules pour qu'ils se rendent à l'entrée du portail menant à la bibliothèque. (Elle a poussé une autre commande, et l'oiseau de métal a commencé à rugir.) Contentez-vous de rester droits et penchez-vous uniquement dans les virages. C'est un jeu d'enfant !

Elle a allumé l'appareil de Bastien, puis a ajouté en haussant la voix, histoire de se faire entendre par-dessus le vrombissement des moteurs :

— Le plus dur, c'est l'atterrissage. N'abusez pas du frein !

— Pourquoi ? a voulu savoir mon acolyte.

— Vous risqueriez de vous écraser, a-t-elle répondu sur un ton décontracté. Quand vous serez prêts, penchez-vous en avant pour décoller. Ça devrait aller vite. Ah, un dernier conseil : essayez de ne pas vomir, vous recevriez tout en plein visage.

À ce moment précis, la porte d'entrée du balcon s'est ouverte à la volée sur Arik qui a déboulé sur la piste de décollage.

Chapitre 9

— Gia ! Arrête, ou tu seras inculpée pour trahison ! a hurlé le nouveau venu en se précipitant vers un vaisseau libre.

J'ai échangé un bref regard avec Bastien.

— On y va ! ai-je crié avant de me pencher en avant.

L'engin s'est élevé, vacillant, entre les arbres et les immeubles, bientôt suivi par celui de Bastien.

Lorsque nous avons dépassé un groupe de fées plus lentes, j'ai fermé les yeux, terrorisée à l'idée de les renverser. Mais le vaisseau les a évitées, manœuvrant avec la même précision autour du moindre obstacle. Il n'était pas rare qu'il attende le dernier moment pour dévier, aussi étais-je partagée entre la peur de m'écraser et des haut-le-cœur à chaque virage.

J'ai risqué un coup d'œil par-dessus mon épaule pour essayer de voir si Arik nous suivait. Apparemment non, mais les arbres et les bâtiments qui bouchaient l'horizon ne me permettaient pas d'en être assurée. Je devais agir comme s'il était à mes trousses. L'enjeu était trop important pour le laisser nous mettre des bâtons dans les roues.

Nous avons survolé un pont de tellement près que les fées piétonnes qui l'empruntaient en ont été terrifiées.

— C'était moins une ! m'a crié Bastien pour se faire entendre au milieu du bruit des moteurs.

Quand nos bolides, en zigzaguant entre les arbres, ont secoué plusieurs maisonnettes suspendues aux branches, j'ai eu une pensée pour leurs habitants : ils avaient dû croire à un tremblement de terre. Enfin, j'ai discerné au loin une piste d'atterrissage dans une zone dégagée, au beau milieu d'un bosquet touffu.

Redresse-toi pour t'arrêter, me suis-je répété, soudain gagnée par la panique. L'appareil filait tellement vite que je me suis relevée à la fois trop tard et trop brusquement. Mon oiseau de fer a piqué vers l'avant pour atterrir durement sur le tarmac, puis il s'est couché et a continué sur sa lancée jusqu'à buter contre un arbre.

Il n'a pas fallu plus de quelques à-coups à Bastien pour se poser à son tour et arrêter son engin. Un homme à la peau verte et aux oreilles en forme d'ailes de chauve-souris s'est précipité à mon secours.

— Rien de cassé ? s'est-il enquis d'une voix rauque.

Sonnée, j'ai rampé pour m'extirper de la carlingue et me suis affalée sur le sol. À l'exception de mon épaule qui me lançait, je m'en étais sortie indemne.

— Je n'aurais pas cru, mais ça a l'air d'aller, ai-je fini par répondre.

Bastien a retiré son casque avant de nous rejoindre au pas de course pendant que l'homme m'aidait à me relever.

— Ne perdons pas de temps, Arik nous talonne, a soufflé mon compagnon tout en défaisant les lanières des deux boîtes que je transportais à l'intérieur de mon vaisseau afin d'en examiner le contenu. Il n'y en a que trois de cassées.

« *Que* » *trois ?* Mon accident allait donc coûter la vie à trois individus, qui s'éteindraient dans d'atroces souffrances, comme ce qui avait failli arriver à Dag. Je me suis maudite intérieurement.

— Suivez-moi, s'il vous plaît, nous a invités notre guide, me tirant de mes sombres pensées.

Inutile de m'appesantir sur ces fioles brisées, il fallait à présent que je me concentre pour préserver les autres. Des centaines de Chimères pouvaient encore être sauvées grâce à moi.

Bastien m'a tendu les deux boîtes, dont j'ai passé les lanières par-dessus ma tête afin de les porter comme mon sac à bandoulière. Il a ensuite récupéré les siennes et nous avons emboîté le pas à l'homme vert qui s'est enfoncé dans les bois.

Je me suis penchée vers mon petit ami pour lui demander dans un murmure :

— Quelle sorte de Chimère est-il ?

— Un gobelin.

Notre guide s'est arrêté devant une petite bâtisse en grès que j'aurais prise pour un placard au premier regard.

— Nous y voilà.

— Nous ne sommes pas entrés par là, ai-je constaté.

Il a actionné une poignée, déclenchant l'ouverture de la cabine dans un nuage de poussière.

— C'est un portail secret qui sert de raccourci. La Sentinelle qui vous poursuit empruntera l'autre.

— Savez-vous si notre poursuivant est proche ? ai-je demandé en jetant un coup d'œil derrière nous.

— D'après ce que m'ont rapporté les bois, il n'est pas loin derrière. Mieux vaut donc partir maintenant.

De son long doigt vert, il a désigné l'entrée.

— Merci pour votre aide, lui a glissé Bastien avant de me suivre à l'intérieur du bâtiment.

La porte a claqué doucement dans notre dos. Il faisait tellement sombre que j'ai dû invoquer un globe lumineux. Je me trouvais face à un mur à l'aspect fripé.

Au moment où je me suis avancée, la paroi s'est abaissée et les plis se sont déployés.

— Nous sommes dans le livre animé !

Le papier a coulissé sur un bruit de froissement jusqu'à ce qu'un portail apparaisse et s'ouvre lentement. Les doigts crispés autour des lanières qui se croisaient sur ma poitrine, j'ai franchi le seuil la première. Après le passage de Bastien, qui me suivait de près, la page s'est refermée, et le livre a rétréci pour retrouver sa taille initiale.

Je me suis retournée pour voir *Le Jardin secret* léviter jusqu'à une étagère où il s'est glissé entre deux autres ouvrages.

— C'est dingue !

— Nous ne sommes pas à Édimbourg, a remarqué Bastien en pivotant sur lui-même.

Les flacons ont tinté à l'intérieur des boîtes qu'il transportait.

— Attention ! ai-je soufflé. Il ne faudrait pas en casser d'autres !

Il a pris ma main et m'a entraînée vers le centre de la pièce. Ce geste était tellement naturel… Et pourtant, le contact de sa peau contre la mienne me donnait des frissons.

J'ai reconnu la bibliothèque à son décor enchanteur. Des livres en stuc couvraient les murs et des sculptures d'arbres s'élevaient jusqu'au plafond. Dans un coin, des racines, surmontées d'un feuillage automnal, s'enroulaient autour de moulages de volumes anciens. De petites créatures, dont un hibou, nichaient au creux de certains troncs. L'entrée de la salle de lecture était ornée de deux colonnes qui soutenaient un livre géant ouvert en guise d'auvent.

— Je suis déjà venue ici. Nous sommes dans la bibliothèque de Brentwood, dans le Tennessee.

Nana m'y avait emmenée une fois, quand j'avais douze ans, alors qu'elle se rendait à une conférence. La visite de cette bibliothèque avait été ma récompense pour être restée assise sans broncher pendant des heures, à écouter de vieilles dames débattre d'herbes médicinales. Je me doutais à présent qu'il s'agissait d'une réunion de sorcières.

Jusque-là, jamais une porte-livre ne m'avait envoyée dans une bibliothèque moderne. Mais vu que les fées avaient pour habitude de déplacer en permanence les entrées de leur monde, il semblait logique qu'elles se servent de toutes sortes de bibliothèques. Celle où je me trouvais paraissait tout droit sortie de mes rêves d'enfant. Je n'avais donc qu'une seule envie : m'asseoir sur l'une des fausses piles de livres, comme si j'avais cinq ans, et m'imprégner de cette ambiance féerique.

— Ça doit être une sortie secrète, a affirmé Bastien.

— J'espère que nous pourrons accéder à une porte-livre, ici ! ai-je lancé avant de rajuster les lanières qui me sciaient le cou. *Sei zero sette periodo zero due DOR!*

À l'affût du moindre son, j'ai soudain perçu une sorte de battement d'ailes en dehors de la section jeunesse.

— Comment un oiseau a-t-il pu entrer ici ? s'est étonné Bastien qui a lâché ma main pour aller au-devant du bruit. Ah non, c'est le livre. Il arrive !

— Il n'est pas entravé ? Ça, c'est une bonne nouvelle !

L'ouvrage a voleté jusqu'à moi, mon compagnon dans son sillage. J'ai intercepté le volume pour le feuilleter jusqu'à trouver la bibliothèque de l'abbaye de Saint-Gall. Mon cœur s'est serré au souvenir de ce lieu où Bastien et moi avions été aspirés par une faille, avant de tomber dans une Somnium aride où nous aurions pu rester enfermés à jamais. Chaque jour, nous avions lutté pour échapper à la mort. Si nous en étions sortis sains et saufs, c'était grâce au globe que j'avais lancé dans la faille. Mais ce geste n'avait pas été sans conséquence : sans le savoir, j'avais délivré Conemar et son armée de Chimères malveillantes de la Somnium où ils étaient emprisonnés.

Mon petit ami a posé une main dans mon dos. Mes doigts étaient tellement crispés sur le livre que j'en avais mal.

— Ça va ? Tu as l'air tendue… N'aie pas peur, a-t-il repris d'une voix douce et apaisante. Ça n'arrivera plus.

Encore heureux… J'avais brisé toutes les trappes, libérant les Chimères les plus viles. Et si elles avaient été capturées depuis jusqu'à la dernière, c'était seulement au prix d'une traque de plusieurs semaines durant lesquelles de nombreux humains avaient péri.

J'ai posé l'ouvrage ouvert à mes pieds.

— Je vais y aller en premier, a décrété Bastien. Si des gardes patrouillent dans la bibliothèque, mon arrivée ne leur paraîtra pas suspecte. Attends un peu avant de me rejoindre.

Les boîtes serrées contre lui, il a sauté dans la porte-livre et j'ai arpenté la pièce pendant dix minutes qui m'ont paru les plus longues de ma vie.

Lorsque j'ai plongé à mon tour, mon chargement s'est d'abord soulevé comme s'il était emporté par les courants d'air. Puis, une fois que les ténèbres glacées m'ont eu engloutie, ma cargaison a été plaquée contre moi. J'ai tendu les bras en avant, appréciant le vent frais et vivifiant qui me fouettait le visage et emplissait mes poumons.

Soudain, l'une des lanières a rompu. J'ai tenté de freiner ma progression pour la rattraper, mais la boîte s'est détachée.

Non, non, non!

L'espace d'un instant, la panique m'a fait perdre l'équilibre, mais très vite, j'ai réussi à me remettre d'aplomb.

Réfléchis, Gia! Il faut que tu la récupères à tout prix! Mais comment?

J'ai invoqué un globe de lumière pour voir dans quelle direction la caisse était partie: elle flottait loin derrière moi. *Résistance de l'air!* En raison de toutes ses faces planes, hormis le couvercle, la vitesse de propulsion de l'objet était ridiculement basse. J'allais atteindre la sortie avant les remèdes… D'un seul coup, j'ai pensé à tous les malades… Je ne pouvais laisser ces précieuses fioles s'écraser. Je devais trouver un moyen de m'arrêter.

Soudain, une solution m'est venue à l'esprit : mes globes ! Je me suis baissée pour tirer la dague de ma botte avant de faire apparaître un globe de combat de ma main libre : feu. Inutile. Je me suis débarrassée du projectile pour recommencer : verre – tout aussi inutile.

J'ai aperçu devant moi la lueur vacillante de la sortie.

— Allez, bon sang ! J'ai besoin de glace ! ai-je hurlé de dépit au milieu des rafales de vent. Ah, enfin…

Une sphère scintillante venait de se former au creux de ma paume. Je l'ai lancée vers la lueur qui se rapprochait à toute allure et paraissait plus large à chaque seconde. Restait à espérer que ce globe aurait le même effet que celui de la Sentinelle dans la bibliothèque de New York.

À mesure que je filais vers l'issue – et ce à une vitesse folle –, mon sang se chargeait d'adrénaline.

Lorsqu'elle a percuté la paroi au niveau de la sortie, ma sphère s'est dilatée pour former un voile de glace craquante que j'ai heurté de plein fouet. Aussitôt, les flacons de ma cargaison restante se sont entrechoqués et le talon d'une de mes bottes a percé la membrane givrée. J'ai alors planté ma dague dans la glace pour maintenir mon équilibre.

La boîte égarée était sur le point d'arriver, sauf que sa trajectoire la dirigeait trop à gauche : j'allais la manquer. J'ai tenté d'étirer le bras, en vain. De mon pied libre, j'ai donc tapé dans la paroi afin d'assurer mon appui. Face contre la glace, solide sur mes jambes, j'ai arraché mon arme pour la replanter le plus loin possible vers ma cible. J'ai ensuite roulé sur le dos et me suis placée face au vide, tapant une nouvelle fois du talon pour me stabiliser. La boîte m'a percutée de plein fouet dans le ventre, ce qui m'a coupé le souffle, mais j'ai pu la caler sous mon bras libre. Après quoi, je n'ai plus bougé, le temps de reprendre mes esprits.

— Génial… Maintenant, il va falloir sortir…

Rien de plus simple : il suffisait de briser la glace. J'ai rassemblé toutes mes forces pour lancer un violent coup de pied dans le voile transparent. La membrane s'est craquelée, sans pour autant céder.

Après plusieurs craquements, la croûte de glace s'est retrouvée toute fissurée. Au coup suivant, la pellicule a cédé et j'ai été projetée hors de la porte-livre. Avant de heurter durement le sol de marbre, je me suis retournée afin de tomber sur le dos, les deux boîtes serrées contre mon ventre.

Je suis restée allongée un moment : j'avais le dos en capilotade, mais mon chargement était intact.

— Aïe…

La glace qui commençait à fondre gouttait sur les livres de l'étagère d'où j'avais été expulsée. Bastien s'est précipité à mes côtés.

— Tu es blessée ?

— Aucune idée.

Je me suis redressée pour m'asseoir. À mon plus grand étonnement, j'ai constaté que je ne m'étais rien brisé. Bastien a attrapé la boîte à la lanière défectueuse pendant que j'ouvrais l'autre. Résultat : deux flacons brisés dont le liquide se répandait par le fond. Chacun représentait une vie que je ne sauverais pas.

— Que s'est-il passé ?

— La lanière a lâché. Elle a dû être fragilisée quand mon vaisseau s'est écrasé…

— Rien de cassé dans celle-là, à part les trois de tout à l'heure, a-t-il annoncé après avoir examiné le contenu de son coffret.

— Et maintenant ?

— Appelons Doylis et mes gardes. Ils doivent nous attendre. Peux-tu utiliser ton chercheur ?

Je l'avais presque oublié… J'ai effleuré le papillon argenté à mon poignet avant de souffler dessus pour le voir se détacher de ma peau et venir voleter au niveau de mes yeux.

— Trouve Doylis.

L'insecte a filé le long des rayonnages. Son passage faisait scintiller les dorures sur les colonnes en bois sombre et illuminait le dos des livres, jusqu'à ce que le papillon disparaisse derrière une étagère.

— Ne restons pas à découvert, a suggéré Bastien.

Il a attrapé ses deux boîtes en cuir, puis s'est dirigé vers une alcôve cernée d'étagères en bois poli. À mon tour, j'ai emporté les miennes, les ai posées au sol et me suis assise, la tête appuyée sur les genoux. Mon compagnon a pris place tout près de moi, après avoir installé son chargement à côté du mien.

— J'ai merdé, ai-je soudain lâché, rongée par la culpabilité. J'ai gâché des remèdes.

— C'était un accident, a-t-il affirmé avant de passer un bras autour de mes épaules. Tu n'avais encore jamais piloté ce genre d'appareil.

— Des innocents vont mourir par ma faute.

J'ai redressé la tête pour le dévisager, mais Bastien s'est contenté de prendre mon menton entre ses doigts.

— Chaque boîte contient quarante remèdes... Tu es sur le point de sauver 155 personnes! (Soudain, une voix grave a appelé depuis le fond de la pièce.) C'est Doylis!

Il m'a lâchée, s'est relevé et m'a tendu la main pour m'aider à me remettre debout. Après que je l'ai saisie, il a maintenu son étreinte pendant que nous traversions la salle de lecture en sens inverse.

Le nouvel arrivant était accompagné de cinq Sentinelles – deux femmes et trois hommes – qui devaient avoir entre vingt-cinq et trente ans. Bastien m'a lâché la main pour les rejoindre.

— Comme je suis heureux de vous retrouver, les amis!

— Et moi de constater que vous avez réussi, lui a répondu Doylis, qui les dépassait tous d'une bonne tête.

Le chercheur s'est approché de moi en virevoltant. J'ai tendu le poignet afin qu'il s'y reloge. Soudain, la porte-livre a jailli de l'étagère en nous éclaboussant au passage. Aussitôt, Arik en est sorti, suivi de Demos.

Je me suis empressée de m'écarter, manquant de pousser un cri de surprise. Je n'avais pas revu Demos depuis le jour où j'avais quitté notre planque en Irlande. L'uniforme de la Sentinelle avait un peu souffert et son casque romain, avec ses plumes tordues et sa visière cabossée, avait perdu de sa superbe. Que diable avaient-ils dû affronter là-bas?

Arik, trempé, s'est redressé. À travers les œillères de son casque, il a dévisagé tour à tour Bastien et ses compagnons avant de poser son regard sur moi.

— Qu'est-ce que c'est que ce cirque? Gia, suis-moi.

Joignant le geste à la parole, il m'a fait signe d'approcher. Aussitôt, trois Sentinelles se sont interposées entre nous.

— Si tu vas avec eux, a continué mon ex-petit ami sur un ton maussade, tu seras accusée de trahison.

— Tu préfères laisser des centaines de personnes mourir ? ai-je répliqué, les poings serrés. Comment est-ce possible ? Arik, je t'en prie…

À sa mine sombre, j'ai compris qu'aucun de mes arguments n'était susceptible de le faire fléchir.

— De quoi parle-t-elle ? a demandé Demos, perplexe.

J'ai quitté mon coéquipier des yeux pour regarder mon camarade.

— Il existe un remède capable de soigner la maladie qui se propage dans les sabbats, mais le Conseil en a interdit la diffusion.

— Pourquoi ? s'est-il étonné.

— Demande-le-lui, ai-je rétorqué en désignant Arik du menton.

Notre chef d'escadron s'est passé une main dans les cheveux.

— Le produit n'a pas encore été testé. Prépare ton globe de combat.

— Sans ce traitement, ils mourront ! me suis-je insurgée.

J'ai serré les poings de plus belle, si bien que mes ongles se sont enfoncés dans ma chair. J'étais persuadée qu'il comprendrait. Je croyais qu'il se battait pour protéger les autres. Comment avais-je pu me tromper à ce point sur son compte ?

— Et d'ailleurs, c'est faux, ai-je poursuivi. Il a été testé et il fonctionne. De toute façon, je le livrerai, avec ou sans votre accord. Essayez donc de m'en empêcher !

— Nous avons reçu des ordres, a répliqué Arik en invoquant un globe de feu. Si tu désobéis aux injonctions du Conseil, tu seras hors la loi et je devrai t'arrêter. Je t'en prie, ne m'y oblige pas.

Demos s'est planté entre nous, face à notre chef, avec, au creux de la paume, un globe vert qui gémissait faiblement.

— Nous avons certes prêté serment d'allégeance au Conseil, Arik, mais Gia est le présage. Aurais-tu oublié que nous avons pour mission de la protéger ?

À en juger par l'expression dégoûtée de mon coéquipier, il ne s'attendait pas à une telle réaction de la part de Demos.

— Écarte-toi ! a-t-il prévenu, la mâchoire serrée et les épaules carrées. Le Conseil avant tout !

Soudain, un rayon de lumière bleue a traversé la pièce pour venir ligoter Arik, qui s'est débattu contre les liens électriques avant de s'écrouler. Bastien manipulait le courant afin d'empêcher le prisonnier de se relever.

— Libère-le ! a ordonné Demos, son globe braqué sur le magicien.

— Pas temps qu'il voudra empêcher Gia d'agir.

— Très bien, a concédé mon ami en abaissant le bras, tandis que son globe s'éteignait. Quelqu'un a-t-il de quoi l'attacher ?

Bastien et Doylis ont balayé la salle du regard. Je les ai imités avant de penser à la ceinture de ma veste.

— Ça suffira ? ai-je demandé en la tendant à Demos, qui l'a observée avec attention.

— Je pense que oui. Je suis vraiment navré, a-t-il ajouté en se tournant vers notre chef qui l'a fusillé du regard.

— Tu vas le regretter.

— Je sais.

Demos a tenté de replier l'un des bras de notre camarade dans son dos, mais le forcené s'est débattu, réussissant presque à se libérer. Heureusement, Bastien a relancé les liens électriques à temps.

— Attendez, je vais vous aider, est intervenu Doylis qui a maintenu fermement le bras d'Arik, le temps que Demos ligote le prisonnier avec ma ceinture.

Lorsque le jeune homme a eu serré le dernier nœud, sans avoir effleuré les arcs électriques, Doylis a enfin relâché Arik.

— Tu peux retirer le lasso, a lancé Demos à Bastien, qui a abaissé la main.

Aussitôt, le courant a été coupé et la corde bleutée, enroulée autour de notre victime, a disparu. Notre chef s'est accroupi, les mains liées dans le dos, afin d'essayer de reprendre son souffle.

— Plus nous nous attardons ici, plus nous risquons d'être repérés, a déclaré Doylis, une main toujours posée sur Arik. Où sont les remèdes ?

— Je vais les chercher, ai-je répondu en m'empressant d'aller les récupérer dans l'alcôve pour masquer le tremblement de mes lèvres et mes yeux pleins de larmes.

J'étais tiraillée entre mon amour pour Bastien et ma déception face à la détermination aveugle d'Arik. Je ne supportais pas de lui désobéir, de le trahir… Depuis que j'avais pénétré pour la première fois dans le monde des Chimères, ce garçon avait été pour moi un protecteur, un guide à travers des aventures aussi innombrables que terrifiantes. Il me manquait, et me détourner ainsi de lui me brisait le cœur.

Quand Bastien m'a rejointe dans l'alcôve, je venais de passer la lanière d'une première boîte à mon cou. D'une main posée sur mon épaule, il m'a interrompue avant que je ne m'empare de la deuxième. Lorsque je me suis retournée, il a pris mon visage entre ses mains. Dans la pénombre de la bibliothèque, ses yeux m'ont fait l'effet de deux abysses.

— C'est ce que j'admire le plus chez toi, Gianna… ta compassion.

— Ça fait tellement mal.

— Tu tiens à Arik… peut-être autant qu'à Nick, je le comprends bien. Et c'est normal que tu te sentes coupable : tu as l'impression de le trahir. Mais les vies que nous allons sauver valent plus que son ego. Il finira par revenir à la raison et s'alliera à nous, tu verras. Même si c'est vrai que le plus tôt serait le mieux.

Comment réussissait-il à mettre des mots sur mes sentiments avec autant d'exactitude ? C'était comme s'il lisait en moi.

— Arrête d'être aussi parfait, ai-je murmuré.

— Plus facile à dire qu'à faire, a-t-il ironisé.

Il m'a regardée d'un air amusé avant de m'embrasser sur le front. Ce baiser furtif était à la fois tellement tendre et si chargé d'émotions qu'une vague de chaleur m'a submergée.

— Allons, ne perdons pas de temps. Nous avons des vies à sauver ! a-t-il déclaré après s'être écarté pour ramasser deux boîtes.

J'ai attrapé les deux autres, et Doylis nous a suivis hors de la salle de lecture, sans pour autant relâcher Arik. Demos, aux aguets, nous couvrait en veillant à ce que personne ne déboule par la porte-livre. Nous nous sommes rendus devant la troisième étagère du mur est.

— *Ammettere il pura*, a récité Bastien.

Le meuble a pivoté dans un tremblement.

Accepte la pureté. Ce charme était censé repousser quiconque était animé de mauvaises intentions. Pourtant, je doutais qu'il fonctionne réellement : après tout, lors de mon premier voyage dans le monde des Chimères, cette vermine de Véronique avait bien réussi à se rendre à Asile malgré ce sort.

Soudain, les dernières paroles de la jeune femme me sont brutalement revenues en mémoire. « *Nous devons choisir en permanence entre le bien et le mal. Assure-toi que tu es du bon côté...* »

L'espace d'un instant, j'ai eu l'impression de doigts glacés me courant le long de la colonne vertébrale. Depuis tout ce temps, je me fiais au Conseil parce que Arik et oncle Philip avaient foi en lui, mais j'étais du mauvais côté... Sans même le savoir !

Prête à franchir cette fameuse frontière entre le bien et le mal, je me suis engouffrée dans l'escalier à la suite de Bastien, avant d'emprunter un sombre tunnel.

Chapitre 10

J'observais le paysage, depuis l'un des balcons du très haut bâtiment qui servait de quartier général à la rébellion contre le Conseil des mages. Nous, Sentinelles et magiciens, nous étions unis pour sauver les Chimères. Emily nous avait rejoints à Greyhill pour nous apporter la formule du vaccin et du traitement. Nous avions réussi à administrer 1 972 remèdes, à autant de patients arrivés à un stade avancé de la maladie. Pour la plupart, leurs crevasses sanguinolentes s'étaient résorbées et la fièvre avait baissé. Malgré tout, certains étaient trop épuisés : leurs organes vitaux les avaient lâchés, si bien que leur fin avait été pénible.

Les gratte-ciel étaient tellement proches les uns des autres qu'ils ne laissaient entrevoir aucun paysage naturel. J'en étais presque venue à douter qu'il en existe dans ce monde. D'étroits trottoirs sinuaient entre les beaux bâtiments en briques, reliés entre eux par des ponts de corde. Dans le ciel, tirant davantage sur le violet que sur le bleu, de la fumée s'élevait des cheminées et le brouhaha des rues en contrebas me parvenait, certes étouffé, jusqu'au quinzième étage.

J'ai resserré les pans du châle que m'avaient donné les Guérisseurs, avant de porter sans y penser la main à ma cicatrice sur la joue. J'étais préoccupée par le sort de Jaran, Lei et Carrig. Si j'en croyais ce que m'avait appris Arik, ils avaient été enlevés. Mais encore fallait-il savoir par qui.

Une nuée d'oiseaux splendides, au plumage d'un bleu profond et au bec rouge, est venue tourbillonner juste à ma hauteur.

Mes pensées se sont soudain tournées vers Nick. Nous le cherchions sans trêve depuis des mois, néanmoins chaque nouvelle piste avait débouché sur une impasse. Son absence, toujours aussi insupportable, me faisait l'effet d'une blessure qui ne cicatrisait pas.

Il va bien, c'est certain !

Depuis quelques nuits, les rêves que je faisais à son sujet étaient bien trop réalistes à mon goût. Enfermé dans les ténèbres, il avait froid et peur. Quand il était à bout de nerfs, il se mettait à hurler mon nom. Je me réveillais en sursaut.

Je ne tenais plus en place. J'avais récupéré de toutes mes blessures et les Guérisseurs avaient collecté assez de mon sang pour préparer des quantités industrielles de remède. Je pouvais donc à présent aller chercher mes amis et mon père.

Je me haïssais de partir sans en parler avec Bastien, mais je ne pouvais courir le risque qu'il tente de me retenir ou me fasse repérer.

Quand je suis entrée dans notre dortoir, mon petit ami était étendu sur son lit. Il était torse nu et son bas de pyjama, don de nos hôtes, avait légèrement glissé sur ses hanches, révélant le V parfait de ses obliques au bas de son abdomen. La régularité de son souffle m'a indiqué qu'il dormait d'un sommeil paisible. Il ne lui avait pas été donné de se reposer beaucoup ces derniers temps : il avait passé des soirées entières à distribuer provisions et remèdes dans tous les sabbats. Avant de m'éloigner sur la pointe des pieds, j'ai délicatement attrapé ses clés, posées au sommet d'une pile de vêtements sur une chaise, pour les remplacer par une lettre.

Comme elle ne le faisait jamais, le lit d'Emily, à côté du mien, était sens dessus dessous. Celui de Demos, en revanche, était impeccable. Cela m'a presque donné envie de sauter dessus. Si tous deux étaient descendus petit-déjeuner une heure plus tôt, je devais les retrouver après avoir libéré Arik de sa cellule. Je les avais convaincus de me laisser agir sans eux, car si je me faisais prendre, mieux valait que je sois arrêtée seule plutôt que nous soyons emprisonnés tous les trois.

Ma décision était prise : je partais. Et j'avais tout intérêt à quitter les lieux avant que Bastien ne se réveille. Mais la vue de mon amoureux étendu là – il était tellement beau dans son sommeil et paraissait si paisible – ne me facilitait pas la tâche.

Allez, arrête de tergiverser !

J'ai enfilé mon pantalon de cuir et un T-shirt à manches longues, puis, sans quitter Bastien des yeux, j'ai attrapé mes bottes et mon manteau. Je me suis ensuite faufilée hors de la chambre sans un bruit, hormis un minuscule cliquetis au moment où j'ai refermé derrière moi. Tout en marchant, j'ai terminé de me vêtir en silence.

Les ascenseurs de verre, situés à l'extérieur du bâtiment, ne m'offraient pas vraiment la discrétion dont j'avais besoin. J'ai donc préféré emprunter l'escalier pour me rendre au sous-sol où étaient enfermés les prisonniers – en l'occurrence Arik, puisqu'il y était le seul.

Pourvu qu'Emily s'en sorte avec notre plan!

Quand je suis arrivée au bas des marches, essoufflée mais déterminée, je me suis retrouvée nez à nez avec deux gardes. Il y avait là un Laniar prognathe et un être qui ressemblait à un humain presque chauve, mais avec des sourcils fournis. Aucun des deux ne paraissait de taille à contrer une attaque potentielle.

J'ai attendu d'avoir repris contenance pour déclarer:

— Je dois parler à Arik.

À cet instant, l'ascenseur s'est ouvert sur une troisième garde, aux cheveux noirs relevés en un chignon serré et aux bras plus épais que mes cuisses.

— Vous avez une autorisation? a demandé le vigile aux sourcils touffus.

Je lui ai tendu la note officielle, signée de la main de Bastien, que j'avais passé des heures à rédiger.

Pendant qu'il l'étudiait, sa collègue ne cessait de me dévisager.

Se douterait-elle de quelque chose? Je me suis efforcée de ne pas baisser les yeux afin de ne pas éveiller ses soupçons. Elle a fini par détourner le regard pour aller s'installer sur une chaise.

— Tu veux prendre une pause? a-t-elle lancé au Laniar.

— C'est pas de refus, a-t-il répondu avant de se diriger vers les ascenseurs, alors que leur collègue terminait l'inspection de mon faux laissez-passer.

— Très bien. Suivez-moi.

Il m'a guidée le long d'un couloir étroit jusqu'à une cellule. Une odeur de basilic flottait dans l'air – sans doute des relents de produits ménagers. Derrière la grille, Arik était étendu sur un lit de camp, un bras replié sous la tête en guise d'oreiller, l'autre posé sur son ventre.

— Soyez brève.

— Je peux entrer ? ai-je demandé.

Au son de ma voix Arik s'est redressé.

— Je suis désolé, mais c'est interdit. Je vous laisse en tête à tête. Soyez de retour dans dix minutes.

Une fois ses consignes données, le Laniar a tourné les talons et s'est éloigné dans le couloir.

— Qu'est-ce que tu fais là ? a demandé le prisonnier d'un air las.

Il s'est relevé pour s'approcher de la porte de sa cellule. Avec ses cheveux ébouriffés et la crasse qui recouvrait sa peau, il avait une mine épouvantable.

— Nous n'avons pas beaucoup de temps, ai-je soufflé. Alors écoute-moi et essaie de regarder les événements sous un angle différent.

— À quel sujet, exactement ? a-t-il rétorqué d'un ton revêche adouci par son accent.

J'ai soupiré en serrant mes doigts autour des barreaux.

— Tu le sais bien… Il est grand temps que tu cesses de vouer une confiance aveugle au Conseil et de suivre leurs ordres à la lettre. Surtout quand ils ont tort. (J'ai jeté un coup d'œil dans le couloir pour m'assurer que nous étions toujours seuls avant de poursuivre :) Écoute… Quand je me suis rendue à New York, seul oncle Philip connaissait ma destination. Or Véronique m'a avoué que c'était par l'un de ses « espions » qu'elle savait où je me trouvais.

— Serais-tu en train d'insinuer que l'Archimage Philip a cherché à t'assassiner ? m'a-t-il demandé, incrédule.

— Non, ce n'est pas ce que j'ai dit. J'espère bien que ce n'était pas lui… D'ailleurs rien ne prouve sa culpabilité. Il peut très bien en avoir parlé à un autre membre du Conseil qui, lui, a envoyé Véronique à mes trousses. (Arik s'est frotté la nuque.) Je sais… Je ne parviendrai pas à te convaincre, malgré tout, je tiens à te libérer. Retourne à Asile pour protéger Royston et les autres.

À ces mots, mon ami a pris mes mains toujours agrippées aux barreaux, les pressant contre le métal froid.

— Gia… Viens avec moi. Tu n'as rien à faire dans cette histoire.

— Bien au contraire, tous ces événements sont inscrits dans mes gènes, Arik. Je t'en prie, promets-moi que tu ne laisseras rien arriver à Royston et que tu n'essaieras pas de t'échapper. Tu es le seul que je sache capable de le protéger. On se ressemble, toi et moi. Je sais que tu tiendras parole.

Il a baissé les bras.

— On se ressemble, c'est certain. Personne ne nous détournera de nos convictions. Je ne peux te convaincre de m'accompagner et tu ne peux me convaincre d'adhérer à ton combat.

J'ai lâché les barreaux à mon tour.

— Tu te trompes, Arik… Je donnerais tout pour que tu en prennes conscience. L'avenir de nos deux mondes est en jeu, soit des milliers de vies…

Pendant quelques secondes, il a posé sur moi un regard glacial.

— Je n'essaierai pas de m'échapper et je protégerai Royston au péril de ma vie. Voilà tout ce que je te promets. Mais il vaudrait mieux mettre ton plan à exécution avant que le garde ne revienne.

J'ai attrapé les clés de Bastien dans mon sac.

— Ce serait plus judicieux, en effet, a déclaré leur propriétaire dans mon dos.

J'ai lâché le trousseau avant de faire volte-face. Mon petit ami était adossé au mur dans une posture désinvolte, une jambe repliée contre la paroi. Il avait sans doute tout entendu de ma conversation avec Arik.

— Je… euh…

Prise la main dans le sac comme je l'étais, j'allais peiner à me dépêtrer de cette situation.

— Tu m'as fait peur ! ai-je fini par lancer.

Quand il a tenté de discipliner ses cheveux en bataille avec ses doigts, j'ai remarqué que le col de sa veste en cuir élimé était roulé à l'intérieur et que sa chemise était froissée. Sans doute s'était-il habillé à la hâte pour me suivre.

Il s'est arraché au mur pour s'approcher de moi.

— Sache que tu n'es pas aussi discrète que tu le crois, a-t-il simplement dit.

— Tu ne m'empêcheras pas de mettre mon plan à exécution, ai-je répliqué en ramassant les clés, qu'il m'a aussitôt prises des mains.

— Je n'en ai pas l'intention. Est-ce pour cette raison que tu ne m'en as pas parlé ? Je pensais que nous pouvions nous faire confiance, toi et moi.

— C'est le cas. (Nos regards se sont croisés et j'ai prié pour qu'il perçoive ma sincérité.) Simplement, je ne voulais pas risquer de mettre ta réputation à mal et de te faire perdre le royaume de Couve.

Il m'a dévisagée de ses yeux d'un bleu acier.

— Ne crois-tu pas qu'il est déjà trop tard ? Au cas où tu l'aurais oublié, Arik connaît mon rôle dans la distribution des remèdes. Je suis aussi impliqué que toi dans cette affaire. De même que Demos et Emily, ainsi que tous nos appuis dans les sabbats et une partie des refuges. Je ne t'abandonnerai jamais dans la tourmente, Gia. Si tu tombes, je tomberai avec toi.

À ces mots, mon cœur s'est emballé. Je savais qu'il ne me lâcherait pas. Il me l'avait déjà prouvé lorsque je m'étais fait aspirer dans la Somnium. Quand il avait compris qu'il ne parviendrait pas à m'en sortir, il avait sauté avec moi plutôt que de me laisser seule dans ce monde désert et hostile.

J'ai capitulé.

— Très bien.

Une fois la bonne clé trouvée, Bastien l'a insérée dans la serrure pour ouvrir la porte.

— Quelle est la suite du plan ? m'a-t-il demandé en plantant ses yeux dans les miens, avant de scruter Arik.

Ils ont échangé un regard dont je n'aurais su dire s'il était chargé de dédain ou de méfiance.

— Nous devons nous rendre dans les dépendances, me suis-je dépêchée de répondre pour détourner leur attention.

Nous ne sortirions pas par ce chemin-là, mais je ne pouvais révéler mes véritables intentions à Bastien tant qu'Arik était à portée d'oreille.

— Emily et Demos nous attendent à la boulangerie.

— OK, a approuvé mon amoureux. On te suit.

Il nous a laissés passer, moi en tête, avant de nous emboîter le pas. Nous avons déambulé en file indienne dans les étroites ruelles entre les bâtisses de brique, jusqu'à déboucher sur une route pavée à peine plus large. Les maisons semblaient anciennes et le bas de toutes les façades était maculé de boue. Je n'arrivais pas à m'expliquer d'où venait cette terre, étant donné que nous étions en ville.

— As-tu remarqué comme les portes d'entrée sont surélevées ? m'a lancé Bastien, qui avait sans doute deviné ma pensée. Quand la rivière est en crue, elle inonde les rues. D'où la présence de ces ponts de corde un peu partout.

— Ces débordements sont-ils fréquents ? ai-je demandé avant de lui jeter un regard qui m'a permis de remarquer son air renfrogné.

— Plutôt, oui. D'ailleurs, nous ferions mieux de presser le pas. Tu vois ces nuages sombres ? Les rivières peuvent déborder en un rien de temps s'il se met à pleuvoir à verse.

Arik a levé les yeux au ciel.

— Pas de quoi s'inquiéter, nous n'avons encore senti aucune goutte.

— Ce sont des averses éclair. Le climat de ce sabbat est très particulier, a précisé Bastien. D'ailleurs, tu remarqueras que nous sommes seuls dans les rues. Les habitants d'ici ont l'habitude.

— Nous y voilà, ai-je déclaré avant de gravir à la hâte les cinq marches du perron de la boulangerie.

Normalement, Emily devait nous attendre là avec Demos. J'ai fait tinter la cloche rouillée, fixée sur la porte, pour annoncer notre arrivée.

Mes deux amis étaient bien là, en train de siroter des boissons fumantes dans des tasses ébréchées, devant de larges assiettes blanches où traînaient les reliefs de leur petit-déjeuner.

— Vous en avez mis du… a commencé la sorcière avant d'écarquiller les yeux, le regard rivé sur Bastien. Qu'est-ce qu'il fait ici ?

— Il est venu en renfort. Un magicien ne sera pas de trop pour nous aider dans notre mission. (J'ai posé les mains sur le dossier d'Emily.) Demos, tu devrais filer avec Arik avant que le déluge ne s'abatte sur nous.

— Pas question qu'il vienne avec moi, est intervenu mon ancien coéquipier en secouant la tête. Sinon, je devrais l'arrêter à l'instant où il posera le pied dans la bibliothèque.

L'intéressé a poussé un soupir d'exaspération.

— Tu es sérieux ?

Je brûlais de secouer notre chef d'escadron.

Bastien a dû le remarquer, car il s'est approché de moi pour m'effleurer la main. Une étincelle a crépité entre nos doigts – un peu d'électricité statique due au tapis usé que je venais de fouler ou bien le signe de l'alchimie grandissante entre nous ? Il partait avec moi à la recherche du Rouge. Nul ne savait où ce voyage nous mènerait, pourtant, il s'était jeté dans l'aventure sans la moindre hésitation, comme il s'était précipité dans la Somnium avec moi, sans se soucier de son sort. À l'époque, il ne m'avait pas laissée seule et cette fois encore, il m'épaulerait.

— Tu comptes vraiment m'arrêter ?

À sa voix, j'ai deviné que Demos était aussi ahuri que moi lorsque Arik m'avait certifié que je deviendrais une ennemie du Conseil des mages, si je distribuais les remèdes aux Chimères.

Le fugitif, à qui le contact entre Bastien et moi n'avait pas échappé, a posé un regard dur sur notre frère d'armes.

— Tu as contrevenu à mes ordres directs et tu m'as ligoté pour me faire prisonnier. Il ne s'agit ni plus ni moins d'un acte de mutinerie envers ton chef. J'ai peut-être accepté de protéger Royston, mais j'y vais seul.

Demos s'est emparé d'une serviette pour s'essuyer la bouche.

— Eh bien… On peut dire que tu as la rancune tenace. Je t'ai désobéi, c'est vrai. Et je t'ai ligoté… Mais après tout, ce n'est qu'un détail. On ne va quand même pas laisser de telles broutilles gâcher notre amitié, si ?

À ces mots, Arik s'est mordu les lèvres comme pour se retenir de sourire.

— Je suis très sérieux. Ne me provoque pas, car je n'hésiterai pas à…

— Assez ! les ai-je coupés. Emily accompagnera Arik. Demos, tu viens avec Bastien et moi. (La sorcière s'est raidie, mais j'ai poursuivi :) À moins que tu ne comptes l'arrêter, elle aussi…

Notre chef d'escadron a dévisagé la sorcière pendant un long moment, puis sa mâchoire a fini par se décontracter.

— Non. Elle n'est pas de notre monde et n'a fait que t'assister. De plus, elle n'a probablement pas eu connaissance des ordres du Conseil.

— Exact, je ne lui ai parlé de rien, ai-je prétendu en espérant qu'elle entrerait dans mon jeu.

— C'est vrai, a-t-elle confirmé. J'ai seulement veillé sur Gia pendant sa convalescence dans la maison de Jamaica Plains. Lorsqu'on a été attaquées, j'ai atterri au royaume des fées avec elle.

— Je n'ai pas besoin d'une baby-sitter, a protesté Arik. Elle ne sait même pas sauter toute seule !

— Je ne connais pas encore son plan dans les détails, a déclaré Bastien après avoir enfoncé les mains dans ses poches, mais si Gia souhaite que tu ne repartes pas seul, c'est sans doute pour une bonne raison.

— En effet, ai-je rebondi. Je souhaite m'assurer qu'il retourne bien à Asile.

Demos a tiré deux anneaux d'argent de sa poche de manteau, sous le regard furieux d'Arik.

— Tu comptes me passer ces menottes ?

— C'est seulement pour le trajet jusqu'à Asile, ai-je expliqué avec un sourire timide, de peur de lui faire perdre définitivement son sang-froid.

— Tu sais que je peux revenir dans la foulée, a-t-il argué en me fusillant du regard. Accompagné de gardes, cette fois.

— Sauf que nous serons déjà loin, ai-je rétorqué. Que feras-tu, alors ? Arrêteras-tu l'ensemble de la population de Greyhill pour avoir reçu un traitement ?

— Je vois, a-t-il grommelé. Et comment suis-je censé sauter avec Emily, si j'ai les poignets attachés ?

— Arrête ton cirque, a raillé Demos. Tu y arriverais pieds et poings liés, avec les yeux bandés.

— Très bien, a cédé Arik, piqué au vif. Dans ce cas, partons au plus vite.

— Tu protégeras Royston, n'est-ce pas ? ai-je voulu m'assurer.

— Je t'ai donné ma parole, a-t-il répondu avant de tendre les poings à son ami. Allez, dépêche-toi, je n'ai plus rien à faire ici.

Demos s'est exécuté. L'instant d'après, les bracelets d'argent ont émis une lueur bleutée, gage que notre chef Sentinelle était bien entravé.

J'ai attiré Emily par le coude pour l'emmener près d'une vitrine à gâteaux.

— Donne cette note à Cadby, lui ai-je murmuré. Surtout, ne laisse pas Arik la lire. Je sais que tu en pinces pour lui, pourtant tu ne dois pas te laisser avoir. C'est une question de vie ou de mort : le sort de nos deux mondes en dépend.

Sourcils froncés, mon amie a attrapé le papier.

— Je l'aime bien, oui, le problème, c'est qu'il se fourvoie dans cette histoire. Et puis, jamais je ne trahirais Nana. Elle m'a demandé de t'aider, alors tu peux compter sur moi.

— Merci. Reste ensuite avec Cadby, il te protégera.

Elle s'est contentée d'opiner du chef, car Arik ne nous quittait pas des yeux – du moins jusqu'à ce que Demos lui dépose sa veste sur les épaules afin de dissimuler autant que possible ses entraves.

La Sentinelle a ensuite tendu un anneau d'acier à Emily.

— Passe-le à ton index. S'il tente de s'enfuir ou s'il se montre récalcitrant, tu n'auras qu'à replier le doigt pour l'arrêter. Tu peux également forcer notre ami à se déplacer si tu désignes une direction particulière : il ne pourra pas résister à la magie.

— Je sens que ça va me plaire… a-t-elle lancé avant d'enfiler la bague, rayonnante.

— Tu m'étonnes ! s'est exclamé Demos, hilare.

— Bon, on peut y aller, maintenant qu'on a bien rigolé ? a grogné le captif.

— Je ne te retiens pas, a rétorqué Bastien en ouvrant la porte.

Aussitôt, Arik, suivi d'Emily, est sorti sans un regard en arrière, bousculant le magicien sur son passage.

Il ne me le pardonnera jamais.

Une fois la porte refermée, je me suis laissée gagner par les remords. Comment en étions-nous arrivés là ? Il m'a semblé que nous avions désormais atteint un point de non-retour. J'en avais le cœur brisé.

À ce moment précis, mon regard a croisé celui de Bastien et mon cœur a bondi dans ma poitrine.

— Alors, quel est ce fameux plan ? a-t-il demandé, un sourire en coin.

Il a raison. Revenons à nos moutons.

— Est-ce que tu as une fenêtre de communication avec toi ? (Il a acquiescé.) Super ! Dans ce cas, demande à tes gardes de quitter Greyhill pour nous retrouver à la bibliothèque.

Une femme corpulente aux cheveux gris attachés en arrière, vêtue d'un tablier maculé de farine, est apparue derrière le comptoir et nous a adressé un sourire affable.

Mon petit ami, lui, a sorti le bâtonnet de sa veste, puis il en a séparé les deux extrémités. Aussitôt, un écran s'est allumé.

— Tu oublies la pluie… Mieux vaut que nous filions avant la montée des eaux.

— Tu as raison, allons-y…

Derrière le verre épais et déformant de la vitrine, une silhouette dans la rue a soudain attiré mon attention. J'aurais reconnu cette démarche et ces cheveux entre mille.

Bousculant Bastien au passage, je me suis précipitée vers la vieille porte, que j'ai ouverte à la volée, sans me soucier de la ménager ou de rester discrète. J'ai couru à l'extérieur, ce qui m'a valu de manquer de glisser sur la dernière marche.

Le jeune homme remontait la ruelle au loin sur la droite, jetant des regards partout autour de lui comme s'il cherchait quelqu'un. Je ne le voyais que de dos, mais je le connaissais mieux que quiconque. Depuis sa naissance, nous avions passé près de cinquante mille heures ensemble – excusez du peu ! Mon cerveau était capable de l'identifier dans n'importe quelle situation.

Nick !

Chapitre 11

Trois habitantes de Greyhill, le visage couvert de duvet et la tête parsemée de longues et fines plumes qui retombaient sur leurs épaules tels des cheveux, ont débouché dans la ruelle, l'occupant dans toute sa largeur. Vu leurs courbes, leur genre ne faisait aucun doute. Sans leurs plumes et leurs becs, je les aurais prises pour des adolescentes humaines tant leur attitude était semblable.

— Tu as vu comment il t'a regardée ? s'est exclamée l'une des oiselles au plumage bleu et jaune.

— Arrête de te moquer de moi, a rétorqué son amie, aux plumes noires et jaunes.

— Pardon, me suis-je excusée auprès de la troisième, qui arborait un pennage blanc bordé de rouge. Je voudrais passer.

Elle m'a dévisagée de ses yeux de marbre noir avant de s'écarter pour me céder le passage.

— Tu devrais te mettre en hauteur, m'a-t-elle lancé. Le déluge arrive.

Mes bottes claquaient sur le pavé, rythmant le sprint que je piquais dans la ruelle pour tenter de rattraper Nick.

Mon ami a tourné dans un tunnel sombre, sous l'un des immenses bâtiments qui bordaient la voie.

— Nick ! Nick !

Je me suis arrêtée à l'entrée de la galerie. Dans la pénombre, je distinguais mal son T-shirt blanc. Pourtant, j'ai bien remarqué quand il s'est retourné et a couru vers moi.

J'étais aux anges.

Je l'ai retrouvé ! Il est libre et il va bien...

J'ai senti l'émotion m'envahir. Qu'est-ce que je faisais, plantée là ? Alors que je m'apprêtais à m'élancer pour le rejoindre, Bastien m'a retenue par le poignet.

— Attends, regarde ses yeux.

Il s'est placé devant moi avant d'invoquer une boule d'électricité entre ses mains.

J'ai donc observé Nick, dont le regard cruel m'a désarmée. Ses pupilles étaient tellement dilatées qu'elles masquaient le blanc de ses yeux.

Non, non, non, non, non ! Il est assujetti !

Soudain, un grondement sourd a retenti et une pluie diluvienne s'est abattue sur nous avec une telle violence que j'en ressentais des picotements sur la peau. En quelques secondes, nos cheveux et nos vêtements étaient détrempés.

Mon ami, lui, approchait à toute vitesse, tel un taureau en furie. Rien n'aurait pu interrompre sa course folle. Il serait sur nous dans quelques secondes. Lorsque Bastien a levé les mains dans sa direction, j'ai attrapé son bras.

— Ne fais pas ça ! Tu risques de le tuer.

— En l'occurrence, c'est lui qui nous menace ! a-t-il répondu en criant pour se faire entendre malgré le fracas de la pluie.

Un éclair blafard a crépité, suivi d'un tonnerre qui a fait vibrer tous les bâtiments.

— Je ne lui ferai pas de mal, a ajouté Bastien.

Sur cette promesse, il a écarté ma main pour lancer sa boule d'électricité qui a explosé aux pieds de Nick, le forçant à s'arrêter. Atteint à l'épaule par une autre décharge, le forcené a glissé sur un genou. Il a posé sur moi un regard haineux qui m'a pétrifiée.

Tout à coup, Demos nous a hélés depuis le perron de la boulangerie. Me retournant à son appel, je l'ai vu courir vers nous.

— Regardez ! a-t-il continué en indiquant le tronçon de la rue sur sa gauche, où l'eau commençait à couvrir les pavés. Mettez-vous à l'abri, l'inondation arrive !

À peine avait-il achevé sa phrase qu'une énorme vague s'est engouffrée dans la ruelle et l'a emporté violemment avant de nous faucher, Bastien et moi. Porté par le courant, Demos m'a percutée et agrippée à la taille. Nous étions sur le point de couler.

— Tiens bon ! a-t-il crié.

L'eau boueuse, charriant toutes sortes de décombres, me piquait les yeux, m'emplissait les narines et m'irritait la gorge. Malgré tout, j'ai aperçu Nick grimper à une échelle métallique sur le flanc d'un immeuble.

En revanche, aucune trace de Bastien. Où avait-il pu passer ?

Réfléchis, Gia ! Souviens-toi des conseils de Pop. « Garde toujours les jambes dans le sens du courant si tu te fais emporter. » J'ai lutté au milieu des remous afin de me tourner dans le bon sens, vers la droite de la rue. Lorsque

Demos, toujours agrippé à moi, m'a imitée, nous avons enfin pu avancer. Nous sommes passés devant Bastien, qui avait buté contre une volée de marches et commençait à les gravir.

Soudain, la main de mon ami a glissé et il m'a lâchée. Aussitôt, je me suis retrouvée la tête sous l'eau, à suffoquer. Par réflexe, je me suis propulsée vers le haut et, une fois la tête hors des vagues, j'ai été secouée par une toux violente.

— Gia ! a hurlé Demos. Dirige-toi vers le truc en métal à côté du tunnel !

J'ai d'abord opiné du chef avant de me rendre compte qu'il ne pouvait pas me voir.

— Entendu ! ai-je crié.

— Je m'y agripperai quand on s'en approchera !

— OK !

Plus je me débattais contre les vagues puissantes qui venaient me gifler, plus les muscles de mes bras me brûlaient. Lorsque j'ai enfin réussi à agripper le cou de mon camarade, il a levé le bras hors de l'eau, prêt à empoigner ce qui ressemblait à une grille de portail plaquée contre le mur par le courant.

La vue brouillée par les flots, je discernais à peine le tunnel. Or, au moment même où Demos saisissait les barreaux, une chaise en bois m'a heurtée de plein fouet, me faisant lâcher prise. Le courant m'a alors aspirée dans un bouillon de ténèbres. Terrifiée, j'ai tendu les bras pour tenter de me raccrocher à la première prise venue, en vain.

Je n'avais même pas de quoi former un globe : je mobilisais toutes mes forces et mes deux bras dans l'espoir de ne pas couler. À quoi bon, de toute façon ? Je ne contrôlais plus rien.

Tout ce que je pouvais faire, c'était diriger mes pieds dans le sens du courant et m'efforcer de garder la tête hors de l'eau… Bref, lutter pour ne pas sombrer.

Après une nouvelle tasse d'eau croupie, j'ai été prise d'une quinte de toux qui m'a empêchée de reprendre mon souffle. Puis un tourbillon m'a emportée jusqu'à la sortie du tunnel. Je me suis aperçue que je m'approchais d'un autre souterrain juste avant de m'écraser contre sa porte de métal et de m'y accrocher de toutes mes forces.

Soudain, un bruissement s'est fait entendre au-dessus de moi, bientôt suivi d'un second. Des mains couvertes de plumes blanches bordées de rouge m'ont attrapée sous les aisselles pour me tirer hors de l'eau. En un instant, je me suis retrouvée haut dans le ciel, à observer la vieille ville et ses hauts immeubles qui rétrécissaient à toute vitesse. Ma sauveuse se dirigeait vers mon point de départ.

La fille-oiseau m'a déposée sur un pont de cordes avant de se percher à son tour sur une planche.

— Je t'avais conseillé de te mettre en hauteur ! m'a-t-elle sermonnée, son regard noir braqué sur moi.

Une flaque se formait à mes pieds, à mesure que l'eau dégoulinait de mes cheveux et de mes vêtements. Frissonnante et nauséeuse, je claquais des dents.

— M… merci. J… Je ne… sais pas co-co-co…

— Je sais qui tu es, m'a-t-elle interrompue d'un geste de la main. Mes parents me bassinent avec le présage depuis ma petite enfance. Même si je ne vois pas bien comment tu comptes sauver les mondes si tu ne sais même pas comment survivre à une inondation.

Décidément, elle ressemblait beaucoup aux pimbêches de mon lycée.

— Je suis touchée par tant de confiance, ai-je réussi à articuler. Comment tu t'appelles ?

— Shyna. Mais à quoi bon te répondre, vu que tu vas l'oublier ? a-t-elle rétorqué avant de déployer ses ailes.

— Tu as des ailes ?

— Oui, elles se rétractent dans mon dos. Bon, allez, j'y vais, je suis déjà en retard.

Quelques secondes plus tard, elle était déjà haut dans le ciel. Elle ne m'avait gratifiée ni d'un « au revoir » ni d'un « à plus tard »… Elle était partie, point.

Soudain, j'ai repensé à Nick. Il ne devait pas être loin. J'ai jeté un coup d'œil par-dessus les haubans – j'ai ainsi pu constater que je me trouvais deux étages au-dessus du sol – pour observer les bâtiments autour de l'endroit où il avait grimpé, mais je ne l'ai aperçu nulle part.

Un pont de singe traversait la rue, reliant des tunnels qui conduisaient à l'intérieur des bâtiments. J'hésitais entre filer tout droit, dans la même direction que mon meilleur ami, ou faire demi-tour. Avec un peu de chance, je retrouverais mes compagnons.

J'ai finalement décidé de revenir sur mes pas, mais une bourrasque a secoué les planches, me forçant à m'accrocher aux cordes. En proie au vertige, j'ai commencé à évaluer la distance qui me séparait du sol. J'ai tout de même réussi à me redresser pour avancer d'un pas lent vers mon but.

Allez, tu ne risques rien, contente-toi de ne pas regarder en bas.

— Gia…

À la voix de Nick, je me suis arrêtée net, avant de lever ma paume vers le ciel pour invoquer un globe de combat. Une sphère violette est apparue : stupéfaction.

Malgré mes tremblements – étaient-ils dus au froid ou à la présence de mon meilleur ami, vraisemblablement possédé, dans mon dos ? –, je me suis retournée.

Ses yeux avaient retrouvé leur douce couleur noisette et son visage affichait une expression contrite.

— Je suis désolé.

J'ai lâché mon globe et me suis ruée vers lui. Dans ma précipitation, j'ai trébuché et me suis rattrapée à son cou, profitant de l'occasion pour le serrer fort contre moi. J'ai collé mon visage contre son T-shirt avant de fondre en larmes.

— Oh, Nick… Je suis vraiment désolée. J'ai tout essayé pour l'empêcher de t'enlever !

— Je sais, a-t-il murmuré à mon oreille. Je t'ai vue.

— Que t'a-t-il fait ? ai-je sangloté. Tu comptes tellement pour moi, Nick… Je t'aime tant ! Je ne laisserai plus jamais quiconque te faire du mal. Je ne supporte pas de te savoir loin de moi. J'en mourrais s'il t'arrivait malheur !

— Je t'aime aussi. Mais inutile de culpabiliser, ce n'était pas ta faute, d'accord ?

Avec douceur, il a retiré mes bras de son cou pour m'attraper par les poignets et plonger ses yeux dans les miens.

— Écoute-moi bien, a-t-il poursuivi. Je n'ai pas beaucoup de temps. L'inondation a dû perturber le lien entre celui qui m'assujettit et moi. Fuis-moi, car il me poussera à te tuer et je ne pourrai pas l'en empêcher.

— Jamais plus je ne te quitterai ! me suis-je écriée, paniquée. Ne me demande pas de partir sans toi !

— Je suis sérieux, Gia. Je ne suis pas Nick.

J'ai tendu une main vers lui, mais il a ignoré mon geste, me tirant de nouvelles larmes.

— Bien sûr que si… Tu me fais peur… Je t'en prie, viens avec nous. Oncle Philip t'aidera. On peut briser l'assujettissement.

— Tu es tout pour moi, a-t-il avoué avant d'entourer mon visage de ses mains. Promets-moi que tu n'hésiteras pas à me combattre, si nous devons en arriver là. Ne te laisse pas intimider par tes sentiments.

— Je ne peux pas, ai-je réussi à articuler en secouant la tête entre ses paumes.

— Promets-le-moi, Gia, m'a-t-il implorée.

J'ai baissé le menton, mais il l'a relevé et, à l'immense tristesse que j'ai décelée dans son regard, j'ai compris qu'il y tenait. La mort dans l'âme, j'ai donc promis ce qu'il me demandait.

Il m'a lancé un sourire à la fois nostalgique et plein d'espoir.

— J'aimerais qu'on soit loin d'ici, a-t-il poursuivi. Dans un café à North End, par exemple. Tu commanderais un *latte* et moi, une eau gazeuse.

Je lui ai rendu son sourire, même si le mien était timide et pessimiste.

— J'aimerais beaucoup, moi aussi…

Il a déposé un baiser sur ma tempe avant de repartir d'où il venait au pas de course.

— Attends ! ai-je crié alors que ma voix se brisait, en même temps que mon cœur. Où vas-tu ?

Il s'est arrêté quelques secondes pour se retourner.

— Aussi loin que possible avant…

Il n'a pas terminé sa phrase, mais c'était inutile, de toute façon. Je connaissais déjà la suite : avant de perdre le contrôle et de me tuer.

Je l'ai donc laissé repartir entre ponts de corde et tunnels, et il a repris sa course au-devant de toutes les horreurs qui l'attendaient – que Conemar lui réservait. Je n'ai même pas tenté de le retenir. J'étais plantée là, sur ma planche, suspendue entre deux immeubles, à le regarder s'éloigner. Seul. *Vraiment seul.* Je me suis écroulée à genoux sur la passerelle et j'ai enfoui mon visage dans mes mains tremblantes avant de fondre en larmes.

Dans mon dos, Demos et Bastien ont émergé du tunnel et se sont approchés, faisant vaciller le pont sous leurs bottes. Quand mon petit ami s'est accroupi pour me prendre dans ses bras, je me suis blottie contre son cou.

— Tu es blessée ?

J'ai d'abord secoué la tête sans pouvoir lui répondre.

— C'est Nick… Il était… il était là. Tu avais raison, il a été assujetti. Il a pour mission de me tuer.

— Je suis là maintenant, ne t'en fais pas, m'a-t-il assuré en m'entourant de ses bras à la tiédeur réconfortante.

— Je l'ai laissé partir… ai-je avoué entre deux sanglots. J'aurais dû tenter quelque chose !

Bastien a écarté quelques mèches humides de mon visage.

— Tu ne pouvais rien faire.

— Nick… ma place est à ses côtés. Nous comptons l'un sur l'autre depuis toujours. Il représente tellement à mes yeux.

Je m'en voulais de ne pouvoir faire cesser ce tremblement, dont j'ignorais la cause.

— Ne t'en fais pas, m'a rassurée mon amoureux avant de retirer sa veste pour la poser sur mes épaules. Je suis là et jamais je ne te laisserai tomber. On va le retrouver.

— Ce gars est cinglé, a commenté une voix au-dessus de nous.

La tête en l'air, j'ai découvert la silhouette de Shyna, posée sur le toit, qui se dessinait en contre-jour sur les nuages. Elle avait placé sa main en visière pour regarder au loin sans être gênée par le soleil.

— Il t'a bien dit de fuir, pourtant… Si j'étais toi, je déguerpirais avant qu'il ne revienne.

Demos, qui s'était agrippé aux cordes pour regarder dans la même direction que Shyna, a renchéri :

— Elle n'a pas tort.

— Tu peux te lever ? m'a demandé Bastien en m'effleurant la joue.

J'ai acquiescé et il m'a aidée à me remettre sur mes pieds. Mais, une fois debout, mes jambes flageolaient tellement que j'ai dû m'appuyer contre lui.

— Où on va ? a demandé Demos.

— Il faut qu'on trouve un tunnel talpar, ai-je annoncé entre deux claquements de dents. L'entrée se trouve au sous-sol d'un bâtiment non loin d'ici, au 3, passage des Fleurs d'Orge.

— Les Talpars… a répété Shyna, sans manquer d'exagérer un frisson à grand renfort de battements d'ailes. Qu'est-ce qu'ils peuvent bien traficoter depuis tout ce temps sous terre, sérieux ? Ils me foutent les jetons avec leurs longs nez surmontés d'antennes frétillantes.

— Tu ressembles vraiment beaucoup aux adolescents de mon monde, n'ai-je pu m'empêcher de lâcher.

— Je suis fan de vos émissions télé, a-t-elle enchaîné avant de s'élancer du toit pour venir à nous.

Quand elle s'est posée, la structure a tangué sous son poids, et ses ailes se sont rétractées dans son dos. Les plumes se sont arrangées d'elles-mêmes pour masquer deux creux au niveau de ses omoplates.

— Allez, je vous emmène. Suivez-moi.

— Ça va aller ? m'a demandé discrètement Demos.

— Oui, oui…

— Tu vas peut-être me trouver étrange, mais… cette dame-oiselle me plaît bien.

Sa remarque m'a arraché un rire mais, très vite, le chagrin s'est de nouveau emparé de moi. L'humour de la Sentinelle se rapprochait de beaucoup de celui de Nick et je me suis rappelé à quel point mon ami de toujours devait souffrir.

Je ne te laisserai pas tomber. Je te retrouverai.

Shyna nous a guidés jusqu'à une porte, à travers un dédale de tunnels et de passerelles.

— Nous sommes arrivés. Descendez cet escalier et vous arriverez à votre passage.

— Merci pour votre aide, lui a lancé Bastien en ouvrant la porte.

— C'est un plaisir d'aider l'enfant du présage, a-t-elle répondu, les yeux rivés sur moi.

— Merci beaucoup.

Je lui ai serré la main, dont les plumes étaient incroyablement douces.

— Pardonne-moi d'avoir dit du mal de toi, a-t-elle enchaîné avec un sourire timide. Je suis certaine que tu réussiras à nous sauver. Toutes les Chimères croient en toi et espèrent que, comme Gian, tu te battras pour nous.

— Je n'abandonnerai jamais, lui ai-je assuré.

Et sur un dernier sourire, je me suis engouffrée dans le passage à la suite de Demos. Après quoi, Bastien a refermé derrière nous.

Le tunnel débouchait dans la bibliothèque de l'abbaye de Saint-Gall, en Suisse. Lorsque nous sommes tous sortis du boyau, je me suis retournée pour observer la porte restée ouverte.

— Comment allons-nous la refermer ? me suis-je inquiétée.

— Rien par ici, a constaté Bastien après avoir examiné les murs.

À force de tripoter une dorure du rayonnage décalé, Demos a fini par trouver la commande qui permettait de refermer la paroi et de remettre le meuble en place devant le battant.

— Vous seriez nuls en *escape game*, a-t-il plaisanté.

— Pardon ? me suis-je exclamée. Quand y es-tu allé, au juste ?

— À Branford. On adorait ça avec Ka…

Il s'est interrompu. Sans doute ne désirait-il pas prononcer le nom de notre ami mort au combat, ou bien peut-être ne savait-il pas s'il pouvait le faire. La mort l'avait fauché bien trop tôt, certes, mais ne pas parler de lui revenait à l'oublier. Or, il avait vécu et combattu à nos côtés.

— C'est vrai que Kale adorait les énigmes, ai-je continué à la place de mon camarade.

Le souvenir de la Sentinelle en train d'essayer de résoudre une grille de mots croisés dans le journal du dimanche de Pop m'a fait sourire. Aussitôt, le visage de Demos, visiblement heureux de ma réaction, s'est illuminé.

— Oh oui ! Et il était très doué. Je devais tricher pour gagner contre lui… Enfin, ça m'est arrivé quelques fois.

— Quelques fois seulement ? a répété Bastien, un sourire narquois aux lèvres.

— Bon, d'accord, j'ai peut-être un peu abusé de la triche… a avoué Demos, amusé.

— Où sont Doylis et mes gardes ? s'est soudain impatienté Bastien. Ils auraient dû arriver bien avant nous… Je vais les appeler, excusez-moi.

Il a tiré la fenêtre de communication de sa poche et l'a ouverte avant de prononcer le nom de Doylis.

Je me suis adossée contre la paroi en me demandant combien de temps mes jambes pourraient encore me porter. Mes péripéties aquatiques m'avaient laissé de nombreuses contusions, qui, jusque-là dissimulées par l'effet de l'adrénaline, commençaient à se faire sentir.

Demos m'a imitée.

— Heureusement que ce n'est pas le mur qui a besoin de notre soutien…

— Tu m'étonnes, ai-je pouffé avant de poser le regard sur lui. Comment te sens-tu ?

— Mieux que toi, j'imagine, a-t-il rétorqué avec un clin d'œil. C'est tellement dur de perdre un ami… Ça craint, ce qui arrive à Nick.

— Tu m'enlèves les mots de la bouche… (J'ai jeté un coup d'œil vers Bastien, qui venait de refermer la fenêtre.) Il n'a pas l'air réjoui… Que se passe-t-il ? ai-je demandé en me décollant du mur.

— Ils ont été retenus. On va devoir se débrouiller tout seuls.

— Dans ce cas, mieux vaut appeler notre escorte !

J'ai levé le bras et ai soufflé sur le papillon argenté. L'insecte s'est détaché de ma peau pour voleter à travers la pièce.

Je n'avais pas encore pris le temps d'étudier l'endroit. Nous nous tenions dans une très belle salle, toute en bois lustré sombre, agrémenté de dorures. Le plafond en coupole était orné d'orfèvreries éblouissantes. Les deux niveaux d'étagères bordés de balcons offraient un emplacement de choix pour préparer une embuscade.

— Je vais au petit coin, a déclaré Demos en traversant la pièce d'un pas nonchalant. Ne partez pas sans moi !

Lorsque la Sentinelle s'est trouvée assez loin, Bastien m'a pris la main.

— Comment te sens-tu ?

— J'ai connu mieux…

— Ça finira par passer, m'a-t-il assuré en me serrant davantage les doigts.

— Et toi, comment tu vas ?

— Bien mieux depuis que tu n'es plus sur le point de te noyer. À croire que tu attires les situations périlleuses.

J'ai tourné la tête pour plonger mon regard dans le sien.

— Ne me quitte jamais.

— Rien ne m'éloignera de toi, a-t-il promis, un sourire inquiet aux lèvres.

À ces mots, mon cœur a semblé se relâcher, comme s'il venait d'être libéré après avoir été muselé par le chagrin et la peur des siècles durant.

Bastien m'a entourée de ses bras et serrée contre lui un long moment. Sa poitrine, qui se soulevait sous ma joue au rythme de sa respiration, me faisait l'effet d'une berceuse apaisante. Si je n'avais pas été debout, je me serais probablement endormie. J'ai inspiré profondément pour m'emplir les narines de son odeur. D'ordinaire, il sentait le linge lavé de frais et l'eau de Cologne, mais ce jour-là, il était parfumé par le savon aux fragrances herbacées que nous utilisions tous dans notre base de Greyhill.

— Comme vous êtes mignons… Devant tant d'amour, ma nouvelle chérie me manque cruellement. Vous croyez qu'elle pense à moi ?

Les yeux rivés sur ses mains, Demos s'est appuyé contre une vitrine où étaient exposés des livres antiques.

— Tu parles de Shyna ? ai-je demandé.

— Oui. Shyna… Quel joli nom pour cette jolie oiselle. (Bastien a levé les yeux au ciel en signe d'exaspération, mais Demos l'a ignoré.) Alors ? Qui le chercheur doit-il nous amener ?

— Moi ! a clamé une toute petite voix qui nous a fait sursauter.

Dès qu'elle a atterri sur mon épaule, la petite créature a empoigné une mèche de mes cheveux trempés.

— Berk ! Dans quoi t'es-tu roulée ? a-t-elle grommelé en s'essuyant les mains sur sa jupe. Tu sens les ordures !

— Moi aussi, je suis contente de te voir, Aetnae, ai-je répondu tout en jetant un coup d'œil à mes vêtements boueux et dégoulinants. Mais c'est vrai qu'une bonne douche ne me ferait pas de mal.

— À condition d'utiliser une lance à incendie, s'est esclaffé Demos, sous le regard désapprobateur de la fée.

— Nous allons devoir emprunter la porte-livre, a-t-elle déclaré alors qu'elle s'élevait de nouveau dans les airs.

— J'essayais juste d'être drôle, a bredouillé la Sentinelle à notre intention avant de hausser les épaules.

— Je ne suis pas sûr que le moment soit bien choisi, l'a réprimandé Bastien, agacé.

— Au contraire, ça détend l'atmosphère, ai-je rétorqué en souriant à mon camarade.

Comme Bastien appelait la porte-livre, sans succès, il est parti à la recherche de l'ouvrage, Aetnae bourdonnant autour de lui.

Je me suis alors laissée aller à flâner entre les rayonnages afin de m'imprégner de la beauté des lieux, des boiseries ouvragées et des reliures de livres colorées.

— Que fais-tu ? m'a demandé Demos.

— On ne prend jamais le temps d'admirer les bibliothèques.

— Tu t'es blessée à la tête ou quoi ? a-t-il rétorqué, perplexe.

— Je suis sérieuse, ai-je soupiré. Nous ne cessons de nous téléporter dans les différentes bibliothèques du monde, et c'est merveilleux. Sauf que nous n'avons jamais le loisir d'en profiter, ne serait-ce que pour nous asseoir tranquillement et lire un ouvrage ancien.

— Ça n'a pas toujours été le cas, a-t-il répondu. Et, qui sait, peut-être qu'un jour…

Quand Bastien et Aetnae sont revenus avec la porte-livre, nous avons sauté vers la bibliothèque de Chetham, à Manchester, en Angleterre.

J'étais à présent coutumière des ténèbres glaciales qui m'enveloppaient à chaque voyage. Pourtant, cette fois-ci, je n'ai pu m'empêcher de frissonner et, à l'arrivée, mes bottes ont dérapé sur le vieux parquet.

— Suivez-moi ! a lancé Aetnae avant de filer en zigzaguant le long d'une petite aile de la bibliothèque.

Sur notre gauche, les rayonnages étaient protégés par des grilles en bois qui m'ont rappelé des portes de saloon. Le plafond blanc voûté était soutenu par un entrelacs de poutres. La plupart des livres avaient été décolorés par le temps. J'aurais tellement voulu m'attarder dans cet endroit pour en dénicher toutes les merveilles…

— Tu nous emmènes à Barmhilde, a remarqué Bastien, ce qui m'a rappelée à la réalité.

— Tout à fait, a répondu la fée des livres avant de s'arrêter devant un mur lambrissé de bois sombre. Cette bibliothèque est vieille de près de quatre cents ans et a été l'une des premières à abriter les Chimères pour les protéger des persécutions des humains. Les membres des refuges de magiciens ne s'aventurent que très peu dans les parages. Ils ont peur des créatures qui résident dans les sabbats, ils les surnomment « les païens », sous prétexte qu'ils n'auraient ni civilisation ni dieu. Ce ne sont que des rumeurs, car en réalité, ils sont exactement comme nous, mais dans des enveloppes parfois… effrayantes.

— C'est triste, ai-je constaté.

— En effet, a renchéri Bastien. J'y ai de nombreux amis, et la plupart sont des êtres charmants, comme il en existe peu. (Il s'est tourné vers Demos.) Sache que tu ne pourras pas revenir. À la seconde où tu t'es rangé derrière Gia, tu es devenu un fugitif, comme moi, comme elle et comme tous ceux qui vivent derrière ce panneau.

— Je connais le prix à payer, a répondu mon camarade. Mais sans elle (il m'a désignée du menton), nous n'avons plus aucun espoir. Arik finira par se joindre à nous.

Rien n'était moins sûr.

Soudain, Aetnae a bourdonné jusqu'à venir s'accrocher à mon épaule.

— Qu'y a-t-il ? lui ai-je demandé en me tordant le cou pour l'apercevoir.

Elle ne m'avait pas encore répondu quand le chercheur argenté est revenu se fondre dans la peau de mon poignet.

— Si tu as besoin de moi, tu sais comment me trouver ! a-t-elle lâché avant de disparaître dans les ténèbres de la bibliothèque.

Bastien a plaqué sa main contre le mur, le temps de réciter un charme différent de celui que nous utilisions pour entrer dans les refuges de mages.

Quand le panneau a coulissé, nous avons découvert une prairie d'herbe grasse qui nous montait jusqu'aux genoux. Nous avons attendu que l'accès soit refermé pour traverser le champ jusqu'au couvert d'un bois touffu. De là, nous avons emprunté un étroit chemin qui nous a menés à un village de petites maisons décrépites.

Nous avons remonté la rue principale, les pieds dans la boue, sous l'œil intrigué des villageois. Même si j'ai reconnu certaines espèces de Chimères, je découvrais la plupart d'entre elles.

Sur notre route, nous avons croisé un homme à la tête de sanglier et aux défenses acérées, dont les biceps proéminents se contractaient chaque fois qu'il lançait sa hache contre un tronc épais.

Dès qu'il nous a vus, il a foncé sur nous, son outil dans la main. J'ai invoqué un globe sur-le-champ, sans savoir lequel attendre. Une sphère aussi blanche que givrée est apparue dans ma paume.

OK. Pas de panique. Les gros costauds font juste plus de bruit quand ils tombent, ai-je tenté de me convaincre.

Je me suis campée solidement sur mes jambes, bras tendus vers l'arrière, prête à tirer, et je l'ai attendu.

Chapitre 12

Bastien a posé une main sur mon bras pour l'abaisser.

— N'aie crainte…

L'homme-sanglier a lâché sa hache et s'est jeté sur Bastien – manquant de le renverser au passage – pour une fougueuse embrassade.

— Renard, mon ami ! s'est exclamé l'individu en assénant de grandes claques dans le dos du magicien avant de poser son regard sur moi, le groin frémissant. Qui est-ce ? Tu sais bien que nous n'apprécions guère les étrangers.

— N'oublie pas que j'en suis un, a répondu Bastien sur un ton badin.

À ces mots, la Chimère, dont le rire tenait plutôt du rugissement, s'est esclaffée.

— Je dirais plutôt que tu es notre sauveur. Sans toi, nous serions tous morts. Nous te sommes redevables.

— Tu parles ! a plaisanté Bastien, un sourire radieux aux lèvres. Gianna, je te présente Enoon. Enoon, voici Gianna Bianchi McCabe et son garde, Demos.

L'homme-sanglier a souri, puis s'est incliné, une main sur le cœur.

— Que fait-il ? ai-je soufflé à mon amoureux.

— Les Chimères considéraient Gian comme leur roi. À leurs yeux, tu es donc une souveraine.

Mon arrière-grand-père s'était en effet battu pour leurs droits.

— Jamais je n'aurais osé imaginer vous rencontrer un jour, a confessé Enoon en se redressant. Mon père m'avait bien parlé de votre future venue, mais je ne pensais pas vivre assez longtemps pour y assister. Je serai votre serviteur, ma vie vous appartient.

J'ai jeté un regard interrogateur à Bastien avant de poser mes yeux sur Enoon.

— Euh… Je n'ai nul besoin de serviteur. Face à l'adversaire, nous combattrons ensemble.

— Si jeune et déjà fort vaillante…

Malgré ses airs menaçants, il avait un regard très doux. Il se serait sans doute ravisé s'il m'avait devinée trop terrifiée pour savoir quoi lui répondre. Heureusement, mon petit ami est intervenu afin de me sortir de l'embarras.

— On cherche le Rouge, a-t-il déclaré.

— Il est là-bas, a répondu Enoon en indiquant du menton la direction en question. Il a monté un campement en périphérie du village. Suivez-moi, je vais vous conduire à lui.

Nous avons emprunté un sentier de terre étroit et accidenté, semé de pierres, qui sinuait entre de petites bâtisses. Avec leurs toits de chaume et leurs façades de boue, les constructions semblaient pauvres et bâclées. Le son d'une cloche nous est soudain parvenu, suivi d'une voix de femme qui appelait des proches. Quelques rues plus loin, quelqu'un travaillait le métal.

— Depuis combien de temps ce village existe-t-il ? ai-je demandé en me rattrapant de justesse après avoir trébuché dans un nid-de-poule.

— Attention à vos chevilles ! s'est exclamé Enoon. Notre village a été détruit lors d'un terrible incendie. Malgré tous nos appels de détresse, personne ne nous est venu en aide. Nous avons tout perdu et la population a été décimée. Nous nous sommes donc installés ici de manière temporaire, le temps de tout rebâtir.

Mon amoureux a glissé sur des galets, mais il a réussi à retrouver son équilibre.

— C'était un très beau village. C'est un véritable crève-cœur qu'il ait disparu, a-t-il souligné.

— Bastien nous a sauvés, a enchaîné Enoon avant de le gratifier d'une nouvelle tape affectueuse dans le dos. Sans les ravitaillements que Couve nous a envoyés, nous serions tous morts de faim.

J'ai adressé mon plus beau sourire à mon compagnon.

— Ce garçon est un véritable saint, ma parole !

— Quoiqu'un peu trop sûr de lui, ce qui lui attire toujours des ennuis, s'est amusé Enoon. Mais son cœur est plus gros que Throgward Canyon.

— Elle n'a jamais entendu parler de Throgward, a rétorqué Bastien, narquois.

— Elle a juste besoin de savoir que c'est fort vaste, a précisé Enoon tout en adressant un signe de la main à une femme dans son jardin.

Le peu de villageois qui se trouvaient à l'extérieur s'interrompaient dans leurs activités pour nous regarder passer.

J'ai alors remarqué que deux enfants nous suivaient. Même sans défenses, ils ressemblaient beaucoup à notre guide. La petite devait avoir une dizaine d'années, le gamin six, tout au plus.

— Elle n'est pas assez costaude pour être une Sentinelle, a commenté le garçon.

La fillette s'est approchée de Demos, un sourire émerveillé aux lèvres.

— Dis, tu as une petite amie ?

— Ne te fais pas trop d'illusions, l'ai-je prévenue. Il est amoureux d'une fille-oiseau.

— Toi, je ne t'ai rien demandé ! a-t-elle rétorqué avant d'agiter son groin. En plus, tu sens mauvais !

Elle n'a sans doute pas tort. J'aurais donné n'importe quoi en échange d'un bon bain, mais je doutais de pouvoir trouver une salle de bains digne de ce nom à des kilomètres à la ronde.

Enoon a fait signe aux gamins de reculer.

— Ouste ! Du balai ! Allez jeter un coup d'œil à votre mère et vérifier qu'elle n'a besoin de rien.

— Mais, Pa… a geint le garçon.

— Arrête de pleurnicher, l'a tancé la grande. Allez, en route !

Et aussitôt, ils sont repartis en courant d'où ils étaient venus.

— Votre épouse ne va pas bien ? me suis-je enquise auprès de notre guide.

— « Épouse » ? Qu'est-ce que c'est ? m'a-t-il demandé, confus.

— C'est pour « partenaire », a précisé Bastien.

— Ah… Eh bien, non, pas vraiment… Elle a contracté la maladie, a-t-il répondu, les yeux dans le vague. Ils sont nombreux, au village, à avoir été emportés par l'épidémie.

— Je suis désolée, lui ai-je répondu.

Que dire d'autre ? J'aurais aimé lui annoncer qu'il existait un remède, mais Nana m'avait prévenue que dans les sabbats, les Guérisseurs n'auraient peut-être pas tous les instruments nécessaires pour le reproduire. Je ne voulais pas lui donner de faux espoirs.

En périphérie du village, nous avons atteint une vaste prairie, où était installé un campement de fortune composé de rangées de tentes en forme de cocons et pourvues d'auvents. De la fumée s'élevait du centre de ce hameau improvisé et, çà et là, des chuchotements nous parvenaient. Lorsqu'il nous a vus arriver, l'un des gardes postés à l'entrée – un Laniar athlétique aux cheveux argentés – a fait volte-face avant de s'élancer entre les habitations. J'ai reconnu deux de ses congénères, qui nous avaient attaqués un jour dans une bibliothèque, Nick et moi. L'un avait la peau couleur rouille et portait des cornes, l'autre était trapu, le crâne dégarni et flanqué de favoris broussailleux.

Enoon s'est arrêté derrière une ligne de galets qui barrait le chemin.

— On attend ici que le Rouge nous invite à entrer.

Bastien et moi nous sommes postés à sa droite, Demos à sa gauche.

— Pourquoi ? ai-je voulu savoir.

— C'est l'accord. Nous ne pénétrons pas dans leur camp sans permission. Nous les laissons en paix et en échange, il protège notre village.

J'ai d'abord aperçu une chevelure flamboyante au-dessus d'une tente, puis j'ai vu le Rouge approcher dans l'allée. Sa crinière sauvage avait été coupée court et sa barbe rasée de près, ce qui adoucissait son large museau. Il paraissait plus jeune et plutôt charmant, dans le genre féroce. Ses épaules me semblaient plus carrées, son cou plus épais et ses bras plus musclés que lors de notre dernière rencontre, à la bataille de Branford.

Ce jour-là, nous avions affronté ensemble Conemar et son armée de Chimères malveillantes, alors qu'il était venu pour retrouver sa sœur, morte au combat. Lui et moi, qui aimions Faith, l'avions perdue dans cette bataille, aussi me sentais-je liée à lui d'une étrange façon. J'ai effleuré le pendentif de mon amie, le laissant tinter contre celui qui contenait la plume de Pip. Ce bijou ne m'appartenait pas et je devrais bientôt le rendre au Rouge. Je savais d'avance que ce moment-là serait un second deuil pour moi.

— Gia, m'a interpellée notre hôte, suivi de près par toute sa bande. Il était temps !

Je n'étais pas habituée à voir un tel sourire sur son visage. Lors de nos précédentes rencontres, il n'avait su m'adresser qu'un rictus menaçant. Qui sait ? Peut-être que retrouver Faith pour en faire le deuil aussitôt l'avait changé. Tous deux avaient été séparés pendant si longtemps… Et quand ils s'étaient enfin retrouvés sur le champ de bataille, elle avait péri. J'aurais plutôt cru qu'il en voudrait à la terre entière.

— Heureuse de te revoir, ai-je lancé sans réussir à cacher mon appréhension.

— N'aie pas peur, m'a-t-il exhortée en riant. Voici ton armée.

Comment ? Une armée à moi ? Jamais de la vie !

— Mon armée ? Je ne crois pas…

— Je vois… Tu vas finir par t'y faire.

— Merci de nous accueillir dans votre campement, est intervenu Bastien pour m'empêcher de céder à la panique.

— C'est un plaisir, a répondu le Rouge avant de poser le regard sur Demos. Tu es une Sentinelle d'Asile, n'est-ce pas ?

— Oui, a répondu notre ami, main sur la garde de son épée, sans quitter des yeux la troupe qui nous faisait face.

— Tu n'as rien à craindre, a assuré le Laniar. D'ailleurs, je suis sûr que les autres seront heureux de te retrouver.

— Quels autres ? s'est étonné Demos.

— Gia !

Mes genoux ont failli se dérober sous moi lorsque j'ai reconnu la voix de Jaran. Le cherchant du regard, je l'ai trouvé en train de traverser le pré à toute allure, Lei sur les talons.

J'ai plaqué mes paumes sur ma bouche pour étouffer un sanglot. Ils étaient en vie ! Et ils accouraient vers moi ! Soudain, plus aucun son, ni aucune voix ne me parvenaient, j'avais l'impression de voir la scène se dérouler au ralenti. Je voulais foncer vers Jaran, mais mes pieds semblaient scellés au sol.

Quand il est arrivé à ma hauteur, il m'a serrée dans ses bras et je lui ai rendu son étreinte.

— Tu es là… tu es vivant…

J'ai cru que mon cœur allait exploser de joie.

— Je suis navré de t'avoir causé tant d'inquiétude, a-t-il répondu avant de s'écarter doucement. Mais impossible d'entrer en communication avec toi d'ici. Qu'est-ce qui t'est arrivé ? Tu es dans un état déplorable.

— C'est une longue histoire.

— Tu me raconteras tout ça plus tard, alors, a-t-il déclaré avec un clin d'œil au moment où Lei se plantait devant moi.

— Salut, mon chou.

Mon chou ? Elle n'avait plus utilisé ce surnom depuis bien longtemps – depuis qu'elle avait muselé ses émotions par un sort.

Lei n'étant pas du genre démonstratif, c'est moi qui l'ai attirée à moi pour l'étreindre.

— Je suis tellement heureuse de te revoir !

— Toi aussi, tu m'as manqué. (Elle a reculé en fronçant le nez.) C'est quoi cette odeur ?

— Je rêve ou tu es redevenue normale ?

— C'est-à-dire ? m'a-t-elle demandé, le visage déformé par une nouvelle grimace.

— Moins dans les vapes.

Elle m'a montré sa main : le tatouage en forme de lotus, entre son pouce et son index, était effacé.

— Je me suis dit qu'il valait mieux affronter la douleur et mes sentiments, plutôt que de rester anesthésiée comme je l'étais. Et toi, tu n'as jamais eu autant besoin d'un bon bain.

Demos a pris sa camarade par les épaules.

— J'ai frisé la crise de nerfs sans toi. Je n'avais plus personne avec qui me chamailler.

— Je crois que c'est la chose la plus gentille qu'on m'ait jamais dite, a-t-elle lâché avant de passer un bras dans le dos de Demos.

— Arik nous a appris que vous aviez disparu dans la bibliothèque, est intervenu Bastien. Que s'est-il passé ?

Le sourire de Jaran est retombé et son expression s'est faite grave.

— Lorsque nous sommes rentrés de la bibliothèque, on est tombés sur une bande de gardes et de Sentinelles qui repartaient de notre planque à bord de vans. Ils enlevaient Carrig, après l'avoir battu et ligoté.

Mon estomac s'est noué à cette idée.

— On a essayé de les affronter, a repris Lei, mais ils étaient bien trop nombreux. J'en ai cramé plusieurs avec des globes éclairs, jusqu'à ce que l'une de leurs Sentinelles comprenne qu'elle pouvait les pétrifier.

— Sans le Rouge et sa bande, nous serions tous morts, a enchaîné Jaran en lançant un regard à l'intéressé, qui s'est redressé avec fierté.

— C'est une fée des livres qui nous a alertés.

Aetnae ? À moins qu'il ne s'agisse de l'une de ses consœurs… Mais je penchais plutôt pour mon amie. Cette petite curieuse faisait bien plus, en réalité, que protéger les livres des humains. Et je lui en étais fort reconnaissante.

Lei s'est tournée à son tour vers le Laniar.

— Sans vous, nous perdions Carrig.

— Et la vie, a ajouté Jaran.

— Carrig ? Il est ici ? Où ça ? (L'air soudain sombre de mes compagnons m'a fait l'effet d'une déflagration. J'ai alors insisté d'une voix chevrotante.) Quoi ? Il est mort ?

— Non, non, s'est empressé de répondre Jaran. Il est blessé, mais ses jours ne sont pas en danger.

— Je veux le voir !

Lei s'est écartée de Demos.

— Je vais vous y conduire. Mais d'abord, Gia, tu vas te laver et te changer.

J'ai enfin pu prendre mon bain – dans une cuve métallique remplie d'eau chaude par de jeunes gens – et me changer : Lei m'avait prêté une collection de vêtements du plus pur style guerrier. Dans le lot, j'avais jeté mon dévolu sur une longue tunique beige qui couvrait un pantalon en cuir et des bottes. J'avais laissé le reste de la garde-robe sur le matelas dans la tente qui m'avait été attribuée.

Lorsque j'ai enfin été présentable, mon amie m'a conduite auprès de Carrig, que j'ai trouvé étendu sur un lit de camp, engoncé dans des couvertures. Ses paupières étaient closes et son visage détendu : il semblait dormir paisiblement. Je me suis assise sur le tabouret à son chevet pour m'emparer de sa main tiède et molle.

— A-t-il ouvert les yeux depuis l'attaque ?

— Non, a répondu Lei. Il avait déjà perdu connaissance quand on l'a récupéré. Son état n'a pas évolué depuis.

— Sinead est dans le coma, lui ai-je appris. Elle a été retrouvée dans la grange.

— Pas étonnant, a-t-elle répliqué.

J'ai embrassé la main de Carrig avant de la replacer contre son flanc.

— Comment ça ?

— Lorsqu'une fée se marie avec un être humain, leurs vies se lient. Dès lors, si l'homme ou la femme meurt, le conjoint fée meurt aussi.

Autrement dit, je risquais de les perdre tous les deux.

— Je vous laisse, a-t-elle déclaré avant de soulever la tenture qui faisait office de porte, à quoi j'ai opiné.

— Ah, Lei ! (Elle s'est immobilisée pour se retourner vers moi.) Pourrais-tu rassembler les autres ? J'ai quelques annonces à vous faire.

— Très bien, a-t-elle acquiescé en sortant.

J'ai posé ma joue sur le torse de Carrig et me suis laissée bercer par sa respiration. Il dégageait de la chaleur, de la vie.

— Tu as intérêt à aller mieux, ai-je murmuré tout en tripotant machinalement la montre qu'il m'avait donnée. Sinead a besoin de toi. (J'ai ravalé la boule qui m'obstruait la gorge.) Et moi aussi.

Lors de notre retraite en Irlande, j'avais commencé à créer un véritable lien avec mon père biologique et sa femme. J'ai alors pensé à Deidre : elle ne savait probablement pas que ses parents avaient survécu à l'attaque. Pour l'heure, elle se trouvait à Asile, avec Royston et Cadby, en sécurité. Je ne pouvais retourner auprès d'eux pour l'instant, puisque j'étais considérée comme une traîtresse par le Conseil, mais j'espérais qu'Emily avait bien remis ma note à Cadby. Je lui demandais de me rejoindre accompagné de Royston. L'heure était venue de libérer la Tétrade et de contrecarrer les plans machiavéliques, de tous ceux – dont Conemar faisait partie – qui souhaitaient prendre le contrôle du monstre.

Le dos courbé pour passer l'entrée, le Rouge a pénétré dans la tente, qui semblait presque trop petite pour lui.

— Tes Sentinelles t'attendent, m'a-t-il informée. Quelles sont les directives, pour mes hommes et moi ?

— Et si tu te joignais à nous ? ai-je proposé en me relevant. Il est important que tu sois aussi bien informé que nous.

Il a acquiescé avant de soulever la tenture, le temps que je sorte.

— C'est toi qui décides, même si je ne suis pas sûr d'avoir hâte d'entendre ce que tu as à nous dire.

Plusieurs chiens-garous se sont approchés de nous à quatre pattes, le museau levé. Ils m'arrivaient tous au niveau des hanches. Le plus grand, ainsi qu'un autre de taille moyenne, arboraient une fourrure marron tout emmêlée. Deux autres étaient noirs, et le plus petit, gris. Lorsque je suis passée devant eux, tous m'ont reniflé les jambes.

— Voici la meute de Gian, m'a expliqué le Rouge en caressant le gris. Ils ont dû entendre parler de ton arrivée. Ils portaient à ton ancêtre un amour indéfectible et l'accompagnaient partout. Pour autant que je sache, ils ont l'intention de te servir de la même manière.

J'ai tendu la main vers l'une des bêtes marron. Il – ou elle, je n'aurais su le dire – l'a reniflée.

— Ils ne reprennent jamais forme humaine ?

— Pas pour la plupart. La mutation est douloureuse et tellement temporaire…

— C'est vrai que vu sous cet angle, autant rester sous forme canine…

— En effet.

J'ai tendu la main vers une autre créature, qui a frotté son museau contre ma paume, puis je les ai remerciés en prenant soin de croiser le regard de chaque animal avant de suivre le Rouge.

Une averse avait détrempé le sol et mes bottes clapotaient dans la boue. Mon guide m'a conduite jusqu'à une tente, visiblement plus spacieuse que les autres, au sommet de laquelle s'échappait de la fumée. Tous mes camarades étaient là, assis sur des coussins autour du feu.

J'ai remarqué une rangée de chaussures boueuses dans l'entrée, ce qui m'a incitée à retirer les miennes. J'ai ensuite pris place entre Bastien et Jaran tandis que le Rouge s'asseyait entre Lei et Demos.

Après une profonde inspiration, je me suis lancée, les jambes en tailleur :

— Merci d'être venus. Je vais essayer d'être brève… Revenons au jour où Véronique et ses trois Sentinelles ont tenté de m'assassiner à New York. Ils y ont tous perdu la vie.

— Attends, m'a interrompue Lei. Tu les as tous tués ?

— Oui, mais c'était un accident.

— Elle n'a fait que se défendre, rien de plus, a précisé Bastien, les coudes sur les genoux.

Mon amie m'a lancé un sourire espiègle.

— Ce n'était pas un reproche, bien au contraire.

— Laisse-la continuer, est intervenu Jaran.

Il avait le don de deviner quand j'avais besoin de lui. C'était d'ailleurs lui qui m'avait épaulée, lorsque Arik m'avait quittée.

J'ai dégluti. Le récit s'annonçait pénible et j'espérais de tout cœur que mes soupçons soient infondés.

— Seul oncle Philip savait où je me rendais. J'ignore si c'est lui qui a averti Véronique ou s'il a parlé de ma mission à des membres du Conseil, qui eux m'ont dénoncée. D'autre part, je trouve les récents meurtres d'Archimages plutôt suspects.

— D'autant plus, a ajouté Bastien, que les mages qui leur ont succédé ont toujours férocement défendu l'idée d'une scission avec la Guilde des Chimères et d'une séparation entre refuges et sabbats. À l'exception de Philip Attwood.

— Oui, sauf qu'il n'a pas pris position dans ce débat, est intervenu le Rouge. Cette neutralité est, à mes yeux, encore plus douteuse que s'il avait clairement exposé son opinion.

— Il faudrait pouvoir le mettre à l'épreuve pour nous assurer de sa loyauté.

J'ai lancé un regard interrogateur à Bastien qui s'était redressé pour faire sa proposition. Il a posé une main rassurante sur mes reins avant de reprendre :

— Nous n'avons pas d'autre choix.

Je savais qu'il avait raison, mais je redoutais cette perspective.

— Ce n'est pas tout, ai-je continué. Les fées ont mis au point un traitement contre la maladie qui sévit dans les sabbats. Or, le Conseil nous a ordonné de ne pas le distribuer. Comme j'ai malgré tout fait parvenir un lot de remèdes à Greyhill, je suis devenue une hors-la-loi. (Je me suis tournée vers le Rouge.) Avez-vous des Guérisseurs ici ? Nana m'a confié la formule du médicament.

— Les plus anciens et les plus savants Guérisseurs se trouvent à Barmhilde, a-t-il répondu. Je t'emmènerai faire leur connaissance après la réunion.

Demos s'est raclé la gorge avant de prendre la parole :

— Tu oublies de préciser que je figure aussi sur la liste noire du Conseil, à présent. Et celle d'Arik, puisqu'il ne veut pas entendre raison et s'obstine à s'opposer à nous.

Même si ce n'était sans doute pas très aimable de ma part, je n'ai pu m'empêcher de lui lancer un regard courroucé.

— J'allais y venir. Le problème, c'est que le sujet est épineux. Je crois connaître Arik mieux que quiconque.

Oh non… Bon sang, Gia ! Réfléchis un peu avant de sortir des sottises pareilles ! J'aurais voulu retirer mes paroles, de crainte d'avoir blessé Bastien, mais je n'avais apparemment rien à craindre de ce côté-là. Il est intervenu pour me soutenir.

— Elle a raison. Et je me fie à son jugement.

Je l'ai gratifié d'un grand sourire, qu'il m'a rendu aussitôt, avec la fidélité d'un miroir.

— Arik va réfléchir à mes arguments. Il observera le Conseil et tirera ses propres conclusions. Je ne doute pas qu'il en viendra à la même que nous : le Conseil cherche à éradiquer les Chimères.

— Quel est ton plan ? m'a lancé le Rouge, dont le large torse se gonflait à chacune de ses inspirations.

Comme ses semblables, il ressemblait à un lévrier qui aurait abusé de stéroïdes.

— J'ai demandé à Emily d'accompagner Arik jusqu'à Asile afin qu'elle transmette à Cadby un message de ma part : quelqu'un ira les chercher vendredi prochain, lui, Royston et Emily.

Je ne pouvais détacher mon regard des flammes, à tel point que mes yeux commençaient à s'embuer. Je me gardais bien de les relever, cependant, de peur que mes compagnons y lisent la peur qui me tenaillait.

— Cela nous laisse donc trois jours pour rassembler le nécessaire à la libération de la Tétrade, ai-je conclu.

— OK. Comment s'organise-t-on, alors ? m'a pressée Lei, dont l'impatience, à l'instar de ses autres émotions, n'était plus en sommeil.

— Bastien, tu viens avec moi. Demos, tu restes auprès de Carrig. Jaran et Lei, vous retournez à Asile, reprenez votre vie normale, mais en propageant la rumeur que vous venez de vous échapper d'un endroit où vous étiez retenus en otage. Dans le même temps, assurez-vous que Cadby, Royston et Emily se tiennent prêts. Vendredi prochain, à 2 heures du matin, le Rouge et ses hommes vont effectuer simultanément des sauts interbibliothèques dans plusieurs directions différentes afin d'attiser la nervosité des Surveillants.

— Compris, a acquiescé Jaran en se redressant. Lei et moi en profiterons pour sauter ici avec Cadby et les autres. Notre déplacement sera masqué par les Chimères du Rouge. Brillante idée !

Le regard dubitatif de Lei indiquait que « brillante » n'était pas le qualificatif qu'elle avait à l'esprit.

— Tu oublies un détail, a-t-elle objecté. Arik.

Je ne l'avais pas oublié, mais la seule pensée de ce que je m'apprêtais à leur demander me rendait malade. J'en serais moi-même bien incapable… Comment osais-je seulement leur donner un tel ordre ?

— Évitez-le. Et s'il essaie de vous arrêter…

L'émotion me submergeait tant que je n'ai pu terminer ma phrase. J'ai tenté de m'éclaircir la voix pour articuler les mots que je rechignais à prononcer.

Oh, Arik, comment en sommes-nous arrivés là ?

Chapitre 13

Troublée par les regards insistants de Lei et Jaran, j'ai fini par baisser la tête.

J'avais l'impression de m'empoisonner avec les mots que je m'apprêtais à énoncer. Si j'avais pu, je les aurais crachés. Arik était l'un des nôtres, ou plutôt, l'un des leurs – leur chef, de surcroît – et je leur demandais de lui désobéir. Moi, je n'étais qu'une pièce rapportée. Malgré tout, je l'avais aimé et il m'était toujours très cher. Soudain, j'ai été assaillie par tous les souvenirs des moments passés ensemble… J'en avais du mal à respirer. Jamais il ne se relèverait d'une trahison de ses Sentinelles.

Lei a fini par planter son regard dans le mien.

— Je vois. Tu veux qu'on le tue, c'est ça ?

— Non ! Ce n'est pas ce que j'ai dit…

— Jamais je ne pourrai lui faire de mal, est intervenu Jaran. Nous trouverons bien un moyen de le neutraliser en douceur. Mais si je dois choisir entre Arik et cette mission, ce sera Arik.

— Au prix de deux mondes peuplés d'innocents ? a rétorqué Bastien en le dévisageant.

Il n'a pas fait allusion au chef des Sentinelles, sans doute pour écarter la question des sentiments.

— Si vous n'arrivez pas à l'éloigner, ai-je tranché d'une voix mal assurée, tentez de le convaincre de se rallier à notre cause. S'il refuse, arrêtez-le, mais faites votre possible pour ne pas le blesser.

Soudain, le Rouge a éclaté de rire, tellement fort qu'il s'en tapait les genoux.

— Vous ignorez comment distraire un garçon à coup sûr ? a-t-il fini par lâcher.

— Si vous avez une meilleure idée, nous sommes preneurs, a lancé Bastien.

— C'est simple : servez-vous de Gia comme appât. Il l'aime. Je l'ai bien vu dans son regard durant la bataille de Branford. Dites-lui qu'elle est en danger et il se précipitera à son secours. Bref, envoyez-le sur une fausse piste : c'est un jeu d'enfant !

Songeur, Demos s'est frotté le menton :

— Cette solution pourrait fonctionner, Arik est fou amoureux de Gia. (Il a jeté un coup d'œil à Bastien.) Désolé…

L'intéressé s'est levé et a épousseté son pantalon.

— Il n'y a pas de mal. Bon, si tout est décidé… Il est tard et le trajet jusqu'ici a été périlleux : je suis épuisé. (Il s'est tourné vers le Rouge.) Merci de nous accueillir dans ce campement, ma foi, fort confortable.

Sur ce, il a soulevé la toile et disparu dans les ténèbres.

Qu'est-ce qui lui prend ? J'aurais parié que cette discussion au sujet des sentiments d'Arik à mon égard l'avait contrarié. Moi-même, je ne pouvais m'empêcher d'être tracassée.

Le Rouge, Lei et Demos ont quitté la tente à leur tour. Jaran m'a tendu sa main.

— Allez, debout ! Nos tentes sont voisines, on n'a qu'à y aller ensemble.

— Avec plaisir, ai-je répondu pendant qu'il m'aidait à me relever.

— Super, on a des milliers de trucs à se raconter !

Une fois arrivée à destination, je me suis empressée de passer la chemise de nuit en coton doux qui m'attendait sur mon lit, puis nous nous sommes assis sur le matelas épais qui meublait ma tente. Je lui ai raconté l'attaque de Véronique, sans omettre la façon dont les Sentinelles qui l'accompagnaient avaient péri. Je lui ai même expliqué comment j'avais absorbé leurs globes et les difficultés que j'avais à les contrôler. J'ai ensuite terminé mon récit par une courte description du monde des fées. Quand j'ai évoqué le moment où Arik m'avait accusée de trahison, et mes doutes à l'égard d'oncle Philip, je n'ai pu retenir mes larmes. Mais je tenais à tout lui raconter. Partager mon fardeau m'aidait à le supporter.

Il m'a écoutée du début à la fin en véritable ami, ne cessant d'acquiescer avec sympathie, mes mains serrées dans les siennes. Lorsque j'ai eu fini de vider mon sac, il m'a prise dans ses bras. J'ai posé ma tête sur son épaule, la vue brouillée par les larmes.

— J'aurais tellement voulu être à tes côtés durant toutes ces épreuves, a-t-il fini par lâcher. Je crois que tu as raison : mieux vaut éviter de consulter les professeurs de magie pour tes globes. En ces temps compliqués, il est difficile de faire confiance à qui que ce soit. En revanche, tu peux en parler à Lei : c'est une experte. Je suis sûr qu'elle pourra t'aider à les contrôler.

Mes larmes avaient maculé sa chemise d'auréoles sombres. Par réflexe, je les ai frottées du doigt, comme si ce simple geste pouvait les résorber.

— Regarde l'état de tes vêtements… Je suis désolée.

Il a inspecté son épaule.

— Ne t'en fais pas, ce n'est rien.

— Merci, ai-je soufflé en reniflant. Tu es tellement gentil avec moi.

— C'est à ça que servent les amis, non ? a-t-il dit en se redressant. Et puis, tu n'es pas en reste puisque tu as appelé Cole pour moi. Vois ça comme un échange de bons procédés.

— Ah oui, c'est vrai, j'ai failli oublier ! me suis-je exclamée, penaude. Il s'inquiétait pour toi. Il m'a demandé de te dire qu'il t'attend et qu'il t'aime.

Jaran a gigoté sur le matelas, un sourire béat aux lèvres.

— Il t'a vraiment confié tout ça, alors qu'il ne te connaît pas ?

J'ai ramené mes mains vers moi.

— Je l'avais déjà croisé plusieurs fois. Et puis, quelle importance. Le principal, c'est qu'il me l'ait dit, non ?

Mon tic à la lèvre m'a trahie.

— Gia, a-t-il fait, usant de la même intonation que Pop lorsqu'il me soupçonnait d'avoir fait une bêtise, qu'est-ce que tu me caches ?

L'heure était venue de jouer cartes sur table. D'autant que j'avais eu tort de révéler à Cole les sentiments de mon ami.

— D'accord, j'ai avoué que tu l'aimais en premier… Mais si tu l'avais entendu ! Il avait l'air tellement triste. Et puis il a reconnu qu'il t'aimait aussi.

Le visage de Jaran s'est illuminé pour se renfrogner aussitôt.

— J'aurais préféré qu'il le sorte d'abord, a-t-il marmonné en tirant sur un fil qui dépassait de sa chemise.

— Peut-être qu'il attendait d'être sûr de tes sentiments. En plus, il faut bien qu'il y en ait un qui se jette à l'eau, sinon chacun reste dans son coin.

Il a levé les yeux vers moi en tirant d'un coup sec sur le fil.

— Et s'il l'a sorti seulement parce que toi, tu l'as dit ?

— Tu te fiches de moi ? l'ai-je rabroué avant de réprimer un bâillement. Il t'aime. Tu devrais être fou de joie.

Il a posé sa main sur la mienne.

— Je le suis. Et toi, tu ne tiens plus debout. Merci d'avoir joué les messagers. C'est rassurant de savoir ce qu'il ressent et qu'il compte m'attendre.

— Le contraire serait incompréhensible, tu es un garçon génial.

Il a baissé les yeux sur nos doigts entrelacés.

— Je n'ai qu'une envie : fuir le monde des Chimères et partir avec lui pour toujours. Nous pourrions aller à l'université et prendre un studio ensemble, comme il m'en avait parlé. (Il a relevé la tête, le regard empreint de tristesse.) J'aimerais tant pouvoir réaliser ce rêve…

— Pourquoi ne le fais-tu pas, tout simplement ?

— Je n'ai pas de charme protecteur qui m'empêche d'être détecté par les Surveillants, moi. (Il a retiré sa main.) Ils me retrouveraient pour m'enfermer dans les geôles du Vatican. De toute façon, je ne te laisserai pas tomber, Gia. Je me battrai à tes côtés jusqu'au bout.

L'idée qu'il se mette en danger et risque le pire à cause de moi m'a glacé le sang. Je ne supporterais pas qu'il lui arrive malheur, mais je me suis gardée de le lui avouer, sans quoi il m'aurait sermonnée.

— J'ai peur, me suis-je donc contentée d'avouer.

— Je sais, a-t-il répondu, les yeux dans le vague. Moi aussi.

— J'en viens presque à regretter le lycée et toutes ses petites histoires, ai-je conclu en bâillant de nouveau.

— Je vais te laisser.

Comme il se levait pour repartir, je l'ai retenu par le bras.

— Tu veux bien rester jusqu'à ce que je m'endorme, s'il te plaît ?

— Bien sûr, a-t-il acquiescé en s'étendant sur le matelas.

— Tu es le meilleur, ai-je soufflé avant de me blottir contre lui.

J'ignore à quel moment Jaran a quitté ma tente, vu qu'il a effectivement attendu que je sois endormie pour s'éclipser. Ce sont les hurlements des chiens-garous, plus tard, qui m'ont réveillée – à moins que ce ne soit mon inquiétude concernant Bastien. Il m'avait paru bien trop calme lorsqu'il nous avait quittés. Et puis, partir sur un coup de tête en me laissant en plan, ça ne lui ressemblait pas.

Enroulée dans ma couverture, j'ai enfilé mes bottes à tâtons avant de sortir de mon abri. Malgré l'obscurité, j'y voyais assez pour me repérer, grâce à la clarté de la lune, basse dans le ciel. L'astre me semblait tellement familier que je me suis demandé si humains et Chimères partageaient la même lune. Les deux chiens-garous qui étaient couchés à l'entrée de ma tente ont redressé la tête sur mon passage.

— Gentils toutous, ai-je murmuré avant de secouer la tête. Quelle idiote ! Vous me comprenez très bien puisque vous êtes humains… enfin, parfois. Je ne voulais pas vous appeler ainsi, désolée. Bref, je ne vais pas bien loin.

Je leur ai indiqué d'un geste la tente en face de la mienne, puis j'ai traversé l'allée à pas de loup avant de soulever la tenture de l'entrée.

— Bastien ? Je peux entrer ?

— C'est toi, Gia ? a-t-il demandé d'une petite voix ensommeillée.

— Oui.

Il a créé une sphère lumineuse dans le creux de sa main, tout en se redressant sur son matelas. Ses cheveux noirs étaient ébouriffés et un peu aplatis sur le côté droit.

— Viens, m'a-t-il invitée en soulevant la couverture.

Je me suis aussitôt débarrassée de mes bottes pour me nicher auprès de lui. Il était torse nu, ce qui m'a permis d'entrapercevoir son ventre aussi bronzé que musclé.

— Tu ne portes pas de T-shirt ?

— Je n'en mets jamais pour dormir, a-t-il répondu en ramenant les draps sur moi. Une insomnie ?

— Non, c'est juste que… Tu es parti très vite tout à l'heure, sans même me raccompagner jusqu'à ma tente. (*Arrête de pleurnicher, Gia*, me suis-je intimé avant de reprendre :) En fait, je voulais juste m'assurer que tu allais bien.

— Disons que je ne tenais pas à jouer la caricature du petit ami jaloux devant tout le monde.

À chacune de ses expirations, son souffle contre ma joue me faisait frissonner. Soudain, la sphère de lumière a quitté sa main pour léviter au-dessus de nous.

— Comment as-tu fait ?

— C'est magique, a-t-il rétorqué, goguenard.

Quelle question idiote !

Je me suis retournée pour lui faire face.

— Tu es vraiment jaloux ?

— Tu aimes me voir souffrir, c'est ça ? a-t-il répliqué, le sourcil gauche relevé.

— Exactement.

Il a esquissé un petit sourire et ses yeux bleus ont étincelé.

— Je crois que mon ego a besoin que tu l'embrasses.

— Et où puis-je le trouver ?

— Juste ici, a-t-il indiqué en désignant ses lèvres.

Je me suis approchée pour y déposer un rapide baiser.

— Tu te sens mieux ?

— C'est comme lécher une fraise sans pouvoir mordre dedans : frustrant, m'a-t-il répondu avec une moue exagérée mais craquante.

J'ai dû fournir un effort incroyable pour me retenir de sourire.

— Ce que tu peux être exigeant !

— Seulement quand il est question de toi. De nous. (Il m'a attirée contre lui en resserrant les bras autour de mes hanches.) Je suis loin d'être un expert, mais je suis presque certain que c'est ainsi que l'on soigne un ego malmené.

Ses lèvres douces et tendres se sont pressées contre les miennes. Elles avaient un arrière-goût de menthe. Je me suis alors laissée enivrer par sa chaleur et son odeur – eau d'un lac, herbe coupée, savon du bain qu'il venait de prendre. Ses mains se baladaient sur mes hanches, puis le long de mon dos. J'ai glissé mes bras autour de son cou et me suis plaquée contre lui aussi fort que j'ai pu. Tout doucement, sa langue est venue caresser mes lèvres pour s'insérer dans ma bouche.

La sphère lumineuse au-dessus de nous a éclaté en minuscules étincelles qui se sont éteintes avant de retomber au sol. À présent que nous nous trouvions dans le noir, nous devions nous en remettre entièrement à nos mains et à nos lèvres pour découvrir l'autre.

Un faible gémissement s'est fait entendre – était-ce moi, lui, ou bien nous deux ? Je n'aurais su le dire. Quoi qu'il en soit, ce son a amplifié mon désir que j'ai laissé enfler. Je voulais que Bastien m'emmène loin des cauchemars et des séparations, là où seul l'amour existe.

Nos baisers se sont faits de plus en plus fougueux. Quand il a soudain retenu son souffle, je me suis sentie chavirer. J'ai enroulé ma jambe autour de la sienne et il a émis un gémissement, qui s'est mué en râle lorsqu'il s'est éloigné de moi.

— Qu'est-ce qui ne va pas ? ai-je demandé en tentant de masquer ma déception.

Il a poussé un profond soupir.

— J'aimerais échapper à ce cliché du couple qui fait l'amour avant de commencer une mission périlleuse où l'un et l'autre risquent de mourir. Je préférerais conserver ce moment pour après, comme une récompense à laquelle penser tant que nous aurons encore des obstacles à surmonter.

— Je comprends.

Il avait sans doute raison. J'ai dénoué mes bras de son cou et me suis allongée sur le dos. Le poids de ma déception était si lourd que j'ai eu l'impression de sentir ma tête s'enfoncer dans l'oreiller.

Il s'est appuyé sur un coude pour m'observer.

— À quoi penses-tu ?

S'il savait… J'étais terrifiée à l'idée de ce qui nous attendait. D'autant que mon angoisse pour Nick ne cessait de croître, tout comme mon inquiétude pour Carrig et Sinead.

L'espace d'un instant, son étreinte et ses baisers avaient réussi à me faire oublier toutes mes angoisses.

— Tu fronces les sourcils, a-t-il noté en appuyant sa paume contre la mienne.

— Je suis juste fatiguée, ai-je répondu avant de lui tourner le dos pour me coucher sur le côté et glisser mes mains sous ma joue.

Il s'est lové contre moi, un bras posé sur mes hanches.

— Endors-toi, a-t-il soufflé contre ma nuque. Sois tranquille, je suis là.

Le voile qui servait de fenêtre laissait pénétrer la clarté de la lune dans la tente. Les yeux posés sur les ombres immobiles, je me suis laissée bercer par le souffle de Bastien dans mon cou jusqu'à sombrer dans le sommeil.

Quand j'ai rouvert les yeux, Bastien dormait paisiblement, étendu sur le dos, un bras sous la tête. J'ai déposé sur sa joue un baiser furtif, qui n'en était presque pas un. Ses cils noirs ont frémi, mais il ne s'est pas réveillé.

J'ai enfilé mes bottes, me suis enroulée dans ma couverture et suis ressortie le plus discrètement possible. À en croire les colonnes de fumée, il y avait plus d'une dizaine de foyers allumés dans le campement. J'ai dépassé ma tente pour aller gratter à la tenture d'entrée de la suivante. Il a fallu un petit moment pour que Lei, occupée à se tresser les cheveux, vienne m'ouvrir.

— Salut, mon chou, s'est-elle exclamée avant de remarquer mon accoutrement. Oh… Tu n'es pas encore habillée ? On doit se mettre en route de bonne heure, ce matin. Jaran et moi décollons juste après le petit-déjeuner. Tout comme Bastien et toi, si je ne m'abuse.

J'ai baissé les yeux sur la couverture dans laquelle j'étais enroulée.

— Je crois que j'ai besoin d'un autre bain.

— Hmm… Je te conseille les douches, elles sont géniales, a-t-elle raillé tout en m'invitant malgré tout à entrer. Qu'est-ce qui te tracasse au point de me rendre visite en pyjama ?

— J'ai besoin de ton aide, lui ai-je avoué avant d'enchaîner sur le récit de mes mésaventures et la description de mes nouveaux globes de combat.

À sa moue, j'ai deviné qu'elle était très concentrée sur mes paroles. Pourtant, ses doigts continuaient leur ouvrage, comme détachés de son corps.

— Alors ? ai-je conclu. Penses-tu pouvoir m'aider à les contrôler ?

Sur un claquement de la langue, elle s'est emparée d'un élastique sur une table en bois afin d'attacher sa tresse, puis elle s'est laissée tomber sur un pouf dans un coin de la tente.

— Aurais-tu déjà oublié les leçons de Sinead ? C'est exactement comme avec ton globe rose. Tu dois le ressentir au plus profond de toi-même, c'est là que se trouve la source de ton pouvoir.

— Je sais faire tout ça, ai-je répondu avant d'aller m'asseoir à côté d'elle. Mon problème, ce n'est pas de les invoquer, c'est qu'ils apparaissent au hasard.

— Oh… J'oubliais que tu es encore une débutante. En première année, on utilise un charme, comme avec les globes lumineux, pour appeler nos sphères de combat jusqu'à ce qu'on réussisse à les invoquer par la pensée.

— C'est vrai que les globes lumineux fonctionnent avec un sort…

Pourquoi n'y ai-je pas pensé plus tôt ? Je devais d'ailleurs opérer de cette manière pour mon globe de vérité, avant que la fée maléfique Lorelle ne le réduise à néant à l'aide d'une formule antique.

— Tu connais des charmes pour les globes de combat ?

— Oui. Il existe un sort qu'on apprend au tout début de notre formation. (Elle s'est levée.) Allez, va t'habiller ! Nous nous entraînerons après le petit-déjeuner.

— Il faut d'abord que j'aille rencontrer les Guérisseurs pour leur transmettre les directives de Nana concernant la mise au point du remède, ainsi qu'un échantillon de mon sang.

Je n'avais pas atteint la sortie que je me suis pris les pieds dans la couverture.

— À condition que tu arrives en un seul morceau jusqu'à ta tente, a ricané Lei.

— Très drôle… On se retrouve dans une heure.

J'ai rajusté ma couverture et suis sortie en feignant le dédain.

J'étais heureuse de retrouver mon amie comme je l'avais connue, mais je ne pouvais m'empêcher de m'inquiéter à son sujet. Effacer le tatouage qui bloquait ses émotions devait l'avoir replongée d'un seul coup dans le chagrin du deuil de Kale. Comment tenait-elle le coup ? Pourtant, je n'osais pas lui en parler, de peur de raviver sa douleur.

Après le petit-déjeuner, elle m'a emmenée dans une clairière au pied d'une colline à l'écart du campement. Mon bras, constellé de piqûres rouges, était encore engourdi. Le Guérisseur avait eu toutes les peines du monde à trouver une bonne veine pour le prélèvement. Mais désormais, ce n'était plus qu'une question de temps avant que le remède puisse être distribué dans le village. Et peu importaient les conséquences : même si sauver ces vies représentait une trahison aux yeux du Conseil, j'enfreindrais la consigne autant que nécessaire, et sans hésiter.

— Bien ! s'est exclamée Lei en se tournant vers moi. Quel était le charme de ton globe de vérité ?

— *Mostrami la veritá*, ai-je récité en italien.

— Ah oui, « Montre-moi la vérité », a-t-elle traduit. Je me souviens. La formule que je connais est très différente, mais peut-être est-ce une particularité des globes non destinés au combat…

— D'après oncle Philip, il ne s'agissait pas d'une sphère ordinaire. Mon globe rose, lui, était spécifiquement destiné au combat. Mais depuis que je l'ai lancé dans la trappe de la Somnium, il s'est changé en verre.

— Curieux… a-t-elle commenté. Comment agit-il ?

Je me suis remémoré mon combat contre Véronique et la façon dont j'avais utilisé cette nouvelle sphère.

— Il explose contre la cible, quelle qu'elle soit, pour la lacérer.

— Très étrange, a-t-elle renchéri en tapotant sa joue d'un air songeur.

— On commence par quoi ?

— Je vais t'apprendre la formule. Elle se compose de deux parties : tu prononces d'abord « *Accendere il* », puis tu ajoutes le type de globe que tu souhaites convoquer. Par exemple, pour l'éclair, je dois terminer par « *fulmine* ». Compris ?

— Je crois, oui.

Considérant sans doute que j'avais besoin d'une démonstration, elle a tendu sa main, paume vers le ciel, et a récité : « *Accendere il fulmine* ». Une boule d'un jaune éblouissant, à la surface zébrée, est apparue entre ses doigts, qu'elle a aussitôt refermés pour réduire le courant à l'état d'étincelles vite éteintes.

— À toi, maintenant.

Comme d'habitude, la manipulation était loin d'être aussi aisée pour moi. Il m'a fallu plusieurs heures avant de réussir à invoquer un globe de feu grâce à la formule : « *Accendere il fuoco* ». Puis, je me suis exercée aux sphères de glace – « *Accendere il ghiaccio* ».

Enfin, j'ai tendu la paume droite devant moi avant de réciter la formule de la seule sphère que je n'avais pas encore invoquée :

— *Accendere la pietrificazione.*

Une boule violette s'est illuminée dans ma main.

Bras croisés, sa natte lui retombant sur l'épaule, Lei a approuvé mes efforts d'un signe de tête.

Chaque fois que j'invoquais un pouvoir, des images de la mort de leur ancien propriétaire revenaient me hanter. J'avais beau savoir qu'aucun d'entre eux n'aurait eu le moindre scrupule à me tuer, j'étais envahie par une tristesse latente, sans doute parce que les batailles qui s'annonçaient auguraient le sacrifice d'autres vies et j'en étais terrifiée. Mais comment aurions-nous pu échapper au destin ?

C'était le lot de tous les soldats, d'autant plus que nous étions en guerre.

J'ai créé un nouveau globe de feu que j'ai fixé du regard.

— Véronique n'était pas une Sentinelle.

À l'évocation de notre ennemie, son regard s'est fait si dur qu'il aurait pu déclencher une tempête de glace.

— C'est ce que tu nous as raconté, oui. Je n'arrive pas à croire qu'elle ait réussi à nous berner. La fille de Conemar… voilà qui explique pourquoi elle était tellement mauvaise.

J'étais à ce point captivée par les flammes que des larmes ont commencé à me piquer les yeux.

— Je n'arrive pas à m'enlever de la tête l'image du moment où elle a atterri sur l'épée et où la lame a transpercé sa poitrine.

— Ce souvenir s'estompera avec le temps, m'a assuré Lei avant de me serrer fort contre elle.

— Je l'espère, ai-je répondu en lui rendant son étreinte.

— Même si j'aurais préféré la tuer de mes mains et voir la vie s'échapper de son regard, la savoir morte m'a rendu un peu de sérénité. Kale me manque tellement… J'en ai si mal que j'essaie parfois de m'arrêter de respirer. Mais je suis faible et mon instinct me pousse à reprendre mon souffle. Comme ça, au moins, je pourrai faire une bonne action en sa mémoire. Il croyait en toi, mon chou. Il t'aurait soutenue quelles que soient les circonstances. Alors je vais poursuivre son combat. Pour moi. Pour lui. Mais surtout pour toi.

— Je refuse que quiconque meure encore en mon nom, ai-je murmuré contre son épaule.

— C'est un honneur de mourir pour une cause juste, a-t-elle répliqué avant de me relâcher. Allez, il se fait tard. Je t'emmène voir Carrig et puis je partirai avec Jaran. (Elle a plongé son regard dans le mien pour apporter plus de poids à ce qu'elle s'apprêtait à ajouter.) Si je retourne à Asile, ce n'est certainement pas pour échouer, compte sur nous pour ramener Royston et les autres.

D'un pas lourd, elle a repris le chemin du camp et je me suis mise en marche à sa suite. Mes pieds semblaient de plomb, tout comme mon cœur qui pesait dans ma poitrine. Je n'avais aucune envie de me séparer de Lei et Jaran, mais j'avais ma propre mission à accomplir avec Bastien. Lorsque je lui avais montré le boîtier de cuir cylindrique, mon petit ami m'avait aidée à élaborer un plan. Il nous fallait avant tout récupérer un échantillon du sang des plus proches descendants des Archimages originels. Pour Asile, j'avais Royston, mais je n'étais pas certaine de réussir à mettre la main sur les six autres, et encore moins de pouvoir leur prélever un peu d'hémoglobine.

Nos pas nous ont conduits devant le bâtiment où officiaient les Guérisseurs. Le Rouge y avait transporté Carrig afin qu'il soit soigné au mieux. Trouvant la porte ouverte, j'ai pénétré dans l'entrée aux murs d'un jaune lumineux, où trônait un grand bouquet d'asters violets sur un guéridon en bois plié. Il flottait dans cet endroit des effluves de citron et de fleurs fraîchement coupées. Quand je me suis arrêtée sur le seuil de la chambre de Carrig, j'ai trouvé à son chevet une vieille femme au dos voûté qui se balançait dans une chaise à bascule. Décidément, toutes les Guérisseuses semblaient vieilles et bossues.

— Comment va-t-il, aujourd'hui ? ai-je demandé, hésitant à avancer dans la pièce.

— Entre, très chère, m'a-t-elle invitée avant de se lever pour m'offrir son siège. Entendre une voix familière ne pourra que lui faire du bien. Il est agité depuis hier soir.

Inquiète, je me suis postée à côté de mon père pour prendre sa main, qui m'a semblé froide. La Guérisseuse est sortie sans manquer de refermer la porte derrière elle.

— Je ne sais pas trop quoi te dire… Réveille-toi, s'il te plaît. Ne me laisse pas, on vient à peine de se retrouver. (Je me suis penchée pour poser mon front contre le sien, la gorge serrée par l'émotion.) Deidre a besoin de toi. Et Sinead… Elle mourra si tu nous quittes. Il faut que tu te battes ! Si seulement j'avais plus de temps… Je dois partir, mais Demos reste pour te protéger. (Je me suis approchée de son oreille pour murmurer :) Quand j'étais petite, maman me racontait l'histoire d'une guerrière et de son amant, dont la description te correspondait à la perfection. Je crois qu'elle a pensé à toi jusqu'à sa mort. Elle me disait souvent que mon père avait des yeux verts exactement comme les miens. Toute mon enfance, j'ai chéri l'image qu'elle me donnait de toi. Je t'aime. S'il te plaît… Je t'en supplie, bats-toi pour moi. Pour Sinead, pour Deidre.

Lorsque j'ai embrassé sa main avant de la reposer contre lui, j'ai remarqué un léger tressautement de ses paupières. J'ai attendu, le souffle court, espérant qu'il ouvre les yeux. Mais après plusieurs minutes, j'ai compris qu'il ne se réveillerait pas.

Chapitre 14

Je suis retournée vers le campement, écrasée par une chape d'anxiété. En chemin, j'ai entendu un homme fredonner et je me suis laissée guider par le chant.

La mélodie m'a menée au pied de la falaise qui longeait le côté sud du camp. Contre la roche se trouvaient des cabines de douches aux portes en bois épais. Dans l'une d'elles, Bastien, de dos, se frottait les cheveux. De la mousse coulait le long de ses bras jusque sur ses épaules. Je n'aurais su dire si le reste de son corps en était couvert aussi, car le battant le cachait aux yeux indiscrets.

Il a entonné un nouveau couplet avant de me repérer quand il s'est retourné pour se rincer le dos.

J'ai applaudi avec enthousiasme.

— Bravo !

Dans un halo de vapeur, il s'est éloigné des filets d'eau qui se déversaient de trous percés dans la falaise, un petit sourire aux lèvres.

— Si j'avais su que j'avais un public, j'aurais choisi un autre costume, a-t-il lancé en attrapant sa serviette étendue sur la porte.

— Je ne savais pas que tu chantais aussi bien, lui ai-je fait remarquer en observant le jeu des muscles de ses épaules et de ses biceps tandis qu'il s'essuyait les cheveux.

Il a enfilé un peignoir et lancé la serviette sur son épaule avant de pousser le battant pour se diriger vers moi.

— Quand je me suis réveillé, tu avais disparu, a-t-il soufflé.

— Je suis allée m'entraîner avec Lei pour invoquer mes nouveaux globes, ai-je expliqué en avançant vers lui à mon tour. Puis je suis passée voir Carrig.

— Comment va-t-il ?

— Rien de nouveau.

J'ai écarté une mèche humide de son front, ce dont il a profité pour attraper ma main, l'embrasser et plonger son regard dans le mien.

— Je crois que je m'habituerais vite à t'avoir à mes côtés, a-t-il déclaré.

— C'est vrai que c'est sympa.

« Sympa » ? Gia, championne de tiédeur toutes catégories confondues.

Il a éclaté de rire.

— C'est tout ? Tu caches bien ta joie... a-t-il plaisanté avant de m'attirer à lui pour m'embrasser.

Soudain, une sirène a retenti dans le campement, interrompant notre étreinte. D'un même mouvement, nous nous sommes écartés l'un de l'autre.

— Qu'est-ce que c'est ? ai-je demandé.

— Je n'en sais rien...

Il m'a attrapée par la main et m'a entraînée à sa suite.

— Va te préparer et retrouve-moi sur le chemin à l'entrée du campement.

— Entendu !

Je suis retournée dans ma tente à toutes jambes. En un éclair, j'ai attaché le plastron en cuir que Lei m'avait donné par-dessus une tunique en lin blanc, puis j'ai ceint mon équipement avec le fourreau de mon épée. J'en ai ensuite passé un plus petit avec un poignard autour de mes hanches.

Avant de repartir, j'ai fourré le boîtier en cuir, legs de Gian, dans ma botte, faute de poches dans mes vêtements. J'ai regagné le haut de la colline au pas de course, en zigzaguant entre les tentes. Lei, Jaran et Demos m'attendaient au niveau du chemin.

— Où est Bastien ? s'est enquis Demos.

— Ici, a répondu l'intéressé en approchant.

Nous l'avons suivi à travers le village, le long d'un dédale de chemins de terre qui serpentaient entre cabanes et bâtisses de tailles variées, enduites de stuc. Entre deux buissons fleuris, j'ai aperçu une femme Talpar et sept petits qui couraient entre ses pattes. Son museau en étoile, comme celui de certaines taupes, s'agitait avec frénésie, tels des doigts que l'on secouerait violemment. Elle nous a suivis des yeux, terrorisée.

Le Rouge se tenait au centre du village, entouré de son armée. À ses côtés, j'ai reconnu Edgar, ancien espion pour le compte du Conseil, qui, aux dernières nouvelles, avait rejoint la garde personnelle d'oncle Philip. Ses cheveux blond filasse, bien plus courts qu'auparavant, semblaient plus foncés. En revanche, il arborait toujours le même air morose et, bien que plus mince, il n'avait rien perdu de sa puissance. Le jeune homme ne devait pas avoir plus de vingt ans, pourtant la peau de son visage était marquée par les années passées à se battre.

— Le Conseil a bloqué l'entrée de Barmhilde, expliquait-il alors que nous approchions. Ils n'ont pas apprécié que vous voliez des denrées humaines importées à Asile.

— Nous n'avions pas d'autre choix, a grogné le chef de gang. Nous devons nourrir les nôtres.

— Et ce n'est que le début, les restrictions vont encore se durcir. Oh, Gia… s'est interrompu Edgar après m'avoir aperçue. Quelle bonne surprise de te voir saine et sauve. Que fais-tu encore ici ? Tu sais que ta tête a été mise à prix ? Tu n'es en sécurité ni dans les refuges ni dans les sabbats. À ta place, je filerais me cacher chez les humains.

— Elle est sous ma protection, a rugi le Rouge, sans me laisser le loisir de répondre. (Il a parcouru l'assistance du regard, pour appuyer ses propos.) Quiconque tentera quoi que ce soit contre elle y perdra la vie.

— Un de mes espions se trouve dans ce village, a repris le nouveau venu, qui guettait les réactions de la foule. C'est lui qui m'a appris l'arrivée de Gia. Et rien ne prouve qu'il n'y en a pas d'autres dont tu n'aurais pas connaissance.

— Nous devrions nous entretenir en privé, ai-je suggéré, sans quitter des yeux le point qu'il fixait.

— Je reste avec Gia, a prévenu Bastien. Trouvons-nous un endroit plus discret.

Le Rouge a acquiescé avant de haranguer les villageois attroupés :

— Nous sommes à la veille d'une guerre entre refuges et sabbats. Les conditions de vie vont se faire de plus en plus difficiles. Grâce à l'aide de Bastien Renard, nous avons réussi à emmagasiner assez de ressources pour survivre encore quelques mois, mais sachez que nous sommes en alerte rouge. Préparez-vous à une éventuelle attaque. La prochaine fois que vous entendrez l'alarme, emmenez les enfants et les plus faibles dans les abris en sous-sol.

— Je vais installer un bouclier à l'entrée de Barmhilde pour empêcher, ou tout du moins retarder, une attaque, a proposé le magicien.

— Je t'en serais reconnaissant, a répliqué le Rouge avant de baisser la voix. Rejoins-nous autour du grand feu de camp dès que tu auras terminé. Gia, Sentinelles d'Asile, suivez-moi. Edgar, tu viens avec nous.

Suivant le Laniar qui ouvrait la marche, nous avons rejoint un foyer en plein air, cerné de larges pierres sur lesquelles nous nous sommes assis.

— Pourquoi n'es-tu pas auprès d'oncle Philip ? ai-je demandé à Edgar, qui prenait place à côté de moi.

Il s'est gratté la tête.

— Depuis combien de temps n'as-tu pas regardé le Chiméricâble ?

— Je ne sais même pas ce que c'est, ai-je rétorqué, les bras croisés.

— C'est l'équivalent de votre télé, a répondu Lei, qui tentait désespérément de trouver une position confortable sur sa pierre de guingois. Sauf que c'est holographique.

— Moi, je préfère la télé, a commenté Demos en s'installant près de Jaran.

Là-dessus, Bastien est venu s'asseoir sur le rocher inoccupé à côté de moi. Il a posé sa main sur mon genou et je me suis appuyée contre lui.

— Très bien, et donc, qu'est-ce que j'ai raté sur le Chiméricâble ? ai-je repris, agacée par ces petits bavardages.

— Philip a été arrêté, puis enfermé dans les geôles du Vatican. Les médias ne parlent que de cette affaire.

J'avais l'impression qu'un tsunami venait de s'abattre sur moi et qu'un courant furieux m'entraînait sous l'eau. J'étais au bord de l'asphyxie.

— Comment ? Mais pourquoi arrêter un Archimage ?

— C'est une première, a fait remarquer Bastien.

Edgar restait impassible : il avait probablement acquis le don de masquer ses émotions au cours de sa formation d'espion.

— Il est accusé de t'avoir aidée à te cacher en Irlande. Les Scrutateurs se sont occupés de son sort et tout ce qu'il savait a été révélé au grand jour.

— Tu veux dire que le Conseil a manigancé l'attaque de notre planque ? s'est révoltée Lei, les yeux brillants de rage.

— Je le crains.

— Ils nous ont trahis ! s'est insurgé Demos en se redressant d'un bond.

Jaran s'est levé à son tour pour poser un bras sur les épaules de son ami.

— Calme-toi. Nous devons garder la tête froide.

— Quel intérêt pour eux d'agir de la sorte ? a demandé le Rouge.

— Avec Philip hors circuit, a expliqué Edgar en baissant les yeux, il ne reste plus que l'Archimage de Veilig qui soit intègre au sein du Conseil. Or, il est atteint de la maladie des Chimères, et c'est sa femme, Akua, qui assure son intérim au refuge.

Oh mon Dieu… Tout semble tellement évident désormais!

— Maintenant je comprends pourquoi ils voulaient se charger eux-mêmes de la diffusion des remèdes! me suis-je exclamée. Ils craignaient que les fées ne distribuent l'antidote avant que l'Archimage de Veilig ne meure de son infection… Le Conseil aurait ainsi été empêché d'élire un nouvel Archimage qui partage leurs convictions politiques. Ont-ils déjà trouvé un remplaçant à oncle Philip?

— Oui. Un mage partisan de la séparation des refuges et des sabbats, tout comme le reste du Conseil. Ils viennent d'ailleurs de restreindre les conditions d'entrée dans les refuges.

Je me suis tournée vers le Rouge.

— Il va me falloir des traitements. Avec Bastien, nous allons nous rendre dans les différents refuges afin de récolter de quoi anéantir la Tétrade. Nous commencerons par Veilig et en profiterons pour y livrer des médicaments.

— On ne peut plus se rendre à Asile, a déploré Lei.

— Si, l'ai-je rassurée en lui pressant la main. Arik est sur place et personne ne sait que vous vous trouviez ici avec moi. Vous n'aurez qu'à inventer une histoire de prise d'otages et de fuite. Racontez-leur que vous vous apprêtiez à rentrer à Asile, mais que vous avez préféré vous cacher, ce qui s'est révélé être une erreur.

— Elle a raison, a intercédé Edgar à l'intention de Lei et Jaran. Arik, lui, a plaidé une altération momentanée de son jugement et on ne l'a considéré coupable que d'une simple infraction. Il vous suffira de raconter que vous avez agi sous l'influence de Carrig. D'ailleurs vous n'avez fait que suivre votre chef…

— Ils devraient y croire, ai-je estimé.

Arik considère donc que son jugement était altéré… Par moi, sans doute. Alors que je ne lui ai jamais rien demandé! C'était d'ailleurs son idée de se cacher. J'ai ravalé ma colère. Jaran avait raison, je devais à tout prix garder la tête froide pour traverser les épreuves qui nous attendaient.

— Nous avons encore un souci, et pas des moindres, a affirmé mon ami d'un air préoccupé. La porte de Barmhilde a été bloquée: nous sommes coincés ici.

Zut! J'avais oublié ce détail.

— Existe-t-il un autre moyen de quitter cet endroit? ai-je demandé au Rouge.

— Il y en a bien un, mais vous atterririez dans la bibliothèque occupée par les gardes d'Asile.

Soudain, un souvenir m'est revenu à la mémoire. Kale m'avait raconté que, par instinct, les Talpars creusaient des tunnels partout où ils s'établissaient pour pouvoir s'échapper en cas de besoin. Les yeux rivés sur le Rouge, j'ai énoncé mon idée.

— J'ai aperçu une Talpar tout à l'heure. Il y a fort à parier qu'elle a creusé des souterrains.

— Nous ne sommes que des invités dans ce village, a confirmé le Laniar. J'ignorais que des Talpars y vivaient. Je propose que nous allions rendre visite à cette dame. Prenez tout ce dont vous avez besoin. Vous partirez sur-le-champ.

Accompagnée de Bastien et du Rouge, j'ai toqué chez la Talpar, qui nous a observés par l'entrebâillement de la porte.

— C'est à quel sujet ? C'est l'heure du repas pour les petits.

— Nous désirons utiliser votre tunnel secret, a déclaré le Rouge en se penchant vers elle.

Elle l'a examiné derrière les verres épais de ses lunettes avant de s'écrier :

— Partez ! Je ne sais pas de quoi vous voulez parler.

— Mais si, maman… a lancé une petite voix dans son dos. C'est celui qu'on prend pour aller voir mamie.

— Tais-toi, enfin ! Allez, ouste, disparais ! (Après l'avoir chassé, elle a ajouté à notre intention :) Vous savez très bien que l'entrée de ces souterrains doit rester secrète.

Le Rouge a lâché un grognement de frustration sans pour autant baisser les bras :

— La survie de toutes les Chimères en dépend, par conséquent la vôtre… et celle de votre progéniture.

Prenant dans ses bras l'enfant qui lui était revenu dans les pattes, elle nous a dévisagés tour à tour, le Rouge, moi, puis mon amoureux.

— Oh, mais je ne rêve pas, c'est bien vous ! Vous êtes Bastien Renard !

— En personne, a répondu l'intéressé.

— C'est grâce à vous que nous ne sommes pas encore morts de faim, a-t-elle déclaré avant de reposer son fils au sol. Entrez ! Je ferai mon possible pour vous aider. Mon mari a quelques cartes en réserve, prenez celles dont vous avez besoin.

À nous trois, nous occupions tout l'espace disponible dans sa minuscule maison, dont le plafond était tellement bas que le Rouge devait rester courbé pour y tenir debout. Parmi tous ses plans, nous en avons trouvé un du réseau des tunnels creusés par les Talpars. Toutes les entrées étaient signalées par des croix rouges et chaque galerie nommée en fonction des bibliothèques qu'elle permettait de gagner.

— Celle-ci fera l'affaire, a déclaré le Rouge avant de rouler la carte pour l'emporter. Retournons au camp. Vous n'allez pas partir le ventre vide.

Le déjeuner, composé de viande, de pommes de terre et de pain, a vite été avalé. Munis de notre plan, nous sommes partis à la recherche de l'entrée du tunnel que nous souhaitions emprunter. À mon épaule pendait une petite sacoche en cuir qu'une des Guérisseuses m'avait fournie pour transporter quelques fioles de remède, accompagnées de la formule pour le mettre au point. Les Guérisseurs de Barmhilde en avaient déjà produit plusieurs litres et commençaient à l'administrer aux malades du village. Les résultats ne s'étaient d'ailleurs pas fait attendre.

La carte nous a menés à l'écart du village, jusqu'à un gros rocher sous lequel était dissimulé un trou grossièrement creusé dans la terre. Bastien, Demos et Jaran ont dû s'y mettre à trois pour déplacer l'énorme pierre.

— Fais attention à toi, ai-je soufflé à Demos avant de l'enlacer. Merci de rester ici pour veiller sur Carrig.

— Ne t'en fais pas, a-t-il répondu, les yeux un peu embués. Tout ira bien pour nous.

Le Rouge lui a donné une grande claque dans le dos.

— Je veillerai sur lui !

À l'expression de mon ami, j'ai deviné qu'il s'efforçait de tenir sa langue. Car si Demos avait une tendance bravache, il n'était pas non plus inconscient.

— De toute façon, ce n'est l'affaire que de quelques jours, l'ai-je rassuré avec un sourire.

— À bientôt, alors.

Il a souligné ses paroles d'un regard dédaigneux au chef du clan.

L'un après l'autre, Edgar, Bastien, Lei, Jaran et moi nous sommes engagés dans le tunnel. J'ai invoqué un globe lumineux afin que l'ancien garde du corps d'oncle Philip puisse lire la carte, et nous avons commencé à avancer entre les parois lisses de terre battue, traversées çà et là par des racines.

Au premier embranchement, notre guide a désigné l'un des quatre chemins du menton avant d'affirmer :

— Par ici !

Nous avons dû avancer les jambes pliées pendant un certain temps avant de pouvoir nous redresser. Enfin, notre galerie s'est séparée en deux.

— Voilà, a annoncé Edgar en s'arrêtant. Lei et Jaran, suivez ce tunnel jusqu'au bout. La porte ne sera probablement pas aussi sophistiquée qu'à l'entrée d'un refuge : vous devrez sans doute déplacer un obstacle par vous-mêmes pour sortir, quelque chose comme le rocher de Barmhilde ou une bibliothèque.

Bastien et moi nous sommes plaqués contre la paroi afin de laisser passer Lei et Jaran, qui s'est tourné vers moi.

— Ne prends pas de risque inconsidéré, m'a-t-il lancé. Je commençais à t'apprécier.

— Pareil, ai-je répondu sur le même ton ironique. Tu es plutôt sympa, en fin de compte.

Mon cœur s'est serré lorsqu'ils ont disparu dans les tréfonds du boyau. Pourvu qu'Arik ne soupçonne rien et que le Conseil ne leur tienne pas rigueur de s'être cachés avec moi… Je leur avais conseillé de raconter qu'oncle Philip lui-même nous avait demandé de fuir. Une Sentinelle ne déroge jamais à un ordre de son Archimage. Tout comme Arik, ils auraient été contraints d'obéir sans poser de question.

Bastien a rajusté son sac avant de poser doucement une main dans mon dos.

— Allez, viens.

Il savait combien il me coûtait de me séparer de Lei et Jaran : ils étaient devenus bien plus que des amis pour moi. Nous avions combattu ensemble pour la survie de tous. Je les considérais comme ma famille à présent.

Je me suis remise en marche derrière Edgar, Bastien sur mes talons. Le tunnel avait beau être frais et humide, avancer les jambes pliées me demandait tellement d'efforts que je suais à grosses gouttes. Sans compter l'odeur, qui m'incommodait et me rappelait une ferme d'élevage.

Seules nos respirations sifflantes retentissaient dans la galerie et mes pensées allaient bon train. Tous les êtres chers à mon cœur étaient en danger : la moindre erreur pouvait s'avérer fatale.

À force de tergiverser, j'ai fini par envisager un scénario qui m'a horrifiée. J'ai étouffé un cri.

— Qu'est-ce qui t'arrive ? m'a demandé Bastien en prenant ma main.

— S'ils ont scruté oncle Philip, le Conseil doit savoir où se trouve Pop !

— Continue d'avancer, m'a-t-il répondu. Lorsque nous serons arrivés à Veilig, je demanderai aux Sentinelles de Couve de le transférer en sécurité.

— Inutile… Ils ne t'obéiront pas ! Nous aider serait assimilable à un acte de dissidence !

Je ne cessais de repenser à la façon dont Arik avait refusé d'enfreindre les ordres.

Au fil de notre progression, le boyau se faisait plus étroit, à tel point que Bastien devait avancer de profil pour ne pas se râper les épaules contre les parois. J'ai senti une panique proche de la claustrophobie me gagner peu à peu.

— Mes Sentinelles me sont loyales : nous partageons les mêmes convictions. Lorsque Augustin, fervent partisan de la séparation des refuges et des sabbats de Chimères, a remplacé mon père à la tête de Couve, il est devenu évident que nous étions entrés dans une nouvelle ère. Les successeurs des Archimages assassinés se sont rangés à son opinion.

— Sauf oncle Philip, ai-je ajouté. Or maintenant, il est en danger. Quel sort le Conseil lui réserve-t-il ?

— Ils vont probablement le condamner à mort au terme d'un procès, a répondu Edgar.

Ses mots m'ont tellement ébranlée que ma vie entière m'a soudain fait l'effet d'une aquarelle laissée sous la pluie. Les couleurs s'estompaient pour se mêler les unes aux autres jusqu'à ne plus former qu'une tache boueuse. La peur de perdre mon oncle m'empêchait d'appréhender la moindre couleur.

— Quand le jugement aura-t-il lieu ? ai-je demandé d'une voix chevrotante.

Bastien m'a pris la main. Entre-temps, nous avions enfin atteint le bout du tunnel. Edgar s'est donc efforcé de trouver comment ouvrir le passage.

— Dans quelques semaines… Un mois, au plus, a-t-il répondu, tout à son inspection.

— Au-dessus de ta tête, a indiqué mon amoureux en désignant le plafond.

— Ah, un levier ! Formidable !

Avant d'actionner le manche rouillé, notre guide a essuyé de son bras la transpiration qui perlait sur son front. Puis, il a jeté un coup d'œil par l'ouverture et s'est hissé dans la bibliothèque.

Je l'ai imité, suivie de Bastien, qui a refermé la trappe. Je me suis redressée lorsque j'ai découvert la beauté des lieux. Les murs jaune pastel étaient ornés de moulures en stuc blanc. Sur deux étages s'élevaient des rayonnages de livres ceints de balcons aux rambardes en fer forgé délicatement ouvragées. D'immenses et magnifiques vitraux filtraient la lumière, et l'un, en forme de dôme, offrait un puits de clarté au centre de la pièce.

M'enivrant de l'odeur familière du vieux papier, je me suis étiré le dos et le cou. À quoi cette bibliothèque ressemblait-elle de jour ? *Comme j'aimerais explorer les étagères, découvrir toutes les œuvres conservées ici…*

— Où sommes-nous ? ai-je demandé.

— Dans la bibliothèque publique de Port Elizabeth, en Afrique du Sud.

Edgar s'est pressé vers une étagère d'où il a tiré quelques livres pour les repousser aussitôt, comme s'il composait un code. L'étagère s'est décalée de quelques centimètres, et l'ancien espion s'est faufilé dans l'interstice.

Le passage était déjà en train de se refermer, quand Bastien et moi nous sommes précipités à sa suite. Le couloir qui menait au refuge était tellement splendide que je me suis arrêtée quelques secondes pour l'admirer. Les murs de grès étaient marbrés d'or et d'argent, et le sol lustré me renvoyait mon reflet.

— C'est splendide, ai-je murmuré alors que Bastien glissait sa paume dans la mienne.

— Ne restez pas plantés là, a grommelé Edgar en avançant dans le tunnel à grands pas. Je vous rappelle que nous ne sommes pas ici en touristes : le temps presse.

— Monsieur semble de mauvais poil, m'a soufflé Bastien tandis que nous accélérions le pas à la suite de notre guide.

Près d'une heure plus tard, nous avons émergé dans un bâtiment de grès, bâti sur la plage. La mer d'un bleu pur scintillait sous le soleil.

Les vagues léchaient les toits de bâtiments immergés : on aurait dit qu'une ville entière était construite sous la surface de la mer.

— Qu'est-ce que c'est ? ai-je demandé en haussant la voix pour couvrir le bruit du ressac.

Bastien a tourné la tête vers le point que j'indiquais.

— C'est la cité d'Aqualia et la mer éponyme.

Un animal énorme, assez semblable à une baleine mais avec un long nez plat, des nageoires fines en volutes et un cou entravé par une chaîne argentée, a bondi au milieu des vagues. Sur son dos se tenait un homme chauve à la peau bleue, pourvu de branchies au lieu d'oreilles.

— C'est un wallow, m'a appris mon petit ami. La mer aqualienne regorge de créatures inconnues des humains.

Certaines sont dangereuses, c'est pourquoi les habitants de Veilig se baignent uniquement dans les baies.

— Bon… s'est impatienté Edgar, qui nous faisait de grands signes. Vous venez, oui ou non ?

Juste derrière lui, d'impressionnantes falaises se découpaient sur le ciel d'azur. Au plus haut sommet trônait un château tout droit sorti d'un conte de fées. L'édifice en grès, orné de tourelles et de clochers, dominait de toute sa hauteur un village de même style architectural. Notre guide, arrivé le premier au pied des falaises, a commencé à gravir l'escalier de pierre qui menait au point culminant.

— On va vraiment se coltiner toutes ces marches ? me suis-je exclamée. Vous êtes sûrs qu'il n'y a ni ascenseur ni grue ? On en a pour des heures, à ce train-là…

Bastien s'est contenté de rire en me devançant dans la montée et je l'ai suivi en soupirant.

Soudain, une rafale de vent m'a heurtée tellement fort dans le dos que ma queue de cheval est venue me gifler au visage. Je n'ai même pas eu le temps de réagir que des griffes m'ont enserré la taille pour me soulever dans les airs.

— Gia !

Bastien, terrifié, s'est rué sur ma jambe. Mais mon corps était secoué si violemment que mon petit ami a lâché prise. L'oiseau géant m'a emportée dans le ciel à grands battements de ses ailes dorées.

Je me suis cramponnée à ses serres en hurlant.

Chapitre 15

L'oiseau, tel un deltaplane, a filé à toute vitesse, sans décrisper ses serres, jusqu'en haut des falaises, où il a plané au ras du sol. L'instant d'après, un coup de sifflet aigu a retenti et l'animal a gazouillé avant de me relâcher. Mes pieds n'étaient plus qu'à quelques centimètres du sol, mais j'ai trébuché sur quelques pas avant de tomber à quatre pattes.

Je suis restée dans cette position le temps de reprendre mon souffle. À chacune de mes inspirations, mon plastron en cuir se tendait au maximum. Le temps semblait suspendu et il m'a semblé que le décor tournait lentement autour de moi. Enfin, Bastien et Edgar sont apparus et se sont précipités dans ma direction.

Mon petit ami, haletant, s'est jeté à genoux.

— Tout va bien ? (J'ai levé le bras pour indiquer que je n'étais pas en mesure de lui répondre.) Ça va aller ?

— C'est bon, ai-je lâché avant de me redresser sur mes jambes flageolantes, la main de Bastien dans le dos en guise de soutien.

Edgar, qui se tenait devant une fontaine à trois vasques

de style épuré, a placé sa tête sous l'eau, frottant son crâne et ses cheveux ras. J'ai titubé jusqu'à lui afin de plonger mes mains en coupe et de m'asperger le visage. Un sentiment de bien-être m'a envahie au contact de l'eau fraîche.

Bastien nous a imités.

— Ça fait un bien fou !

— Je suis navrée que Kiti vous ait effrayés, a déclaré une femme à la voix douce derrière nous.

J'ai fait volte-face pour me trouver nez à nez avec Akua, la femme de l'Archimage de Veilig. Nous nous étions brièvement croisées quand Bastien et moi avions dû nous soumettre à un interrogatoire au sujet de la disparition de Conemar.

— Kiti ? ai-je répété, dubitative, en observant le ciel.

— Elle voulait seulement vous aider à gravir la falaise, a continué la femme, tout en nous observant, mon petit ami et moi.

Non seulement elle était belle, mais ses yeux dénotaient une grande bonté. Elle portait un fourreau de lin couleur crème et des tresses s'enroulaient autour de son crâne de manière complexe. Un fin cristal pendait à une chaîne d'argent autour de son cou.

— Très heureuse de te revoir, Bastien. (Quand elle a souri, une fossette s'est creusée dans sa joue gauche.) Gianna, tu cours un grand risque en t'aventurant ici. Ne restons pas à découvert, n'oublie pas que tu es recherchée.

— Nous ne comptons pas rester longtemps, a précisé Edgar, qui venait de s'approcher. Si nous étions repérés, les conséquences pour votre refuge seraient terribles.

— Et vous, qui êtes-vous ? a demandé l'Archimage intérimaire en étudiant notre compagnon.

— Le garde du corps personnel de Philip Attwood. Il a réussi à me faire quitter Asile avant son arrestation.

À ces mots, la gentillesse d'Akua s'est envolée.

— Alors pourquoi venir ici ? Nous avons déjà bien assez d'ennuis ! Comme s'il ne suffisait pas que mon mari soit à l'article de la mort, le Conseil tente d'influencer mon peuple pour qu'il exige sa démission et la nomination d'un nouveau dirigeant. Et pour ne rien arranger, la moitié de mes Sentinelles sont victimes de cette épidémie. Nous n'avons pas les moyens de vous apporter notre soutien.

— À vrai dire, moi, je peux vous aider, ai-je affirmé en ôtant la sacoche de mon épaule. Ma grand-mère, qui est une Sorcière blanche, m'a confié le remède contre la maladie ainsi que la formule pour l'élaborer. Vos Guérisseurs vont pouvoir en produire assez pour guérir toute la population.

— Comment savez-vous que ce médicament fonctionne ? a-t-elle demandé d'une voix teintée d'espoir. Qui me prouve que ce n'est pas du poison ?

Bastien s'est avancé pour la regarder droit dans les yeux.

— Cette formule a été testée.

— Le Conseil nous a transmis une note pour nous informer qu'il n'existait aucun remède à ce jour.

— C'est un mensonge, ai-je assuré.

— De la part du Conseil ? J'aurais plutôt imaginé Conemar derrière ce fléau.

— Nous avons toutes les raisons de croire qu'ils agissent de concert, a rétorqué Bastien.

Akua a décroisé les bras.

— C'est ce que je craignais aussi. Vous pouvez compter Veilig au nombre de vos alliés. Suivez-moi !

Elle nous a conduits jusqu'au château, dont la décoration était à couper le souffle. Dans chaque pièce aux murs de teintes variées, on retrouvait des notes d'or et d'argent, qui rehaussaient un mobilier couleur crème assorti de voilages légers, que la moindre brise soulevait. Akua nous a ensuite invités à pénétrer dans une chambre avec vue sur la mer. Une cheminée immense, ornée de coquillages et de perles, occupait presque tout un mur, en face d'un lit démesuré pouvant aisément accueillir six personnes. Sous les couvertures gisait un homme aux cheveux noirs grisonnants et au teint cireux. Quand il nous a entendus, il a ouvert les yeux en gémissant.

Telle une gazelle, Akua a bondi à son chevet avant de se pencher pour l'embrasser sur la joue.

— Mon pauvre lion… Son peuple l'aime. Il a toujours été un dirigeant ferme, mais juste et qui savait faire preuve de bonté. Je ne supporte pas de le voir dans cet état. (Elle l'a embrassé de nouveau.) Enitan, mon amour, bientôt tu iras mieux !

Edgar, qui pour la première fois montrait quelques signes de fatigue, s'est laissé tomber dans un siège près de la cheminée.

M'approchant du couple, j'ai sorti une seringue et une fiole de ma sacoche. Après avoir rempli le tube ainsi que Nana me l'avait enseigné, j'ai injecté le liquide rosé dans le bras d'Enitan. L'Archimage a fermé les yeux et je me suis installée à côté de Bastien, sur un divan face à Edgar.

Akua s'est alors dirigée vers la porte pour tirer sur un cordon doré qui pendait du plafond. Quelques minutes plus tard, un homme dont la mine austère tranchait avec ses vêtements colorés, a pénétré dans la pièce.

— Confie ceci aux Guérisseurs, lui a-t-elle ordonné avant de lui tendre la sacoche. Il contient la formule pour créer un remède à la maladie qui nous ronge.

— Ils auront aussi besoin de mon sang, ai-je précisé.

Elle m'a dévisagée.

— Tu devrais manger pour reprendre des forces. Le prélèvement va t'épuiser.

— Ne vous en faites pas… Vous n'aurez besoin que de quelques gouttes pour produire des centaines de doses. (Apercevant soudain le regard mauvais d'Edgar qui se tenait le ventre, je me suis empressée d'ajouter :) Enfin… c'est vrai que je meurs de faim.

— Fort bien.

Après avoir tiré les voiles qui séparaient la chambre en deux afin de préserver l'intimité du malade, Akua a adressé un signe de tête entendu à l'homme qui s'est éclipsé pour aller nous chercher une collation.

Le plateau était composé de poissons, de fruits, de fromage et de pain. J'ai tout englouti, sauf le poisson que je préférais, de loin, en train de nager dans la mer plutôt qu'inerte dans mon assiette.

— Vous organisez une fête dans ma propre chambre sans m'inviter ? a plaisanté une voix de l'autre côté des rideaux.

L'homme aux vêtements colorés s'est empressé de les tirer.

— Enitan ! s'est exclamée Akua en se précipitant aux côtés de son mari pour l'aider à s'adosser contre les oreillers. Tu sembles en meilleure forme !

Sa voix trahissait son soulagement. Même s'il était encore faible, l'Archimage a levé un bras pour poser la paume sur la joue de son épouse, dont le visage s'était illuminé.

— Mon amour… Je suis tellement désolé de t'avoir causé tant d'inquiétude.

À les observer, j'ai eu l'impression que mon âme s'élevait au plafond. Il avait suffi d'un tout petit peu de mon sang pour le sauver.

— Ne te fatigue pas, lui a enjoint Akua.

— Je me sens beaucoup mieux. (Il grattait, par réflexe, l'endroit où je l'avais piqué.) Ce festin sent délicieusement bon. Je suis affamé !

— Attends, je vais te servir.

Elle a attrapé une assiette qu'elle a remplie de pain et de fromage avant de retourner auprès de son mari, le pas léger, pour l'aider à s'alimenter, bouchée après bouchée. Cette scène était empreinte de tendresse.

J'ai pris soin de m'essuyer les lèvres avec l'une des grandes serviettes avant de les rejoindre.

— Pardonnez-moi de vous interrompre, mais j'aimerais vous demander une faveur.

— De quoi s'agit-il ? s'est étonné Enitan, la bouche pleine.

— Il me faudrait une goutte… ou peut-être deux, du sang du plus proche descendant du cinquième héritier, ai-je ajouté en haussant les épaules. Il me servira dans ma lutte contre Conemar, qui ambitionne de prendre le pouvoir sur la Tétrade. Je ne peux vous en dire plus, mais vous devez me faire confiance.

— Et qu'est-ce qui me prouve que vous en êtes dignes ? s'est méfié l'Archimage, soudain pris d'une quinte de toux.

Tandis qu'Akua s'empressait de porter un verre d'eau à la bouche de son époux, Edgar s'est relevé d'un bond avant de s'essuyer les lèvres du revers de la main.

— Sachez que Gia est le présage. De plus, elle vient de vous sauver la vie et celle de votre peuple. Sans elle, vous seriez mort dans la nuit.

Enitan a repoussé le verre d'eau pour s'adresser à sa femme.

— Est-ce vrai ?

— Tout à fait, a-t-elle confirmé.

Il m'a longuement dévisagée avant de reprendre :

— Très bien. Le plus vieux descendant du cinquième héritier encore en vie est mon arrière-grand-père. Il a près de cinq cents ans et vit dans la maison des prophètes. Koluka va vous y accompagner.

— Merci beaucoup, ai-je répondu. Cette personne pourrait-elle d'abord me conduire auprès des Guérisseurs ? Ils vont avoir besoin de mon sang pour élaborer le remède.

— Tu peux compter sur elle.

Akua s'est relevée pour tirer cette fois à trois reprises sur le cordon doré. Étant donné que pour appeler l'homme au regard sérieux, elle n'avait actionné le signal qu'une fois, j'en ai déduit que le nombre de coups devait correspondre à un code pour désigner des personnes spécifiques.

Quelques secondes plus tard, une adolescente d'environ treize ans est entrée dans la chambre. Lorsqu'elle a découvert l'Archimage assis dans son lit, elle a écarquillé les yeux. L'instant d'après, un grand sourire s'est dessiné sur son visage.

— Papa ? Tu es guéri ?

— Presque !

— Nous avons eu tellement peur ! s'est-elle exclamée en se jetant à son cou.

— J'aimerais que tu accompagnes nos invités auprès d'Oupa.

La jeune fille s'est tournée vers nous.

— Avec plaisir, nous partirons dès que vous aurez fini de manger.

— Nous avons terminé, ai-je dit.

Edgar a poussé un râle de protestation. En me retournant, je l'ai aperçu, penché au-dessus de la table, en train d'enfourner à la hâte quelques bouchées de poisson supplémentaires, suivies d'un grand verre d'eau pour s'aider à déglutir.

— Navré d'interrompre ton repas, a raillé Bastien. Peut-être préfères-tu que nous remettions le sauvetage du monde à plus tard…

— Tu as raté ta vocation de clown, toi, a rétorqué l'autre qui a reposé sa fourchette en foudroyant son interlocuteur du regard.

Koluka nous a ouvert la porte.

— Je reviens vite, papa !

— N'oublie pas de leur donner des capes et emprunte des chemins détournés, a recommandé Akua. Leur présence à Veilig doit rester secrète, car Gia est recherchée. Mieux vaut éviter que quiconque n'alerte les mages à gages…

Les Guérisseurs officiaient dans une vaste pièce au rez-de-chaussée du château. Lorsqu'ils ont eu prélevé assez de mon sang, la jeune fille nous a distribué des capes de très belle facture avant de nous faire sortir par une porte dérobée. Mon vêtement était bleu canard, celui de Bastien noir, et celui d'Edgar, brun.

Le village s'est révélé aussi grandiose que le château. Les maisons, comme le tunnel, étaient bâties dans une pierre marbrée dont les stries or et argent scintillaient au soleil. Le sol était pavé de mosaïques multicolores représentant des oiseaux, des licornes ou d'autres créatures marines.

Quand nous avons croisé un homme et sa chèvre, j'ai baissé la tête, espérant que la capuche soit assez large pour masquer mon visage.

— Bonjour !

— Bonjour, Rada, a répondu Koluka.

L'adolescente nous a guidés dans les ruelles étroites et sinueuses du village. Chaque façade était ornée de pots où poussaient des plantes aux fleurs bariolées. J'avais l'impression de me promener dans un rêve.

Au bout d'un moment, la jeune fille s'est arrêtée devant un grand portail doré à l'entrée d'une bâtisse imposante. Elle a tiré sur une cordelette et une multitude de clochettes, accrochées au-dessus d'une haute porte, ont carillonné.

Un petit homme, vêtu d'une tunique aux couleurs printanières, est venu à notre rencontre.

— Koluka ! Tu nous l'as amenée ! Quel honneur de rencontrer le présage… Dépêchez-vous d'entrer, les nouvelles vont vite. Tu n'es pas en sécurité à Veilig, Gianna. Quant à toi, Koluka, tu peux rentrer chez toi. Merci de les avoir escortés jusqu'ici.

— C'était un plaisir, a-t-elle répondu, un grand sourire aux lèvres. J'adore les missions secrètes, c'est tellement amusant ! Au revoir.

Elle a fait volte-face pour retourner sur ses pas.

— Rentre bien ! lui a lancé Bastien.

— Et merci ! ai-je ajouté.

Je n'avais pas terminé ma phrase qu'Edgar entrait déjà. L'espace d'un instant, j'ai craint que ses épaules carrées n'élargissent le chambranle étroit de la porte.

Je me suis penchée vers mon compagnon.

— Tu ne trouves pas qu'Edgar manque de manières ? Il se précipite toujours pour entrer le premier…

— C'est son devoir de garde, m'a-t-il rappelé en s'écartant pour me laisser passer. Il s'assure que la voie est sans danger. Philip a dû lui confier pour mission de te protéger.

— Oh, je vois…

J'ai fait quelques pas à l'intérieur – qui s'est révélé pauvre en meubles et presque exempt de décoration – avant de retirer ma capuche pour me tourner vers notre hôte.

— Je suis ici pour…

Il m'a interrompue d'un geste.

— Je sais, tu souhaites rencontrer le cinquième héritier. Suivez-moi !

— Quelqu'un vous a-t-il appelé pour annoncer notre visite ?

— Appelé ?

Malgré ses petites jambes, il avançait à vive allure dans le long couloir, si bien que je devais trottiner pour rester à sa hauteur.

— Curieuse façon de le formuler… mais oui, si tu veux, Athela m'a appelé à travers mes songes. D'ailleurs, je crois savoir qu'elle te rend également visite.

— Attendez… Elle communique avec vous aussi ?

J'avais ressenti un tel vide après ma dernière vision que j'en avais déduit qu'elle avait disparu pour de bon.

— Je suis un prophète : de nombreux esprits se confient à moi, m'a expliqué Rada avant d'ouvrir une porte au bout du couloir. Je te sens bien triste. Console-toi, elle a beau ne plus se manifester dans tes rêves, elle est toujours avec toi.

— Que vous a-t-elle dit ?

— Rien. En revanche, j'ai vu tout ce qu'elle t'a montré.

J'étais certaine que ce prophète pouvait m'en apprendre davantage.

— Savez-vous ce qu'il adviendra ? l'ai-je questionné. Allons-nous vaincre Conemar ?

— Je ne suis sûr de rien, seuls les possibles se révèlent à moi. Votre victoire contre le mal dépendra de vos choix, à toi et à tes compagnons. Mais je peux tout de même te donner un conseil : quand viendra la fin, ne te laisse pas influencer par tes émotions. Sois pragmatique. Si tu dois ôter une vie, ne fléchis pas. La moindre hésitation te mènera à ta perte.

Mes mains ont commencé à trembler malgré moi, me forçant à serrer les poings. L'issue de ma quête me terrifiait, mais il était trop tard pour reculer. Je devais la mener à bien pour Nick, ainsi que pour tous les autres.

— Qui est là ? a croassé une voix gutturale depuis un coin de la chambre.

Recroquevillé dans un fauteuil à l'épais rembourrage, un homme barbu, extrêmement âgé, au crâne couronné de cheveux gris et bouclés, a levé des yeux vitreux vers nous. Sa peau fine et parcheminée pendait sous son visage et sous ses bras.

— La fille dont je t'ai parlé est arrivée, Taavi.

— Parfait ! Finissons-en, que je puisse reprendre ma sieste.

Taavi s'est emparé d'un couteau posé au milieu de fruits et de fromages sur une table à côté de lui pour l'appuyer au creux de sa paume. Aussitôt, un sillon rouge écarlate a jailli.

Je n'en croyais pas mes yeux.

— Une épingle ou une punaise auraient suffi…

J'ai tiré la fiole du boîtier en cuir de Gian avant de tendre le reste de mon matériel à Bastien.

— Peux-tu me tenir ceci ? lui ai-je demandé tout en plaçant le flacon sous la main tremblotante de l'ancêtre.

Garder le bras levé à l'horizontale lui demandait un immense effort. Pourtant, il a serré le poing de toutes ses forces afin de laisser goutter son sang dans le récipient. Rada est ensuite venu panser la plaie avec un morceau de gaze.

Pour finir, le vieil homme a pris le temps de poser son bras sur l'accoudoir, puis s'est renfoncé dans son fauteuil.

— Partez, maintenant. Je ne m'étais pas autant amusé depuis les Fées Folies de 1922 !

— Je vous remercie, ai-je dit en rabattant ma capuche sur ma tête. Votre geste va peut-être sauver des milliards de vies.

Il a fait claquer sa langue de dépit.

— Peu importe, a-t-il répliqué en fermant les paupières. Parce que quoi qu'il en soit, ça ne sauvera pas mes vieux os !

Taavi avait beau jouer la carte de l'indifférence, j'avais vu clair dans son jeu. Pourquoi se serait-il entaillé la main avec tant de spontanéité s'il ne se souciait pas de l'avenir de son monde ?

Bastien m'a rendu le boîtier, où j'ai glissé le flacon avant de fermer le couvercle en cuir et de glisser le tout dans ma botte.

Rada nous a accompagnés hors de la grande maison, puis nous a fait descendre plusieurs escaliers surmontés de passerelles. Nous ne passions pas inaperçus, encapuchonnés comme nous l'étions, à suivre le prophète paré de couleurs flamboyantes.

Soudain, notre guide s'est arrêté net.

— Vite, par ici, a-t-il murmuré en nous entraînant dans une allée couverte.

Sous les arches, le sol était constitué de pavés ronds, vieillots, et mal assemblés. De grandes jardinières fleuries étaient disposées entre les piliers.

— Qu'y a-t…

Rada a levé une main d'un geste brusque pour me réduire au silence avant d'ouvrir une porte bleue et de nous faire signe d'y entrer.

Edgar s'est précipité à l'intérieur, et Bastien et moi l'avons suivi de près. Le garde, qui avait adopté une posture défensive, a pris quelques secondes pour inspecter la pièce. L'endroit, sans doute une arrière-boutique, ne recelait que quelques étagères, des tonneaux et une poignée de balais entreposés dans un coin.

— Que se passe-t-il ? a insisté mon petit ami.

Rada a entrebâillé la porte pour jeter un coup d'œil dans la rue.

— J'ai aperçu des Sentinelles vêtues de l'uniforme du Conseil.

— Des Sentinelles du Conseil ? Que font-elles ici ? l'a questionné Edgar.

— Le Conseil a appelé toutes les Sentinelles de moins de quarante ans à reprendre du service, a expliqué le prophète avant d'ouvrir un peu plus le battant. Restez ici, je reviendrai vous chercher sitôt que la voie sera libre.

Soudain, une femme a fait irruption par la porte qui donnait dans la boutique et s'est mise à parler de manière exaltée dans un langage chantant qui m'était inconnu. Après que Rada lui a répondu, elle a acquiescé pour retourner d'où elle venait.

— Elle vous préviendra si des Sentinelles arrivaient, nous a-t-il expliqué avant de s'éclipser.

J'étais tellement nerveuse que j'ai rongé l'ongle de mon pouce en l'attendant. Les pensées affluaient dans mon esprit, tels les flots indomptables et intarissables d'un barrage qui lâche. Ces Sentinelles étaient-elles sur notre trace ? Quelqu'un nous avait-il dénoncés ? Quel serait notre sort si nous étions arrêtés ? J'ai enfoui la tête entre mes mains, espérant réprimer l'angoisse qui me submergeait.

— Tout va bien ? m'a demandé Bastien en s'appuyant sur moi.

— J'ai mal au crâne, me suis-je contentée de répondre.

J'étais tellement à fleur de peau que lorsque la porte s'est ouverte, j'ai sursauté avec violence et heurté du coude la planche d'une étagère, dont les bouteilles se sont entrechoquées.

La tête de Rada est apparue dans l'entrebâillement.

— La voie est libre. Ne perdez pas de temps.

Il s'est élancé dans l'allée et nous nous sommes précipités à sa suite.

Nous avons parcouru ainsi plusieurs ruelles avant de traverser un pont pour découvrir enfin, dissimulée par quelques buissons, l'entrée d'un tunnel creusé dans l'une des parois de la falaise.

— Ce passage est plus rustique que celui que vous avez emprunté à l'aller, nous a prévenus Rada, mais il est bien plus sûr.

Le petit homme a soulevé l'un des buissons – qui n'était autre qu'une plante artificielle – pour le poser contre un rocher.

— Un tunnel talpar ! ai-je reconnu.

— En effet.

— Merci pour votre aide, a lâché Edgar avant de s'engouffrer dans la galerie.

— Quand le moment sera venu, a repris Rada, souviens-toi que Veilig est de votre côté. Sois prudente dans ta quête du sang des héritiers. Santara est en pleine révolte, Mantello n'est pas fiable, pas plus qu'Estril. En revanche, Tearmann reste notre allié. Et maintenant que Philip a été évincé, je ne sais pas en qui tu peux encore avoir confiance à Asile. Malgré tout, je t'ai rédigé une liste de noms pour chacun des refuges. (Il m'a tendu un morceau de parchemin roulé.) Adresse-toi à ces personnes si tu as besoin d'aide. Mais n'oublie pas : soyez aussi discrets que possible et avancez toujours à couvert.

— Merci, ai-je répondu en glissant le précieux papier dans ma botte, avec le boîtier de cuir.

— Avez-vous des nouvelles de Couve ? a demandé Bastien.

Un éclair de compassion a traversé les yeux du prophète.

— Augustin a nommé Olivier commandant. Les Sentinelles françaises ont emmené ta mère en sécurité dans la Citadelle. Ton peuple s'est vu imposer de nouvelles lois restrictives que n'aurait jamais approuvées Gareth.

Gareth... Le père de Bastien, Archimage de Couve, avait été assassiné lors d'une attaque perpétrée par la petite armée de Conemar. Olivier, le frère de mon petit ami, éperdu d'amour pour Véronique, avait rallié leurs rangs. Malgré ces nouvelles peu réjouissantes qui devaient briser le cœur de mon compagnon, il a souri.

— Merci infiniment. Veuillez faire part de notre gratitude à Enitan et Akua. J'espère que malgré ces temps troublés, nous pourrons éviter une guerre.

— Je l'espère aussi, jeune homme, a répondu Rada en s'inclinant, tandis que nous pénétrions dans le tunnel.

Progresser entre ces murs de terre m'a donné l'impression de me déplacer dans une tombe. Bien que je n'aie jamais vécu l'expérience, j'avais la certitude que la sensation était presque identique. Après plusieurs heures, je désespérais d'atteindre le bout du tunnel.

À mesure que nous approchions de Mantello, les bruits de la ville, au-dessus de nos têtes, s'amplifiaient. Les tuyaux au plafond vibraient, ce qui produisait un bruit de ferraille.

Soudain, un grincement strident suivi d'un impressionnant craquement a résonné dans tout le souterrain. Les murs ont tremblé et des plaques de terre se sont détachées sur les côtés. Un fracas assourdissant se rapprochait dans notre dos. Au moment même où je me suis retournée, une vague m'a fauchée de plein fouet et nous a tous emportés.

Chapitre 16

Ballottée par les flots rugissants, le visage couvert de boue et les yeux brûlants, j'ai tenté de m'agripper à une racine saillante, sans succès. Avec un peu d'élan, j'ai réussi à m'accrocher à la souche de ma main poisseuse et glissante dès ma seconde tentative. Mon genou, entraîné par le courant, a cogné le sol et j'ai retenu un cri de douleur. Avisant une autre racine à portée de ma main libre, je me suis ruée dessus, sans pour autant pouvoir empêcher mon corps de heurter le mur au gré des remous.

Bastien a saisi une prise pour s'approcher de moi.

— Utilise les racines comme une échelle ! a-t-il hurlé au milieu du grondement des flots. Nous ne sommes plus très loin du prochain embranchement !

Lorsque j'ai ouvert la bouche pour lui répondre, le cordon qui fermait ma cape s'est insinué dans ma bouche. Racine après racine, je me suis hissée, malgré mes pieds qui ripaient sans cesse à cause du courant. Edgar, lui, était déjà parvenu à la bifurcation. Par chance, notre itinéraire nous faisait emprunter une galerie à la pente ascendante tandis que l'autre, qui s'enfonçait davantage, drainait l'eau.

Quand j'ai été assez proche d'Edgar, il m'a soulevée pour me déposer sur la terre ferme avant d'aller porter secours à Bastien. Trempée, couverte de boue et congelée, je me suis appuyée contre le mur pour aspirer l'air humide à grandes goulées.

Mon amoureux s'est penché en avant, le poing sur le côté.

— Décidément, nous jouons de malchance… Tu es blessée ?

J'ai inspiré fébrilement.

— À la prochaine de ces fichues inondations… je jette l'éponge.

— Une canalisation a dû lâcher, a supposé Edgar en s'essuyant le visage. Trouvons la sortie avant qu'une autre calamité nous tombe dessus.

Après une courte pause – juste le temps de nous remettre de notre mésaventure –, nous avons repris notre route et fini par atteindre l'issue du tunnel. Nous avons surgi en pleine ville par une bouche d'égout, grâce à une échelle de fortune. Trempée et boueuse, j'ai desserré les liens qui retenaient la cape autour de mon cou. Edgar a replacé la plaque, joliment décorée d'une mosaïque.

Nous nous trouvions au beau milieu d'une ruelle sur laquelle donnaient plusieurs portes de service, aussi variées de tailles que de couleurs. J'étais déjà venue à Mantello avec Bastien et Nick afin d'assister à un procès et nous en avions profité pour assister au festival du raisin.

Edgar pouvait compter sur de nombreux alliés au sein des refuges – et sans doute à travers tout le monde des Chimères.

— Par ici, nous a-t-il indiqué.

Il marchait d'un pas traînant sur les pavés irréguliers de la rue. À en juger par ses épaules voûtées et son allure, il devait être épuisé. Nous l'étions tous et je commençais à me demander combien de temps je pourrais encore tenir à ce rythme-là, lorsqu'il a repris la parole :

— Je connais une auberge au bout de la rue. Allons-y, nous en profiterons pour nous laver, prendre un bon repas et dormir.

Bastien a passé son bras autour de mes épaules.

— Tu m'as l'air bien pensive… Te rappellerais-tu la soirée que nous avons passée ici ensemble ?

— Non, ai-je répondu, décidée à jouer les innocentes. Je me faisais juste la réflexion que tu étais vraiment couvert de boue de la tête aux pieds. Un vrai rat d'égout ! D'ailleurs, tu n'occupes pas toutes mes pensées en permanence, tu sais.

Mes lèvres ont tressauté.

— Ah, ton petit tic vient de te trahir, *mon amour*, m'a-t-il narguée en français.

— Très mignon, a commenté Edgar d'un ton dédaigneux. Peut-être pourriez-vous attendre que nous soyons en sécurité, hors de vue et un peu plus propres, pour vous adonner à ce genre de démonstrations, non ?

Bastien a retiré son bras de mes épaules et nous avons marché côte à côte en silence. Seul le claquement de nos bottes foulant le pavé retentissait entre les maisons penchées. À plusieurs reprises, nous avons échangé de brefs regards en coin. Il me souriait, et je lui souriais en retour. Bien sûr, il savait que je me remémorais notre nuit à Mantello. Et j'étais heureuse, car lui y repensait aussi.

À l'exception du halo des réverbères et des lumières qui filtraient derrière les rideaux des fenêtres, l'allée était plongée dans l'obscurité.

Cachée entre deux bâtiments, une rue partait sur le côté. Edgar s'y est aventuré pour inspecter les environs avant de nous faire signe d'avancer. Il a remonté un tronçon de la rue pavée à toute vitesse jusqu'à une maison délabrée, dont le toit était surmonté d'une enseigne lumineuse clignotante : *Auberge du Crépuscule*. Un panneau à l'entrée indiquait que seules les Chimères y étaient acceptées.

Edgar a ouvert la porte sans manquer de nous presser de pénétrer à l'intérieur. À notre droite s'ouvrait une taverne à l'ancienne, peuplée de créatures originaires des sabbats. À notre gauche se trouvait la réception, que tenait un garçon maigre affublé d'épaisses lunettes.

— Nous n'avons qu'une seule chambre de disponible ce soir, a-t-il déclaré sans même lever le nez du livre qui le captivait.

— On la prend, a répondu Edgar.

Je lui ai lancé un regard stupéfait. Visiblement, le réceptionniste devait être étonné lui aussi, car il a daigné relever les yeux pour nous adresser un rictus écœuré.

— Grossiers personnages ! On n'accepte pas les gens de votre espèce ici.

— Comment ça, « de notre espèce » ? me suis-je écriée. Vous n'êtes qu'un malappris !

— Notre voyage a été long et semé d'embûches, est intervenu Bastien. Nous aurions grand besoin de nous laver.

— Vous n'avez pas vu le panneau à l'entrée ? a rétorqué le garçon, peu amène. Seules les Chimères sont les bienvenues ici !

Edgar s'est approché du comptoir où il a laissé tomber sa bourse trempée.

— Nous sommes prêts à y mettre le prix. De plus, je connais la propriétaire. Peux-tu lui dire qu'Edgar a besoin d'un toit pour la nuit ?

Offusqué, le jeune homme – affublé en fait d'une queue et d'un cou hérissé de fourrure – s'est retourné pour ouvrir une porte derrière lui. Passant la tête par l'entrebâillement, il a soufflé quelques mots.

— Edgar ? a appelé une voix profonde et grave.

Quand sa propriétaire est apparue, je n'ai pu m'empêcher d'écarquiller les yeux d'étonnement. C'était une très belle femme, d'apparence fragile, avec deux petites oreilles pointues qui lui donnaient l'air d'un chat Sphynx. De grands yeux verts lui mangeaient la moitié de son visage.

Notre compagnon s'est redressé.

— Je suis ravi de constater que tu diriges toujours cet établissement, Calina.

Vu la façon dont elle le regardait, je me suis demandé à quel point ils avaient été proches.

— Vous êtes bien sûr les bienvenus, ici.

— Parfait, a répondu Edgar.

Elle a attrapé une clé accrochée au mur avant de se diriger vers l'escalier.

— Je suis désolée de n'avoir plus qu'une chambre à vous proposer. Pouah, vous êtes couverts de boue ! Enfin, je ne devrais pas m'étonner, puisque vous êtes en compagnie d'Edgar. Une chose est certaine : il a le chic pour se fourrer dans des situations délicates.

Ça ne me surprend pas non plus… Qui sait de quels pétrins il avait dû se tirer autrefois, en tant qu'espion du Conseil ?

Edgar nous a fait signe de la suivre.

— Nous aurons bien assez d'une chambre, nous repartons demain.

— Déjà ? Quel dommage ! (Elle lui a jeté un regard malicieux par-dessus l'épaule.) Pas le temps de badiner, alors ?

Arrivée à l'étage, elle nous a ouvert une porte.

— Tentant, a répliqué notre garde, visiblement amusé. Même si j'ai mis plusieurs jours à m'en remettre, la dernière fois.

J'ai failli m'étrangler de surprise. Le Edgar si sérieux que je connaissais cachait donc un côté frivole !

J'ai pénétré dans la chambre avec Bastien – notre camarade nous a suivis après avoir jeté un dernier coup d'œil dans le couloir. Avant de refermer la porte, il a soufflé à la tenancière :

— Notre présence ici doit rester secrète.

— J'en suis bien consciente, a-t-elle répondu tout aussi bas. Sache que nos résistants sont prêts à vous épauler dès que vous en aurez besoin. Ne vous préoccupez pas du réceptionniste, il ne s'intéresse qu'aux filles et aux poils qui lui poussent sur le corps. La puberté est toujours une période difficile chez les chiens-garous. Bientôt, il sera aussi sauvage que son père ! (Elle a gloussé.) C'est le problème quand on tombe amoureux : on ne pense jamais à ce que deviendront nos petits. J'ai bien peur que ce gosse tienne plus de son père que de sa mère… (J'ai étouffé un petit ricanement.) Oh, tu as raison de rire, trésor, c'est drôle. En tout cas, vous deux… Vous ferez de charmants petits.

D'un mouvement du menton, elle nous avait désignés, Bastien et moi. Les joues cramoisies, j'ai baissé la tête et c'est elle qui s'est mise à rire.

— Eh bien, sur ce, je vous laisse. Je reviendrai dans un moment avec des victuailles.

— Merci, a conclu Edgar avant de refermer la porte.

La chambre était pourvue d'un lit simple, d'un placard, et, près de la fenêtre, d'une petite table flanquée de deux chaises. Au sol, un grand tapis élimé couvrait presque toute la surface de la pièce.

Bastien m'a enlacée pour me déposer un baiser furtif sur la tempe, puis m'a adressé un clin d'œil avant de me relâcher.

— C'est vrai que nous aurons de beaux enfants, toi et moi. Mais pour commencer, j'en connais un qui a bien besoin d'un bon bain. Il paraît que je sens le rat d'égout.

Il a ôté son T-shirt et s'est dirigé vers la minuscule salle de bains. Comment un dos pouvait-il être aussi sexy ?

— Est-ce que ça va ? m'a demandé Edgar.

— Quoi ? Oui, oui.

J'avais oublié que nous n'étions pas seuls. Prenant bien soin d'éviter son regard, j'ai enlevé ma cape avant de m'asseoir à même le plancher.

— Je vais voir si je peux nous trouver des affaires propres, a déclaré le garde avant d'ouvrir la porte. As-tu besoin d'autre chose ?

— Ça devrait aller, merci.

À peine avais-je terminé ma phrase qu'il avait déjà refermé le battant derrière lui.

Le parchemin, que j'ai sorti de ma botte en me déchaussant, était trempé. Aussi l'ai-je déroulé avec précaution. L'encre avait bavé, mais je pouvais toujours déchiffrer les noms inscrits par Rada, ainsi que les notes qui devaient m'aider à retrouver chacune de nos cibles. L'héritier de Mantello se nommait Mardiana Arcadi et passait toutes ses matinées sur un banc en face de la librairie du village. Je saurais très bien le retrouver car je m'y étais assise, lors de notre première visite.

Nick avait passé l'après-midi à écraser du raisin et à déguster du vin en compagnie des jeunes filles du festival et je l'avais retrouvé complètement ivre, avant même la fin de soirée. Ce souvenir m'a fait sourire et j'ai ravalé les larmes qui me venaient chaque fois que je pensais à lui.

De la vapeur s'échappait de dessous la porte de la salle d'eau, où Bastien chantait de nouveau. Un air des Beatles, cette fois.

— *She loves you, yeah, yeah, yeah…*

J'ai ri en retirant mes chaussettes avant de m'allonger sur le sol. Comme mes pieds, mon corps était froid et endolori. Alors que je peinais à trouver une position confortable, l'eau s'est arrêtée de couler. J'ai imaginé Bastien qui continuait de fredonner, en train de se sécher.

Quelques minutes plus tard, la porte s'est ouverte et je me suis rassise. Mon petit ami est sorti, une serviette autour des hanches.

— Je me sens bien mieux, a-t-il dit en s'étirant, ce qui a eu pour effet de faire légèrement glisser sa serviette vers le bas.

Sa peau n'était pas tout à fait sèche et ses abdominaux luisaient sous l'éclat de la lampe posée sur la table. Je me suis laissée aller à la contemplation de ses muscles.

— Je te conseille d'en profiter, m'a-t-il recommandé, rompant le sortilège que son corps m'avait lancé. Je ne connais pas de meilleure douche qu'à Mantello : l'eau y est toujours chaude.

— J'y cours, ai-je répondu en me relevant.

Je me suis précipitée dans la salle de bains, non sans jeter un dernier regard à mon amoureux en serviette de toilette avant de fermer la porte.

Je me suis adossée au mur, inhalant la vapeur d'eau. *Du calme, ce n'est que Bastien. À moitié nu, certes, mais…* J'ai soupiré.

Lorsque j'ai eu terminé de me laver, Edgar, qui était revenu, a toqué à la porte pour me tendre des vêtements. J'aurais préféré un bon vieux pantalon de pyjama et un débardeur, mais j'ai enfilé malgré tout la chemise de nuit très raffinée. Au moins, j'étais propre.

Je suis retournée dans la chambre escortée par un nuage de vapeur. Les deux garçons, installés sur des matelas posés à même le sol, m'avaient laissé le lit.

Bastien dormait déjà. Alors que je soulevais les couvertures pour me glisser sous les draps, j'ai remarqué qu'Edgar n'était plus couvert de boue. Il avait passé un ensemble de nuit en lin blanc.

— Tiens donc, tu es déjà propre ? Où as-tu pris ta douche ?

— De quoi je me mêle ? a-t-il rétorqué en me lançant un regard espiègle.

Il m'a tourné le dos pour s'allonger en chien de fusil. Je n'y avais encore jamais prêté attention – comment aurais-je pu, avec tous ces cheveux qui lui masquaient le visage, la première fois que je l'avais vu ? –, mais il était plutôt beau garçon, surtout quand il souriait. Je comprenais qu'il fasse chavirer le cœur des filles, toutes espèces confondues.

J'ai posé la tête sur l'oreiller avant de remonter la couverture rêche sur mon menton et de fixer le plafond. Une douce brise faisait danser les rideaux devant la fenêtre ouverte.

Je détestais ces moments de calme, car j'étais alors invariablement assaillie par les soucis. J'avais beau être épuisée, le sommeil n'était pas près de me gagner.

Edgar s'est approché de mon lit.

— Tu ne dors pas, a-t-il observé.

— Non, ai-je admis en me redressant. Je ne peux m'empêcher de cogiter. Qu'es-tu, Edgar ? Une Sentinelle ? Un mage ?

— Je suis un garde. Certains enfants, nés de parents magiciens, sont dépourvus de magie. C'est mon cas. Nous devons alors nous diriger vers des carrières qui ne requièrent pas de pouvoirs spécifiques. (Il a tendu sa main vers moi pour me montrer une cicatrice en forme de croix entre le pouce et l'index.) À l'issue de notre formation, nous sommes marqués afin de nous permettre de passer les portes-livres. Comme j'avais les meilleurs résultats de ma promotion, Merl m'a recruté en tant qu'espion. Tiens, bois. Ça t'aidera à dormir.

— Qu'est-ce que c'est ? ai-je demandé tout en acceptant la tasse fumante qu'il me tendait.

— De l'eau de fée.

Je n'avais jamais remarqué non plus la nuance vert émeraude de ses yeux empreints d'une tristesse profonde, comme s'il avait vécu de grands drames.

J'ai avalé une gorgée du breuvage : aussitôt, il m'a semblé qu'une coulée de lave me traversait l'œsophage pour se répandre dans tout mon corps.

— Ce n'est pas de l'eau ! ai-je protesté entre deux quintes de toux.

— Bien sûr que non, a-t-il répliqué en retournant à son matelas. C'est de l'eau de fée : c'est magique. Et très efficace.

Soudain, il m'a semblé que les murs se mettaient à gondoler et je me suis affalée sur mon oreiller, l'esprit embrumé.

— Ne bouge plus, maintenant. Tu dormiras bientôt.

De toute façon, j'étais bien incapable du moindre mouvement. Mes yeux se sont fermés sans que j'y prête attention.

Quelques heures plus tard – autrement dit, une éternité ! –, j'ai senti qu'on me secouait par l'épaule pour me réveiller. Des chants d'oiseau mélodieux me parvenaient de la fenêtre et il flottait une odeur délicieuse de pain tout juste sorti du four. J'ai ouvert les yeux, puis me suis étirée.

— Tu ne devrais pas parler dans ton sommeil, m'a lancé Edgar qui m'observait.

Réveillée pour de bon, je me suis redressée en fouillant la chambre du regard.

— Qu'est-ce que… qu'est-ce que j'ai raconté ? Et où est Bastien ?

Il a froncé les sourcils.

— À quoi veux-tu que je réponde en premier ?

— Bastien, ai-je décidé en haussant les épaules.

— Il est sorti pour acheter le *Chimère Observateur*. C'est un journal clandestin. En posséder un exemplaire peut suffire à vous faire arrêter. (Il est retourné à la table où il s'est servi une lanière de bacon.) Mange : Calina nous a préparé un petit-déjeuner. Dès que Bastien sera revenu, on décampe.

— Mais pourquoi a-t-il fait ça ? C'est trop risqué !

— C'est un grand garçon, tu sais.

J'avais les jambes entortillées dans mes draps, signe que je venais encore de passer une nuit agitée, même si je ne me souvenais de rien.

— Et le reste ?

Il a observé sa tranche de bacon avec un sourire narquois.

— Disons simplement que… Bastien n'a plus aucune raison de douter de tes sentiments.

Bon sang, qu'est-ce que j'ai bien pu dire ?

Il a éclaté d'un rire franc, jusqu'à renverser la tête en arrière.

Juste à ce moment-là, mon amoureux est entré, un journal sous le bras et une tasse fumante à la main.

— Tu es réveillée !

— Oui. Euh… j'allais m'habiller.

Mes vêtements étaient propres et soigneusement pliés sur une chaise. Notre hôtesse avait dû les confier à la blanchisserie.

— Tiens, a-t-il dit en tendant le récipient à Edgar. Une boule de feu, de la part de Calina.

Le nom de cette boisson dont raffolait Arik a ravivé mes souvenirs. C'était un café agrémenté de chocolat et d'épices piquantes, comme il me l'avait expliqué quand une Djallicaine lui en avait proposé un, au comptoir d'un bar du château d'Asile. Nous nous apprêtions alors à visiter des ruines qui avaient jadis été un amphithéâtre. Sur place, il m'avait aidée à maîtriser mon globe de combat. Nous avions été surpris par la pluie, et moi, j'étais tombée amoureuse de lui ce jour-là.

L'espace d'un instant, je l'ai revu, trempé sous l'averse. Comment aurais-je pu deviner la tournure qu'allaient prendre les événements ? Notre vie avait changé à une vitesse vertigineuse, bouleversant nos certitudes. Nous n'étions pas faits l'un pour l'autre, Arik et moi. Ce qui ne m'empêchait pas de m'inquiéter encore pour lui. Il était mon partenaire de combat et son amitié me manquait.

Désormais, j'étais avec Bastien, qui, en ce moment même, lisait en moi comme dans un livre ouvert. Son sourire m'a rappelé que, d'après Edgar, je leur avais fait un exposé détaillé de mes sentiments.

— Un souci ? m'a-t-il demandé.

J'ai écarquillé les yeux, prenant conscience que j'étais restée plantée là alors même que j'avais annoncé partir m'habiller.

— Non, j'admirais la vue.

Lorsque j'ai remarqué que les voilages étaient tirés, mes joues ont viré écarlate.

Oh non, pitié…

— C'est encore plus beau quand on ouvre les rideaux. (Il m'a adressé un clin d'œil et les a écartés.) Allez, habille-toi vite, sinon ton petit-déjeuner va refroidir. Au fait, laisse tes cheveux détachés : des images de nous, captées à différents endroits des sabbats, ont été diffusées. Dépêche-toi, nous devons partir dès que possible.

Quand j'ai refermé la porte de la salle de bains je me suis de nouveau appuyée contre le mur pour rassembler mes esprits et m'efforcer de me souvenir de ce dont j'avais rêvé. La veille, j'avais été subjuguée par l'apparition d'un Bastien beau comme un dieu et vêtu d'une simple serviette. Tout compte fait, je préférais ne me souvenir de rien, par crainte d'avoir offert à mes compagnons de chambrée une scène grotesque où j'aurais proféré je ne sais quelles élucubrations en tournant mes globes oculaires dans tous les sens. Merci l'eau de fée…

Une fois habillée, j'ai retrouvé les garçons en grande conversation autour de leurs assiettes vides, le *Chimère Observateur* ouvert au centre de la table. Leur stature ne leur permettant pas de s'installer dans l'espace où se trouvait le guéridon, ils l'avaient approché du lit. Edgar était assis au bout du matelas et Bastien sur une chaise – la seconde n'attendait que moi. J'ai attrapé un toast avant de m'installer, et mon ventre a accompagné mon geste d'un gargouillis.

— Quoi de neuf ? ai-je demandé en mordant dans le pain grillé.

Mon petit ami a désigné un article dans le journal.

— Nous ne pouvons plus emprunter les tunnels. Des gardes des refuges ont découvert l'une des entrées. Ils les passent au peigne fin pour te retrouver.

— Comment allons-nous faire alors ?

— On va se séparer, a déclaré Edgar en attrapant son mug.

J'ai laissé tomber ce qui restait de ma tartine dans mon assiette.

— Hors de question ! C'est une très mauvaise idée.

— Nous allons devoir utiliser les portes-livres : c'est ce qu'il y a de plus rapide, m'a expliqué Bastien, une main posée sur mon genou. Personne ne sait qu'Edgar est avec nous. Il se rendra à Estril pour récupérer le sang de leur héritier. En ce qui me concerne, j'ai pu joindre mes Sentinelles : elles m'accueilleront à la bibliothèque du Sénat, à leur retour de mission, pour accompagner ton Pop à la citadelle. Elles m'escorteront pour que je parvienne sain et sauf jusqu'à Couve et j'y collecterai le sang de notre héritier.

— Et moi ?

Si je détestais l'idée de nous séparer, je détestais encore plus qu'ils puissent envisager de continuer la quête sans moi.

— Tu restes ici le temps de trouver l'héritier de Mantello, a répondu Bastien en serrant mon genou, comme s'il suffisait d'aussi peu pour me convaincre.

— Tiens, a fait Edgar en glissant quelques pièces d'or dans ma main. Au cas où tu serais en difficulté.

— Comment pourrais-je m'en servir ? ai-je maugréé. Je n'ai aucune idée du coût de la vie ici.

— Utilise les pièces d'or, ne te préoccupe pas de celles en argent. Tu peux presque tout acheter avec une pièce d'or, et on doit te rendre de la monnaie à chaque fois.

Soudain, une manchette a attiré mon attention. J'ai attrapé la page pour lire l'article. Les Sentinelles du Conseil avaient apparemment tué trois personnes dans une bibliothèque. Les victimes n'étaient coupables que d'avoir voyagé de manière illégale par les portes-livres. À la suite de cet événement, une émeute avait éclaté entre les Sentinelles et des manifestants dans le refuge de Santara. L'effectif des gardes dans les bibliothèques avait donc été revu à la hausse et ils avaient pour ordre d'arrêter tous les auteurs de sauts illégaux.

— Comment les Sentinelles de Couve vont-elles transférer Pop ? me suis-je inquiétée. C'est bien trop dangereux !

Bastien s'est penché sur le journal.

— Ton père sera encadré par deux Sentinelles. Même si le Surveillant détecte un humain, sa trace sera bien moins visible que celle des Sentinelles. Ainsi, personne ne devrait se rendre compte de la présence de Pop.

— Je n'aime pas du tout t'entendre en parler au conditionnel, ai-je rétorqué en grimaçant. Ce n'est pas vraiment rassurant !

— Mes Sentinelles font partie de l'élite. Elles sont prêtes à donner leur vie pour mener leur mission à bien, surtout si elle consiste à protéger ton père.

Pensive, j'ai fait rouler une pièce d'or entre mes doigts. Mon estomac s'est noué à l'idée que les Sentinelles du Conseil soient autorisées à tuer quiconque passait par les bibliothèques. J'avais beau me répéter qu'il était plus logique de nous séparer et que, de cette manière, nous récupérerions le sang de tous les héritiers bien plus vite, j'étais terrifiée par cette perspective. Soudain, je n'avais plus faim du tout.

Quand j'ai eu passé mon plastron et ma cape, Bastien est venu me prendre la main.

— Évite la foule et emprunte les ruelles. As-tu ton itinéraire en tête ?

— Oui. Je remonte la rue sur trois pâtés de maisons, et je prends à droite pour quatre autres.

Il a laissé retomber son bras, puis a tiré ma capuche jusque devant mes yeux.

— S'il m'arrive quoi que ce soit, rejoins le Rouge à Barmhilde, il te protégera.

J'ai caressé sa joue en tentant d'enfouir mes émotions au plus profond de moi.

— Sois prudent avec les portes-livres… Je ne sais pas ce que je deviendrais si…

Il m'a coupé la parole en plaquant ses lèvres sur les miennes pour m'embrasser avec fougue, comme si c'était notre dernière occasion de le faire. Au bord du désespoir, j'ai passé les bras autour de son cou et des larmes ont roulé le long de mes joues. J'aurais tellement aimé le retenir auprès de moi…

Il a pris mon visage entre ses mains, essuyant mes pleurs de ses pouces.

— Je serai de retour avant demain matin. Rien ne m'empêchera de te retrouver. N'oublie pas, je suis le meilleur magicien de mon académie. Qu'ils essaient de m'arrêter ! a-t-il lancé avec un sourire arrogant qui m'a touchée en plein cœur.

— Je les plains, ai-je répondu avec un petit sourire.

— Et puis, a-t-il ajouté sur un ton plus coquin, nous devons absolument réaliser tes fantasmes à mon retour.

— Mais qu'est-ce que j'ai dit, à la fin ? ai-je explosé, les joues en feu. C'est la faute d'Edgar, d'abord ! Il m'a droguée avec son eau de fée…

— Ma bonne éducation m'interdit de rapporter tes propos, a répondu Bastien en me décochant un clin d'œil.

— Les amis, est intervenu Edgar, je vous rappelle que je suis toujours dans la chambre… Et puis, nous avons du pain sur la planche.

Toujours rouge de honte, je les ai suivis dans le couloir, jusqu'à une sorte de placard à balais.

— Gia, tu vas sortir par cette porte de service, a-t-il repris. Elle débouche sur une ruelle peu passante. Garde ta capuche et la tête baissée. Si tu as besoin de quoi que ce soit, n'hésite pas à faire appel à Calina.

— D'accord. Bonne chance !

Avant que je m'engouffre par l'ouverture, Bastien m'a attrapé la main et m'a embrassée sur la tempe.

— Ne te laisse pas abattre, Gianna.

Pour la première fois, je décelais de la peur dans ses magnifiques yeux bleus. Nous avions pourtant connu des situations bien plus terrifiantes, et il n'avait jamais flanché. Un sentiment de malaise s'est emparé de moi.

— Compte sur moi, lui ai-je promis en plongeant mon regard dans le sien.

Il s'est engagé à la suite d'Edgar dans la cage d'escalier. À mesure que je le voyais descendre et disparaître, mon esprit me hurlait de plus en plus fort de ne pas le laisser partir. Je me suis alors rendu compte que je ne lui avais jamais dévoilé mes sentiments.

Je l'ai appelé, mais seul le silence m'a répondu. Il était déjà parti.

Chapitre 17

L'allée à l'arrière de l'auberge était étroite et ses pavés, irréguliers et fendus. Un chat blanc, occupé à renifler l'intérieur d'une boîte de conserve, a feulé sur mon passage. J'ai continué mon chemin sans y prêter davantage attention. Quelques instants plus tard, un bruit dans mon dos a attiré mon attention : l'animal me suivait.

— Rentre chez toi ! lui ai-je lancé avant de reprendre ma route.

Mantello était en pleine effervescence. Les habitants se pressaient sur les trottoirs, certains poussaient des chariots, quand d'autres les faisaient tirer par des chevaux ou des chèvres – les roues tressautaient sur les pavés. J'avais l'impression d'avoir fait un bond dans le passé.

Les véhicules motorisés étaient absents du monde des Chimères – interdiction du Conseil des mages. Ils ne souhaitaient pas laisser la pollution envahir l'air comme chez les humains. De toute façon, vu la modeste superficie des cités, il aurait été incongru de s'y déplacer autrement qu'en marchant.

Ce petit village ravissant me rappelait la Toscane, avec ses maisons multicolores, ses routes pavées et toutes les jardinières fleuries suspendues aux fenêtres. Sans relever la tête, j'ai remonté la rue sur trois pâtés de maisons avant de bifurquer sur la droite pour enfin atteindre la librairie. L'enseigne au-dessus de la porte indiquait *Libreria*. J'étais déjà venue dans cette boutique lors de ma dernière visite, quand j'attendais Nick et Bastien. Tentant de paraître le plus naturelle possible, j'ai jeté un coup d'œil au banc.

Une femme vêtue de noir m'a fait signe. Ses cheveux bruns étaient parsemés de mèches argentées. J'ai regardé derrière moi avant de me retourner vers elle.

— *Moi ?* ai-je articulé, un index pointé sur mon sternum.

Elle a acquiescé. Cette femme sublime ressemblait à Sophia Loren, une actrice qui jouait dans les vieux films italiens dont Nana raffolait.

Ce doit être celle que je cherche…

— Bonjour, êtes-vous Mardiana Arcani ? lui ai-je demandé en m'approchant.

— En personne. Maintenant, entre dans cette boulangerie. (Elle a désigné une façade de l'index.) Achète-toi une pâtisserie et un café, puis reviens t'asseoir sur ce banc, à côté de moi, et fais mine de m'ignorer.

— Entendu.

— Et retire ta capuche : elle te donne un air louche. Réserve-la en cas de pluie.

J'ai suivi son conseil avant de me diriger vers la boutique. À l'intérieur, les odeurs alléchantes m'ont donné envie de tout acheter. Je m'en suis donc remise à la vendeuse, pour choisir en définitive un gâteau nappé de glaçage et un café crème.

Quand je suis retournée m'installer à côté de Mardiana, le ciel commençait à s'assombrir.

— Tu savais que tu me trouverais là, j'imagine ?

— Oui, ai-je confirmé en avalant une gorgée de café.

J'ai froncé le nez. Si la boisson était loin d'être mauvaise, elle ne valait tout de même pas un *latte* au caramel.

Entre-temps, le chat blanc de la ruelle nous avait rejoints et s'était assis à nos pieds.

— Bon travail, Angélique. Viens vite te reposer.

Elle a tapoté sa jupe noire et l'animal a bondi pour s'y lover.

— Vous m'avez fait suivre ?

— En effet. J'avais été prévenue de ton arrivée.

— Vous êtes une sorcière ?

Pendant tout notre échange, ses yeux marron, chaleureux, étaient restés fixés droit devant elle, sur la vitrine du libraire, alors qu'elle ne cessait de caresser Angélique.

Drôle de nom pour un chat...

J'ai croqué dans la pâtisserie, dont la saveur sucrée a effacé l'amertume du café dès qu'elle a touché ma langue.

— J'ai laissé ma petite-fille choisir son nom. Elle en était très fière.

— Vous avez donc des facultés intuitives...

— En réalité, je suis une enchanteresse, a-t-elle précisé, un petit sourire aux lèvres. Nous avons des animaux pour compagnons, exactement comme les sorcières. Et Athela m'est apparue, à moi aussi. Je connais la date de notre rencontre depuis des années, bien avant ta naissance. Je suis la cousine de Gian, et la plus vieille héritière de Galante, le Premier Mage.

La cousine de Gian… Est-elle au courant qu'il est mort ?

— Oui, je le sais. Il s'est sacrifié pour toi et pour l'avenir de nos deux mondes. Cependant, ne te méprends pas, tu représentais bien plus à ses yeux. Je peux t'assurer qu'il était très fier de sa petite-fille et qu'il t'aimait tendrement. Les magiciens de sa génération étaient éduqués à ne jamais montrer leurs émotions, mais moi, je voyais clair en lui.

Le visage de Gian, juste avant que Conemar ne le tue, m'est soudain réapparu. Son regard était paisible, comme s'il acceptait de payer ce tribut pour moi et pour ce que je pourrais apporter à nos mondes. À présent que Mardiana m'avait révélé la fierté que je lui inspirais, je me sentais investie d'une résolution nouvelle. J'allais prouver qu'il n'avait pas sacrifié sa vie pour rien. Et même si je n'en ressortais pas victorieuse, jamais je n'abandonnerais.

— Voilà ce que je voulais entendre ! s'est-elle enthousiasmée avant de poser sa main frêle et parcheminée sur la mienne, restée sur mon genou. Bon, mais je ne vais pas te faire patienter plus longtemps… Donne-moi ta main.

Dès que je me suis exécutée, elle a déposé un petit flacon d'argent au creux de ma paume.

— Voici ce que tu cherches.

Je me suis penchée en avant, feignant de resserrer mes bottes, pour glisser la fiole à côté du boîtier en cuir.

— Ne veux-tu pas savoir pourquoi je m'assois ici tous les jours ?

— Si, dites-le-moi, ai-je répondu en me redressant. J'imagine que ce n'est pas moi que vous attendez depuis tout ce temps…

— Non, en effet.

Elle a fait descendre le chat de ses genoux afin de pouvoir se relever. J'ai tendu la main pour caresser la créature blanche et duveteuse, mais elle m'a repoussée d'un feulement.

Angélique? Mon œil! C'est Diabolique, qu'elle aurait dû l'appeler.

— Mantello est la ville qui a vu naître Gian. Cette librairie vend beaucoup de ses écrits, dont un qui pourrait fort t'intéresser. Dont tu ne devras jamais te séparer, d'ailleurs.

— Entendu.

Mardiana m'a observée de ses beaux yeux.

— N'attends pas que tes deux compagnons de voyage reviennent. Rends-toi au plus vite à Tearmann, où une tempête menace le refuge. Il ne faudrait pas qu'elle te ralentisse dans ta quête. (Elle a très légèrement incliné la tête.) C'était un plaisir de te rencontrer, chère cousine. Puisse Agnès te guider dans ton périple.

Les yeux rivés sur la devanture de la librairie, le temps qu'elle s'éloigne, j'ai néanmoins risqué un regard furtif vers elle lorsque j'ai su, au bruit de ses talons, qu'elle se trouvait à bonne distance. Angélique trottinait entre ses jambes.

Parlait-elle d'une véritable tempête ou était-ce une métaphore? Quoi qu'il en soit, j'ai décidé de suivre son conseil. Tearmann était un refuge allié, j'y serais en sécurité.

Après m'être essuyé la bouche et les mains, je me suis débarrassée de mes déchets dans une poubelle ouvragée.

Une charrette, tirée par un cheval marron aux sabots blancs, remontait la rue en cahotant. Je l'ai laissée passer avant de traverser. Tout dans ce refuge possédait le même charme suranné.

— *Buongiorno !* ai-je entendu quand j'ai poussé la porte d'entrée.

Je me souvenais du jeune homme à l'aspect érudit qui m'avait déjà accueillie par le passé. Il portait les mêmes lunettes et affichait toujours un large sourire.

— Bonjour, ai-je répondu avant de jeter un coup d'œil à une pile de magazines sur une table.

— *Americana ?*

— *Sì.*

Il a remonté ses lunettes sur son nez.

— Surtout, n'hésitez pas à demander si vous avez besoin d'*assistenza*.

J'ai soudain été assaillie par une forte impression de déjà-vu : j'aurais juré que nous avions échangé exactement les mêmes mots lors de ma précédente visite.

— *Grazie*, ai-je répondu.

J'aurais sans doute gagné du temps à lui demander où étaient rangés les ouvrages de Gian, mais je préférais éviter d'éveiller ses soupçons. Avec les images diffusées par le Conseil, n'importe qui pouvait connaître mon visage et avoir eu vent du mandat d'arrêt (ou de son équivalent dans le monde des Chimères) qui avait été émis contre moi.

Dans les rayonnages, j'ai laissé mes doigts effleurer le dos des couvertures pendant que je cherchais le coin consacré à mon arrière-grand-père, que j'ai fini par découvrir dans une section nommée « Études spéciales ». Si j'ai reconnu deux ouvrages sur l'étagère – l'un était consacré aux différentes espèces de Chimères et l'autre était un manuel de charmes et de sorts –, j'ai surtout été interpellée par un titre en particulier : *Mes Fabuleux Voyages*. J'ai attrapé le volume pour le feuilleter, étudiant toutes les images avec intérêt. Entre les pages, j'ai trouvé une photo de trois massifs montagneux couverts d'une pellicule neigeuse.

Je me suis tout de suite remémoré les mots de Gian. « *Tu trouveras l'entrée d'une contrée montagneuse et enneigée dont le plus haut sommet abrite les Quatre…* »

J'ai effleuré l'image, qui s'est collée à ma peau. Quelle découverte fabuleuse ! Si Mardiana venait s'asseoir devant la librairie chaque jour, de l'ouverture jusqu'à la fermeture, c'était pour s'assurer que personne n'emporte le livre, car il renfermait une photo de l'entrée de la prison où reposait la Tétrade. Mais elle en avait terminé, à présent. C'était désormais à moi qu'incombait la tâche de protéger ce livre. Attrapant un autre ouvrage de Gian afin de ne pas trop attirer l'attention sur ma trouvaille, je me suis dirigée vers la caisse.

— C'est sera tout ? s'est enquis le vendeur dans son anglais hésitant.

— Oui, ai-je répondu en lui tendant une pièce d'or.

Ses yeux se sont posés sur la vitrine.

— Curieux… Signora Arcadi ne quitte jamais le banc avant le coucher du soleil, d'habitude.

Comme il ne s'adressait pas vraiment à moi, je me suis abstenue de répondre. Il m'a rendu la monnaie – des sous d'argent de tailles variées –, sans quitter la rue des yeux avant de me saluer.

Les livres serrés contre ma poitrine, je me suis hâtée vers la sortie, de peur qu'il ne reconnaisse mon visage, puis je me suis élancée au pas de course sur les pavés.

Un dont tu ne devras jamais te séparer... Je n'avais pas pris la mise en garde de Mardiana à la légère : j'étais déterminée à conserver l'ouvrage avec moi en permanence.

Dans la vitrine d'une maroquinerie, un cartable doté de longues bretelles a soudain capté mon regard. Je l'ai acheté, avec une pièce d'or comme le reste, et je me suis empressée d'y fourrer le livre de mon arrière-grand-père.

Ma cousine m'avait exhortée à me rendre au plus vite à Tearmann. Il était encore tôt, et les garçons ne devaient pas rentrer avant la nuit : j'avais probablement le temps d'effectuer l'aller-retour. Je ne risquais rien puisque c'était un refuge allié, épargné par les émeutes. De plus, comme j'étais marquée, les Surveillants ne repéreraient pas mon intrusion.

Il m'a fallu près d'une heure pour trouver les dépendances qui permettaient d'accéder au tunnel menant à la bibliothèque Riccardiana de Florence, en Italie. Je les avais déjà empruntés, mais comme je m'étais contentée de suivre Bastien, je n'avais pas vraiment prêté attention à notre itinéraire. Après m'être retrouvée dans plusieurs impasses, j'ai fini par apercevoir le bâtiment à la façade de stuc, en contrebas de la colline où était implanté le refuge.

En chemin, je n'ai pu m'empêcher d'admirer certaines vitrines joliment décorées. Dans une boutique de déguisements, j'ai repéré une longue perruque blonde sur une tête en céramique.

Je me suis finalement décidée à pousser la porte, qui coinçait un peu. Une femme replète, vêtue d'une robe noire et d'une cape rouge, m'a accueillie. Après lui avoir tendu une pièce d'or en échange du postiche – pour lequel elle ne m'a rendu qu'un petit sou d'argent –, j'ai essayé mon achat devant un miroir du magasin. Le blond m'allait plutôt bien et les cheveux, longs, légèrement ondulés, faisaient tout à fait illusion. On aurait dit des vrais. Avec un peu de chance, cette supercherie suffirait à me faire passer inaperçue.

— *Bellissimo*.

— *Grazie*, ai-je répondu à la vendeuse en me dirigeant vers la sortie.

Mes pas se sont accélérés dans la descente de la colline escarpée.

Dès que j'ai atteint la dépendance, je me suis engouffrée dans l'escalier en colimaçon qui menait au tunnel – comme dans la plupart des constructions de ce type, les marches en pierre étaient étroites et irrégulières. À chacun de mes pas, la lumière de mon globe vacillait sur les murs. En bas m'attendait une longue file d'attente.

Ils contrôlent tout le monde ! Paniquée, j'ai resserré les pans de ma cape, espérant ainsi cacher mon équipement de Sentinelle, et me suis agrippée aux bretelles de mon sac. J'ai été tentée de rebrousser chemin, mais un couple âgé qui venait d'arriver derrière moi m'en a empêchée. L'homme portait un veston et la femme, une robe fleurie : ils semblaient avoir été dessinés par Norman Rockwell.

Comme l'inconnu commençait à me dévisager, je me suis empressée de me retourner.

— Les bibliothèques sont surpeuplées, a déploré la femme. À quoi bon forcer tous les citoyens à retourner sur leur lieu de naissance pour se déclarer à nouveau ?

Chaque fois que la file d'attente avançait, je retenais mon souffle, le cœur battant. J'aurais dû rester à Mantello, selon les recommandations d'Edgar et Bastien… Quand il n'y a plus eu qu'une seule personne devant moi, la peur m'a tenaillé les tripes.

— Suivant ! a crié un garde musclé au nez aquilin.

L'homme devant moi s'est avancé.

— Vos papiers, a enchaîné le surveillant, la main tendue.

Des papiers ? Je n'en avais pas. À cette pensée, j'ai été prise de nausées.

Le visiteur a montré une carte métallique que le garde a examinée avant de l'autoriser à passer. Je me suis approchée à mon tour, l'esprit occupé par la multitude de scénarios que je tentais d'échafauder pour me tirer de ce mauvais pas.

— Qu'est-ce qu'il y a dans ce sac ?

— Des livres, ai-je répondu d'une voix timide.

D'un geste, il m'a sommée d'ouvrir mon cartable. Je me suis exécutée et il a jeté un coup d'œil dans la poche principale.

Bon, il n'y a que deux gardes… Je peux tout à fait les affronter seule.

— Papiers.

— Un instant, ai-je demandé en m'accroupissant.

Faisant mine de fouiller dans mon sac, j'ai ouvert ma main contre moi et murmuré. « *Accendere la pietrificazione* », ai-je murmuré.

Le globe a pesé dans ma paume. Je me suis relevée, et d'un geste vif, l'ai jeté contre l'épaule du garde. La sphère s'est propagée sur tout son corps pour finir par l'entourer d'un halo violet, ce qui a arraché un hoquet de surprise à la femme derrière moi.

Je lui ai lancé un regard par-dessus mon épaule.

— Appelez vite quelqu'un pour dissiper la stupéfaction, sans quoi il va mourir asphyxié !

Les yeux écarquillés, le vieil homme a acquiescé.

Je me suis élancée vers la bibliothèque en envoyant un autre globe violet sur le second garde qui accourait. Frappé en pleine poitrine, il s'est effondré d'un seul coup.

Je n'ai pu apercevoir que furtivement les boiseries chaleureuses aux liserés dorés de la bibliothèque Riccardiana, car je fonçais au pas de course vers la salle de lecture principale. Le claquement de mes bottes sur le carrelage en damier résonnait sous le haut plafond orné d'une fresque, difficile à discerner dans la faible lumière du clair de lune qui filtrait à travers l'immense fenêtre et projetait des ombres sur les étagères.

J'ai appelé la porte-livre et me suis immobilisée, l'oreille tendue, pour la localiser. Par la même occasion, j'ai remarqué au-dessus de la fresque une fenêtre en demi-lune dont les huisseries l'apparentaient à une tranche de citron. Même s'il faisait encore jour au refuge, la nuit était tombée à Florence. Les tables étaient alignées au centre de la salle et les chaises dorées, aux coussins roses, repoussées dessous.

La porte-livre n'était pas enchaînée. Elle a flotté jusqu'à moi et je l'ai aussitôt feuilletée pour trouver la photo de la bibliothèque du Trinity College à Dublin.

— *Aprire la porta!* ai-je récité avant de sauter dans l'ouvrage au moment même où une alarme se déclenchait.

Lorsque j'ai atterri dans la *Long Room*, j'ai cherché sans plus attendre l'escalier en colimaçon dont m'avait parlé Jaran et qui devait mener à Tearmann. Je me sentais toute petite sous le haut plafond voûté. Je suis passée devant la vitrine où était exposé le *Livre de Kells*, un superbe manuscrit enluminé des années 800 qui regroupe les quatre Évangiles. Jaran aurait été épaté de constater que j'avais retenu, par je ne sais quel miracle, ce qu'il s'était efforcé de m'apprendre…

J'ai fini par trouver l'escalier au détour d'une alcôve tapissée de livres où trônait un buste de Shakespeare. J'ai posé le pied sur la première marche, puis la main sur le balustre de fer qui s'élevait vers l'étage supérieur.

Accepte la pureté… Pouvais-je me fier à ce charme censé protéger l'accès au refuge en refoulant les visiteurs malintentionnés ? Les mages du Conseil n'étaient pas des parangons de vertu… Sans doute avaient-ils altéré le sort.

Après une profonde inspiration, j'ai malgré tout récité la formule :

— *Ammetere il pura.*

La rambarde a frémi sous ma main – par réflexe, j'ai resserré ma prise – tandis que l'escalier se déroulait vers le bas. La structure a touché le sol avec fracas. J'ai fait quelques pas dans ce tunnel de pierre austère et l'escalier est remonté en décrivant le même mouvement circulaire qui a rebouché l'ouverture.

— Super… Quoi qu'il arrive, j'espère que je n'aurai pas droit à une inondation, cette fois.

J'ai retiré la perruque qui me grattait et l'ai rangée dans mon sac.

De l'eau suintait du plafond et des flaques s'étaient formées dans les creux entre les pierres inégales. De magnifiques graffitis représentant des magiciens, des Chimères et des paysages incroyables ornaient les murs. Soudain, dans un coin, j'ai repéré un dessin de moi. Je me suis figée, envahie par une immense fierté : quelqu'un m'avait prise comme modèle ! Et l'artiste avait pris soin de peaufiner les détails… Mon attirail de Sentinelle, le globe rose que je tenais à la main et ma queue de cheval qui se soulevait me donnaient un air impitoyable.

Je me suis penchée pour enduire mes doigts de boue. D'un geste vif, j'ai tracé une cicatrice sur la joue de mon effigie. Avec le temps, j'avais appris à aimer cette marque qui me rappelait sans cesse que j'avais survécu. J'ai ensuite essuyé ma main sur mon pantalon et me suis remise en marche.

Montées et descentes se sont succédé jusqu'à un nouvel escalier de pierre. Les premières marches menaient vers le bas, puis les suivantes repartaient en spirale vers le haut. Je devais me baisser pour éviter de me cogner et au bout de quelques dizaines de pas, la tête a commencé à me tourner. Cette ascension a duré tellement longtemps que j'ai dû m'arrêter plusieurs fois pour reprendre mon souffle. Enfin, je me suis retrouvée face à une lourde porte en bois que j'ai poussée de toutes mes forces.

J'ai d'abord été éblouie par une lumière éclatante qui m'a forcée à plisser les yeux un bon moment. Lorsque ma vision s'est accommodée, j'ai découvert une prairie vert émeraude constellée de fleurs jaunes – des tulipes, semblait-il. Par endroits, de grands arbres croulaient sous des fruits rouge et violet. Une nuée de colibris multicolores s'est soudain déployée autour de moi.

— « Toto, j'ai l'impression que nous ne sommes plus au Kansas ! », me suis-je exclamée, riant de ma citation du *Magicien d'Oz*. J'aurais dû mettre mes chaussures de rubis !

— Vous parlez souvent toute seule ? s'est étonnée une voix d'homme peu amène, non loin de moi.

Son accent et son élocution m'ont rappelé ceux de Carrig.

— Où êtes-vous ? ai-je demandé en pivotant sur moi-même. Et d'ailleurs, qui êtes-vous ?

Un garçon à peine plus âgé que moi, aux cheveux roux foncé et aux sourcils broussailleux de même couleur, a surgi de derrière un tronc d'arbre. Il portait une corbeille chargée de fruits, dont quelques-uns ont roulé au sol quand il l'a posée à terre.

— Ça alors ! s'est-il exclamé sous le coup de la surprise. C'est toi ?

Perplexe, j'ai relevé un sourcil.

— Pour autant que je sache, je suis presque sûre d'être moi.

— Je ne comprends pas.

— Qui crois-tu que je sois ?

— Gianna ? a-t-il hasardé.

Puis-je lui faire confiance? Il pourrait très bien me dénoncer…

Il s'est épongé le front avec sa manche.

— Je ne te veux aucun mal. Si tu es bien Gianna, tu peux compter sur notre protection. Le Conseil n'est plus fiable.

J'ai passé quelques secondes à évaluer sa sincérité. Certes, il n'avait pas l'air bien dangereux, mais était-ce suffisant? Soudain, j'ai remarqué un exemplaire du *Chimère Observateur*, glissé sur un côté du panier.

— Tu lis ce journal? l'ai-je questionné.

— Ben oui. C'est la seule source d'information fiable en ce moment. Les médias officiels ne font que colporter les boniments du Conseil.

J'ai décidé de lui accorder une chance. De toute façon, s'il tentait de me mener en bateau, il ne perdait rien pour attendre.

— C'est bien moi. Tu peux m'appeler Gia.

— Entendu, Gia. Ça alors! Si on m'avait dit qu'un jour, je rencontrerais le présage… Tu es une héroïne à Tearmann. Y en a pas deux comme toi!

J'ai souri en attrapant une des bretelles de mon sac.

— Pourrais-tu me conduire à la personne qui dirige ce refuge?

Si, avec ça, il ne me prend pas pour une envahisseuse extraterrestre…

— Pour sûr, a-t-il répondu sans se formaliser de ma requête. Je vais te mener chez la reine, mais je dois d'abord rapporter cette récolte à ma *máthair*. Sans ça, elle ne pourra pas préparer de tartes pour la boulangerie.

Il s'est accroupi pour récupérer les fruits tombés du panier et je me suis baissée pour l'aider.

— Comment se fait-il que vous ayez une reine, et non un Archimage comme les autres refuges ?

— Briony est la descendante de notre Archimage et d'une princesse fée. Quand son père est mort, Tearmann l'a élue souveraine. Notre parlement est constitué de mages, ils sont très honnêtes et d'une grande bonté. (Il a posé le dernier fruit violacé dans la corbeille.) Si tu veux mon avis, notre régime est idéal… Le monde des Chimères ferait bien de s'en inspirer.

Il a soulevé son panier.

— Je te crois, ai-je acquiescé en le suivant. Le mieux serait une monarchie constitutionnelle, voire un modèle démocratique.

— J'ignore de quoi tu parles, mais je sais qu'on a le meilleur système.

Je n'étais pas tout à fait certaine de comprendre ce dont on parlait, mais pour l'instant, le principal était que je puisse compter sur le royaume de Tearmann.

— C'est à peu près ce que je voulais dire. Comment t'appelles-tu ?

— *Boo-ock*, a-t-il répondu avant de s'engager sur un chemin de terre qui menait à ce qui ressemblait fort à un village de Hobbits. Les maisonnettes aux charmantes portes colorées et fenêtres en vitrail étaient creusées pour certaines à même de petites collines.

— Pardon ? ai-je demandé, interloquée.

— *Boo-ock*, a-t-il articulé. Mais ça s'écrit B-u-a-c-h.

— Au moins, c'est un nom… marquant.

Pour ne pas dire étrange.

Il s'est arrêté devant une porte jaune.

— Tu peux ouvrir s'il te plaît ?

J'ai attrapé la poignée ronde en bronze que j'ai voulu tourner, sans résultat.

— Eh ben, y a pas de porte, là d'où tu viens ? s'est-il esclaffé. Faut pousser.

— Ah… Bien sûr que nous avons des portes, mais chez moi, les poignées ne sont pas décoratives.

J'ai écarté le battant et me suis effacée pour le laisser entrer.

— Ma mère n'est pas là. Dommage… Elle aurait tellement aimé te rencontrer. On en aurait entendu parler pendant des semaines.

Je ne voulais pas brusquer le jeune homme, mais l'heure filait.

— Il faut vraiment qu'on y aille, je suis pressée. Tu sais, cette histoire de mondes à sauver…

— Nom d'un caramel ! s'est-il exclamé, les yeux ronds. Quel idiot je fais ! On y va de ce pas ! Par contre, je te préviens, on va créer des émeutes sur notre passage, si les habitants te reconnaissent…

Posant son panier sur le plan de travail, il s'est précipité dehors.

Il n'avait pas tort : mieux valait se cacher, même si leurs intentions n'étaient pas mauvaises. J'ai rabattu ma capuche sur mes yeux.

Tearmann semblait ne possédait aucune route droite. Au bout de huit kilomètres environ, nous avons atteint un immense portail en argent massif ouvragé, décoré de fleurs, arbres et oiseaux. Plusieurs gardes étaient postés de part et d'autre ainsi que sur des balcons sculptés à même le rocher qui se dressait derrière la barrière.

— Abaisse ta capuche, m'a intimé le jeune homme.

Je me suis exécutée à contrecœur, me sentant soudain bien vulnérable.

— Qui nous amènes-tu là, Buach ? a demandé l'un des vigiles.

L'homme exhibait des biceps impressionnants et un casque à nasal doté de rabats sur les oreilles.

Mon guide a écarquillé les yeux.

— Nom d'une pipe, Galach ! Tu ne la reconnais pas ?

— Combien de fois faudra-t-il que je te le répète ? (Face au regard menaçant de l'homme, j'ai reculé d'un pas.) Tu dois me parler avec respect quand je suis en service !

— Tu ferais mieux de nous laisser entrer. Autrement, tu resteras à jamais le lourdaud qui ne l'a pas reconnue.

Le garde, qui me dévisageait à présent avec plus d'attention, s'est soudain figé.

— Le présage !

— Je suis venue rencontrer votre reine. (Puis, comme il restait bouche bée sans réagir, j'ai ajouté :) S'il vous plaît.

Sortant enfin de sa stupeur, le dénommé Galach s'est empressé de faire signe à ses collègues pour qu'ils ouvrent le portail et nous a escortés à l'intérieur.

— Préviens la reine qu'elle a une invitée, a-t-il ordonné à un garde de petite taille dont les cheveux roux dépassaient du casque.

Nous sommes entrés dans un ascenseur aussi joliment ornementé que le portail, avec des tiges d'argent entrelacées de manière à représenter des fleurs et des oiseaux.

L'appareil a mis un moment avant d'atteindre le fond. Lorsque la porte a coulissé, l'atmosphère glaciale m'a fait frissonner. J'ai resserré les pans de ma cape autour de moi pour faire barrage au froid. Nous nous trouvions au cœur d'une gigantesque caverne. De méticuleuses gravures représentant des hommes, des fées et toutes sortes de paysages en ornaient les murs.

— Est-ce bien réel ? me suis-je extasiée.

Le grésillement des lanternes électriques – qui pendaient au-dessus de nos têtes grâce à un savant entrelacs de tiges fichées dans le mur de chaque côté du passage – se mêlait à un doux clapotis de gouttelettes. Un château était sculpté à même la paroi de la caverne, dans un écrin de stalactites et de stalagmites en cristal.

Au bout du chemin, nous avons traversé un pont-levis pour pénétrer dans le palais. L'intérieur, tout en nuances de brun et d'orange foncé, était aussi chaleureux que l'extérieur était glacé. Des statues d'animaux étranges ornaient le vestibule. Enfin, nous avons débouché dans une salle où se tenait, assise à une longue table, une femme maigre d'une vingtaine d'années, les cheveux platine et le teint blafard. Lorsqu'elle s'est levée à notre approche, j'ai pu constater qu'elle portait une combinaison en mousseline de soie écrue et une large ceinture en cuir autour de sa taille étroite.

À mesure qu'elle s'avançait vers nous de son pas lent, je suis tombée sous le charme de ses yeux d'ambre, braqués sur moi. Les tresses qui lui couvraient le dessus de la tête laissaient entrevoir des oreilles pointues.

— Gianna, quel plaisir de te rencontrer enfin ! a-t-elle susurré d'une voix suave, presque mielleuse. Je suis Briony. Prends place. Tu dois avoir faim.

— C'est vrai, ai-je répondu.

Un homme en costume a tiré une chaise à mon intention, tout près de la maîtresse des lieux, qui s'est installée en bout de table. Elle a ensuite posé les yeux sur mon guide.

— Et vous êtes ?

— C'est mon frère Buach, a répondu Galach. Il travaille à la boulangerie familiale.

— Eh bien, je te remercie d'avoir accompagné notre invitée jusqu'ici, lui a-t-elle lancé, un sourire chaleureux aux lèvres. Tu peux disposer, à présent.

Mon compagnon s'est incliné avant de s'adresser à moi :

— Quand tu auras ramené la paix, Gia, n'oublie pas de revenir manger une part de tarte. Notre boulangerie est la meilleure du monde des Chimères !

— Je n'y manquerai pas, ai-je promis. Merci pour tout, Buach.

— C'est moi qui devrais te remercier, a-t-il répliqué.

Son sourire m'a paru triste, à moins que le jeune homme ait simplement éprouvé de la pitié pour moi, l'agnelle sacrificielle se rendant à l'autel.

— Bon, ben, à plus… a-t-il ajouté.

J'avais l'impression qu'il rechignait à me laisser seule, aussi ai-je tenté de le rassurer avec un sourire franc.

— À la prochaine, Buach !

Après le départ des deux frères, plusieurs domestiques ont défilé dans la pièce pour apporter des plateaux chargés de viande, de fromages, de légumes cuits à la vapeur, de fruits et de pâtisseries. L'un d'eux a déposé une assiette blanche au motif floral devant moi, où il m'a servi un peu de tout.

— Voilà beaucoup de nourriture, ai-je fait remarquer. Attendons-nous d'autres convives ?

— Non, il n'y a que toi et moi.

Une employée a montré une bouteille de vin à la souveraine, qui lui a adressé un petit signe de tête approbateur. La femme a rempli son verre avec un breuvage d'un violet lumineux qui m'a rappelé la couleur des fruits dans le panier de Buach.

— En revanche, lorsque nous aurons terminé, les domestiques pourront venir se régaler des restes.

— Je comprends.

— Laissez-nous maintenant, a ordonné Briony à ses gens.

Son ton était sans appel. Une fois la salle vidée, elle s'est tournée vers moi.

— À présent, dis-moi ce qui t'amène à Tearmann. Mais avant tout, sache que nous sommes alliées. Tu es ici sur les terres de ton père, Carrig. L'une de nos meilleures Sentinelles… Il doit être fier de toi.

À cette évocation, j'ai senti les yeux me picoter. J'aurais tellement aimé qu'il soit là avec moi. Qu'il me fasse visiter sa maison, me présente ses amis… Je n'osais imaginer l'avenir sans lui.

Briony a posé une main sur la mienne, restée sur la table.

— Qu'y a-t-il, ma chère Gianna ?

— Carrig est dans le coma.

— De quoi s'agit-il ?

— C'est comme un sommeil éternel. (J'ai essuyé mes yeux humides avec une serviette.) Sa femme, Sinead, est inconsciente, elle aussi. Ils sont liés.

— C'est une fée… a-t-elle deviné en retirant sa main, l'air contrarié. Ma mère a connu le même sort. Lorsque une fée se marie avec un individu d'une autre espèce, sa vie est à jamais enchaînée à celle de l'autre.

— Votre mère est décédée en même temps que votre père, ai-je déduit avant de reposer ma serviette.

Elle a acquiescé avant de boire une gorgée de boisson violette.

— Un jour atroce… Mais nous ne pouvons rien contre la fatalité. Néanmoins, j'imagine que tu n'es pas venue ici pour me rendre une simple visite de courtoisie ?

Voilà quelqu'un de direct.

— En effet, j'aurais besoin d'un échantillon de sang du plus vieux descendant vivant du Troisième Mage. (J'ai sorti la liste que Rada m'avait confiée.) Cashel Deasmhumhain ?

J'avais complètement massacré le nom.

— C'est tout ? s'est-elle exclamée avant d'éclater de rire.

— Qu'y a-t-il de si drôle ?

Elle s'est ressaisie et de nouveau emparée de son verre.

— J'étais persuadée que tu allais me demander une armée !

— Une armée ? Et vous me l'auriez donnée ?

— Bien sûr. Nous sommes du même bord. (Elle m'a observée à travers son verre, dont elle a bu une gorgée avant de le reposer.) Ici, à Tearmann, nous croyons aux préceptes des fées selon lesquels chaque être vivant doit être protégé, car aucune vie n'importe plus qu'une autre. N'hésite pas à faire appel à nous lorsque tu auras besoin d'aide.

— Je partage vos idées.

— Je le sais. Je l'ai ressenti au moment même où tu es entrée dans ce château. Mais à présent, revenons-en à ta requête : je suis l'héritière que tu recherches. Cashel était mon grand-père, il est mort à l'automne dernier. Je suis la seule descendante encore en vie du Troisième Mage. Comment souhaites-tu procéder ?

— Quelques gouttes de votre sang suffiront. Vous n'avez qu'à vous piquer le doigt…

Je me suis penchée pour attraper le boîtier en cuir dans ma botte et en extraire le flacon qui contenait déjà le prélèvement effectué à Veilig.

— Je serais curieuse de savoir à quoi cela te servira, mais il vaut mieux que tu conserves tes secrets. Tout le monde n'est pas digne de confiance.

À qui le dites-vous… Je donnerais n'importe quoi pour retrouver mon globe de vérité !

La reine s'est ensuite saisie d'un couteau pour s'entailler le doigt. J'ai tendu le récipient en verre, au-dessus duquel elle a pressé sa coupure, faisant perler le précieux liquide.

Sentant contre ma jambe la petite flasque d'argent que Mardiana m'avait donnée, je l'ai attrapée pour en verser le contenu dans le même flacon.

— Est-ce un autre échantillon ? a-t-elle demandé, les sourcils arqués.

— Celui de l'héritière de Mantello.

— Je vois. Je suis incorrigible…

Je n'ai rien répondu. Elle l'avait dit elle-même : je ne devais me confier à personne. J'ai rebouché la fiole pour la replacer dans la boîte, avant de glisser le tout dans ma botte.

Soudain, une sirène a retenti dans le château. Briony s'est levée d'un bond.

— Eh bien, ma chère… Voilà qui est fâcheux. Nous sommes victimes d'une attaque.

Je me suis levée, désarçonnée.

Ils m'ont retrouvée.

Chapitre 18

Galach et Buach ont déboulé, un escadron de gardes sur les talons.

— Votre Majesté, nous devons partir sur-le-champ. Les gardes d'Asile sont ici pour vous arrêter.

Elle ? Pourquoi pas moi ? Mais quoi qu'il en soit, j'avais tout intérêt à ce qu'ils ne me trouvent pas dans cet endroit.

— Fuyons ! me suis-je écriée.

— Que me veulent-ils ? a demandé Briony sans se soucier de mon injonction.

— Leurs revendications ne sont pas claires, a répondu Galach, inquiet. Mais l'Archimage Murtagh a été arrêté aujourd'hui même, lors d'une réunion du Conseil.

— Sous quel motif? a demandé la reine en s'approchant de son garde.

— Il a voté contre la suppression du casier judiciaire de Conemar. Je dois vous emmener en lieu sûr au plus vite.

— En effet, ai-je ajouté. Maintenant me paraîtrait d'ailleurs une bonne idée.

Galach a fait signe à son escouade de ressortir dans le couloir avant de tendre une main que Briony a attrapée.

— Gia vient avec nous, a-t-elle déclaré au même moment. Buach, toi aussi.

Nous avons tous foncé à la suite du garde sans que la reine cesse pour autant de s'interroger.

— Je ne comprends pas bien… Si l'on efface ses crimes, Conemar pourra récupérer son statut d'Archimage à Estril. Qui pourrait en vouloir à Murtagh d'avoir voté contre ?

— Qui est Murtagh ? ai-je soufflé à Buach.

— C'est notre plus haut mage, a-t-il répondu sans cesser de jeter des coups d'œil dans son dos. Il représente notre reine au sein du Conseil.

— Le Conseil en a déduit que Tearmann se rangeait aux côtés de la Guilde des Chimères, a continué Galach. Et comme les sabbats sont tenus pour responsables des récentes attaques contre les refuges, nous sommes officiellement considérés comme des traîtres.

À son tour, Briony a regardé derrière nous.

— Où sont les autres gardes à nos trousses ? Et que va devenir mon peuple ? Je ne puis l'abandonner.

— Ordre leur a été donné de retarder ceux d'Asile pendant notre évasion, a répondu Galach en l'entraînant dans un virage. Ils ne s'en prendront pas aux habitants, c'est contre les dirigeants qu'ils en ont.

Je n'en revenais pas. Conemar était donc bien derrière tous les assassinats d'Archimages… Tel était son plan pour mettre la main sur le Conseil.

— Voilà qui n'augure rien de bon. Ils ne peuvent quand même pas le réhabiliter au Conseil !

— C'est une décision qui doit être votée à l'unanimité, a confirmé Briony. Voilà pourquoi ils veulent nous écarter des négociations, mon parlement et moi. Ils ont probablement pour projet de nous remplacer par un Archimage sympathisant de Conemar.

Soudain, nous avons débouché dans un couloir tapissé de toute une collection de portraits royaux et de statues. Au centre de l'allée reposaient deux sarcophages de marbre : sur l'un était sculpté une silhouette d'homme, sur l'autre, une silhouette de femme.

— Mes parents, m'a expliqué Briony, après avoir suivi mon regard. Ils reposeront ici jusqu'à ma mort, après quoi je prendrai leur place, et eux seront inhumés dans une crypte à l'extérieur du village.

Galach a enclenché un mécanisme sur le rebord de la sépulture de l'homme. Les deux cercueils se sont alors éloignés l'un de l'autre, révélant un escalier qui s'enfonçait dans les ténèbres.

Dès que j'ai eu invoqué un globe lumineux, j'ai fait signe à Briony et Galach de descendre. Nous les avons suivis, Buach et moi, puis les caissons se sont remis en place, nous enfermant dans le passage secret.

— Où ce tunnel mène-t-il ? ai-je demandé en surveillant où je posais les pieds, tant le sol était accidenté.

— À la bibliothèque publique de Dublin, m'a éclairée Briony.

Le jeune boulanger, lui, semblait trop essoufflé pour répondre.

— Est-ce que ça va ? me suis-je inquiétée en resserrant mon sac contre moi.

— Je suis juste inquiet pour papa et maman.

— Désolé, Buach, mais je ne pouvais pas te laisser, est intervenu Galach. On risquait de t'arrêter pour t'interroger. Au moins, comme ça, personne ne se doutera que tu as participé à cette évasion. Dès qu'on arrivera à la bibliothèque, tu pourras sauter vers Tearmann. À ton retour, tu raconteras que tu es allé rendre visite à un ami à Mantello. Dis à papa et maman que je les aime.

Au bout du passage se trouvait une étagère que nous avons déplacée pour déboucher dans la bibliothèque. J'ai consulté l'heure sur la montre de Carrig : il était près de 3 heures du matin à Dublin.

J'ai récité le charme pour appeler la porte-livre et l'ai attendue en observant les lieux. Un enchevêtrement de boiseries blanches ornait l'immense coupole en camaïeu de turquoise. En dessous, plusieurs rangées de fenêtres arrondies laissaient entrer la lumière extérieure. Encore un peu plus bas, on voyait un moulage en stuc qui représentait des chérubins accrochés à une guirlande de fruits. Enfin, les rayonnages de livres occupaient les autres pans de mur.

À l'affût du moindre mouvement, je me suis avancée dans l'une des allées de bureaux, au centre de la salle. La porte-livre, attachée par des liens en cuir, remuait pour attirer mon attention. J'ai couru la libérer et l'ai rapportée aux autres.

— Nous y sommes, a déclaré Galach avant de relâcher le bras de Briony. Buach, tu sautes en premier. Surtout, pas d'imprudence. Tiens-t'en à ton travail et prends soin de papa et maman.

— Reviens-nous, a répondu le cadet en étreignant son frère.

— Tu sais bien que je ne peux te le promettre. Allez, file.

— Rendez-vous pour la tarte ! ai-je glissé à mon guide.

— J'y compte bien ! s'est-il exclamé, tout sourire, avant de disparaître dans la porte-livre.

— Et maintenant ? s'est enquise la reine.

Galach a ôté son casque et l'a lâché sur le sol dans un fracas qui a résonné sous la coupole.

— Savez-vous comment accéder au monde des fées ?

La souveraine a secoué la tête.

— J'avais à peine six ans lors de ma dernière visite. Je ne me souviens que d'un magnifique jardin.

Mon regard est retombé sur le tatouage argenté à mon poignet.

Mais bien sûr ! J'ai soufflé sur le papillon, qui s'est détaché de ma peau pour venir voleter devant mes yeux.

— J'ai besoin d'Aetnae, s'il te plaît.

Le chercheur s'est aussitôt élancé dans la porte-livre.

— Qui viens-tu d'appeler ? m'a demandé Briony dont les yeux d'ambre paraissaient plus sombres dans la pénombre de la bibliothèque.

— Une fée des livres.

L'estomac noué, j'ai tiré une chaise pour m'y effondrer en attendant que mon amie arrive. Derrière les fenêtres, le ciel commençait à s'éclaircir, signe que la nuit tombait à Mantello. Bastien allait rentrer à l'auberge d'un instant à l'autre et, ne m'y trouvant pas, il m'en voudrait de m'être rendue à Tearmann de mon propre chef.

Les pages de la porte-livre se sont soudain mises à tourner à toute allure, puis le chercheur en a surgi pour battre des ailes devant moi, suivi d'Aetnae.

— Il veut retourner sur ton poignet, m'a expliqué la fée. On dirait qu'il t'a choisie comme propriétaire.

— Chouette… (J'ai tendu la paume pour le laisser reprendre sa place.) Mais que dirais-tu de devenir mon ami, plutôt ?

À ces mots, le chercheur a scintillé de plus belle avant de se fondre dans ma peau. Alors seulement, Aetnae s'est aperçue que je n'étais pas seule.

— Pourquoi m'as-tu appelée ? (Elle s'est soudain interrompue à la vue de la reine, avant d'effectuer une révérence.) Votre Majesté ! Que nous vaut votre visite ?

— Le Conseil a ordonné mon arrestation, ainsi que celle des membres de mon parlement. Je souhaite demander asile à *Tír na nÓg*.

La petite fée s'est posée sur mon épaule, où elle s'est agrippée à une mèche de mes cheveux.

— Je ne peux vous y emmener, a-t-elle déploré. Votre saut sera enregistré.

— Ils veulent la jeter en prison ! a protesté Galach. Imaginez le traitement que lui réservera Conemar lorsqu'il aura repris le pouvoir !

Soudain, une idée m'a traversé l'esprit.

— J'ai peut-être une solution, mais Galach ne pourra nous suivre. Il devra retourner à Tearmann.

— Impossible. Je ne me séparerai pas de ma reine, a déclaré l'intéressé après avoir carré les épaules.

Briony a doucement posé la main sur la joue du garde.

— Je serai en sécurité avec les fées, j'appartiens à leur peuple. Toi, protège notre refuge. Mais reste vigilant, je ne supporterais pas de te perdre.

L'homme a brièvement effleuré la main de la souveraine avant de reculer d'un pas pour s'incliner.

— À vos ordres. J'attendrai que vous soyez parties pour rentrer à Tearmann.

Ces deux-là étaient-ils amoureux ? Ils m'en avaient l'air, en tout cas.

— Je reviens vite, ai-je lancé avant de m'élancer vers les portes d'entrée de la salle.

— Où vas-tu ? s'est étonnée Aetnae.

— Je dois m'isoler un instant !

Une fois seule dans un couloir qui menait à un large escalier, j'ai soulevé mon T-shirt et posé le majeur et l'index, bien droits, sur la couronne. Cette *Chiave* permettait à quiconque la portait de franchir les portes-livres sans se faire repérer.

L'existence des *Chiavi* devait rester secrète, mais l'urgence était de placer Briony en sécurité. Si son saut était enregistré, elle était perdue. Oncle Philip, Akua et elle étaient les derniers membres du Conseil qui n'avaient pas été corrompus. Nous avions besoin d'eux pour la sauvegarde des refuges.

— *Reditum*, ai-je récité, concentrée sur la couronne.

La *Chiave* m'a fait atrocement souffrir lorsqu'elle s'est détachée de mes côtes. J'ai étouffé un cri en tombant à genoux. Dans les airs, devant moi, l'objet reprenait peu à peu sa taille originale. Je l'ai attrapé avant de courir rejoindre les autres.

Tout près l'un de l'autre, Briony et Galach étaient en plein conciliabule. À en juger par le visage du garde, il n'appréciait guère les propos de la reine.

Aetnae est venue se poser sur mon épaule pour me chuchoter quelques mots à l'oreille :

— Querelle d'amoureux… Et toi qui pensais braver un interdit en sortant avec Arik ! (Elle s'est interrompue, une main devant la bouche.) Oh pardon… Enfin, tu comprends. C'est encore pire pour eux : une souveraine et un garde… Ça ne peut pas fonctionner.

— Je ne vois pas où est le problème, ai-je rétorqué, les sourcils froncés. Ils s'aiment, et après ? Leur statut de monarque et de garde ne change rien à leurs personnalités. Nous sommes tous égaux face aux sentiments.

— Va donc expliquer ça à ces mages collet monté qui ne lèvent jamais le nez de leurs textes de loi… (Son regard s'est posé sur la couronne.) Que comptes-tu faire avec ça ?

— Dissimuler le saut de la reine.

— Fantastique ! Dans ce cas, levons le camp avant d'être découvertes !

Aetnae a pris son envol et je l'ai suivie. À notre approche, Briony et Galach se sont écartés l'un de l'autre.

— Nous sommes prêtes, ai-je déclaré en tendant la couronne à la reine de Tearmann. Vous devrez porter ceci pendant la durée du saut. Et maintenant, Aetnae et moi allons nous retourner pour vous laisser vous embrasser.

Briony a ouvert la bouche pour protester, mais je l'en ai empêchée d'un geste de la main.

— Regardez-le bien et enregistrez son image. Vous ne vous reverrez peut-être pas avant longtemps.

Lorsque Aetnae a regagné mon épaule, j'ai pivoté sur moi-même.

— Ta grand-mère sera tellement heureuse de te voir…

La fée des livres tentait tant bien que mal de faire diversion. Et à vrai dire, j'aurais tout donné pour retrouver Nana, mais je ne pouvais pas me laisser détourner de ma quête : l'enjeu était trop important.

— Malheureusement, je ne viens pas avec vous, ai-je déploré. Bastien m'attend à Mantello. Je dois juste trouver un moyen de passer inaperçue aux yeux des gardes de la bibliothèque.

— Je peux t'y aider, il n'y a rien de plus simple. Saute sans crainte : je t'attendrai là-bas avec des fées des livres. Nous ferons diversion le temps que tu passes discrètement ! (Elle a sautillé, tapant dans un nerf de mon cou par inadvertance.) Oh pardon ! Je suis tellement excitée. On va bien s'amuser !

— Ah ça, tu l'as dit !

Plusieurs minutes se sont écoulées avant que Briony ne se manifeste : ce devait être un long baiser.

— Très bien, allons-y.

Comme la porte-livre était déjà retournée à sa place, je l'ai rappelée. J'ai feuilleté l'ouvrage jusqu'à trouver la photo de la bibliothèque nationale d'Écosse, à Édimbourg, puis j'ai jeté un coup d'œil à la reine.

— Êtes-vous prête ?

Elle a interrogé Galach du regard, qui a opiné, confiant.

— Oui.

— Mettez la couronne.

Je l'ai laissée s'exécuter, lui ai pris la main, puis j'ai récité la formule avant de sauter dans le livre :

— *Aprire la porta.*

Lorsque nous sommes arrivées à destination, Aetnae a ouvert le livre pop-up du *Jardin secret*.

Briony s'est tournée vers moi, les yeux brillants.

— Nous nous reverrons en temps de paix, Gianna Bianchi McCabe. Sois forte.

— Je vous le promets. Nous nous retrouverons.

— Si tu as besoin de moi, a ajouté Aetnae, tu sais comment me trouver.

— Tout à fait. Allez, filez, maintenant.

Elle a acquiescé avant d'entraîner Briony dans *Le Jardin secret*. Réintégrer la couronne dans ma peau a été un véritable supplice. Mais une fois passée cette épreuve, j'ai chaussé ma perruque blonde et sauté vers la bibliothèque Riccardiana.

La file d'attente pour Mantello, bien plus longue qu'à l'aller, s'étirait jusqu'entre les étagères. À mesure que mon tour approchait, je me tordais les mains d'angoisse.

Bon sang, Aetnae, où es-tu? Agrippant nerveusement les bretelles de mon sac, j'ai jeté des coups d'œil nerveux de-ci de-là en me mordillant les lèvres.

Quand la queue a encore avancé, mon cœur s'est mis à accélérer la cadence. J'ai risqué un regard en arrière pour évaluer le risque de me faire repérer si je sortais du rang pour faire demi-tour. Trop tard : le garde était désormais tout proche, aussi suis-je restée à ma place.

La file s'est encore raccourcie : j'étais la prochaine. À cette pensée, j'ai dégluti avec peine.

Soudain, quelque chose m'a chatouillé l'oreille – j'ai tenté de chasser l'intrus d'un revers de main.

— Doucement, Gia ! s'est écriée Aetnae tout bas. Tu n'as jamais appris à ne pas faire de mouvements brusques quand tu crois entendre un insecte ? Tu vas finir par me casser une aile !

Je lui ai répondu entre mes dents, en prenant garde à ne pas bouger les lèvres.

— Où étais-tu passée ? C'est bientôt mon tour…

— Sors de la file et saute vers la bibliothèque de l'Escurial, en Espagne, dès qu'on aura commencé à faire diversion.

— Pourquoi veux-tu que j'aille à Santara ? (Devant moi, un couple avait engagé des pourparlers houleux avec les gardes.) Je dois d'abord retourner à Mantello pour retrouver Bastien.

— Non, a soupiré mon amie. Il y était en effet, mais comme il ne t'a pas trouvée là-bas, il est parti à ta recherche à Santara. Manque de chance, tu te trouvais à Tearmann… La distraction que tu attends ne devrait plus tarder. Profites-en pour partir maintenant !

Soudain, l'homme qui s'époumonait devant moi dans un langage que je ne connaissais pas a violemment jeté son sac à terre et s'est mis à gesticuler comme un beau diable. Puis des livres ont commencé à tomber des étagères voisines.

Une femme s'est retournée en poussant un cri.

— Qu'est-ce que c'était ? Un moustique ?

Très vite, les visiteurs qui attendaient leur tour se sont éparpillés dans le désordre le plus total, et les gardes ont focalisé leur attention sur la source du vacarme. J'en ai profité pour me faufiler dans la salle suivante et appeler la porte-livre. Tant de voyageurs l'utilisaient qu'elle a mis plusieurs minutes avant de se présenter à moi. Quand je l'ai enfin tenue en main, je l'ai feuilletée à toute allure.

— Eh ! Vous là-bas ! s'est écriée une voix grave.

J'ai relevé les yeux : un garde de petite taille, le crâne à moitié dégarni et des favoris broussailleux, fonçait vers moi – le martèlement de ses bottes sur le carrelage rythmait sa course.

Allez, Gia… Concentre-toi !

La page de la bibliothèque du monastère de l'Escurial se trouvait à la fin de l'ouvrage.

— Dites, mademoiselle, je vous p… (Comme il s'était arrêté dans son élan sans achever sa phrase, j'ai relevé la tête vers lui.) C'est vous… Gianna Bianchi !

Il a repris sa course.

Soudain, Aetnae a surgi en bourdonnant devant le visage du garde, qui a remué les bras en tous sens afin de l'éloigner. J'ai profité de son inattention pour invoquer un globe de glace que j'ai fait rouler jusqu'à ses pieds. Dans une glissade, il a chuté lourdement sur le dos.

— *Aprire la porta !*

Après avoir sauté, j'ai réussi à tourner la page au dernier moment : mieux valait éviter que tout un escadron de gardes connaisse ma destination. Enfin, les ténèbres m'ont engloutie dans un tourbillon de fraîcheur.

— C'était moins une ! a crié Aetnae au milieu des hurlements du vent.

Si elle n'avait pas été plaquée contre mon oreille, agrippée à mes cheveux, jamais je ne l'aurais entendue.

J'ai atterri sur le damier noir et blanc d'un carrelage de marbre. L'odeur familière des ouvrages anciens m'a empli les narines. La fée des livres a pris son envol. Alors que je cherchais à distinguer ses ailes iridescentes – à peine visibles –, mes yeux ont été attirés par la voûte de la grande nef, dont les fresques étaient encadrées de dorures. J'avais étudié cet établissement au lycée, en option Arts : Afton m'avait suppliée de m'y inscrire avec elle. Si l'histoire des bas-reliefs, des fresques ou autres œuvres ne m'avait pas passionnée, le cours sur les bibliothèques, en revanche, avait réussi à susciter mon intérêt. Et voilà que je déambulais dans l'une d'entre elles…

Les fresques, magnifiques, représentaient les sept arts libéraux : arithmétique, géométrie, musique, grammaire, astronomie, rhétorique et dialectique. Comment cette leçon pouvait-elle me revenir en mémoire à ce moment précis ? Mystère…

— Tu vas rester à fixer le plafond encore longtemps ? m'a demandé Aetnae, plantée sur l'une des vitrines au centre de l'allée.

J'ai détaché mon regard de la représentation d'une femme – ou d'un homme, c'est parfois compliqué à déterminer dans ce genre de peintures – entourée d'hommes d'Église barbus et coiffés de mitres. Une couronne flottait au-dessus de sa tête. Afton avait choisi de reproduire cette œuvre pour un devoir – le résultat avait été époustouflant. Mon travail, en revanche, n'aurait pas dépareillé une exposition de dessins d'enfants de maternelle.

Afton me manquait. Nick aussi. Ainsi que cette époque bénie où notre seule crainte était de récolter de mauvaises notes.

— Comment entre-t-on dans le refuge ? ai-je demandé, tentant de refouler la terrible nostalgie qui me submergeait.

La fée des livres a voleté jusqu'à un portrait royal.

— Par ici !

— *Ammettere il pura*, ai-je récité face au tableau.

En vain. Après avoir répété encore une fois la formule, sans plus de succès, je me suis tournée vers mon amie.

— Tu es sûre de toi, Aetnae ?

— Certaine. On dirait que le charme a été modifié…

— Tu ne connaîtrais pas l'entrée d'un tunnel talpar dans les parages, à tout hasard ?

— Pourquoi saurais-je une chose pareille ? a-t-elle articulé, pantelante, en se posant sur mon épaule.

— Parce que les bibliothèques n'ont aucun secret pour les fées des livres. (Je me suis contorsionnée pour la regarder dans les yeux.) À moins que tu ne m'aies menti à ce sujet ?

— D'accord, a-t-elle admis à contrecœur. Sauf que je te défends de raconter que j'étais au courant. On doit aller au sous-sol, mais ça ne va pas te plaire.

— Pourquoi donc ?

— Tu le découvriras bien assez tôt… Suis-moi.

Je me suis élancée dans le sillage de la petite fée qui voletait de couloir en couloir et filait au bas des escaliers. Elle m'a guidée jusqu'à une salle tout en marbre noir, jaspe rouge et dorures, où vingt-six cercueils en marbre étaient empilés, par groupes de quatre, et encastrés dans les murs. Au fond de la pièce, j'ai remarqué un autel surmonté d'un christ en croix.

— Où sommes-nous ?

— Dans la crypte royale. Tous les monarques sont inhumés ici.

— Cet endroit me fiche la frousse.

— Qu'est-ce que je t'avais dit ? (Elle a volé jusqu'à un chérubin doré qui brandissait un chandelier.) Tire-le vers l'avant.

J'ai posé ma main sur la tête de la statuette et l'ai renversée. Aussitôt, un pan de mur a coulissé, révélant un tunnel aux parois de terre.

— Tu ne viens pas? ai-je demandé à Aetnae, qui n'avait pas bougé d'un pouce.

— Non. Je n'ai le droit de sortir des bibliothèques que pour rentrer au royaume des fées. (Elle m'a adressé un sourire timide.) Suis cette galerie jusqu'au bout : tu arriveras à Santara.

— Entendu. Merci !

La perspective de pénétrer seule dans ce souterrain lugubre ne m'enchantait guère. Pourtant, j'ai avancé à pas prudents. Aussitôt, les ténèbres m'ont enveloppée tel un manteau de velours et le panneau s'est remis en place. Dans l'air putride flottait comme un effluve de tragédie.

Chapitre 19

À la lumière de mon globe, j'ai fini par atteindre le bout du tunnel : un mur de briques tachées de suie. J'ai cherché un mécanisme, levier ou autre bouton qui permettrait d'ouvrir le passage. Mais à part un tas de bougies usées à ma droite sur le sol, je n'ai rien trouvé.

J'ai alors examiné de plus près la paroi elle-même, malheureusement toutes les briques semblaient scellées à la perfection.

— Comment vais-je sortir d'ici ? me suis-je interrogée, exaspérée.

Comme si ce mur allait te répondre…

C'est alors que j'ai remarqué une inscription dans une langue que je ne connaissais pas. Je n'ai pas pu décrypter grand-chose, mais un mot a retenu mon attention. « *Fuego* » : le feu.

J'ai observé le tas de bougies, les traces de suie, et j'en ai tiré la conclusion qui s'imposait : l'ouverture devait se faire grâce à cet élément.

J'ai refermé les doigts sur mon globe lumineux pour les rouvrir aussi sec.

— *Accendere il fuoco !*

Quand j'ai plaqué la boule de feu contre la paroi, le mur s'est scindé en deux.

Au-delà de la porte, le paysage était verdoyant et planté de hauts arbres. Sans manquer d'abaisser ma capuche sur mes yeux, je me suis engagée sur un chemin d'herbe piétinée. Je me suis bientôt retrouvée dans un village de maisons blanches aux toits de tuiles rouges. Certaines demeures menaçaient de s'écrouler, d'autres avaient brûlé. Dans le lointain se dressait un magnifique château, adossé contre un pan de montagne. Le paysage où je progressais était dévasté, comme s'il avait été le théâtre d'une bataille.

Des habitants sont sortis de chez eux sur mon passage. Penser à ce qu'ils avaient dû vivre m'a fait monter les larmes aux yeux. Ils m'observaient sans haine ni dégoût, avec au contraire une lueur d'espoir dans les yeux. Un vieil homme, vêtu d'un pantalon usé aux genoux, s'est approché pour me tendre une coupe. Il avait la peau parcheminée et des cheveux de coton blanc ébouriffés par le vent.

J'ai inspecté minutieusement l'eau avant de la boire d'une traite et de lui rendre le récipient.

— Merci. Que s'est-il passé, ici ?

— Nos dissidents se sont tous fait massacrer. Est-ce que vous êtes Gianna ?

Les yeux embués, j'ai acquiescé sans pouvoir retenir quelques larmes qui se sont écrasées au sol.

Il s'est alors incliné avant de se retourner en clopinant pour clamer dans la rue :

— Gianna Bianchi ! Gianna Bianchi ! *Nuestra salvación !*

Les têtes se sont inclinées sur mon passage.

Je n'avais pas besoin de grandes connaissances en espagnol pour comprendre qu'ils me considéraient comme « leur salut ». Mais je n'étais qu'une adolescente ! Comment pouvaient-ils voir une sauveuse en moi ? Cette situation me dépassait. Je me suis essuyé les yeux avec un pan de ma cape et j'ai ravalé l'angoisse qui me serrait la gorge. Pas question de me laisser décourager !

Au moment d'atteindre le bout de la rue, j'ai aperçu Bastien qui sortait d'une maison, une main en visière à son front. Si j'en croyais l'état de ses vêtements, il sortait tout juste d'un combat de boue.

Pourtant, même dans cet état, il était beau à tomber. Mon corps s'est fait soudain si léger que j'ai eu la sensation de pouvoir m'envoler. Comment ne pas céder à un garçon aussi irrésistible ? J'ai couru jusqu'à lui et me suis jetée dans ses bras.

— Tu es là ! ai-je murmuré contre son épaule, le souffle court et les bras tremblants.

Une main posée sur ma nuque, l'autre au creux de mon dos pour me serrer contre lui, il a poussé un soupir de soulagement.

— Gia, tu m'as fait tellement peur… Pourquoi n'étais-tu pas à Mantello ?

Je me suis imprégnée de son odeur si particulière : il n'y avait que lui pour sentir aussi bon, même couvert de boue.

— Je me suis rendue à Tearmann afin de récolter le sang de la descendante… Je pensais revenir plus tôt…

— C'était dangereux, a-t-il grondé en me relâchant. Pourquoi es-tu partie sans nous avertir ? Tu aurais pu te faire prendre !

La colère dans ses yeux m'a fait reculer.

— Il le fallait.

— Pourquoi ? Rien ne t'empêchait de nous attendre !

— C'est Mardiana elle-même qui m'a conseillé de ne pas perdre de temps ! (Je sentais l'agacement grandir en moi en écho au sien.) Elle m'a prévenue qu'une tempête risquait de m'empêcher de récupérer ce que je cherchais à Tearmann.

Il s'est passé une main dans les cheveux, y soulevant un nuage de poussière.

— Et tu y es allée, malgré cette menace ?

— Assez, vous deux ! a grommelé Edgar en passant devant nous. Embrassez-vous en signe de réconciliation et on n'en parle plus. On n'a pas que ça à faire.

J'étais tellement obnubilée par Bastien que je n'avais même pas vu le garde approcher. Cela ne m'a pas empêchée d'ignorer ses recommandations. Je refusais de faire des efforts avec quelqu'un qui me regardait d'un air aussi furieux.

— Je sais me débrouiller seule, ai-je craché.

Le ton de ma voix l'a désarçonné. Il s'est frotté la nuque, les yeux rivés au sol.

— C'est juste que… j'ai eu peur. J'ai cru…

— Quoi ? Que j'étais une petite fille sans défense ?

— Non, a-t-il protesté en redressant vivement la tête pour plonger son regard dans le mien. Jamais une telle pensée ne m'a traversé l'esprit. J'avais peur que tu sois blessée, c'est tout.

— Eh bien non, je vais bien. D'ailleurs, pourquoi ne m'avez-vous pas attendue, à Mantello ?

— Je me suis douté que tu étais partie seule : tu n'es pas un modèle de patience. J'hésitais entre Santara et Tearmann…

— Et tu as donc choisi celui des deux où ont éclaté des émeutes…

— En effet, a-t-il répondu d'une voix plus douce. J'ai pensé qu'il serait plus judicieux de te chercher d'abord dans le refuge le plus dangereux. Au cas où… J'ai récolté ceci auprès de la dame que nous cherchions ici.

Il m'a tendu une minuscule bouteille remplie d'un liquide rouge. Edgar est revenu vers nous, mordant à pleines dents dans une miche de pain.

— On a aussi les échantillons de Couve et Estril.

J'ai esquissé un sourire, à demi soulagée.

— Bon… Ne manque plus que le prélèvement de Royston : ensuite, nous aurons tout ce qu'il nous faut.

— Il nous reste tout de même à trouver la Tétrade, a objecté Bastien, qui avait remis sa main en visière pour scruter la rue.

— Je sais comment y parvenir. Qu'est-ce qu'il y a ? lui ai-je demandé après avoir tourné la tête dans la direction qu'il surveillait.

— Nous ne pouvons pas abandonner les habitants à leur sort, il faut les aider à quitter cet endroit. (Il s'est retourné pour faire face au château.) Comment es-tu arrivée jusqu'ici ? Les gardes d'Asile ont bloqué l'entrée de Santara et j'ai posé un charme pour les empêcher de pénétrer dans le refuge.

— Je suis passée par un tunnel talpar.

— Hors de question d'emmener la population entière

avec nous, a protesté Edgar. Et puis, ils ne risquent rien : tout souverain a besoin de sujets pour pouvoir régner.

Il n'avait pas tort. Pourquoi s'en prendre à ceux qui représentaient une source de richesses grâce à leur labeur ? Repérant une charrette sur le bord de la route, j'ai sauté dessus.

— Qu'est-ce que tu fais ? Redescends de là ! s'est écrié Bastien en me tendant la main.

Je l'ai ignoré pour haranguer la foule.

— Bonjour à tous. (Ceux qui ne nous regardaient pas encore ont tourné les yeux vers moi.) Bien… Je suis Gianna Bianchi McCabe, l'arrière-petite-fille de Gian Bianchi, et le présage de la prophétie d'Agnost. Nous traversons une période de terreur.

L'attroupement s'est resserré autour de moi pour écouter mon discours, traduit par le vieil homme qui m'avait offert de l'eau.

— Mon chemin sera semé d'embûches, et si j'échoue, nous nous retrouverons dans la tourmente.

Quand mon interprète a eu terminé, l'angoisse a gagné les visages et une rumeur, parcouru la foule. J'ai inspiré profondément, afin de me rasséréner et de refouler ma peur.

Prends sur toi, Gia. Tu peux le faire.

— Quoi qu'il arrive, je n'abandonnerai pas, ai-je repris. Je mènerai ce combat jusqu'au bout. Retournez à vos occupations comme si de rien n'était et ne vous faites pas remarquer des autorités. Assurez-vous que vos proches sont en sécurité.

J'ai marqué une nouvelle pause, afin que l'homme puisse traduire en espagnol.

— L'heure viendra de s'unir pour faire front, mais il est encore trop tôt. Vous serez informés au moment opportun. Voilà… c'est tout.

À mesure que le vieillard répétait mes propos, j'ai vu l'espoir illuminer les visages.

Quand j'ai sauté de la charrette, mon regard a croisé celui de Bastien. Ses yeux étaient emplis d'un tel amour que j'en ai eu le souffle coupé. Il m'a caressé la joue, et même si j'étais toujours en colère contre lui – après tout, il ne s'était pas excusé –, j'ai posé la tête contre sa main.

— J'aimerais tellement fuir toute cette folie. Dans mes rêves, on pourrait profiter l'un de l'autre, passer du temps ensemble loin de toute cette discorde et des nuages funestes qui planent au-dessus de nos têtes.

— Et moi donc…

— Et je sais que tu es forte, Gia. Pardonne-moi si ce que j'ai dit t'a laissé entendre le contraire. J'ai seulement eu peur pour toi.

Je n'avais pas encore oublié son accès de colère quelques minutes plus tôt, mais ces mots contribuaient à m'apaiser.

Edgar a posé sa main sur l'épaule de Bastien.

— Dépêchons-nous de partir avant que le charme de protection ne se dissipe.

J'ai observé les villageois autour de moi. Jeunes, vieux, femmes, hommes, enfants… Jamais ils ne pourraient se défendre si la Tétrade tombait entre de mauvaises mains. À supposer qu'il y ait de « bonnes mains » pour diriger un tel monstre… Or, j'en doutais fort, tant le pouvoir pervertit.

Voilà pourquoi Athela veut que je détruise cette arme maléfique.

En revanche, j'ignorais toujours la raison qui avait poussé l'enchanteresse à me choisir, moi. C'était elle qui avait échafaudé cette stratégie séculaire à l'aide de sa propre magie. Ce combat aurait dû se tenir dans un lointain passé, mais le Conseil des mages avait déjoué ses plans en la tuant, puis en interdisant les mariages entre Sentinelles.

J'ai guidé Edgar et Bastien le long du tunnel talpar pour regagner la bibliothèque, où nous avons sauté dans une porte-livre, direction Barmhilde. Des éclairs zébraient le ciel et une pluie torrentielle se déversait sur le sabbat. L'eau battait ma capuche et ruisselait sur le sol tout autour de moi. Chacun de mes pas souillait davantage mes bottes de boue.

Le Rouge est venu à notre rencontre dès que nous avons pénétré dans le campement.

— Content de vous voir ! Ces quelques jours ont été mouvementés dans les refuges. Tearmann a été envahi.

— Gia nous l'a appris, a répondu Bastien en écartant une mèche trempée de son front. Que s'est-il passé d'autre ?

— Allons d'abord nous mettre à l'abri, a proposé le maître des lieux, qui nous a laissés le précéder.

Demos a pointé le nez hors de sa tente au moment où nous passions devant.

— Ah, c'est vous ! Il me semblait bien avoir entendu du bruit.

— Salut, Gia, m'a saluée Shyna en passant à son tour sa tête dans l'ouverture.

— Qu'est-ce que vous fabriquez, tous les deux ? ai-je demandé, les yeux écarquillés. Et que fait Shyna ici ?

Demos s'est retourné un court instant pour s'entretenir avec la fille-oiseau avant de courir nous rejoindre dès qu'elle a eu acquiescé.

Le Rouge a écarté le rideau de sa tente pour nous inviter à l'intérieur. J'ai retiré ma cape, que j'ai laissée tomber à l'entrée, pendant que Bastien jetait une boule de feu sur les bûches dans le foyer.

Je me suis approchée de l'âtre, les bras tendus, aussitôt parcourue par un grand frisson au contact de cette chaleur. Mon petit ami s'est approché par-derrière pour frotter mes mains entre les siennes.

— Tu te réchauffes ?

— Oui… Je crois que je pourrais dormir pour le restant de mes jours.

— Je préférerais que tu résistes à la tentation… Je m'ennuierais sans toi.

C'est trop mignon, ai-je pensé avant de lui lancer un sourire par-dessus mon épaule. Il a pris place sur l'un des coussins. Edgar, qui essayait lui aussi de se réchauffer les mains tout en nous observant, s'est approché de moi.

— Tu sais, m'a-t-il soufflé de manière à ce que je sois la seule à l'entendre, quand toute cette histoire sera terminée, et si nous gagnons, il n'y aura plus de Conseil des mages. Nous n'aurons plus qu'un seul souverain pour présider un conseil de représentants des magiciens et des Chimères. Bastien serait parfait dans ce rôle : il a tant sacrifié et s'est tellement démené pour le bien des sabbats et des refuges. Sans compter qu'il n'a pas hésité à dénoncer le Conseil…

Sur ce, Edgar s'est éloigné sans attendre ma réponse. Ses propos ne me surprenaient pas. Dès mon entrée dans le monde des Chimères, j'avais d'ailleurs entendu dire que le peuple de Bastien l'aimait et souhaitait le voir devenir Archimage un jour. Qu'adviendrait-il alors de notre relation ? Je me sentais bien trop jeune pour un tel destin… Combattre des monstres, sauver des mondes, m'inquiéter de notre avenir, à Bastien et moi… Tout ce que je désirais, c'était rester en vie, et retourner au lycée l'année suivante.

Mais telle la fumée qui s'élevait du feu, mes rêves d'humaine me semblaient soudain inconsistants, transparents et éphémères.

Le Rouge s'est éclairci la voix tout en passant une main sur son crâne trempé.

— Pour en revenir à ce que nous disions, la reine de Tearmann est en exil et son parlement a été démantelé. Un certain Comyn MacColgan a été désigné à la place. C'est un sale type doublé d'un sale sorcier, vous pouvez me croire. Il a arraché d'un coup de dents le nez d'un gars qui l'aurait regardé de travers.

— Qu'est-il arrivé aux gardes et à leurs familles ? me suis-je enquise, inquiète pour Buach et Galach.

— Nous leur avons conseillé de ne pas opposer de résistance, mais certains n'en ont fait qu'à leur tête. Quelques-uns sont morts et les autres ont été transférés dans les geôles souterraines du Vatican.

— Je vois…

J'ai baissé la tête, espérant de tout mon cœur que les deux frères ne faisaient pas partie de ceux qui avaient péri.

— Lorsqu'ils auront nommé un nouvel Archimage à Tearmann, a poursuivi Bastien, le Conseil a l'intention de tirer un trait sur le passé criminel de Conemar, afin de l'autoriser à reprendre ses fonctions d'Archimage à Estril.

— Quels traîtres ! a maugréé Demos, avant de donner un coup de poing dans un coussin. On ne revient pas sur un jugement !

Bastien a acquiescé sans quitter des yeux ses mains entrelacées devant lui.

— Dès qu'ils auront pris le contrôle, rien ne les empêchera d'agir comme ils l'entendent.

Le Rouge s'est emparé d'une bouteille au contenu carmin pour s'en servir un verre, qu'il a descendu d'un trait.

— Ce n'est pas tout… L'Archimage de Veilig et sa famille se sont échappés à temps, mais les gardes du Conseil étaient sur leur trace. Nous avons reçu un message de Greyhill : ils ont pu s'y rendre et sont à présent en sécurité. (Au regard furtif qu'il a échangé avec Demos, j'ai compris que Shyna avait joué les messagers.) Prenez un peu de temps pour vous reposer. Profitez-en pour manger et dormir tout votre soûl, car je vous veux d'attaque demain matin : nous avons une invasion de bibliothèques à mettre au point.

L'odeur du petit-déjeuner flottait dans l'air frais du matin. Toute la nuit, la pluie qui tombait dru sur la toile de tente m'avait empêchée de dormir. J'ai planté ma fourchette aux dents tordues dans mes œufs. Les plats, posés sur la surface irrégulière des tables en rondins de bois, tremblaient dès que nous les touchions, et les souches qui nous servaient de chaises tanguaient pour peu qu'on échoue à les caler entre les grosses touffes d'herbe.

Bastien a posé son assiette sur une bûche pour s'asseoir sur une souche bancale et il s'est démené jusqu'à trouver une position stable.

— Tu es déjà en tenue de combat ? s'est-il étonné.

J'ai posé les doigts sur mon fourreau, que j'avais laissé sur la table.

— On ne sait jamais… Lei nous a demandé de nous tenir prêts.

— Depuis quand est-ce elle qui vous donne des ordres ? s'est-il étonné.

— Eh bien, puisque…

Je me suis interrompue, préférant taire le nom d'Arik. Penser à notre ancien chef, devenu notre adversaire, m'attristait beaucoup.

— Bref, elle était seconde dans la hiérarchie, me suis-je contentée d'expliquer.

— Je vois, a-t-il répondu en attrapant sa tasse.

— Où sont Demos et Edgar ? ai-je demandé pour changer de sujet. Je ne les ai pas encore vus. Ce sont toujours les premiers levés, d'habitude.

Il a bu une gorgée, puis reposé sa tasse.

— Ils passent en revue des techniques de diversion avec l'armée du Rouge. (Je me suis frotté les yeux.) Toi, tu n'as pas beaucoup dormi, n'est-ce pas ?

— Non, ai-je répondu dans un bâillement.

L'atmosphère était aussi pesante que le porridge au fond de mon bol. Bastien avait beau s'être excusé pour son accès de colère de la veille, j'étais encore perturbée qu'il m'ait traitée comme une enfant. J'avais déjà survécu à de nombreux dangers, et même si j'avais peur, j'étais une Sentinelle : non seulement j'étais née avec un don pour la bataille, mais je possédais pour me défendre toute une collection de globes de combat.

Il a sorti sa botte secrète : son malicieux petit sourire asymétrique.

— Tu aurais pu dormir dans ma tente.

— C'est gentil, mais non merci, ai-je rétorqué tout en enfournant une fourchette pleine d'œuf.

— Tu crains de ne pas avoir assez chaud dans mes bras ?

J'ai recommencé à picorer dans mon assiette.

— Oh, là n'est pas la question, seulement, je ne suis pas sûre d'arriver à me retenir…

— Pourquoi ce sarcasme ? m'a-t-il interrogée avant de mordre dans une pomme de terre.

Je me suis emparée d'une tranche de pain de mie pour en tremper un petit morceau dans le jaune d'œuf.

— Pardonne-moi. C'est juste que j'ai besoin d'être un peu seule. Je suis tellement inquiète… J'ai l'impression de jongler avec des dizaines de globes qui vont forcément finir par s'écraser à mes pieds. (Je me suis tournée pour lui faire face.) Pop, Nana, Nick, Afton, Carrig, Sinead, Royston… sans parler d'oncle Philip : tous sont en danger. Dans cet équilibre précaire, qui vais-je secourir ? Je ne peux pas m'occuper de tout le monde en même temps !

Je n'avais cité ni Arik ni Emily, mais je me faisais aussi du souci pour eux. Bastien m'a enlacée et je me suis laissée aller contre son épaule.

— Je serai là pour t'aider. Tout comme Demos, Lei et Jaran : tu peux aussi compter sur eux. Tu n'es pas seule, Gia.

J'ai relevé la tête.

— Mais ce dont j'ai le plus peur, c'est de te perdre, ai-je avoué.

— Sois tranquille, a-t-il rétorqué, un sourire narquois aux lèvres.

— Tu es toujours aussi sûr de toi ?

— Non. Il m'est arrivé de douter : par exemple, j'ai eu peur que tu ne t'aperçoives jamais que nous étions faits l'un pour l'autre.

— Menteur !

Il a éclaté de rire.

— Bon, j'avoue… Je savais que tu finirais par t'en rendre compte. En même temps, c'est normal, je suis irrésistible.

Je me suis mise à rire à mon tour.

— Ce que tu peux être arrogant, parfois !

— On m'a appris à ne jamais mentir, pas toi ?

— Si, bien sûr.

— Alors, fais-moi une confidence à ton sujet.

À la vue des étincelles malicieuses qui se sont allumées dans ses prunelles, j'ai ressenti des papillons dans le ventre.

Je n'étais pas vraiment à l'aise avec cet exercice.

— J'ai un bon uppercut et un coup de genou assez efficace.

— Une confidence, pas un fait d'armes, a-t-il rectifié en fronçant les sourcils.

— J'ai des cheveux épais.

— Je me trompe ou tu n'aimes pas beaucoup ce jeu ? a-t-il pouffé.

— Tu n'as pas idée.

— Tu préfères que je commence ?

— D'accord.

— Un jour, j'ai mis le feu au garde-manger, a-t-il avoué. Mon frère avait neuf ans et moi, huit. Il m'avait pourtant prévenu de ne pas jouer avec les allumettes. Pendant longtemps, nous avons été très proches, puis il a changé, il s'est renfermé. L'Olivier de mon enfance me manque. Je ne supporte pas l'idée de ce qu'il est devenu.

— Ça doit être terrible, ai-je compati.

— À toi !

— J'aimerais que ma mère soit encore en vie. Elle a toujours été une sorte d'ombre dans un recoin de mon esprit. À présent, je ne sais même plus lesquels de mes souvenirs avec elle sont réels et lesquels mon esprit a fabriqués grâce aux photos et aux vidéos.

J'ai détourné le regard afin de cacher la tristesse qui devait briller dans mes yeux.

— Ça ne doit pas être facile… (Il a soulevé mon menton pour m'embrasser tendrement.) Allez, je t'ai assez torturée.

Soudain, des cris ont retenti au loin.

— Je n'aime pas ça, ai-je soufflé en me redressant.

Bastien s'est relevé d'un bond. Le temps de m'emparer de mon fourreau et nous sommes sortis de la tente de repas pour nous précipiter vers le village, d'où provenait le vacarme.

Je peinais tant à attacher mon harnais dans ma course, que j'ai glissé deux fois avant de parvenir à le boucler. Plus nous approchions de la source du tumulte, plus mon cœur se serrait… Les cris émanaient du bâtiment des Guérisseurs.

Carrig! Oh non…

Quand nous sommes arrivés, le Rouge s'est planté sur le pas de la porte, me barrant le passage.

— Laisse-moi entrer ! me suis-je indignée en me débattant pour entrer. Carrig !

— Que se passe-t-il, là-dedans ? a demandé Bastien.

— Une femme a sombré dans la folie. Les gardes du sabbat sont en train de la maîtriser.

— Ils n'arriveront à rien sans magie, a rétorqué mon petit ami.

Il a bousculé le Rouge pour se faufiler à l'intérieur, charge électrique à la main.

Je me suis ruée dans son sillage. Un Laniar dont les cheveux sombres lui retombaient sur les épaules a tenté de nous intercepter. À côté de lui se trouvait une Djallicaine à peine plus âgée que moi. Sur son large front, de petites cornes étaient en train de pousser. Elle avait des lobes d'oreille très longs et ses courts cheveux couleur cannelle étaient coiffés en brosse. Les deux gardes pointaient leur épée sur une femme dont je ne pouvais voir le visage.

— Laissez-nous passer ! s'est emporté Bastien.

Lorsqu'ils ont remarqué les éclairs dans la main de mon compagnon, les gardes se sont écartés.

— *Accendere il ghiacco.*

J'ai invoqué un globe de glace au moment d'avancer dans la pièce. Et j'ai reconnu la fauteuse de troubles. Saisie de terreur, j'ai étouffé un cri en manquant de trébucher.

Lorelle ! Penchée au-dessus de mon père, elle tenait un poignard plaqué contre sa gorge. Je ne l'avais pas revue depuis qu'elle m'avait lancé un sort antique qui m'avait dérobé mon globe de vérité. C'était elle qui avait assassiné ma tante Eileen et usurpé son identité pour se rapprocher de Nana, et par conséquent, de moi.

— Laisse-le, Lorelle, ai-je prévenu en la menaçant de mon globe.

Son rire de crécelle m'a déchiré les tympans et donné mal au crâne.

— Je ne suis pas Lorelle. Les scrutateurs ont laissé son esprit à l'état de page blanche. Un vrai jeu d'enfant pour en prendre possession ! D'ordinaire, je me glisse dans les âmes d'enfants dotés de magie, mais pourquoi pas une fée ? Oubliez vos petits tours, ou je l'égorge.

J'ai reculé en titubant, tétanisée par la peur. *Comment ça, ce n'est pas Lorelle ?*

Quand Bastien a baissé les mains, ses éclairs ont grésillé avant de s'éteindre, pourtant j'ai refusé de lâcher mon globe. Mon esprit ne parvenait pas à se fixer.

Les Scrutateurs étaient censés avoir usé de leur magie sur Lorelle afin de récolter des informations sur Conemar. Mais si la femme qui se tenait devant moi n'était pas la fée diabolique, qui était-ce ? Soudain, la vérité m'a sauté au visage.

Non... Impossible ! Pourtant, ses propos ne laissaient aucune place au doute.

— Pourquoi t'en prendre à Carrig, Ruth Ann ?

— Conemar avait raison, tu es plutôt intelligente comme gamine.

Ruth Ann était une Sorcière noire de Branford, dans le Connecticut. Elle avait été condamnée à mort durant une chasse aux sorcières au XVIIe siècle.

— Alors ? Pourquoi Carrig ? Il ne représente aucune menace dans son état.

— Certes, sauf qu'il peut encore se réveiller. Or, non seulement il est le chef des Sentinelles, mais il est bien trop puissant et persuasif. Conemar ne souhaite pas prendre le risque de le voir revenir parmi nous.

Elle affichait un sourire machiavélique et ses yeux brillaient d'une lueur diabolique. Soudain, sa main s'est légèrement relevée, éloignant la lame du cou de mon père. S'étant rendu compte de son geste, elle s'est empressée de plaquer l'arme de nouveau contre la peau.

Le froid du globe de glace me mordait la main. J'ai pris mon mal en patience : il me suffisait d'attendre qu'elle se laisse de nouveau distraire pour l'arrêter. Je suis donc restée à l'affût, sans céder à la peur ni à la panique, me contentant d'observer mon ennemie et guettant le bon moment pour frapper.

— Malgré tout, je veux bien l'échanger contre Katie Kearns, a-t-elle ajouté.

— Hors de question… a déclaré une voix depuis un hologramme sur la table, de l'autre côté du lit de Carrig.

C'était la reine Titania. À ses côtés se tenait Nana et, en arrière-plan, Sinead, allongée. Cette image m'a porté un douloureux coup au cœur.

— Il est évident que la question ne se pose même pas. Et de toute façon, pourquoi voudrais-tu… (Je me suis interrompue, devinant soudain la raison de cette demande incongrue.) Je comprends… Tu voudrais posséder son corps parce qu'elle maîtrise la magie de l'Incantora.

Bastien m'a lancé un regard interrogateur, auquel je ne pouvais répondre. Faute de quoi, je me suis contentée de secouer la tête.

Nana n'avait jamais utilisé l'Incantora, sous prétexte que ce pouvoir impliquait une grande responsabilité. Elle n'était qu'une enfant lorsque son don s'était manifesté. Aussitôt, sa mère l'avait enjointe de prêter un serment de sorcière : ne jamais l'utiliser sauf en cas de force majeure, pour sauver une population entière par exemple, et pas seulement une vie, ou même plusieurs. Cet engagement avait été scellé par la magie, et elle devrait faire face à de graves conséquences si elle le brisait.

— Nous ne pouvons accepter cet échange, a repris Titania.

— Désolée, Gia, a soufflé Nana.

— Tu n'y es pour rien.

Je me suis empressée de reporter mon attention sur la femme à l'apparence de Lorelle avant que les larmes ne viennent me brouiller la vue.

Ruth Ann observait l'hologramme d'un air méprisant.

— Je vous donne une minute. Pas plus. Si vous refusez, je le tue.

Appuyant le long poignard sur la poitrine de Carrig, elle a posé son regard sur la vieille pendule à côté du lit.

Grossière erreur !

Une minute… Tant de destins allaient se jouer dans ces soixante secondes. Je pouvais perdre le père que je venais tout juste de retrouver. Le monde des Chimères, l'une des meilleures Sentinelles de son histoire. Deidre, le seul père qu'elle ait jamais eu et, du même coup, sa mère.

Pendant cette petite poignée de secondes, tout pouvait basculer.

Rien qu'une minute…

Chapitre 20

La sorcière a commis une erreur grossière en déplaçant son arme vers la poitrine de Carrig : elle m'a donné l'opportunité de frapper. J'ai lancé mon bras vers l'arrière, le globe blanc et scintillant toujours au creux de ma paume.

— Non ! s'est écrié Bastien en m'attrapant par le coude. Tu vas toucher Carrig.

La sphère, déviée de sa trajectoire, est tombée sur le plancher et a éclaté en une pluie d'échardes glacées.

Aussitôt, un masque de rage a déformé le visage de Ruth Ann, qui, dans un grognement guttural, a planté le poignard dans la poitrine de mon père.

NON!

Un arc électrique a fusé des mains de Bastien pour venir frapper Lorelle de plein fouet. Quand elle s'est effondrée, l'esprit sombre de la sorcière s'est échappé du corps de la fée en une fumée noire, avant de se mettre à tournoyer dans la pièce, brisant plusieurs objets et heurtant les deux gardes. Dans sa frénésie, elle a aussi frappé Bastien qui s'est retrouvé à terre.

Je ne la quittais pas des yeux, à l'affût du moment opportun. Elle a fini par passer juste devant moi… Alors seulement, j'ai lancé mon globe de glace. La forme vaporeuse s'est figée dans l'air avant de s'effriter en une pluie de cristaux.

J'ai foncé vers Carrig. Une tache rouge grandissait sur les draps blancs dont il était couvert.

— Non, non, non… Carrig ! À l'aide !

Je ne parvenais plus à me contrôler.

Deux Guérisseurs – une vieille femme et un jeune homme – se sont précipités à son chevet.

— Emmenez-la, a demandé le second en me repoussant pour débuter les soins.

Bastien m'a entourée de ses bras et tirée en arrière, mais je me suis débattue dans l'espoir de me libérer.

L'image des Guérisseurs qui se pressaient autour de Carrig devenait de plus en plus floue, à mesure que mes yeux s'emplissaient de larmes.

— Je vous en supplie, sauvez-le. Par pitié… S'il vous plaît !

La femme a jeté un coup d'œil à l'hologramme.

— Il est trop faible et son lien marital consomme le peu d'énergie qu'il lui reste. Ils vont mourir.

— Non… ai-je gémi.

Une nouvelle fois, Bastien a tenté de me toucher, mais je l'ai écarté. J'ai baissé la tête. J'allais perdre en même temps mon père et Sinead. Pourrais-je seulement me remettre de ce chagrin ? J'avais l'impression de me trouver en plein cauchemar.

— Nous devons briser ce lien, a déclaré le Guérisseur,

sinon ils périront tous les deux. C'est notre seule chance de le sauver.

— Gia, a enchaîné Titania, tu es la fille de Carrig. L'un des deux peut encore être sauvé… Mais la décision t'appartient.

On n'aurait su imaginer pire dilemme. Les laisser mourir tous les deux était impensable, mais choisir revenait à en perdre un… Et que serait la vie de l'un sans l'autre ?

Dans le tourbillon de mes pensées irrationnelles, j'ai perçu la voix de la raison. *Mieux vaut en sauver un que perdre les deux.*

— Brisez le lien, ai-je décrété sans la moindre hésitation.

La reine Titania a adressé un signe de tête à une fée en blouse blanche. Avec un regard grave, l'infirmière a injecté le contenu argenté d'une longue seringue à Sinead. J'aurais tellement aimé la prendre dans mes bras pour lui dire que je l'aimais et combien j'étais peinée de ce qui était arrivé.

— Elle s'est éteinte, a simplement constaté la femme avant de s'éclipser.

Quand je me suis effondrée, en pleurs, Bastien s'est précipité pour me rattraper de justesse. Chaque sanglot soulevait dans ma poitrine une douleur atroce qui ne faisait que s'amplifier.

Deidre… Oh, Deidre… C'était affreux. Elles s'aimaient tellement fort, elle et sa mère. Moi qui n'avais jamais connu ce genre de relations, j'enviais leur complicité.

Je me suis essuyé les yeux de ma manche, sans pouvoir retenir mes larmes.

— Je suis sincèrement désolée, a bredouillé la Djallicaine, tête baissée. Si seulement nous avions pu l'arrêter…

Je la connaissais. Elle était serveuse dans le bar des sous-sols du château d'Asile. Nous l'avions croisée, Arik et moi, juste avant de débuter mon entraînement.

Comme je la dévisageais sans pouvoir articuler un son, Bastien a répondu à ma place :

— Merci. Personne ici n'est responsable de ce qui est arrivé. Nous avons fait tout notre possible.

Personne n'est responsable ? Vraiment ? J'avais l'impression de naviguer dans une brume noire. Les voix me parvenaient étouffées et les silhouettes étaient rendues floues par mes larmes.

La fille a acquiescé avant de suivre son confrère à l'extérieur.

— Il récupère, a remarqué la Guérisseuse âgée, qui étudiait une tablette transparente où s'affichaient les constantes vitales de Carrig. Le cœur n'a pas été touché, nous pouvons encore le sauver.

— Nous allons devoir l'opérer, a déclaré l'homme à notre intention. Nous vous informerons dès que nous en aurons terminé. Je vais donc vous demander de partir à présent.

Nous nous sommes dirigés vers la porte. À travers les larmes, les murs me semblaient gondoler. Bastien m'a soutenue jusqu'à la sortie.

Personne n'est responsable. Ces mots m'obnubilaient, car ils étaient mensongers. J'ai repoussé Bastien.

— C'est ta faute ! ai-je vociféré. Tu m'as empêchée de lui lancer mon globe ! J'aurais pu l'atteindre !

Bastien a pris mes propos comme une gifle.

— Je suis désolé. J'ai pensé…

— Non, justement, tu n'as pas réfléchi ! Et tout ça, parce que tu ne me fais pas confiance ! À cause de toi, Sinead est morte !

— Gia ! Attends ! l'ai-je entendu crier en m'enfuyant à toutes jambes.

J'ai dévalé la colline sans lui prêter attention. Soudain, ma botte a buté contre une pierre et je me suis affalée dans l'herbe.

— Gia !

Je me suis relevée tant bien que mal pour retourner à ma tente. Une fois à l'intérieur, j'ai arpenté la petite pièce de long en large. J'avais mal rien que de respirer – mon souffle était d'ailleurs bruyant et saccadé, trop saccadé. Dans un accès de panique, la bile m'a empli la bouche.

— Gia, est-ce que je peux entrer ? a demandé Bastien de l'autre côté de la tenture.

— Va-t'en !

Il est d'abord resté silencieux, puis il a poussé un profond soupir.

— D'accord. Je reviendrai plus tard.

Je n'ai pas répondu et me suis remise à sangloter dès que le bruit de ses pas s'est éloigné.

Je me suis déchaussée avant de m'allonger sur le matelas pour m'enfouir sous les couvertures où j'ai pleuré toutes les larmes de mon corps.

Demos a soulevé la toile avant de s'engouffrer dans ma tente.

— Que s'est-il passé ? J'ai entendu dire que quelqu'un avait essayé de tuer Carrig !

Je l'ai dévisagé, abasourdie.

— Qu'est-ce que tu fais ici ? s'est enquis Bastien qui venait de débouler et tirait notre ami vers lui.

— J'ai appris pour Carrig.

Mon petit ami a alors raconté à voix basse ce qui s'était déroulé dans le bâtiment des Guérisseurs. Sur le visage de la Sentinelle, l'inquiétude et la colère se sont succédé, puis ses yeux se sont emplis de larmes. Lorsque Bastien lui a annoncé que Sinead était morte, Demos a serré les poings avant de tomber à genoux.

— Non… a-t-il pleuré. Je vais la tuer, cette sorcière !

— Trop tard, a répondu Bastien. Gia l'a anéantie avec son globe.

Demos a levé les yeux vers moi.

— Je suis sincèrement désolé, Gia. Est-ce que je peux faire quoi que ce soit pour toi ?

— Demande à Edgar de m'apporter de l'eau de fée. Je veux juste dormir.

— Non, est intervenu Bastien. C'est trop dangereux. Elle en a déjà consommé, elle risque de développer une addiction. Tiens-toi prêt pour demain : nous mettrons le plan à exécution comme prévu.

À la fois trop épuisée et bouleversée pour répliquer, j'ai remonté les couvertures jusqu'à mon menton avant de leur tourner le dos. J'ai su qu'ils quittaient ma tente au bruissement de la toile.

Après un long moment où je n'ai fait que pleurer, j'ai fini par m'endormir. Mon sommeil agité a été traversé par de nombreux rêves : le visage des membres de ma famille, de mes amis, des Sentinelles. J'ai revu le jour où j'avais rencontré Sinead avec une telle précision que la scène m'a semblé réelle. J'avais été droguée et déambulais dans les couloirs du château d'Asile. Elle m'avait rattrapée avant que je ne tombe par terre. Je l'avais trouvée très belle avec son visage fin, sa chevelure rousse indomptable, ses oreilles pointues et ses mouvements gracieux.

M'en aurait-elle voulu, de l'avoir sacrifiée pour sauver Carrig ? J'entends presque sa réponse : « *Jamais* ».

« *Réveille-toi, Gia ! Tu es la Briseuse d'illusions. Montre-leur à tous ce qu'ils ne voient pas.* »

— Sinead ? me suis-je écriée en ouvrant les yeux.

Bastien se tenait assis là, le *Chimère Observateur* dans une main et une tasse fumante dans l'autre.

— J'ai dormi longtemps ?

— Toute la nuit, a-t-il répondu en repliant le journal. Nous sommes le matin. Comment te sens-tu ?

— Ça va. Juste infiniment triste.

Il a posé le quotidien sur ses genoux pour mieux m'observer.

— Je sais… Tu veux que j'aille te chercher quelque chose ?

— Non. (Je me suis assise, les yeux rivés sur la revue.) Le *Chimère Observateur*…

Il m'a lancé un regard interrogateur.

— Oui… Tu veux le lire ?

J'ai secoué la tête en l'attrapant.

— Est-ce que tu sais où il est imprimé ?

À voir son expression, j'ai compris qu'il tentait de deviner le fond de ma pensée.

— Non, mais le Rouge saura peut-être te répondre. Pourrais-tu m'expliquer ce qui se passe derrière ce joli minois ?

— Ne m'appelle pas comme ça, ai-je protesté en le dévisageant.

— Tu es toujours en colère contre moi.

Ce n'était pas une question, aussi n'ai-je pas jugé nécessaire de lui répondre.

— On pourrait s'en servir pour dévoiler les mensonges et les complots du Conseil.

Ses yeux se sont posés sur le journal et un sourire s'est dessiné sur son visage.

— C'est une idée brillante !

Un grattement à l'extérieur nous a interrompus, et Demos a passé sa tête par l'ouverture.

— Entre !

— Nana et Afton viennent d'arriver à Barmhilde.

— Non, impossible… ai-je bredouillé tout en attrapant mes bottes pour les enfiler à la hâte. Elles étaient pourtant censées rester en sécurité au royaume des fées ! Où sont-elles ?

— Avec Carrig. Il est réveillé, a-t-il ajouté en soulevant le pan de tissu pour me laisser sortir.

J'ai foncé dehors, suivie au pas de course par les deux garçons.

Quand je suis entrée dans sa chambre, mon père était assis, adossé contre des oreillers. De hauts cylindres en verre dégageant une lueur rouge vrombissaient dans plusieurs coins de la pièce. À en juger par la chaleur qui régnait dans la pièce, j'en ai déduit qu'il s'agissait de lampes chauffantes. Un récipient en céramique ébréché rempli de bouillon sur les genoux, Afton nourrissait le convalescent à la cuillère. Nana, assise à côté de mon amie, murmurait des paroles que je ne pouvais entendre à l'oreille de Carrig.

Lorsqu'il a levé vers moi ses yeux rougis, ses visiteuses l'ont imité. Aussitôt, mon amie a posé le bol sur la table de chevet, pour se lever d'un bond et se jeter dans mes bras.

— Gia ! Je suis tellement désolée pour toi. Ce que tu as vécu, le choix que tu as dû faire… C'est affreux.

Je l'ai serrée dans mes bras, m'enivrant du parfum de rose enveloppant ses cheveux.

— Tout va bien. Mais pourquoi êtes-vous ici ? Vous auriez dû rester en sécurité à *Tír na nÓg*. (J'ai jeté un coup d'œil à ma grand-mère.) Toutes les deux.

— Je suis parfaitement capable de m'occuper d'Afton et de moi-même, a rétorqué Nana tout en se relevant. Viens donc m'embrasser.

J'ai relâché mon amie afin d'étreindre ma grand-mère qui s'est approchée de moi en boitillant. Elle en a profité pour me murmurer à l'oreille :

— Tu n'as pas à te sentir coupable d'avoir pris cette décision. C'était ça ou nous les perdions tous les deux. Dans tous les cas, Sinead était condamnée. Et puis, elle connaissait l'existence de ce lien quand elle a épousé Carrig.

— Viens ici, a articulé mon père d'une voix faible et éraillée.

Je me suis avancée, puis me suis penchée vers lui lorsqu'il m'a fait signe d'approcher un peu plus. Au prix d'un coûteux effort, il a réussi à me déposer un baiser sur la joue. Ce geste anodin avait une valeur inestimable à mes yeux, qui se sont humectés. L'instant d'après, des taches humides constellaient les draps.

Nana m'a tendu un mouchoir.

— Merci, ai-je balbutié en m'essuyant les yeux.

— Ne t'en fais pas pour moi, m'a soufflé Carrig.

Son regard rougi et ses cils encore humides m'indiquaient que lui aussi avait pleuré. Je n'osais même pas imaginer combien il devait souffrir de la perte de Sinead. Mon chagrin me paraissait soudain bien dérisoire.

Comme je ne répondais pas, il a continué :

— Tu as fait ce qu'il fallait. Je vais m'en remettre, car je vous ai toutes les deux, Deidre et toi. Je suis sûr que mon amour m'attend quelque part et qu'un jour, nous serons de nouveau réunis. Mais il faut désormais que tu te prépares à ce qui t'attend aujourd'hui : Sinead ne supporterait pas que nous baissions les bras. Pardonne-moi de ne pas être capable de combattre à vos côtés…

J'ai tamponné mes yeux pour chasser de nouvelles larmes.

— Ne t'excuse pas, j'ai déjà une véritable armée avec moi.

Il m'a adressé un sourire fatigué. Quand ses paupières se sont baissées, il les a relevées à grand-peine.

— Nous devrions laisser Carrig se reposer, a déclaré Nana.

— Vous avez encore faim ? a demandé Afton à l'intéressé. Je peux rester si… (Elle s'est tue lorsqu'elle a compris qu'il dormait déjà.) Je reviendrai plus tard, dans ce cas.

J'ai apprécié l'air frais de l'extérieur au sortir de la moiteur qui régnait dans la chambre du malade. Bastien tenait toujours le *Chimère Observateur* dans une main : il avait dû s'élancer à ma poursuite sans même penser à le reposer.

Ma grand-mère s'est épongé le front avec son écharpe à fleurs.

— Je commence à sentir la fatigue. Y a-t-il un hôtel dans les parages ?

— Je ne crois pas. En tout cas, je n'en ai vu aucun. Demos, pourrais-tu accompagner Nana à ma tente, s'il te plaît ?

— Avec grand plaisir, a-t-il répondu en présentant son bras à ma grand-mère. Madame, si vous voulez bien…

— Quel charmeur ! s'est-elle exclamée avant d'accepter l'aide de la Sentinelle.

— C'est ce que j'ai entendu dire, a-t-il badiné en la guidant au pied de la colline.

Mon regard glacial a rencontré celui de Bastien, inquiet. Il a dû deviner que je lui en voulais toujours, car il a pris timidement congé pour rejoindre les autres.

Je me suis tournée vers Afton.

— Dis, tu faisais bien partie du comité de rédaction pour le journal du lycée, non ? Tu crois que tu pourrais écrire un article pour moi ?

Elle m'a dévisagée avec attention.

— Ta mine ne me dit rien qui vaille. Chaque fois que tu prends cet air-là, c'est que tu as une idée derrière la tête qui risque de nous attirer des ennuis.

— Eh bien, c'est juste que ce n'est pas très légal et que si nous étions arrêtées, nous risquerions la peine de mort dans le monde des Chimères.

— Ah oui, quand même… Le jeu a intérêt à en valoir la chandelle.

— Nous allons faire éclater la vérité.

Elle a écarquillé les yeux, affolée.

— C'est-à-dire ?

— Dévoiler les mensonges du Conseil.

— Compte sur moi, a-t-elle déclaré en croisant les bras. Que dois-je faire ?

— Écrire un article. Je vais te transmettre les informations, à toi de leur donner une tournure convaincante.

— Elles sont fausses ? s'est-elle enquise, me signifiant par là qu'elle ne collaborerait en aucun cas à la divulgation d'informations erronées.

— Non, tout ce que je voulais dire, c'est que tu dois les retranscrire de façon claire.

— Oh, je vois. C'est dans mes cordes.

— Super ! Allons donc questionner le Rouge, il en sait peut-être plus à propos du *Chimère Observateur*.

J'ai jeté un regard derrière moi. Il me coûtait de laisser Carrig seul, mais je n'avais pas le choix. Nous avions encore beaucoup d'épreuves à surmonter, et pas des moindres, comme ramener Royston d'Asile.

La pluie martelait la fenêtre de la petite bibliothèque du village, où nous avions accès à une télévision, une connexion Wi-Fi capricieuse et un ordinateur que j'aurais volontiers qualifié d'antiquité. Assise sur un meuble d'archivage à tiroirs, je tapotais du pied le montant du bureau, tout en observant les doigts d'Afton pianoter sur le clavier.

— Comment se fait-il que vous soyez équipés en technologie humaine ? ai-je demandé pour combler le silence.

Le Rouge s'est adossé contre un mur en inspectant ses ongles aussi longs et pointus que des griffes. Je l'ai imaginé les abattre sur un adversaire, en plein combat.

— On peut et on sait s'en servir, mais le Conseil l'a interdit, sous prétexte que nous devions embrasser une vie plus simple et que la technologie avait mené le monde des humains à sa perte. Ce qu'on ne connaît pas ne nous manque pas. Le monde des Chimères ignore donc totalement l'existence de ces outils.

— Je vois... ai-je répondu en me penchant par-dessus l'épaule d'Afton.

— Arrête ! s'est-elle écriée. Tu sais très bien que ça m'énerve !

Je suis retournée me jucher sur mes tiroirs, réduite à battre la mesure avec le bout de ma chaussure. Demos, qui nous avait rejoints après avoir laissé Nana devant ma tente, montait la garde à la fenêtre afin de s'assurer que personne ne viendrait nous importuner.

— Tu peux te tenir tranquille, à la fin ? m'a lancé Afton avec un regard exaspéré. Tu fais vibrer le bureau et je n'arrive pas à me concentrer.

J'ai haussé les épaules et articulé un « Oups » à destination de Demos, qui a souri.

— Elle est anxieuse, c'est tout. Comme nous tous.

— De toute façon, je viens de terminer, a déclaré mon amie, en s'adossant à son siège. Voilà une bonne chose de faite. Et maintenant ?

— Tu penses qu'on peut leur envoyer l'article par mail ? ai-je demandé au Rouge.

— Ils ont un ordinateur de contrebande comme nous, m'a-t-il appris. Mais mieux vaut imprimer le texte et l'envoyer au *Chimère Observateur*, à Greyhill. Les mails, ça peut être intercepté.

— Et si Shyna s'occupait de la livraison ? a proposé Demos. En tant que Greyhillienne, elle n'éveillera pas les soupçons.

— Bonne idée, ai-je approuvé en sautant de mon perchoir. Allons le lui demander.

— L'envoyer là-bas reviendrait à la mettre en danger, est intervenu le Rouge. Qui sait le sort qui lui sera réservé si elle est arrêtée en possession de cet article ?

— Je vais m'en charger, moi, a déclaré une femme Talpar de derrière son bureau.

Je l'ai reconnue tout de suite : c'était celle qui nous avait fourni le plan des tunnels. Et de toute évidence, elle était aussi bibliothécaire.

J'ai secoué la tête.

— Ce n'est pas raisonnable, pensez à vos petits…

— Ma mère peut s'en occuper, a-t-elle rétorqué de sa petite voix chevrotante. Je veux prendre part à la Résistance. Si mon mari est mort de cette maladie, c'est à cause du Conseil. Ils connaissaient l'existence d'un remède et en ont empêché la distribution.

— Les gardes du Conseil ont découvert l'existence de vos tunnels, ai-je insisté. Ils sont en train de les passer au crible en espérant m'y trouver. Vous risquez de tomber sur un escadron.

— Je peux détecter un mouvement à plusieurs kilomètres de distance dans les tunnels, a-t-elle répliqué, les vibrisses frémissant autour de son nez. Et puis, lorsque nous avons appris que les anciens souterrains avaient été repérés, nous en avons creusé de nouveaux avant d'inonder les autres. Ça a d'ailleurs coûté la vie à quelques gardes.

Et nous avons failli y perdre la nôtre, Bastien, Edgar et moi.

— J'enverrai deux de mes hommes pour l'escorter, a conclu le Rouge. Maintenant, préparons-nous à faire diversion. Jaran et Lei comptent sur nous. Mieux vaut éviter qu'ils soient pris en train de faire sortir Royston d'Asile. Tout le monde préférerait mourir plutôt que de se soumettre aux Scrutateurs.

Le vent secouait ma tente et faisait claquer la tenture de l'entrée. Nana s'est appuyée contre les larges oreillers qui garnissaient mon matelas à même le sol. Buach m'avait fait parvenir une note où il m'expliquait que Briony, accompagnée de quelques fées et de gardes de Couve, s'était introduite à Tearmann pour délivrer Galach et ses troupes, retenus prisonniers.

J'étais certaine que l'évasion avait été échafaudée par Bastien : il savait que je m'inquiétais pour Galach et les siens.

— Tu as l'air de t'être échappée de la forêt de Sherwood, dans cette tenue, a observé Nana.

J'ai jeté un coup d'œil à mon accoutrement : plastron en cuir, tunique et pantalon militaire vert.

— C'est vrai… Ne me manquent plus qu'un arc et des flèches pour compléter mon déguisement de Robin des Bois.

J'ai entrepris de resserrer le fourreau autour de ma cuisse dans un grincement de lanières en cuir.

Nana a roulé sur le côté pour se mettre à quatre pattes avant de se relever, le souffle court.

— Comme c'est pénible de vieillir…

— À mes yeux, tu n'es pas vieille, ai-je rétorqué en glissant mon poignard dans le fourreau.

— Merci, mon cœur, a-t-elle répondu, un sourire aux lèvres. Tu sais très bien mentir.

Afton est entrée dans la tente, quelques cordons en cuir à la main.

— C'est tout ce que j'ai trouvé pour t'attacher les cheveux… Je peux te les tresser, si tu préfères.

— Je pensais plus à un chignon haut très serré. Rien qui puisse s'attraper, en tout cas.

La première fois que je m'étais trouvée face au Rouge, il m'avait soulevée par les cheveux, et j'en avais gardé un souvenir des plus douloureux.

Afton a plongé les doigts dans ma crinière et commencé à la tresser.

— Un truc du style guerrière chic, j'ai compris.

— Gia, tu es prête ? a appelé Bastien, depuis l'extérieur.

— Bientôt.

— Qu'est-ce qui se passe entre vous ? s'est enquise mon amie.

— Rien, ai-je répondu, alors que je pensais tout le contraire.

En m'empêchant de lancer mon globe, il avait provoqué la perte de Sinead. Pourtant, je m'interdisais d'en parler car Bastien comptait pour moi et je ne voulais pas que les autres aient mauvaise opinion de lui.

— Ton Pop serait terrifié s'il savait ce que tu t'apprêtes à faire, a déclaré Nana, dont les yeux vert pâle brillaient.

C'était sa façon de me faire comprendre qu'elle-même n'en menait pas large.

— Ne t'en fais pas, je vais m'en sortir. La seule chose qui m'inquiète, c'est de vous laisser seules ici. Vous pourriez peut-être vous réfugier à la Citadelle, avec Pop ?

— Je préférerais cette solution, en effet, a acquiescé mon amie pendant qu'elle attachait les liens en cuir dans mes cheveux, sous l'œil intéressé de Nana.

— C'est réussi, ça te donne un petit côté romantique !

Afton a observé le sommet de mon crâne avec attention.

— C'est assez serré pour toi ?

J'ai secoué la tête dans tous les sens, mais rien n'a bougé.

— C'est parfait !

— Vous en mettez, un temps ! a râlé Bastien, qui venait de passer une tête dans la tente.

— Je suis prête, ai-je annoncé en ramassant le cartable contenant le livre de Gian. On peut déposer Afton et Nana à la Citadelle au passage ?

— Oui, mais nous devons partir tout de suite.

Nana est sortie la première et mon amie m'a enlacée avant de la suivre.

— Tu vas y arriver. Tu as toujours affronté les difficultés tête haute. Ne te laisse pas déstabiliser. Souviens-toi de ce que te disait ton entraîneur.

— Mon plus grand adversaire est en moi.

— Exactement, a-t-elle confirmé avec un petit sourire. Je t'aime, miss G. Courage!

— Je t'aime aussi.

Nous avons quitté la tente en même temps, puis descendu la colline face au crépuscule matinal qui m'éblouissait – c'est à peine si je discernais les silhouettes de Nana et Bastien. Au bas du chemin, la bande du Rouge s'était regroupée en cercle. À notre approche, Demos s'est détaché du groupe pour venir à notre rencontre.

— Tout le monde est prêt? ai-je demandé.

— Plutôt, oui… On t'attendait, m'a-t-il lancé d'un air narquois.

— Dans ce cas, j'en déduis que vous êtes parés, ai-je ajouté avec un grand sourire.

Bastien, qui se tenait à mes côtés, évitait soigneusement mon regard.

— Je suis au courant, lui ai-je soufflé.

— Qu'est-ce que j'ai encore fait? s'est-il exclamé, décontenancé.

— Le sauvetage de Galach… Merci d'avoir aidé Briony.

— C'était la moindre des choses. De plus, nous devons rassembler le plus de gardes possible pour faire face à ce qui nous attend. Ils doivent être à la Citadelle à l'heure qu'il est.

Comme toujours, il minimisait l'importance de son geste. Bastien était quelqu'un de très humble.

— Tout le monde à son poste! a braillé le Rouge. On y va. Rappelez-vous: on saute à 2 heures du matin, heure de Londres!

Le groupe s'est dispersé.

— Le Rouge ! l'ai-je interpellé jusqu'à ce qu'il se tourne vers moi.

— Un problème, Gia ?

J'ai replié les bras derrière mon cou pour détacher le collier de Faith.

— Je voulais te donner ceci. Il appartenait à Faith, alors il te revient. Peut-être te portera-t-il chance.

Il a observé le bijou dont la chaîne fine pendait de sa large main.

— Merci. Il est aussi joli qu'elle l'était… Il ne se passe pas un jour sans que je pense à elle.

Il a reniflé, le visage crispé : il se retenait de pleurer, mais l'émotion perçait dans sa voix. J'ai détourné les yeux afin qu'il puisse laisser libre cours à sa tristesse sans se sentir mal à l'aise.

— Pareil pour moi.

— Allez, du nerf! a-t-il déclaré en carrant les épaules. Allons accomplir notre devoir de guerriers et contrer Conemar et ses acolytes. C'est ce que Faith aurait attendu de nous !

Il a attaché le collier autour de son cou, l'a glissé sous sa chemise et s'est éloigné d'un pas vif.

Enoon, l'homme à tête de sanglier qui nous avait chargés à notre arrivée à Barmhilde, m'attendait.

— Notre coutume veut que nous montrions notre respect aux plus grands guerriers par une tape dans le dos. Rares sont ceux qui reçoivent cet honneur. Reste sereine et les autres ne t'atteindront pas. (Il m'a donné une claque entre les omoplates.) Que la mort te reste étrangère !

Une autre Chimère au visage blême et aux cheveux filasse a pris la place d'Enoon pour répéter ses mots et ses gestes. La file se composait d'hommes et de femmes originaires de différents sabbats. Il y avait là des Laniars aux canines aiguisées et au corps de lévrier, des personnes affublées de cornes, quelques Sentinelles âgées et bien d'autres encore. Leurs yeux aux formes et aux couleurs variées m'ont couvée de regards bienveillants et débordants d'espoir.

Une Méduse épargnée par les manipulations maléfiques de Conemar s'est arrêtée devant moi. Son crâne chauve s'est déplacé de gauche à droite pour m'examiner. Ses veines, très visibles, s'emmêlaient sous sa peau pâle, telles les racines d'un arbre.

Le sabbat de son peuple avait été le premier à tomber aux mains de Conemar. Il en avait donc profité pour tester la formule d'une ancienne potion retrouvée à Estril sur des rescapés – du moins parmi ceux qui n'avaient pu s'enfuir –, et il en avait fait des créatures à sa solde, aussi démoniaques qu'assoiffées de sang. Le premier Archimage du refuge russe, Mykyl, qui était aussi le père d'Athela, avait élaboré cette recette pour créer la Tétrade : quatre guerriers transformés en monstres, reliés par la même âme et possédant le pouvoir de commander aux éléments.

— En mémoire des miens qui ont péri, a soufflé la Chimère avant de m'effleurer l'épaule, comme si elle avait peur de me blesser.

J'étais sidérée. Depuis ma première rencontre avec les Méduses de Conemar, j'avais cette espèce en horreur. Pourtant, celle qui se tenait devant moi me prouvait que j'avais tort et qu'elles n'étaient pas toutes maléfiques.

— Que la mort te reste étrangère, a déclaré mon admirateur avant de partir d'un pas déterminé rejoindre un groupe de ses semblables, réunis en haut de la colline.

Ils étaient une douzaine à avoir rejoint nos rangs et autour d'eux trottinaient deux molosses aux allures de rhinocéros, dotés d'immenses défenses et dignes de mes pires cauchemars. On les aurait crus tout droit sortis des enfers. Nick, Afton et moi en avions rencontré un, lors de la fameuse nuit où j'avais sauté sans le vouloir dans une porte-livre et que nous avions surgi dans une bibliothèque à Paris. La plupart de ces animaux avaient été décimés durant l'attaque de Conemar contre le sabbat des Méduses.

À la fin du rituel, toutes les Chimères sont reparties vers le village. Pleine de fierté, je me suis redressée. J'étais galvanisée par leur respect et l'espoir qu'elles plaçaient en moi. Je ne pouvais pas me permettre d'échouer : trop de vies dépendaient de nous.

Bastien, qui s'était rangé en fin de file, s'est approché, tout sourire.

— J'ai cru que ça n'en finirait jamais.

— Et moi donc ! (J'ai jeté un regard en direction des Méduses.) Je suis surprise qu'elles se soient ralliées à nous.

— Elles ont énormément souffert, m'a-t-il expliqué, les yeux rivés sur le petit groupe. Celles qui se trouvent ici aujourd'hui sont en fait les derniers de leurs guerriers. Il leur a fallu beaucoup de courage pour quitter leur cachette, car le reste de leur population est vulnérable sans eux.

— Il y a d'autres survivants ?

— Oui. Et ils espèrent tous pouvoir retourner un jour dans leur sabbat afin de le reconstruire. Voilà pourquoi ils sont à nos côtés. (Il m'a jeté un regard en biais.) Tout va bien ?

— Oui. Je suis émue par cette cérémonie, c'est tout.

— C'est un grand honneur.

Un silence gêné est tombé entre nous. Depuis la mort de Sinead, nous n'étions plus sur la même longueur d'onde. Mon corps, mon esprit, mon âme… Tout en moi me semblait engourdi. Nana m'avait expliqué que c'était le contrecoup du deuil et que seul le temps guérirait mes blessures. Je l'espérais car je craignais de me faire submerger par cette vague de noirceur en moi.

Lorsqu'il est devenu évident que je n'allais pas lui répondre, il a ajouté :

— Il faut que je parle au Rouge. Je reviens.

Je l'ai suivi des yeux tandis qu'il courait rejoindre le Laniar, en grande conversation avec Edgar. L'instant d'après, Demos est apparu à mes côtés.

— La soirée s'annonce rude. Je voulais juste te dire…

— Attends, l'ai-je coupé. Tu ne t'apprêtes tout de même pas à me dire que tu m'aimes ?

Il m'a regardée, abasourdi.

— Tu divagues ? Pourquoi je ferais ça ?

Pas faux… Même si c'était le genre de déclaration que Nana et Afton m'avaient faite. Je me suis contentée de hausser les épaules.

— Hmm, laisse tomber…

— J'allais te recommander de rester sur tes gardes. Et puis je t'aime bien, tout compte fait… Enfin, la plupart du temps, au moins. Alors essaie de revenir en un seul morceau, entendu ?

— Fais bien attention à toi. C'est plutôt sympa de passer du temps ensemble. La plupart du temps, bien sûr.

Il m'a lancé un sourire complice avant de gravir la colline à grands pas pour rejoindre le clan du Rouge.

Rien ne nous garantissait que notre plan allait fonctionner, mais à voir la détermination des créatures qui nous entouraient, je me sentais prête à tout pour réussir.

Chapitre 21

Le manoir néoclassique de la Citadelle semblait plus calme que lors de ma précédente visite. Le campement de fortune, où logeaient Chimères, mages et gardes, avait disparu. Sans la lumière de la lune, cachée sous une épaisse barrière de nuages, le lac au sud de la demeure n'était qu'une vaste étendue grise.

Fatiguée, le souffle court, Nana peinait à tenir le rythme.

— Je vais porter un peu ton sac, a proposé Afton en ajustant le sien sur son dos.

Quand elle l'a débarrassée, Nana lui a tapoté le bras.

— Tu es un amour, a-t-elle dit en souriant.

Après avoir franchi un pont voûté au-dessus de la rivière, nous avons suivi un chemin pavé entre les maisons de campagne. Contrairement à ce qui s'était passé lors de ma première visite, nous n'avons pas croisé un seul villageois. Seules quelques fenêtres étaient éclairées de lueurs vacillantes. De même, aucune voix ne nous a accueillis lorsque nous avons pénétré dans le manoir – les meubles, couverts de draps blancs, ressemblaient à des fantômes bossus.

— Quelque chose cloche, ai-je murmuré en serrant mon cartable contre moi. Il n'y a personne ici.

Où sont-ils ? Pop !

La panique me gagnait.

Bastien a traversé la pièce jusqu'à une grande cheminée en briques qui occupait presque tout un pan de mur. À l'aide d'un tisonnier, il a remué les bûches calcinées.

— C'est encore humide, a-t-il observé. Quelqu'un a éteint le feu avec de l'eau… C'est tout récent.

— C'est mauvais signe, non ? a demandé Afton en s'agrippant aux anses du sac de Nana.

Ma grand-mère a émis un claquement de langue.

— Allons, ma chérie, ne sois pas si pessimiste. Tu ne voudrais pas nous attirer le mauvais œil, n'est-ce pas ?

Mon cœur s'est serré à mesure que j'imaginais toutes les horreurs qui avaient pu se dérouler en ces lieux.

Pop aurait dû se trouver là, avec les parents d'Afton et la mère de Bastien – qui était censée s'y cacher depuis des mois – ainsi que, depuis peu, Briony et Galach. Or, il n'y avait personne.

— Où sont-ils ? ai-je fini par demander, désespérée.

— On dirait qu'ils ont voulu dissimuler leur présence, a répondu Bastien en essuyant ses doigts couverts de cendre sur son pantalon. Peut-être se sont-ils réfugiés au sous-sol ?

Je l'ai suivi dans l'escalier qui menait à la cave tandis que Nana et Afton attendaient en haut. En parvenant à la dernière marche, je ne pouvais plus contenir le tremblement de mes mains. Bastien, qui m'a devancée, s'est approché d'une grande armoire en acajou située au fond de la pièce.

Pendant un instant, j'ai cru qu'il allait y pénétrer pour rejoindre un monde enchanté, comme les héros de l'un de mes livres préférés. Mais il s'est contenté de tendre le bras sur le côté du meuble. Après un mouvement brusque, un déclic a retenti.

— Recule, m'a-t-il conseillé. Il y a quelqu'un ? Je suis Bastien Renard, de Couve !

— Bastien ? a appelé une voix de femme derrière le mur.

L'armoire a pivoté et un garde musclé, aux cheveux implantés en V, s'est avancé dans l'ouverture, épée au poing.

— C'est bien Bastien, a-t-il dit en français.

Sabine, vêtue d'une tunique assortie à un pantalon et chaussée de bottes, s'est précipitée en bousculant le garde. Ses cheveux sombres, semblables à ceux de son garçon, étaient striés de gris.

— Mon cher fils ! s'est-elle exclamée en l'enlaçant.

— Mère !

Poussant un soupir de soulagement, il l'a serrée contre lui. Un autre garde, plus grand, s'est extirpé du meuble, Derrière lui, une touffe de cheveux roux est apparue. Je n'ai pas eu besoin d'y réfléchir à deux fois pour savoir à qui elle appartenait.

— Pop ! ai-je crié en lui sautant au cou sans même lui laisser le temps de sortir de sa cachette. J'étais tellement inquiète !

— Je peux en dire autant, a-t-il murmuré contre ma joue. J'ai cru devenir fou !

Je l'ai repoussé pour mieux l'observer. Les rides sur son front et au coin de ses yeux s'étaient creusées, et ses cernes s'étaient épaissis.

— Ne t'en fais pas pour moi. Je sais me défendre.

Les yeux tristes, il a effleuré de la pointe du pouce la cicatrice sur ma joue.

— Je n'en ai pas moins peur de te perdre.

— Où sont mes parents ? a demandé Afton en se mordant la lèvre inférieure.

Je ne l'avais même pas entendue descendre l'escalier. Pop a levé la tête vers elle.

— Ils n'étaient pas là lorsque les gardes ont débarqué pour venir me chercher. Ils sont au Nouveau-Mexique : ta grand-mère a fait une chute.

Mon amie, au comble de l'inquiétude, a écarquillé les yeux.

— *Abuelita ?* Que lui est-il arrivé ?

— Elle s'est brisé le poignet, a répondu Pop. Elle se remet bien, d'après les dernières nouvelles. Heureusement que ce n'était pas la hanche.

Desserrant enfin la mâchoire, elle a insisté :

— Alors, ils sont en sécurité ?

— En effet.

Briony, Galach et plusieurs autres gardes se sont joints à nous. Derrière eux est apparue Kayla Bagley en uniforme, ses cheveux couleur abricot relevés en un chignon serré.

Cette femme, envoyée à Branford pour nous protéger et nous aider dans notre recherche des *Chiavi*, s'était révélée être une espionne à la solde de Conemar. Elle nous avait dénoncés, brisant du même coup le cœur de Pop.

— Qu'est-ce qu'elle fiche ici ? ai-je craché en m'écartant de mon père adoptif pour brandir ma dague.

D'une main, il m'a fait baisser mon bras armé.

— C'est grâce à elle si nous sommes en sécurité.

— C'est surtout à cause d'elle que Nick a été enlevé !

— Tu ne sais pas tout, est intervenue Kayla. Je travaillais pour Merl en sous-main. Je n'ai fait que jouer la comédie pour que Conemar croie m'avoir ralliée à sa cause. Si je ne l'avais pas aidé à s'enfuir, ce jour-là, il y aurait eu encore plus de victimes. J'avais le choix entre enlever Nick ou cautionner un véritable massacre. Sans compter que je savais une chose : jamais Conemar ne tuerait son propre fils.

— Comment peut-on être sûrs qu'il ne s'agit pas d'un mensonge ? ai-je demandé.

— J'ai une preuve, a-t-elle déclaré avant de tirer un téléphone de sa poche de pantalon et de glisser l'index dessus avant de me tendre l'appareil. C'est une vidéo de Merl, au cas où je me ferais démasquer.

L'entendre parler de l'ancien Archimage d'Asile m'a émue aux larmes. Il me manquait.

Je me suis concentrée sur l'écran. L'appareil était exactement le même que celui de Ricardo, un Laniar mort en mission pour m'aider. Lui aussi m'avait montré une vidéo de Merl. J'ai appuyé sur « lecture ».

Le visage fatigué du magicien disparu s'est affiché.

— Qui que tu sois, sache que Kayla Bagley est une garde d'Asile. Je lui ai confié la tâche de feindre la traîtrise pour mieux espionner Conemar. Elle bénéficie de l'immunité pour tout crime commis dans l'exercice de ses fonctions. Puisse Agnès vous guider dans… votre devoir et puisse-t-elle nous aider à déjouer la menace qui pèse sur notre monde et celui des humains. (Une déflagration a retenti et il a jeté un regard en arrière.) Kayla, nous sommes attaqués ! Emprunte le passage secret.

Il lui a tendu l'appareil, qui enregistrait toujours.

— Votre Grandeur ! Venez avec moi ! a-t-elle supplié.

L'image tremblait au rythme de ses pas à mesure qu'elle s'éloignait.

— Non, a-t-il répondu. Ils savent que je suis ici. S'ils ne me trouvent pas, ils devineront l'existence d'un passage secret. Nous ne pouvons pas courir le risque que tu sois démasquée. Retourne à Branford. De toute manière, quoi qu'il arrive, je n'abandonnerai pas mon peuple.

Je voyais très mal la scène, tant l'image tressautait, mais j'ai deviné qu'il tirait le bord d'un portrait de Taurin, le Septième Mage. Le cadre s'est ouvert comme une porte et la vidéo s'est arrêtée sur un plan fixe des jambes de Kayla.

Incapable de prononcer la moindre parole, je lui ai rendu l'appareil avant de tourner le dos au groupe. Face au mur de brique, j'ai tenté de me ressaisir. Merl avait donc eu l'occasion de s'enfuir au moment de mourir, pourtant à ses yeux, sauver Kayla semblait bien plus important.

Je me suis retournée pour plonger le regard dans celui de l'espionne.

— Pourquoi es-tu venue te cacher ici ?

— J'ai entendu Conemar donner l'ordre d'envoyer des gardes de Couve à la Citadelle pour y capturer Sabine.

— Comment se fait-il qu'ils ne vous aient pas repérés ?

— C'est mon regretté mari qui a conçu ces lieux, a répondu Sabine. Il n'a révélé l'existence de ce souterrain qu'à moi et à celui de nos deux fils en qui il avait le plus confiance, à savoir Bastien. Jamais il n'aurait dévoilé ce secret à Olivier.

Un voile de tristesse s'est abattu sur ses yeux à l'évocation de son aîné.

— Je dois retourner à la bibliothèque, ai-je dit à mon petit ami. Je dois à tout prix rejoindre Royston. Emmène-les en lieu sûr.

— Je ne te laisserai pas partir seule.

— Des gardes ne suffiront pas à les protéger, Bastien. Ils ont besoin d'un magicien. De toute façon, tu ne pourras pas me suivre jusqu'au bout : tu seras obligé de t'arrêter à la première bibliothèque. Et puis, je n'ai pas le temps de discuter, je dois partir au plus vite.

— Compris. (Il avait beau acquiescer, son regard exprimait clairement son mécontentement.) Où veux-tu que je les conduise ?

— À la bibliothèque publique de New York. Saute avec eux au moment de la diversion des Chimères. Une fois sur place, rends-toi au rez-de-chaussée de l'aile nord. Cherche une petite étoile au bas du mur et appuie dessus : c'est l'entrée d'un passage secret. Ensuite, emprunte le tunnel jusqu'au bout, il te mènera à la cathédrale Saint-Patrick. Le père Peter remarquera votre arrivée et viendra à votre rencontre.

— Le père Peter, a-t-il répété. C'est noté.

— Bon, dépêchons-nous. Je vous accompagne jusqu'à la bibliothèque et m'assurerai de votre départ avant de filer de mon côté.

J'étais émue de voir l'inquiétude sur leurs visages. Je n'étais pas rassurée à l'idée de partir seule, mais comment mieux protéger Pop et les autres ? Les gardes avaient beau être de grands guerriers, ils n'étaient pas de taille à affronter des magiciens.

J'ai gravi à la hâte l'escalier qui vibrait sous les pas de la petite troupe à ma suite. Impossible de leur montrer ma peur ou mes larmes – qui ne demandaient pourtant qu'à couler. Il me fallait rester forte.

Bastien devait les accompagner, je ne voyais pas d'autre solution. J'aurais voulu à cet instant lui révéler tous les secrets enfouis au fond de mon cœur, comme l'étincelle que j'avais sentie entre nous dès notre première rencontre. J'aurais aimé lui dire que je lui avais pardonné et que j'avais peur de le perdre.

Mais je n'avais pas le temps.

Nous n'avions jamais le temps.

J'avais choisi la bibliothèque George Peabody de Baltimore car je la savais assez vaste pour dissimuler le livre de Gian indiquant l'entrée vers le sabbat inhabité où était enfermée la Tétrade. Je devais à tout prix faire en sorte que personne ne mette la main dessus en mon absence.

L'immense salle d'apparat s'élevait sur cinq étages ouverts et bordés de barrières en fer forgé. Le plafond, incroyablement haut, était constitué d'une verrière ornée de croisillons métalliques et encadrée de bois blanc. Cette pièce majestueuse me faisait l'effet d'un atrium pour livres.

Dans la pénombre, j'ai cru repérer un mouvement furtif. Je me suis retournée, aux aguets, mais rien.

— Cesse de t'angoisser, Gia ! me suis-je encouragée. Ce n'était qu'une illusion d'optique.

J'ai posé mon sac et suis restée immobile, debout sur le carrelage en damier noir et blanc, à guetter les mouvements de la porte-livre. Alors que je jetais un coup d'œil à la montre de Carrig, j'ai senti un courant d'air frais dans ma nuque et sur ma joue.

Il était tout juste 2 heures du matin à Londres : ils n'allaient pas tarder.

Quand les pages de la porte-livre se sont mises à tourner à toute vitesse, j'ai reculé.

— *Accendere il fuoco !* ai-je récité pour invoquer une boule de feu.

Royston a jailli du livre, toujours le même sourire conquérant aux lèvres. Ses boucles lâches châtain clair, plus courtes, retombaient à présent au niveau de sa mâchoire et il s'était rasé. Sa carrure était toujours aussi impressionnante et son large torse toujours aussi musclé. Il a foncé vers moi, les bras grands ouverts.

— Comment se porte ma dame ?

— Fort bien, fort bien, ai-je articulé en m'arrachant à son étreinte.

Il m'a dévisagée longuement, intrigué par ma cicatrice.

— Tu es blessée !

— Rien de grave. Ça va beaucoup mieux maintenant.

Au moment où je ramassais mon sac afin de mettre l'ouvrage de Gian en sécurité, la porte-livre s'est envolée pour rejoindre sa place, hors de ma vue.

— Il faut y aller, à présent, ai-je ajouté.

— Nous ne devions pas retrouver les autres ? a-t-il demandé tout en me suivant.

Je me suis retournée vers lui.

— Je ne souhaitais pas confier ce secret aux autres. Ils ignorent tout de mon plan. Nous devons mettre un terme à cette histoire qui est en train de tourner au désastre.

— Et notre mission ?

— Terminée ! lui ai-je assuré. Tu as quitté Asile et les autres aussi. Désormais, nous avons un nouvel objectif.

— Je suis à tes ordres, a-t-il acquiescé, tête baissée.

— Nous allons devoir anéantir la Tétrade à nous deux.

Il a levé ses yeux noisette pour les plonger dans les miens.

— Qu'il en soit ainsi. J'aurais seulement aimé faire mes adieux à mes proches. Pourras-tu les leur transmettre ?

— Bien sûr.

J'ai dégluti, attristée de le voir si déterminé alors qu'il se savait condamné à très courte échéance.

— Je suis sincèrement désolée.

— Tu n'as rien à te reprocher, mon amie.

Ce jeune homme était un modèle de noblesse. Il était sur le point de se sacrifier pour sauver deux mondes peuplés d'inconnus qui n'étaient même pas de son temps… Pourtant, il ne nous devait rien. Nous n'avions rien fait pour mériter son dévouement, mais Athela l'avait désigné comme victime sacrificielle.

— Je resterai toujours ton amie, Royston. Sache que je ne t'abandonnerai pas. Tu ne seras pas seul.

— Merci, Gianna. J'ai entièrement foi en toi.

Il a posé sa main sur ma nuque pour m'attirer à lui et me déposer un baiser sur le front, puis il m'a relâchée. J'ai reculé de quelques pas.

— Que veux-tu que je transmette aux autres ?

— Remercie Cadby pour ses services, je l'aimais comme un père. Dis à Deidre que je l'appréciais beaucoup et que j'aurais souhaité passer plus de temps avec elle. Et à tous les autres, que je leur suis reconnaissant de m'avoir accueilli comme un membre de leur famille. Je garderai un excellent souvenir de notre séjour en Irlande.

— Je n'y manquerai pas, ai-je promis d'une voix tellement faible que je doutais qu'il m'ait entendue.

— Je suis prêt, a-t-il décrété. Mon père m'attend.

Nous devions trouver une meilleure cachette pour que le livre de Gian soit en sécurité jusqu'à notre retour. J'ai grimpé les escaliers jusqu'au cinquième étage, Royston sur les talons. Soudain, des bruits de pas sur le marbre, en contrebas, sont parvenus jusqu'à nous. Je me suis immédiatement accroupie, entraînant mon compagnon avec moi.

— Nous ne sommes pas seuls, ai-je soufflé tout bas.

C'est pas vrai… Qu'est-ce que je vais bien pouvoir faire, maintenant ? Allez, réfléchis !

— Tu es dans la lumière, m'a chuchoté Royston en m'attirant en arrière, comme si je ne pesais rien. C'est quoi le plan ?

Je dois le faire sortir de là.

J'ai tiré le livre de Gian de mon sac ainsi que le boîtier en cuir de ma botte pour les dissimuler derrière un rayonnage dans notre dos.

— Je vais faire diversion, lui ai-je répondu. Profites-en pour sauter dans la porte-livre, direction la bibliothèque de Chetham, à Manchester en Angleterre. Une fois sur place, attends qu'une fée des livres vienne à ta rencontre : elle te guidera jusqu'à Barmhilde où tu trouveras le Rouge.

Décline ton identité, et il te protégera. C'est bon, tu as compris ?

— Chetham, a-t-il résumé en opinant du chef. Attendre la fée. Aller à Barmhilde. Trouver le Rouge.

— Parfait !

J'ai levé le poignet et soufflé sur mon tatouage. Aussitôt, le papillon a battu des ailes. À peine avais-je terminé de lui donner mes instructions qu'il s'est envolé. Puis, sous le regard médusé de mon compagnon, j'ai retiré mon plastron et soulevé ma tunique. Mes doigts tremblaient en touchant le dessin de la couronne imprimé sur mes côtes. Je me suis mordu le dos de la main pour ne pas hurler quand la *Chiave* a surgi de ma chair.

— Prends-la et porte-la pendant ton saut, ai-je grommelé, encore sous le choc de la douleur. Elle te rendra invisible des Surveillants. Surtout, ne la perds pas et garde-la précieusement. Nous en aurons besoin pour libérer la Tétrade.

— Entendu !

En bas, les pas se faisaient plus précipités : on nous cherchait. Comment le passage de Royston avait-il pu être repéré ? Sa marque de garde, qui l'autorisait à sauter, était très ancienne, peut-être les Surveillants l'avaient-ils détectée.

Bondissant sur mes pieds, j'ai ouvert la marche pour dévaler les escaliers d'un pas vif. Lorsque j'ai posé le pied sur le sol de la grande salle, mon cœur a rué dans ma poitrine.

Une Sentinelle, alertée par le bruit de mes bottes sur le sol de marbre, s'est tournée vers moi : Arik.

Chapitre 22

Les yeux sombres et froids de mon ancien chef se sont posés sur moi. Il était escorté par plusieurs gardes et deux Sentinelles que je ne connaissais pas.

— Où est-il, Gia ?

J'ai haussé les épaules.

— De qui parles-tu ? ai-je demandé d'une voix faussement innocente tout en tournant ma paume vers le plafond. *Accendere la pietrificazione.*

Un globe violet est apparu, à son grand étonnement.

— Comment fais-tu ça ?

— Ce pouvoir appartenait à l'une des Sentinelles qui a péri durant l'attaque de Véronique, à la bibliothèque publique de New York. Il se pourrait que j'absorbe les pouvoirs de mes ennemis quand je les tue, même par accident. (Il a continué de me dévisager, sûrement le temps d'analyser les informations que je venais de lui révéler.) Arik, laisse-moi partir. Je n'ai aucune envie de me battre contre toi.

— Lâche ça, a-t-il lancé en invoquant son globe de feu. Nous ne sommes tout de même pas devenus ennemis !

— Je ne sais pas, ai-je rétorqué. À toi de me le dire.

Le bruit sourd d'un livre tombant au sol nous est parvenu des étages supérieurs.

— En haut, tout de suite ! a ordonné Arik en manipulant sa boule de feu comme un fouet.

Les gardes se sont rués vers différents escaliers. J'ai laissé s'éteindre mon globe, qui a disparu dans une gerbe d'étincelles violettes. Arik a dissipé son fouet.

— Une diversion…

— J'ai été à bonne école.

— La flatterie ne te sera d'aucun secours.

Même lorsqu'il tenait des propos cruels, son accent lui conférait des manières terriblement courtoises.

— Il s'est enfui par la porte-livre ! a crié une Sentinelle depuis le cinquième étage. Mais elle s'est refermée, on ne peut pas savoir où il a sauté !

— Apportez-moi l'ouvrage.

Il m'a regardée, les yeux plissés. Même ses lèvres, que j'avais embrassées tant de fois, étaient déformées par la déception, ce qui me brisait le cœur.

Lorsqu'il s'est approché de moi, j'ai soutenu son regard, les yeux humides.

— Comment en est-on arrivés là, Arik ?

— Tais-toi. Si tu parles, je ne trouverai pas la force d'exécuter les ordres. (Il s'est penché pour me glisser à l'oreille :) Gia, tout me ramène à toi dans cette histoire. Je t'aimais et pourtant, tu m'as brisé le cœur. Si tu savais comme j'ai mal.

— Je suis désolée, mais ce n'est pas ma faute. Si seulement…

Le chagrin dans ses yeux m'a accablée. Si seulement… quoi ? Si seulement Emily n'avait pas tout gâché entre nous ? Si seulement nous étions restés ensemble ? Si seulement je n'étais pas tombée dans la trappe avec Bastien ? Non, revenir en arrière n'était pas ce que j'espérais. Je souhaitais simplement que nous puissions de nouveau nous entendre et redevenir amis.

— Pourquoi t'obstines-tu à ne pas suivre les ordres ? a-t-il repris d'une voix plus douce.

— Mais parce qu'ils sont animés de mauvaises intentions, et tu ne t'en rends même pas compte ! (J'ai reculé.) Je croyais te connaître. Je croyais que tu savais discerner le bien du mal. J'avais foi en toi ! Et tu te sens mal à cause de moi ? (J'ai éclaté d'un rire grêle.) Tu m'as anéantie !

Des bruits de bottes nous ont signalé que son escouade accourait vers nous et Arik a reculé d'un pas avant que ses hommes nous rejoignent.

— Menottes ! a-t-il sifflé, mâchoires serrées.

Je sentais les joues me brûler, tant la colère me consumait. L'un des gardes a brandi deux bracelets de métal reliés par une longue chaîne.

Sans même me regarder dans les yeux, leur chef m'a intimé de tendre les mains.

— Ne fais pas ça, ai-je imploré en m'exécutant. Le temps nous manque.

Un autre de ses hommes est venu enserrer mes poignets avec les anneaux avant de vérifier la solidité des chaînes.

Mon ancien petit ami évitait toujours mon regard.

— Gianna Bianchi McCabe, vous êtes en état d'arrestation pour trahison et serez présentée devant un tribunal. Emmenez-la dans les geôles.

— Arik ! Écoute-moi, s'il te plaît ! Tu te trompes : le nouveau Conseil est aux mains de Conemar.

— Tu seras plus en sécurité en prison qu'à courir les sabbats.

Les deux gardes m'ont entraînée jusqu'à la porte-livre et ont sauté avec moi vers la bibliothèque du Vatican. Je me suis tellement débattue pour tenter de m'enfuir que nous avons atterri en catastrophe – l'un de mes geôliers m'est tombé dessus.

— Il fallait vraiment que tu fasses tout ce cirque ? a-t-il grogné avant de rouler sur lui-même pour se relever.

L'autre m'a aidée à me remettre sur pied. L'instant d'après, Arik et le reste de sa troupe ont débarqué un par un.

Pendant qu'on me traînait à vive allure dans les couloirs des geôles, mon ex-petit ami est resté en retrait. Les fées en service ce jour-là étaient toutes âgées et de grande taille. J'ai cherché Odran des yeux, le seul que je connaissais, mais il semblait ne pas être présent. C'était lui qui nous avait laissés rendre visite à Crapaud, à l'époque où il possédait l'une des *Chiavi*.

— Retirez-lui les menottes, a ordonné Arik. Sa magie ne fonctionne pas ici.

Un garde m'a libérée de mes anneaux de métal, puis deux fées, une femme grande et maigre et un homme trapu, m'ont guidée le long d'un couloir étroit qui desservait des cellules de part et d'autre. Les yeux larmoyants, je me suis retournée en direction d'Arik et l'ai dévisagé jusqu'à ce qu'il fasse volte-face, m'abandonnant à mon sort.

Alors, ça y est, il m'a laissée tomber.

Je n'avais qu'une seule envie : hurler, mais je ne pouvais pas. J'avais l'impression de me trouver sous une coulée de béton qui me plaquait au sol et m'asphyxiait.

Lors de mon entrée dans le monde des Chimères, j'étais persuadée qu'Arik me protégerait toujours. C'était lui qui m'avait appris à survivre dans ces territoires inconnus et je lui aurais confié ma vie. Comment pouvait-il se soucier aussi peu de moi ? Après tout ce que nous avions vécu.

Je lui aurais soi-disant brisé le cœur, mais moi, je n'allais pas le laisser me détruire. Peu importait la manière, je me sortirais de ce mauvais pas, même si je devais en venir aux mains. Je comptais bien retrouver ma liberté, coûte que coûte.

Sur ma droite, un prisonnier observait la scène de derrière les barreaux.

— Oncle Philip ! me suis-je écriée en tentant d'échapper à l'emprise des geôliers.

— Gia ! Que fais-tu ici ?

— Arik vient de m'arrêter pour trahison.

Les fées se sont immobilisées devant une porte qu'elles ont déverrouillée.

— Je suis vraiment désolé, a-t-il déploré. J'aurais tellement aimé pouvoir te protéger.

Il était méconnaissable. Sa barbe avait poussé, et ses cheveux, d'ordinaire impeccablement coiffés, étaient en bataille. Le visage couvert d'hématomes, il avait les yeux cernés.

— Sois forte, m'a-t-il encouragée.

Les fées m'ont poussée dans ma cellule et l'ont refermée à clé.

— Eh bien, les geôles sont pleines de surprises… (J'ai pivoté pour découvrir Pia, allongée sur l'un des matelas.) Salut, chère coloc' !

La dernière fois que je l'avais vue, elle et sa jumelle avaient tiré une pluie de flèches au procès de Crapaud, tuant beaucoup d'Archimages et de gardes, en même temps que l'accusé. La sœur de Pia avait été abattue sur place.

— Alors, qu'as-tu fait pour te retrouver ici ? a-t-elle demandé en s'asseyant.

— Oh, rien d'extraordinaire, j'essaie juste de sauver le monde.

— Tu as toujours été ambitieuse. Et très sentimentale.

— Tout le monde n'a pas la chance d'être insensible comme toi.

Si je restais dans la même cellule qu'elle, j'allais finir par l'étrangler. Crapaud ne méritait pas de mourir, il était innocent. D'ailleurs, tous les mages que ces deux folles avaient tués ce jour-là étaient loyaux, et leur disparition avait livré le Conseil à des individus corrompus.

— Crois-le ou non, m'a-t-elle lancé en posant la tête sur son oreiller, mais les rumeurs parviennent jusqu'ici. Et il semblerait que nous soyons du même bord, à présent.

Je me suis précipitée sur elle pour l'attraper par le col.

— À cause de vous, Conemar est sur le point de prendre la tête du Conseil des mages. À cause de vous, des Archimages véreux dirigent chaque refuge. À cause de vous, le peuple des Chimères a été décimé par une maladie, car ce même Conseil a refusé de leur distribuer un remède. À cause de vous… (Les larmes qui ont roulé sur ses joues m'ont interrompue dans mon réquisitoire.) Tu n'en vaux pas la peine…

Je me suis contentée d'envoyer un coup de pied rageur dans le vide, avant de retourner m'asseoir.

— Je suis désolée, Gia. (Elle a reniflé et s'est essuyé les yeux.) Je croyais me battre pour une cause juste. Comme les appels de détresse lancés par Santara sont restés sans réponse après l'attaque, nous avons pensé que le Conseil les avait délibérément ignorés. Quant à Crapaud, nous étions persuadées qu'il avait assassiné Gian, le père de la Résistance. Mais Philip m'a tout expliqué. Aveuglées par notre rage, nous sommes tombées dans le piège qui nous avait été tendu… et qui a coûté la vie à ma sœur.

J'étais sur le point de lui répondre lorsque trois gardes ont surgi.

— C'est elle, a annoncé une femme aux cheveux blonds et aux yeux d'un bleu translucide. Gianna Bianchi, suivez-nous.

— Où l'emmenez-vous ? s'est enquise Pia qui s'était redressée d'un bond.

— Assise ! a sifflé le deuxième garde, un homme trapu.

Elle a obtempéré d'un air terrifié qui m'a perturbée. Quel traitement lui avaient-ils donc infligé ? Et que me voulaient-ils ?

Le troisième, bâti comme une armoire à glace, m'a empoignée par le bras pour me tirer hors de ma cellule.

— C'est bon ! ai-je protesté. Pas la peine de jouer les brutes, je vous suis.

Ils m'ont emmenée jusqu'à une salle d'interrogatoire où ils m'ont assise de force sur la seule chaise. Le petit homme râblé m'y a enchaînée.

— Tu as le choix. Notre entretien peut être très rapide, ou bien très long… et très douloureux. Où sont les *Chiavi* ?

— Alors ce sera la version « longue et douloureuse », ai-je fanfaronné, malgré ma terreur.

Le poing de la femme s'est abattu sur ma joue. La douleur s'est aussitôt fait ressentir dans toute ma mâchoire et j'ai lâché un cri, les yeux pleins de larmes.

— Les *Chiavi* ! a-t-elle grondé avant de m'asséner un nouveau coup, qui m'a fait souffrir tout autant que le premier.

Ma vue était brouillée par des éclairs. J'ai inspiré profondément à plusieurs reprises.

Comment résister ? Impossible, c'est trop dur !

J'ai été tentée de céder et de leur révéler l'emplacement des *Chiavi*. J'étais prête à tout pour que cette sadique cesse de me frapper.

Je suis faible.

— *Gia ! Tu peux le faire. Oublie ton corps et viens avec moi.*

— Nick ? me suis-je écriée.

La blonde a jeté un coup d'œil par-dessus son épaule.

— Qui appelles-tu ? Un fantôme ?

J'ai fermé les yeux, prête à recevoir le prochain coup. Je sentais comme de l'herbe sous mes pieds et le soleil qui me réchauffait le visage. Quand j'ai soulevé les paupières et que je me suis redressée, je me trouvais au milieu d'une belle prairie. Et je n'étais pas seule ! Nick se tenait à mes côtés, m'adressant son sourire malicieux – celui qu'il me réservait quand il savait m'avoir joué un sacré tour, ce qui ne m'a jamais empêchée de me faire rouler.

Pourtant, cette fois, ce n'était pas une plaisanterie, c'était réel. Il n'était pas vraiment là : il se trouvait ailleurs, enfermé dans son propre cauchemar.

— Comme toujours, tu joues les rabat-joie, alors que tu évolues dans un rêve magnifique ! a-t-il insisté, tout sourire.

— J'aimerais tellement que tu sois là, en chair et en os, ai-je regretté en me baissant pour cueillir des fleurs. C'est bien ce que l'on attend de nous dans ce genre de songes, non ?

— Qu'est-ce que tu vas en faire ? m'a-t-il demandé. Une couronne ?

— Pourquoi pas ? Et puis, de quoi je me mêle, d'abord ?

Je me suis tournée vers lui, mais il avait disparu.

— Nick ? ai-je appelé en me relevant. Reviens. Ne me laisse pas !

À peine avais-je lâché mon bouquet que des nuages noirs se sont amoncelés dans le ciel. Secouée de tremblements, je me suis laissée tomber dans l'herbe.

— Gia ?

Une voix féminine…

Un objet rugueux est passé sur mon visage… Une odeur de poussière humide flottait dans l'air. J'ai ouvert les yeux tant bien que mal, car le gauche refusait d'obtempérer complètement, et découvert un torchon humide qui me caressait la joue.

— Les monstres ! a ragé Pia. Ils ne t'ont pas ratée.

— Est-ce que j'ai parlé ? me suis-je inquiétée d'une voix gutturale.

Un bruit de pas a résonné dans le couloir, ainsi qu'une voix d'homme qui ne m'était pas inconnue.

— Gianna ? a-t-il appelé.

— Que lui voulez-vous ? a demandé Pia.

— Ouvrez la porte, a ordonné le nouveau venu.

Antonio ? La Sentinelle du Vatican était sûrement venue à ma rescousse. Si je n'avais pas été terrassée par la douleur, je me serais sans doute sentie soulagée.

La porte s'est ouverte, lui livrant passage.

— Reste sur ton lit, a-t-il commandé à Pia.

Il s'est accroupi à mes côtés, puis il a écarté les mèches collées sur mon visage.

— Que t'ont-ils fait ? C'est ta faute ! a-t-il lancé à quelqu'un derrière lui.

Il a enfoui les doigts dans la masse de ses boucles brunes. J'ai alors remarqué son nez cassé. Cette blessure datait-elle du jour où il était tombé de la porte-livre alors que Nick et moi recherchions l'une des *Chiavi* ?

— Pousse-toi, a grogné Arik qui s'est accroupi à son tour à mon chevet.

Mon unique œil valide a rencontré son regard.

— Je suis tellement désolé, Gia, a-t-il bredouillé, troublé, avant de secouer la tête et de s'adresser à Antonio : Ce sont tes gardes qui l'ont mise dans cet état ! Si l'un d'eux la touche à nouveau, je le tue de mes mains.

— Ce ne sont pas mes hommes. Ils travaillent pour le Conseil avant tout. Nous devons la faire sortir d'ici.

— Votre temps est écoulé, a grogné le geôlier.

Arik a caressé mes cheveux avant de se pencher à mon oreille pour murmurer :

— Ils ne te feront plus de mal. Je vais m'arranger pour que tu sois relâchée.

— C'est terminé, j'ai dit ! a grondé la fée en secouant ses clés.

— Envoyez-lui un Guérisseur immédiatement, a ordonné mon ancien coéquipier.

Après quoi il est sorti de ma cellule, Antonio sur les talons.

— Arik, tu crois vraiment qu'ils vont la laisser tranquille ? On doit la sortir de là !

Le garde a claqué la porte derrière lui avant de la verrouiller.

— Que lui avez-vous fait ? a hurlé oncle Philip depuis sa cellule.

— Boucle-la, toi, a asséné le geôlier.

— Arik, reviens… Écoute-moi ! a continué l'ancien Archimage. Ils vont la livrer aux Scrutateurs ! Ne l'abandonne pas !

— Ils ne lui feront aucun mal, a répondu le jeune homme.

Un grand bruit a retenti alors, comme si mon oncle venait d'envoyer un violent coup de pied dans la porte de sa cellule.

— Gia, a-t-il repris, est-ce que ça va ?

— Ils l'ont tabassée, mais elle peut parler, l'a informé Pia, qui venait de se poster derrière les barreaux.

— Merci, a-t-il répondu d'une voix abattue.

Ma codétenue est revenue s'asseoir près de moi pour se remettre à nettoyer mes plaies avec le peu d'eau qui lui restait.

— Je n'arrive pas à croire qu'Arik les laisse faire sans rien dire…

— Eau… ai-je réussi à articuler, la bouche complètement desséchée.

Elle a posé son chiffon pour porter un gobelet en étain à mes lèvres. J'ai tressailli lorsque le récipient a touché mes plaies à vif.

— Dommage que je ne puisse pas invoquer mon globe d'eau, a-t-elle regretté. Tiens. Ce n'est pas ce qu'il y a de meilleur, mais c'est liquide.

J'ai avalé une gorgée, qui a manqué de m'étouffer. J'ai retenu un cri de dégoût.

La Guérisseuse, une jeune femme aux cheveux roux et bouclés, est arrivée pour m'administrer une pommade. Avant de repartir, elle a posé une main tatouée sur mon front.

— Ne baisse pas les bras. Et ne vous inquiétez pas si vous constatez une baisse de tension dans les locaux, ce soir. Vous allez vous retrouver plongés dans l'obscurité, mais ce ne sera que l'affaire de quelques instants. (Elle s'est penchée à mon oreille.) Même les charmes et sortilèges seront levés.

Après le départ de la Guérisseuse, Pia est venue s'asseoir à mon chevet.

— Qu'est-ce que c'est cette histoire de tension ? Ça fait des mois que je suis là et, pourtant, ça n'est jamais arrivé.

— Je ne sais pas qui l'envoie, mais on me donne clairement une occasion de m'enfuir. Même si je ne vois pas trop ce qu'on pourra faire en quelques minutes… Je doute que nos globes de combat soient assez puissants pour faire céder cette porte en acier.

— Quel intérêt de te livrer cette information, alors ?

— Aucune idée, ai-je répondu en roulant sur le dos pour contempler le plafond. Laisse-moi réfléchir.

Elle est retournée sur son matelas qui a émis un grincement. De mon côté, la douleur me rendait fébrile. Les yeux fixés sur les éclairages faiblards, juste au-dessus de la porte, j'ai passé mes sphères en revue. Le verre se briserait… Le feu serait inutile, tout comme la glace ou la stupéfaction. Quant au globe d'eau de Pia, à part nous noyer, je ne voyais pas comment il pourrait nous aider.

La lumière blafarde se reflétait sur les gonds de la porte. Si seulement j'avais de quoi les dévisser… Mais je n'avais aucun outil avec moi.

Des gonds…

Je me suis relevée d'un coup en me remémorant le jour où j'avais libéré Carrig grâce à la *Chiave* en forme d'épée. Elle avait le pouvoir de traverser n'importe quel métal. Il me suffisait d'attendre la baisse de tension pour l'extraire de ma peau.

J'ai bâillé à m'en décrocher la mâchoire.

— Ne t'endors pas ! me suis-je sermonnée.

De l'autre côté de la cellule, Pia a poussé un grognement en se couvrant la tête avec son oreiller. Paniquée à l'idée de m'endormir et de manquer le moment fatidique, je me suis relevée pour arpenter la pièce. Les heures défilaient, et je continuais à marcher sans relâche.

Les souvenirs affluaient dans ma mémoire.

Les doux moments de l'époque où Faith, Kale et Sinead étaient encore en vie. La fois où mon père biologique, Carrig, m'avait retrouvée devant l'Athenæum de Boston. Ce temps où Arik n'était pas encore devenu un crétin fini.

Et je continuais à marcher.

Tous les instants que j'avais passés seule avec Nick, avant de rencontrer Afton. Puis, la période où elle nous avait rejoints. Le jour où Pop et moi nous étions retrouvés seuls au monde, après le décès de ma mère. Nos dîners du dimanche et les pique-niques du samedi, en tête à tête, au Boston Common.

Soudain, les lumières ont clignoté et je me suis figée. J'ai soulevé ma tunique, trouvé la représentation de l'épée et y ai pressé mes doigts.

L'éclairage a faibli de nouveau, puis un bruit sourd a résonné, quelque part dans les couloirs.

Soudain, l'obscurité s'est abattue sur nous.

— *Reditum.*

J'ai grimacé de douleur au moment où l'épée s'arrachait de ma chair pour venir flotter devant mes yeux en reprenant sa taille initiale.

— Debout, Pia !

J'ai attendu que la lumière revienne pour abattre mon arme sur le premier gond. Comme prévu, le métal a cédé.

— Qu'est-ce qui se passe ? a chuchoté ma codétenue en titubant hors de son lit.

— On se casse !

L'une après l'autre, j'ai fait sauter toutes les charnières. Enfin, j'ai rassemblé les forces qui me restaient pour m'élancer contre le panneau d'acier et suis tombée à plat ventre dans le couloir. Des bruits de pas et des voix nous parvenaient déjà du fond du couloir, aussi Pia m'a-t-elle aidée à me relever, puis je me suis empressée de briser à leur tour les gonds de la porte de la cellule où se trouvait oncle Philip.

— Reculez ! a-t-il prévenu avant de s'élancer.

Il a atterri dans le couloir en même temps que le battant s'y aplatissait dans un bruit assourdissant. Je me suis précipitée pour le serrer fort contre moi.

— Vite ! nous a pressés Pia. Où allons-nous ?

— Par ici ! leur ai-je intimé avant de courir vers le passage qu'Odran nous avait montré, la fois où, aidée de Nick et Deidre, j'avais libéré Crapaud.

Je me suis ruée sur le battant qui se trouvait toujours au bout du couloir. À chaque marche de cet escalier en colimaçon très raide, j'avais un peu plus le tournis.

Soudain, la porte en contrebas s'est ouverte à la volée.

Chapitre 23

Derrière moi, oncle Philip peinait à suivre le rythme. Lorsque je me suis aperçue qu'il était blessé, je lui ai tendu une main qu'il a agrippée.

— Allez, nous y sommes presque ! l'ai-je encouragé.

Une fois le palier atteint, nous nous sommes retrouvés face à une porte que j'ai ouverte à la hâte. De l'autre côté, Arik se tenait en position de combat, une boule de feu à la main. Prise au dépourvu, j'ai esquissé un mouvement de recul, manquant de tomber à la renverse sur mon oncle.

Emily, apparue subitement aux côtés du jeune homme, s'est précipitée sur moi pour attraper mon poignet.

— Dépêchez-vous ! Entrez !

Elle m'a aidée à gravir les dernières marches qui nous séparaient de la bibliothèque du Vatican. À peine avons-nous pénétré dans la salle que l'odeur familière des livres poussiéreux et du détergent parfumé au pin m'a assaillie.

Oncle Philip et Pia sont entrés à ma suite. Puis Arik a lancé sa boule de feu dans l'escalier avant de refermer la porte derrière lui. Un hurlement, suivi du vacarme caractéristique d'une chute, est parvenu jusqu'à nous.

Tournant la paume vers le ciel, j'ai invoqué un globe blanc que j'ai jeté contre l'entrée du passage. Aussitôt, la glace s'est répandue sur le battant et le mur attenant, la scellant pour de bon. J'en ai ajouté une couche par sécurité, avant de me tourner vers Arik, une nouvelle sphère de combat en main.

Je n'ai pu m'empêcher de remarquer l'ironie de la situation à le voir déambuler au beau milieu de ces murs, piliers et arches où étaient peintes des scènes bibliques. À mes yeux, il n'était en effet qu'un judas.

— Du calme, Gia, a-t-il soufflé, les bras en l'air.

Emily s'est interposée entre nous.

— Arrête! C'est grâce à lui que tu t'es échappée.

— C'est surtout à cause de lui que j'ai été enfermée dans les geôles… Écarte-toi, ai-je lancé sans la regarder, pour ne pas quitter Arik des yeux.

À ce moment précis, une de mes plaies à la lèvre s'est rouverte et le sang s'est répandu dans ma bouche. Oncle Philip, le souffle court, s'est alors approché en boitillant pour me poser une main sur l'épaule.

— Baisse les armes. Tu régleras ce problème plus tard. Pour l'heure, il faut partir au plus vite.

Folle de rage, j'ai lâché mon globe qui a recouvert le sol d'une pellicule de glace.

— Je te hais, ai-je craché au visage d'Arik, qui a détourné le regard et s'est empressé de poser la porte-livre ouverte à plat par terre.

— Saute en premier, m'a-t-il proposé.

— Non. Oncle Philip et Pia d'abord. Je passerai ensuite.

Je ne lui faisais plus assez confiance pour laisser les deux autres fugitifs seuls en sa compagnie. À son expression, j'ai vu qu'il avait saisi le message.

Soudain, de l'autre côté de la paroi, les gardes ont commencé à marteler la porte, pour forcer le passage.

Oncle Philip et Pia ont sauté, suivis d'Arik, à qui j'ai emboîté le pas. J'ai atterri lourdement sur le parquet, ce qui a ravivé les douleurs de mon corps meurtri. Délaisser les dorures de la bibliothèque du Vatican pour se retrouver entre les montants de bois sombre des austères étagères qui meublaient l'établissement de Chetham revenait à quitter le jour pour pénétrer dans la nuit.

J'ai soudain reconnu des visages familiers. Lei, Jaran, Demos et quelques gardes en uniforme de Tearmann. Malmenée par mes multiples contusions, je me suis empressée de me relever sans pouvoir retenir un cri. De son côté, Pia soutenait oncle Philip, qui semblait aussi peu en forme que moi.

Lei a émis un grognement féroce tout en jetant un regard noir à Arik.

— Tu vois ce que ta loyauté nous a apporté ?

— Ne crains rien, je te tiens, m'a assuré Jaran qui venait de me rattraper alors que je trébuchais.

Il m'a observée de la tête aux pieds avant de se tourner vers Arik, furieux.

— Comment as-tu pu les laisser faire ça ?

— Je ne pensais pas qu'ils…

— Et qu'est-ce que tu croyais, au juste ? l'a coupé mon ami. Qu'ils allaient l'interroger gentiment ?

Le chef des Sentinelles a posé les yeux sur moi avant de répondre :

— Je voulais juste la protéger, car je la trouvais trop imprudente. Je pensais qu'elle serait en sécurité dans les geôles. Son jugement n'ayant pas encore eu lieu, ils n'étaient pas autorisés à…

— La torturer ? est intervenue Pia.

— L'interroger avant le procès, a-t-il poursuivi en ignorant l'interruption.

— Tu étais avec nous à Asile, a argué Jaran. Tu as bien vu que quelque chose ne tournait pas rond. N'as-tu pas compris que le Conseil était corrompu jusqu'à la moelle ? Ça nous a sauté aux yeux, à Lei et moi, dès l'instant où on y a posé les pieds.

— Mon arrestation ne t'a pas mis non plus la puce à l'oreille ? a renchéri oncle Philip.

— Ils ont justifié votre emprisonnement de manière plutôt convaincante, s'est défendu Arik, tête baissée. Et lorsque Véronique a attaqué Gia à New York, vous étiez le seul à connaître son itinéraire, j'ai donc cru que vous l'aviez… J'ai cru que vous œuvriez pour Conemar. (Il a relevé les yeux vers mon oncle, puis s'est tourné vers Jaran.) Quant à la corruption et aux scandales qui éclatent à Asile, je n'ai pas vraiment eu le temps de m'en apercevoir. Je revenais tout juste du monde des fées lorsque j'ai été capturé à Greyhill, après quoi on m'a envoyé en mission.

— Je te connais depuis ton enfance, a soufflé oncle Philip, le regard empreint d'un mélange de déception et de tristesse. Comment as-tu pu croire que je trahirais Gia ?

— Je suis désolé, lui a répondu Arik, les yeux dans les yeux.

— Tu as l'air vraiment sincère, est intervenu Demos. Mais alors, pourquoi avoir voulu empêcher Gia de livrer le remède ? Son action a permis de sauver des centaines de vies.

L'accusé a de nouveau baissé la tête.

— Aux informations, ils ont diffusé des publicités pour alerter la population de la dangerosité de la formule. Ils ont montré des images d'enfants en souffrance après avoir reçu l'injection. Je me suis laissé berner par la propagande, je l'avoue, mais je vois clair dans leur jeu désormais. J'ai compris que le Conseil envisageait de laisser l'épidémie se répandre dans les sabbats. Et maintenant que j'ai ouvert les yeux, j'ai honte…

Soudain, le bruit caractéristique de la porte-livre nous a tous fait nous retourner en même temps.

— Bastien ! ai-je lâché d'une voix rauque.

Il s'est précipité vers moi pour me prendre dans ses bras.

— J'étais tellement inquiet !

— Je crois savoir ce qui a altéré ton jugement, a enchaîné oncle Philip dont le regard passait de mon amoureux et moi à Arik. C'est la perte de Gia, n'est-ce pas ?

Bastien, lui, me dévisageait, horrifié.

— Qui t'a fait ça ?

— Ça va, ne t'inquiète pas.

Si j'ai bien pris soin d'éluder la question, je n'ai pu m'empêcher de jeter sans réfléchir un coup d'œil à Arik.

Mon regard n'a pas échappé au magicien qui m'a lâchée pour foncer sur mon ex et le jeter à terre avant de le rouer de coups au visage et dans les côtes.

— Alors ? Comment tu te sens, là ? Qu'est-ce qui t'est passé par la tête, bon sang ? Tu es aussi fou que le Conseil… et Conemar !

Emily s'est précipitée sur lui pour retenir son bras, mais Bastien n'a eu aucun mal à lui faire lâcher prise.

— Laisse-le ! Tu lui fais mal ! Arrêtez-le !

Étendu au sol, Arik ne se défendait même pas : il acceptait simplement que Bastien déverse sa hargne sur lui. Son expression en disait long : il était pétri de honte.

Je me suis écartée de Jaran pour attraper mon petit ami par le poignet avant que son poing ne s'abatte encore une fois sur le visage de sa victime.

— Je t'en prie, arrête. Tu vois bien qu'il ne se défend même pas. (Interrompu dans son élan, Bastien a posé les yeux sur moi.) S'il te plaît… Tu ne crois pas qu'il en a eu assez ?

Il a baissé le bras et s'est relevé avant de frotter ses paumes sur son pantalon.

Je ne l'avais encore jamais vu perdre le contrôle à ce point. Il s'était montré tellement brutal que j'en étais presque effrayée.

— Comment nous as-tu retrouvés ? s'est étonné Jaran.

— Arik m'a fait parvenir un message par le biais des gardes de Couve sur qui je peux compter.

Emily s'est précipitée auprès d'Arik pour lui caresser le visage. Lorsqu'il a repoussé ses mains, elle a laissé échapper un sanglot.

— C'est bon, a-t-il marmonné, le nez en sang. J'ai connu pire.

— J'étais à Asile, moi aussi, a-t-elle affirmé tout en aidant son protégé à se remettre debout. La population est conditionnée par les informations qu'on lui fournit. Moi-même, j'ai failli me laisser convaincre par leurs mensonges. Lei et Jaran, si vous y avez séjourné, vous l'avez forcément remarqué. Vous êtes tout simplement partis trop tôt pour en être victimes.

— Assez bavardé, a coupé Lei d'un ton autoritaire. Lorsque nous serons rentrés à Barmhilde, Arik et moi, nous discuterons de son rôle futur au sein de notre escadron.

La jeune fille endossait à merveille son nouveau statut de chef. Elle n'avait pas manqué de fermeté, mais son visage laissait clairement deviner qu'elle éprouvait de l'empathie pour Arik.

Bouleversée, j'ai baissé la tête. Incapable de démêler mes pensées et mes sentiments, je ne parvenais pas à réfléchir. Mes blessures encore à vif m'empêchaient de me concentrer et je ne désirais qu'une chose : m'allonger. J'ai prié pour qu'on arrive vite au campement.

Les pieds dans l'eau fraîche, je me promenais au bord du lac, entourée par les enfants Chimères de Barmhilde qui s'amusaient. Leurs mères s'échinaient à ramasser les plantes similaires à des algues qui poussaient sous l'eau, autour des rochers. L'un des gamins m'avait appris qu'il s'agissait en fait de « cordails » et qu'on les utilisait pour fabriquer des cordes, justement, car elles étaient très résistantes.

J'ai tourné le visage vers le soleil qui me réchauffait la peau. D'étranges oiseaux, aux longues ailes et au corps rondelet, ont traversé le ciel violet.

Beau comme un dieu, Royston a descendu la colline pour me rejoindre. Il avait la mauvaise habitude – ou la bonne, tout dépend du point de vue – de se promener torse nu dès que les températures se faisaient assez clémentes. Sous le soleil, ses cheveux châtain clair étaient égayés de reflets dorés.

Je n'avais pas beaucoup vu Deidre depuis que Jaran et Lei l'avaient ramenée d'Asile. Elle passait le plus clair de son temps au chevet de Carrig, afin de l'aider à récupérer. La mort de Sinead l'avait tellement dévastée qu'elle avait cessé de s'alimenter pendant plusieurs jours. Royston avait fini par lui rendre l'appétit, la forçant presque à terminer les assiettes qu'il lui apportait.

Au-dessus de nous, Cadby tournoyait en compagnie des oiseaux, sans cesser de surveiller son protégé. On aurait dit un homme chauve-souris de couleur jaune.

— Tu sembles aller mieux, a remarqué Royston en plongeant ses pieds dans l'eau qui clapotait.

— Je me sens mieux, c'est vrai, ai-je répondu avant de donner un coup de pied dans l'onde.

— Cadby t'a-t-il rendu la couronne ?

Il le savait très bien, puisque son gardien exécutait toujours ses ordres.

— Elle est en sécurité, l'ai-je rassuré en tapotant mes côtes.

— Je suis prêt, a-t-il déclaré, les mains dans son dos.

— Ah bon ?

Il a planté son regard dans le mien.

— Tu as l'air moins sûre de toi. Tu as peur ?

— Pas du tout !

Bien sûr que oui… Le souvenir du moment où je m'étais retrouvée enchaînée à une chaise, sans pouvoir me défendre contre la brutalité des gardes, revenait hanter mes nuits. Toutefois, même si elle me terrifiait, je ne pouvais continuer à occulter la mission qui m'attendait.

Royston a suivi des yeux un petit garçon à quatre bras qui trimbalait un seau d'eau, avant de déclarer :

— Plus nous attendons, plus les différents peuples souffrent et plus nos ennemis ont le temps de se préparer. Nous pourrions partir ce soir, toi et moi. Inutile de mettre qui que ce soit d'autre en danger.

J'ai levé les yeux vers lui. Le soleil dessinait un halo au-dessus de sa tête. Il avait raison : chaque jour apportait son lot de victimes.

— Combien d'années ai-je vécu enfermé dans ce monde oublié ? a-t-il continué sans quitter les gamins des yeux. Jamais je n'entendrai un enfant m'appeler « père ». Le souvenir de mon fils s'est dissipé. Lorsque je ferme les yeux, la nuit, je ne parviens même plus à me remémorer son visage.

Quelle injustice ! Vivre aussi longtemps sans attaches. Il ne connaîtrait pas la fin heureuse qu'il méritait tant. Peut-être essayait-il en fait de me dire qu'il attendait la mort avec soulagement.

Comme s'il avait deviné mes réflexions, il a repris :

— Aux moments les plus difficiles, dans la Somnium, il m'est arrivé de souhaiter la mort. Et pourtant, j'ai quand même tout fait pour rester en vie. Mes sentiments pour Deidre sont plus forts de jour en jour : nous devons partir au plus tôt, car je n'aurai bientôt plus la force de la quitter.

— Je suis désolée, Royston.

J'ai croisé les bras et laissé mes orteils recroquevillés s'enfoncer dans le sable humide. Il a posé les mains sur mes épaules et m'a fait pivoter face à lui.

— Ne sois pas triste pour moi. Vis ta vie, aime. Profite des cadeaux que t'offre le monde. Ne te laisse pas abattre par les difficultés. Le bien finit toujours par triompher du mal, sans quoi il aurait disparu depuis longtemps. C'est d'accord pour ce soir ?

Non loin de là, Emily descendait la colline, aussi Royston m'a-t-il relâchée.

— C'est d'accord, ai-je confirmé.

Il m'a souri, puis, après un signe de tête, a entrepris de gravir la butte. En quelques enjambées, il avait croisé la jeune sorcière.

— Coucou, m'a-t-elle lancé, soucieuse.

— Qu'y a-t-il ? me suis-je inquiétée.

Le pli sur son front s'est creusé.

— Je me fais du souci pour Philip. Ce matin, il ne savait plus utiliser une fourchette.

— C'est la première fois que tu remarques ce genre de comportement ?

— Non… Mais il m'avait demandé de te le cacher. Seulement, quand elle s'en est aperçue, Deidre m'a conseillé de t'en parler sur-le-champ. Je pensais qu'il avait besoin de temps pour se remettre de sa détention, sauf que ça ne va pas en s'arrangeant. Tu sais, d'après Pia, il aurait été scruté… Tu crois que…

Elle n'a pas réussi à prononcer ce que nous redoutions toutes les deux.

Lutter contre l'intrusion d'un Scrutateur pouvait détruire votre esprit, et je ne doutais pas que, pendant son emprisonnement, oncle Philip avait résisté aux interrogatoires.

— Je vais aller le voir, ai-je déclaré en rinçant mes pieds pour renfiler les sandales que je m'étais achetées au village.

— Je peux te demander quelque chose ? a tenté Emily en chemin.

— Bien sûr.

— C'est à propos d'Arik.

— Vas-y…

Elle a hésité avant de se lancer :

— Je l'aime. Est-ce que j'ai tort ? Je sais que vous avez rompu par ma faute.

— Nous savons toutes les deux que tu n'étais pas responsable de tes actes. (Je me suis arrêtée pour la regarder droit dans les yeux.) La seule chose qui vaille dans ce monde, c'est l'amour. Pourquoi me demandes-tu la permission ? Aurais-tu peur que j'aie toujours des sentiments à son égard et que je te voie comme un obstacle à notre éventuelle réconciliation ?

Elle s'est mordu la lèvre et a froncé les sourcils, ce qui a accentué le V de son front. Comme elle avait bronzé, sa peau d'albâtre contrastait moins avec ses cheveux noir de jais qui avaient poussé et tombaient à présent au-dessous de ses épaules.

— Dans le mille ! a-t-elle avoué.

J'ai repris mon chemin, Emily sur les talons.

— Ne t'en fais pas, l'ai-je rassurée. Notre relation s'est trop détériorée pour que nous nous remettions ensemble.

— Sache que je suis désolée pour tout ce qui est arrivé, a-t-elle articulé.

Elle trottinait pour rester à ma hauteur. Je l'ai observée en souriant, dans l'espoir de mettre fin ses doutes.

— Je sais. Comme on dit, des actes valent mieux qu'un long discours… Tu me l'as déjà amplement prouvé. Tu m'as sauvé la vie un nombre incalculable de fois. Tu l'as bien gagné, ton joker : « Vous êtes libéré de prison ».

— Merci, a-t-elle répondu. Oh, j'allais oublier : Pia te cherchait tout à l'heure. Elle est rentrée à Santara par le tunnel talpar et m'a assuré que son groupe de résistants se tenait prêt.

— Merci.

J'avais des sentiments mitigés à l'égard de la Sentinelle espagnole. Quand je l'avais rencontrée, à Branford, je l'appréciais vraiment. Puis sa sœur et elle avaient assassiné Crapaud ainsi que plusieurs Archimages. C'était leur action qui avait permis à Conemar de mettre la main sur le Conseil. Pourtant, lors de mon passage à Santara, j'avais vu la ville en ruine et la souffrance des habitants. Pouvais-je lui en vouloir ?

Lorsque nous sommes entrées dans la tente d'oncle Philip, il s'observait dans un miroir posé à côté d'une bassine.

— Comment vas-tu ? ai-je demandé en m'approchant.

— Quelqu'un a remplacé mon visage, a-t-il répondu, le regard plongé dans son reflet.

J'ai senti mon cœur se serrer.

— Pardon ?

— Celui-là ne me dit rien. Il est plus âgé. (Il a tourné la tête de gauche et de droite.) Est-ce qu'il reste des bonbons ?

J'ai lancé un regard effaré à Emily.

— Je vais vous en chercher d'autres, a-t-elle répondu.

— Ce serait vraiment très gentil. Le plus tôt sera le mieux… Dans la mesure du possible, bien entendu.

Il a recommencé à se mirer dans la glace.

— À tout à l'heure, oncle Philip, ai-je réussi à articuler, le cœur lourd.

Il s'est frotté le menton sans me regarder alors que je reculais lentement, m'efforçant de retenir mes larmes.

Prise de panique, je suis sortie de la tente en aspirant de grandes goulées d'air avant d'enfouir mon visage dans mes mains. Les larmes ont coulé entre mes doigts. Emily m'a serrée dans ses bras.

— Quand cesseront-ils de m'arracher ceux que j'aime ?

Sa paume dessinait des cercles dans mon dos.

— Il est toujours là, juste différent. Nous allons nous occuper de lui, tu vas voir. On va l'aider à se souvenir.

Sa tentative de réconfort partait d'une bonne intention, mais j'avais lu tant d'histoires à ce sujet… Résister aux Scrutateurs endommageait gravement le cerveau. Elle avait tout de même raison sur un point : il existait des thérapies qui pouvaient l'aider à retrouver des pans de mémoire. Certains Guérisseurs étaient spécialisés dans ce genre de rééducation. Il ne serait peut-être plus jamais le même, mais au moins, il était vivant. Et j'étais déterminée à faire en sorte que sa vie déborde de joie et de bonheur, désormais. Il le méritait.

— Qu'y a-t-il ? a demandé Arik en s'approchant.

Emily s'est écartée de moi.

— Rien de grave, il y a des jours comme ça…

— Je vois. Est-ce que je peux te parler, Gia ?

— Bien sûr.

— À plus tard, a lancé la sorcière en se forçant à sourire malgré la déception qui se lisait sur son visage.

— On mange ensemble, tout à l'heure ? lui a soudain crié le jeune homme.

— Ça marche ! a-t-elle répondu, avant de bifurquer derrière une tente, d'un pas redevenu alerte.

— Je t'écoute.

Il s'est avancé vers moi.

— Selon les rumeurs, non seulement Conemar siégerait désormais au Conseil en tant que représentant d'Estril, mais l'assemblée des mages serait sur le point de convoquer les armées de tous les refuges en vue d'une offensive. Personne ne sait quel est leur plan, pourtant je ne serais pas étonné qu'ils attaquent Barmhilde. J'en ai souvent entendu parler, à Asile : le Rouge leur fait peur.

Arik se donnait beaucoup de mal pour regagner notre confiance, mais il aurait pu s'en dispenser, je le connaissais trop bien. Je savais qu'il avait fini par prendre conscience de l'erreur qu'il avait commise en se rangeant à l'avis du Conseil. D'ailleurs, il avait suffi de voir sa réaction, lorsque Bastien s'était jeté sur lui, pour comprendre à quel point il avait honte de son comportement.

— Je pars avec Royston ce soir.

— Très bien, a-t-il acquiescé. Je crois en toi, Gia. Ne te préoccupe pas de ce qui va se passer ici. Nous saurons faire face, tous ensemble. Carrig, oncle Philip, Deidre et… Emily seront sous notre protection.

Avais-je rêvé, ou bien avait-il marqué une pause avant de prononcer son nom ?

— Merci, ai-je dit avant de m'éloigner.

— Est-ce que tu comptes en parler à Bastien ?

La question m'a clouée sur place. Depuis notre arrivée ici, soit trois jours plus tôt, j'évitais mon petit ami. De toute façon, nous n'avions pas eu l'occasion de beaucoup discuter. Je ne parvenais pas à m'ôter de la tête que sans son intervention, Sinead serait peut-être toujours en vie. Si seulement j'avais pu lancer mon globe sur Ruth Ann avant qu'elle ne poignarde Carrig… Et puis, je n'arrivais pas à oublier la rage qu'il avait déversée sur Arik.

— Je ne sais pas, ai-je répondu en m'éloignant.

— Qu'est-ce que tu hésites tant à me dire ? a soudain demandé Bastien, adossé contre un poteau auquel était suspendue une lanterne.

— Tu m'espionnes ?

— Non, pourquoi ? Je devrais ?

— Alors qu'est-ce que tu fiches là ?

Je me sentais soudain coupable, sans raison valable. Au bout du compte, je n'étais pas obligée de tout lui raconter.

Il s'est approché de son pas de monarque pour poser les mains sur mes épaules.

— Quand me pardonneras-tu ?

— Pourquoi m'as-tu retenue ? Sinead…

— J'ai fait une erreur, m'a-t-il coupée, ses magnifiques yeux bleus voilés de tristesse. Mais de toute façon, jamais ton globe ne l'aurait empêchée de frapper. Elle aurait poignardé Carrig avant d'être touchée. Je pensais gagner du temps en t'empêchant d'attaquer. Nous aurions pu trouver un moyen de la mettre hors d'état de nuire, en continuant par exemple le dialogue pour lui faire croire que nous acceptions son marché. Je ne pensais pas qu'elle passerait à l'acte aussi vite. J'attendais une meilleure occasion de frapper.

J'ai inspiré profondément, le temps d'assimiler ses paroles. J'avais ressassé des dizaines de fois ce moment terrible dans la salle des Guérisseurs. L'espace d'un instant, j'avais entrevu une occasion de la toucher avec mon globe avant qu'elle n'abatte sa lame. Il ne lui avait suffi que d'une seconde pour enfoncer son poignard dans le torse de Carrig. Une seconde… En effet, combien de chances avais-je de l'atteindre vraiment ?

Il m'arrivait parfois de penser que si je n'avais pas fait mine d'attaquer, Ruth Ann n'aurait pas cédé à la panique et ne serait jamais passée à l'acte. Elle seule était responsable de la mort de Sinead.

— Je suis désolée, Bastien, ai-je enfin lâché. (J'étais tellement fatiguée, vidée de mon énergie, que je n'ai pas tout de suite reconnu ma propre voix.) Ce n'était pas ta faute. J'ai été injuste envers toi.

— Nous faisons tous des erreurs. Et tu étais aveuglée par le chagrin.

— C'est vrai.

— Tu pars ce soir libérer la Tétrade, n'est-ce pas ?

— J'avais donc raison, tu m'espionnais…

— Disons que je me trouvais au bon endroit au bon moment. Peut-on dire que j'espionnais pour autant ? a-t-il rétorqué avec un sourire malicieux.

— Ça se discute, en effet, ai-je répondu, amusée.

— Mes gardes seront postés dans la bibliothèque au moment de ton départ et veilleront à ce que tu puisses rentrer en toute sécurité.

— Super, merci. Je serai plus rassurée.

De sa main que j'ai saisie, il m'a attirée à lui. Ses paumes se sont posées sur ma nuque, et ses lèvres approchées des miennes. Les doigts enfouis dans ses cheveux, je me suis soudain sentie submergée par une chaleur intense. Mon cœur battait la chamade, sans doute aussi fortement que celui d'un sprinteur en fin de course. Je n'avais qu'une envie, me laisser aller à notre étreinte pour tout oublier : l'orage qui se préparait, les menaces qui pesaient au-dessus de notre tête, la douleur et le chagrin et, surtout, ma peur de n'avoir jamais l'occasion de mener une vie normale avec lui.

La pluie, dont les gouttes rebondissaient sur la toile des tentes, s'est mise à tomber. Quelques minutes plus tard, nous étions trempés. Nos cheveux étaient plaqués en arrière et nos vêtements collés à notre peau… Pourtant, toute cette eau n'a pas suffi à nous séparer. Nous nous sommes embrassés comme si c'était la dernière fois. J'ai dévoré ses lèvres avec avidité. Je brûlais de désir.

J'ai pressé mon corps contre le sien avec une telle fougue qu'il s'est déséquilibré et nous nous sommes étalés dans la boue. Aussitôt, il s'est mis sur le dos pour m'éviter d'être trop salie – une simple attention qui m'a donné envie de plus encore.

— Si vous continuez comme ça, vous allez vous noyer, mes petits canards, a braillé Lei au milieu du vacarme provoqué par la pluie cinglante.

— Bien envoyé ! a renchéri Jaran avant d'éclater de rire.

Bastien a desserré son étreinte et nous nous sommes relevés tant bien que mal, nous agrippant au bras de l'autre alors que nos pieds dérapaient dans la fange.

— C'est ce que j'appelle avoir le goût du défi, a commenté Demos. Ils sont entourés de tentes, mais ils préfèrent se rouler dans la boue.

— Tu es jaloux parce que tu n'y as pas pensé avant, ai-je rétorqué avant de m'éloigner sous un concert de rires.

Après un passage par mon abri pour une toilette sommaire, j'ai rejoint l'assemblée dans la tente-cantine. Carrig était assis à une table et Deidre s'activait autour de lui. Après lui avoir déplié une serviette sur les genoux, elle s'occupait pour l'heure à découper sa nourriture. Je me suis approchée pour déposer un baiser sur la joue de mon père.

— Tu as l'air en forme !

— Je me sens plutôt bien… Je dirais même choyé, a-t-il lancé tout en reprenant à Deidre la fourchette garnie de pommes de terre qu'elle lui tendait. Je peux manger tout seul, voyons ! Mes bras sont parfaitement valides.

Emily est arrivée avec oncle Philip.

— Viande et pommes de terre, votre plat favori ! Installez-vous, je vais vous chercher une assiette.

Mon oncle s'est assis en face de Carrig.

— Je ne suis donc pas le seul à être traité comme un enfant, à ce que je vois, a constaté mon père avant de piquer dans un morceau de viande. On n'est pas en sucre, bon sang!

L'ancien Archimage a posé ses mains sur la table.

— Je dois tout de même reconnaître que je ne suis pas toujours moi-même, ces derniers temps.

Au clin d'œil qu'il m'a lancé, j'ai compris que c'était bien l'oncle que j'avais toujours connu qui se trouvait à table. Je me suis assise à côté de lui, puis j'ai posé la tête sur son épaule.

— Je vous aime, tous les deux, j'espère que vous le savez.

— N'hésite pas à nous le rappeler, a-t-il répondu avec un sourire.

Lavé de frais et un sourire malicieux aux lèvres, Bastien a déposé une assiette devant moi, puis une autre devant lui, avant de s'asseoir.

— Mange. Tu dois prendre des forces.

Le reste des Sentinelles est venu se joindre à nous. Je n'ai pas manqué de remarquer qu'Arik s'était placé près d'Emily. Nous avons plaisanté en évoquant le passé, cette période très courte durant laquelle s'étaient déroulés tant d'événements. Que c'était bon de rire! D'autant que c'était peut-être là notre tout dernier repas ensemble.

J'ai observé Emily et Arik du coin de l'œil. Elle lui faisait goûter un plat dont il ne s'était pas servi. Une certaine complicité s'était installée entre eux, signe qu'ils se sentaient bien l'un avec l'autre. Le cœur réchauffé par le sourire qui illuminait le visage de la sorcière, je n'ai pu m'empêcher de l'imiter. Elle s'était montrée très dévouée à mon égard et je l'appréciais de plus en plus.

Sans hâte, j'ai porté mon verre à mes lèvres tout en scrutant mes compagnons de table qui souriaient à pleines dents. J'aurais voulu que ce moment dure toujours… J'ai tenté d'en mémoriser chaque détail afin de m'en souvenir, des années plus tard, s'ils venaient à me manquer.

Nous sommes restés des heures sous la grande tente, à raviver souvenirs et anecdotes. Lorsque nous citions un compagnon disparu, le silence retombait l'espace de quelques minutes, jusqu'à ce que l'un d'entre nous reprenne la parole. Alors, les sourires revenaient et les rires fusaient de nouveau. L'heure d'aller se coucher est arrivée bien trop tôt. Les uns après les autres, mes camarades ont quitté la table pour regagner leurs tentes.

Lorsqu'ils se réveilleraient, au petit matin, leur vie aurait soit changé du tout au tout, soit elle aurait été réduite à néant.

Chapitre 24

Je devais d'abord sauter avec Royston jusqu'à la bibliothèque Georges Peabody à Baltimore, dans le Maryland, afin de récupérer le livre et le boîtier de Gian. Cette perspective n'était pas pour me rassurer, mais puisque n'importe qui d'autre aurait été détecté, nous en étions réduits à nous y rendre seuls. Bastien nous attendrait près de la porte-livre, en compagnie de deux gardes de Couve qui nous avaient rejoints à Barmhilde.

Le Rouge et son armée avaient repoussé les forces du Conseil hors de la bibliothèque de Chetham, laissant ensuite à Bastien le soin de verrouiller la porte-livre par un sort.

Mon petit ami m'a confié la fenêtre de communication de l'un de ses gardes, au cas où nous rencontrerions un problème.

La formulation m'a fait sourire. Que pouvait donc nous apporter la fin de notre quête, hormis des problèmes ? Nous étions sur le point d'affronter la Tétrade !

J'ai resserré la veste en fourrure que le Rouge m'avait donnée. Une chose était certaine, nous allions libérer le monstre mythique… Mais que se passerait-il ensuite ? La fin de l'histoire n'était mentionnée nulle part. Apparemment, celui qui libérait la créature de sa prison en prenait le contrôle. Pouvais-je en être certaine, cependant ? Étais-je censée me fier aveuglément aux prophéties ? Je ne pouvais m'empêcher de douter.

Royston a suspendu une gourde à son épaule et s'est coiffé de la *Chiave* que j'avais arrachée à ma côte. Puis, sur un signe de tête, il a sauté dans la porte-livre.

Bastien a alors saisi mon visage entre ses mains pour m'embrasser longuement.

— N'agis pas dans la précipitation. Ne prends pas de risques inconsidérés.

Il a baissé les mains, me privant de leur douce chaleur.

— Promis. Bastien ? Je… en fait…

J'étais décidée à lui révéler les sentiments que j'avais pour lui, mais les mots refusaient de sortir de ma bouche. Peut-être était-ce mieux ainsi. Après tout, il aurait pu penser que ces paroles m'étaient dictées davantage par la situation que par mon cœur.

— Qu'y a-t-il ? s'est-il étonné.

— Je serai bientôt de retour, ai-je glissé avant de l'embrasser une dernière fois et de sauter dans la porte-livre.

À mon arrivée, Royston s'est contenté de me tendre la couronne sans un mot. Une fois l'objet réintégré à mon corps, nous avons gravi les cinq étages de la grande salle aux airs de cathédrale, pour atteindre l'endroit où j'avais caché mes affaires. Par bonheur, elles étaient toujours là, derrière le rayonnage.

Alors qu'il enfilait son manteau de fourrure, Royston s'est soudain figé. Je me suis empressée de glisser le boîtier dans ma botte tout en lançant des regards affolés de tous côtés.

— Que se passe-t-il ?

— C'était peut-être un insecte.

— J'espère bien que non, ai-je lâché en me grattant la nuque.

Un frisson m'a parcouru l'échine. J'avais toujours cru que l'on ne pouvait sauter qu'à l'intérieur de bibliothèques, mais Emily avait découvert un ancien sortilège qui permettait d'accéder à n'importe quel lien grâce à une porte-livre. Gian avait dû en avoir connaissance quand il avait rédigé cet ouvrage. J'ai moi aussi enfilé mon manteau et ouvert le volume sur la photo de la chaîne montagneuse aux trois sommets.

— C'est parti…

Main dans la main, nous avons sauté dans l'image. Le vent glacial m'a fait l'effet d'un million d'aiguilles se plantant sur la moindre surface de peau à découvert. J'ai abaissé ma capuche en fourrure devant mes yeux. Nous nous trouvions au pied du plus haut pic. Devant nous sinuait un sentier jusqu'à l'entrée d'une caverne, qui faisait l'effet d'une bouche géante.

Malgré le tremblement qui agitait mes doigts, j'ai récupéré le parchemin de Gian dans le boîtier en cuir et je l'ai déroulé.

— D'après ce qui est écrit, nous devons trouver des gravures qui nous aideront à déjouer les pièges qui se dresseront devant nous.

Bientôt, nous nous sommes retrouvés face à un mur en acier haut de six mètres environ, qui s'étendait d'un bout à l'autre de la montagne.

— Nous faut-il une *Chiave* pour le franchir ? a demandé Royston.

— Ça m'en a tout l'air, ai-je répondu en effleurant la barrière, geste que j'ai regretté aussitôt tant le contact avec la surface gelée m'avait semblé douloureux. Quelle idiote !

— Ne jamais toucher du métal glacé, m'a recommandé Royston, un peu trop tard.

J'ai levé les yeux au ciel avant de remarquer le dessin d'une croix gravé dans le mur. L'esprit de la *Chiave* en forme de crucifix m'avait révélé que tout porteur du pendentif pouvait voir ce qui s'était déroulé autrefois à l'endroit où il se trouvait. Comme le mur me bouchait la vue, la perspective m'a paru intéressante. Peut-être cet artefact me permettrait-il de découvrir ce qui nous attendait de l'autre côté…

J'ai donc ôté mon manteau, retiré mon plastron et relevé mon T-shirt malgré le vent qui redoublait d'ardeur. Lorsque j'ai posé mes doigts gelés sur ma peau, j'ai été prise d'un frisson.

— *Reditum*, ai-je récité.

En se détachant pour venir léviter devant moi, la croix m'a infligé une douleur qui m'a forcée à m'agenouiller.

Royston s'est emparé du bijou et l'a inséré dans la gravure – une pièce ne se serait pas mieux emboîtée dans un puzzle. Aussitôt, le mur s'est scindé en deux, faisant trembler le sol. Le passage ainsi ménagé était à peine assez large pour qu'une personne s'y faufile à la fois.

J'ai récupéré la *Chiave*, puis récité le charme pour lui faire reprendre sa forme initiale :

— *Modificare*.

La croix s'est étirée et aplatie jusqu'à ressembler à un bâton métallique aux reflets bleutés, que j'ai fourré dans l'une des profondes poches de mon manteau de fourrure, avant de me glisser dans l'ouverture.

À force de marcher, nous avons fini par atteindre un embranchement, où nous avons cherché un élément gravé qui aurait pu nous aider à choisir quelle direction emprunter. Quelques minutes d'exploration infructueuses plus tard, je me suis assise sur un gros rocher en resserrant les pans de mon manteau autour de moi.

— Il n'y a rien… ai-je soufflé, dépitée.

Peu après m'avoir rejointe, Royston a soudain paru captivé par l'arbre en face de nous.

— Serait-ce un œil ?

— Oui ! ai-je confirmé en sautant sur mes pieds. Je miserais sur le télescope, cette fois.

Je me suis empressée d'arracher l'instrument à mes côtes pour pouvoir observer au loin. Si l'un des sentiers disparaissait dans le paysage, l'autre restait bien visible. Par acquit de conscience, j'ai demandé à mon compagnon de vérifier.

— Il faut prendre celui de gauche, a-t-il affirmé.

— C'est bien ce que je pensais.

Après avoir redonné sa forme de clé au télescope, j'ai suivi Royston sur le sentier choisi.

L'ascension s'est révélée ardue, d'autant que les pierres étaient recouvertes de givre – je suis tombée sur les genoux à deux reprises. Dans le passage plat que nous avons fini par atteindre, un énorme rocher, maintenu en place par une grille de métal, nous barrait le passage.

Nous n'avions pas l'ombre d'un indice. Transie de froid, j'ai scruté l'obstacle. Au même moment, le soleil a percé les nuages pour venir se refléter sur la grille.

— Cherchons là-dessus, ai-je proposé à Royston.

Nous nous sommes mis à inspecter la barrière et j'ai fini par tomber sur une épée gravée dans le fer.

De nouveau, je me suis dévêtue pour retirer la *Chiave* correspondante. L'opération m'a fait moins souffrir que les fois précédentes. Est-ce que je commençais à m'habituer à la douleur ou le froid avait-il un effet anesthésiant ? Mes doigts étaient tellement engourdis que je devais me concentrer pour garder les doigts serrés autour du pommeau de l'épée.

La représentation était bien plus petite que l'objet, de sorte qu'il était impossible de les emboîter. Mon attention s'est alors portée sur la roche. La gravure devait forcément s'y trouver, à moins qu'elle n'offre une fente où glisser la *Chiave*…

Mais non : la paroi était lisse.

À nouveau, les nuages se sont déplacés : le soleil, qui m'a réchauffé le cou, a de nouveau fait étinceler la grille.

Bien sûr !

La *Chiave* avait le pouvoir de couper le métal. J'ai abattu mon arme de toutes mes forces – à tel point que j'en ai ressenti les vibrations jusque dans ma main au moment du choc – contre les montants qui maintenaient le grillage en place.

— Gia ! a hurlé Royston, qui s'était réfugié derrière une excroissance de la falaise. Tu vas te faire écraser !

La grille a cédé et le roc a commencé à osciller d'avant en arrière. J'ai rejoint mon ami en toute hâte. Dans la précipitation, j'ai trébuché sur une pierre et me suis étalée à quatre pattes, ce qui m'a fait lâcher l'épée. Royston m'a attrapée par le bras pour m'aider à me relever et me tirer à l'abri. Au moment où le rocher s'est détaché, mon camarade m'a serrée dans ses bras.

— Merci, ai-je soufflé.

Pourtant, voyant qu'il ne bougeait ni ne me relâchait plus, j'ai commencé à m'inquiéter :

— Tout va bien ?

— J'ai failli mourir de peur à cause de toi ! s'est-il enfin écrié avant de me libérer. Sois plus prudente, par pitié !

— Message reçu, ai-je répondu, attendrie de voir à quel point il s'inquiétait pour moi. Continuons, il ne faut pas s'arrêter.

J'ai donc transformé l'épée pour la fourrer dans ma poche avec les autres, puis nous avons repris notre chemin. Plus nous progressions, plus la pente devenait raide. Avec le vent qui me fouettait, j'avançais à grand-peine. Chaque fois que je devais m'aider de mes mains pour m'agripper quelque part, mes doigts s'engourdissaient un peu plus. J'ai jeté un regard en arrière, regrettant aussitôt mon geste. Le sentier descendait presque à pic : le moindre faux pas pouvait nous coûter la vie.

Enfin, nous avons atteint un plateau. Royston s'y est juché le premier avant de me tendre la main pour me hisser à sa hauteur. Nous étions face à un ravin, sans aucun pont qui le franchisse.

— Qu'est-ce qu'on fait maintenant ?

Mes bras étaient faibles, mes jambes flageolantes. Et dire que nous nous étions donné toute cette peine, pour en arriver là ! Impossible de traverser… J'avais l'impression que mon âme se délitait sous le coup du découragement.

Soudain, mon compagnon a pointé du doigt l'autre côté du ravin.

— Regarde, un pont à bascule.

Dans la pierre, au bord du précipice, se trouvait l'empreinte d'une main. Pourtant, aucune *Chiave* n'avait cette forme. J'ai dressé mentalement la liste des clés restantes : couronne, décoration, sablier, rouleau.

Aucune ne semblait coïncider.

Comment allons-nous faire ? Je me suis mordu la lèvre, ce qui a ravivé une plaie qui n'avait pas encore tout à fait cicatrisé. J'avais la bouche sèche et le corps endolori.

— Je peux avoir la gourde, s'il te plaît ? ai-je demandé, paume ouverte.

Royston a ôté la bandoulière pour me passer la bouteille que j'ai débouchée. Puis il s'est mis à donner des coups de pied dans les cailloux, comme s'il y cherchait un indice.

J'ai avalé une bonne lampée d'eau fraîche et sucrée tout en scrutant le pont-levis. Quand j'ai rendu la gourde à mon compagnon, nos doigts se sont frôlés. *Sa main !*

Aussitôt, mon regard s'est porté vers l'empreinte.

C'est ça ! Le rouleau !

Le parchemin contenait le nom de Royston. J'ai rouvert mon manteau pour récupérer la *Chiave*, qui s'est détachée sans heurt.

— C'est toi ! lui ai-je expliqué. C'est l'empreinte de ta main !

— Et comment sommes-nous censés parvenir jusqu'à cet élément gravé ? a-t-il commenté d'un air dubitatif, les yeux rivés sur le ravin.

— Il doit y avoir un signe similaire de notre côté… (Nous avons examiné chaque pierre jusqu'à trouver la gravure et je lui ai tendu le rouleau.) Il suffit que tu places ta paume dessus, il me semble.

Suivant mon conseil, il s'est baissé pour plaquer la main dans les sillons. Le pont s'est soudain abattu avec fracas sur notre promontoire. Mon compagnon m'a rendu le parchemin, que j'ai transformé en bâton.

La passerelle oscillait et tremblait sous nos pieds. Une fois de l'autre côté, nous nous sommes engagés sur le chemin qui continuait en pente douce. *Enfin un peu de repos !* Chaque fois que je croisais un rocher, je m'imaginais m'affaler dessus, sans même me soucier de geler sur place. Mais l'issue de notre mission était encore lointaine.

Après une vingtaine de minutes de marche, Royston m'a demandé :

— Pourquoi crois-tu qu'il y avait deux empreintes de main ?

Tiens, c'est vrai, pourquoi deux ?

J'ai fini par comprendre, mais trop tard.

— Pour pouvoir relever le pont après avoir traversé.

Soudain terrifiée, j'ai lancé un regard en arrière. Nous ne pouvions nous permettre de retourner sur nos pas, au risque de perdre une bonne quarantaine de minutes d'un temps précieux, en comptant l'aller-retour. J'ai tenté de me rassurer en me répétant que seuls Bastien et ses gardes savaient où nous avions sauté. Nous pouvions bien laisser la passerelle baissée derrière nous. J'ai donc reporté mon attention sur le chemin qui s'étendait devant nous, et nous avons repris notre marche jusqu'à une chute d'eau écumante, tellement brûlante que j'ai remarqué de loin la vapeur qu'elle produisait.

Nous avons cherché notre indice dix bonnes minutes avant que je m'interrompe pour m'étirer.

— Où est cette maudite marque ?

— Ce jeu de piste commence à m'agacer. Pourquoi ne pas avoir gravé les symboles à des endroits plus visibles ?

La main en visière pour protéger mes yeux du soleil, j'ai scruté la paroi rocheuse, puis la cascade, à plusieurs reprises. De l'autre côté du rideau d'eau chaude, une couronne était sculptée dans la roche.

— Là ! Avec la couronne, on devrait pouvoir traverser la chute.

— Comment peux-tu en être certaine ?

— Je crois que je commence à comprendre la logique de ces énigmes… (Il m'a lancé un regard perplexe.) Quand j'ai trouvé cette *Chiave*, son esprit m'a expliqué que quiconque la portait devenait invisible. Sur le moment, j'ai pensé qu'il était question de portes-livres, mais je suis certaine que ça marche pour ce passage aussi.

— Pas question de me faire ébouillanter, a-t-il protesté, incrédule.

— Ça n'arrivera pas. Fais-moi confiance, ai-je soupiré alors qu'il secouait la tête. Nous touchons au but : je discerne une grotte de l'autre côté.

— Très bien, a-t-il marmonné sans quitter des yeux l'eau bouillante qui se fracassait contre les rochers. Donne-moi donc cette couronne.

Je l'ai retirée de mes côtes et la lui ai tendue.

— Et toi, comment passeras-tu ? a-t-il demandé en coiffant la *Chiave*.

— Je ne sais pas. L'esprit m'a prévenue que son pouvoir était éphémère. J'ai peur de me retrouver piégée en te suivant.

Royston s'est gratté la tête, ce qui a fait glisser légèrement la couronne.

— Saute sur mon dos.

— Et si seul celui qui la porte est protégé ?

— Eh bien, c'est un risque que nous allons devoir courir, a-t-il déclaré en retirant son manteau. Tiens, mets ça et n'oublie pas de te couvrir le visage.

— Génial…

Je me suis caparaçonnée sous la fourrure, le regard hilare de Royston posé sur moi.

— On dirait un ours ! m'a-t-il lancé avant de se retourner pour m'offrir son dos.

— Au moins ça t'aura fait rire, ai-je rétorqué en m'accrochant à ses épaules.

Les bras enroulés autour de mes cuisses, il m'a fait remonter, puis a repositionné la couronne sur sa tête.

Alors que nous nous approchions du bassin, le niveau de l'eau s'est mis à baisser progressivement, dévoilant un étroit chemin de pierre pas plus large qu'une poutre. Mon camarade a pris de l'élan avant de se hisser dessus. Plus nous avancions vers la chute, plus le filet d'eau s'amincissait, jusqu'à se tarir complètement. Soudain, Royston a trébuché, aussi me suis-je agrippée encore plus fort à ses épaules.

— Attention !

— Je fais ce que je peux, a-t-il grogné.

Au pas suivant, les pierres ont oscillé sous le poids de mon porteur avant de commencer à s'effondrer dans un craquement. J'ai retenu ma respiration sans cesser de m'accrocher à son cou. Au dernier moment, Royston a réussi à sauter *in extremis*.

— Tu m'étrangles, a-t-il grommelé.

J'ai desserré ma prise, ce qui m'a valu d'être ballottée contre son dos jusqu'à ce qu'il pose le pied sur l'autre rive.

— On a réussi ! me suis-je alors écriée, le cœur battant la chamade et le souffle court.

Royston m'a fait descendre avant de me rendre la couronne. D'un même mouvement, nous nous sommes retournés pour contempler la cascade.

— Elle ne coule plus… Nous l'avons asséchée, a-t-il remarqué.

— On dirait bien. Le chemin doit être relié au cours d'eau. (J'ai admiré une dernière fois la couronne dans ma main avant de la changer en clé.) *Modificare !*

Tout comme les autres artefacts, elle s'est étirée pour prendre la forme d'une tige métallique.

Je l'ai fait rouler dans ma paume, afin d'observer ses reflets bleutés au soleil, puis j'ai rejoint Royston qui s'était arrêté dans un recoin de la grotte, devant un passage bloqué par un éboulis.

À côté des gravats, j'ai vite repéré une marque de la même forme qu'une des *Chiavi* restantes : la décoration. Je l'ai ôtée de ma peau pour l'insérer dans l'empreinte. Aussitôt, les rochers ont dégringolé de l'autre côté avant de continuer leur course sur la gauche, où ils sont tombés dans une sorte de rigole de la taille d'un humain. L'image d'une boule de flipper regagnant sa place initiale en fin de partie m'a traversé l'esprit.

J'ai transformé le badge et l'ai rangé dans ma poche, avec les autres. Nous n'avions plus qu'une *Chiave* à utiliser.

Au bout du tunnel, nous avons atteint une vaste caverne. J'ai allumé les torches fichées aux murs grâce à mes globes de feu. Les cristaux incrustés dans la pierre ont scintillé à travers la pénombre.

J'ai tourné sur moi-même afin d'inspecter chaque mur.

— C'est une impasse, ai-je conclu.

— Impossible, a protesté Royston en passant sa main sur la surface lisse des parois. L'indice doit être caché, c'est tout. À quoi ressemble la dernière *Chiave* ?

— Un sablier, ai-je répondu avant de me mettre à chercher avec lui.

Lorsque nous avons eu ratissé toute la salle sans succès, je me suis adossée contre le mur et me suis laissée glisser jusqu'à ce que mes fesses touchent le sol. J'étais fatiguée, j'avais froid, je voulais rentrer chez moi.

« Chez moi » : une expression dont le sens m'était devenu étranger. Retournerais-je un jour dans notre adorable appartement du North End, à Boston ? J'en doutais fortement. En réalité, j'étais sans domicile fixe. Je me suis alors souvenue de ce que Nana disait toujours : être « chez soi », ce n'est pas résider quelque part, mais se trouver avec les êtres qui nous sont chers.

Royston s'est assis en tailleur à côté de moi.

— Alors, c'est tout ? On va rester là et attendre que la magie opère ?

J'ai soulevé mon T-shirt, puis posé l'index et le majeur sur le tatouage de la dernière *Chiave*.

— *Reditum*, ai-je récité.

Le sablier a repris forme. Soudain, j'ai été interpellée par son contenu qui étincelait comme les cristaux dans la pierre.

Ce sable est constitué du même minéral que cette grotte.

Or, il ne pouvait s'agir d'une coïncidence. J'ai attrapé l'objet afin de l'examiner sous toutes les coutures. Il ne portait aucune inscription. J'ai tenté de tirer sur les deux bases, et même sur les montants, mais rien ne cédait. Lorsque j'ai touché le verre, en revanche, il a bougé légèrement.

— Je crois que j'ai trouvé, ai-je soufflé.

J'ai fait doucement coulisser le récipient transparent pour l'extraire de son support en bois. Des instructions étaient gravées sur l'une des bases.

Royston s'est penché par-dessus mon épaule tandis que je lisais :

— « Répandez le sable dans les crevasses des murs qui ne possèdent pas de torches, et faites-le brûler. Alors viendra le temps pour le présent de rencontrer le futur et de mettre au jour la prison de la Tétrade. Hâtez-vous, car lorsque le sable se sera entièrement consumé, l'enchantement sera rompu. »

Je me suis relevée à l'aide du mur et dirigée vers la paroi opposée, dont la base comportait un fin sillon sur toute la longueur. Avec précaution, j'y ai versé le sable d'un bout à l'autre.

Royston s'est emparé d'une torche qu'il a approchée de la rigole. Le sillon s'est immédiatement enflammé.

Le mur est alors rentré dans le sol, révélant une porte d'acier dont le centre était criblé de sept trous disposés en cercle.

— On l'a trouvée ! me suis-je écriée, les joues rouges d'excitation, avant de sauter au cou de mon ami.

Comme il ne répondait pas, j'ai fini par m'écarter. Difficile pour lui de ressentir le même soulagement que moi, je l'ai compris en le voyant regarder fixement la porte. C'était la fin de l'aventure pour lui. La fin de sa vie.

— Et maintenant ? m'a-t-il demandé sans quitter la porte des yeux.

— Si nous insérons une clé dans chacun de ces trous, la Tétrade sera libérée. Tu devras alors boire une potion qui devrait, d'une manière ou d'une autre, te permettre de venir à bout de la créature. En fait, je n'ai aucune idée de ce qui va se produire ensuite.

— Soit, nous verrons bien. Je suis prêt.

J'ai replacé le récipient en verre entre les plaques de bois avant de changer le sablier en clé. Une à une, j'ai tiré les tiges de ma poche pour les poser à plat par terre. Enfin, j'ai sorti le boîtier en cuir de ma botte, soulevé le couvercle et lu les notes de Gian.

— Voyons, ai-je marmonné en parcourant le parchemin des yeux. Il faut que tu allumes chaque tige avec la formule « *Accendere* » avant de les insérer dans la porte.

Royston s'est exécuté, une première *Chiave* en main… sans résultat.

— Je n'ai aucune magie en moi. Fais-le, toi.

À mon tour, j'ai saisi la clé. À peine avais-je terminé de réciter le charme que la *Chiave* s'est mise à diffuser une lueur bleue. Je l'ai alors insérée dans l'un des verrous. J'ai ensuite attrapé la suivante, puis les autres, jusqu'à ce qu'il ne me reste plus qu'une tige.

À ce moment précis, mes pieds ont été secoués par une décharge électrique qui, de stupeur, m'a fait lâcher le bâton et le parchemin. Je me suis retournée vers l'entrée de la caverne.

— Bravo, Gianna, a tonné la voix de Conemar.

Il portait un uniforme de Sentinelle qui, assorti à son regard féroce, lui donnait un air des plus menaçants, malgré sa petite taille en comparaison des sbires de son escouade.

— Non seulement tu nous as conduits jusqu'ici, mais en plus tu as déjoué tous les pièges pour nous. Je ne m'attendais pas à tant de courtoisie de ta part.

À la droite de Conemar se tenait Nick. Ses yeux étaient presque gris et une boule d'électricité tourbillonnait entre ses mains. Ce n'était pas mon ami : il était assujetti.

— *Accendere la pietrificazione !* ai-je récité avant de lui lancer mon globe violet.

D'un éclair, il a détruit mon projectile en plein vol. Je me suis donc empressée de former une boule de feu.

— Prends la *Chiave* ! ai-je ordonné à Royston en désignant la dernière tige du menton.

Mais le jeune magicien l'a balayée d'une décharge électrique, sans laisser à mon compagnon le temps de poser les doigts dessus.

Manquant de peu d'être blessé, Royston a été contraint de reculer.

— Nick, je t'en prie, arrête. C'est moi, Gia, ai-je plaidé.

Sans même ciller, il a cette fois invoqué une boule de feu. Deux Sentinelles sont venues l'épauler, chacune un globe de combat en main : l'un vert, l'autre jaune – le vent et la foudre. Conemar, quant à lui, a fait grésiller un éclair entre ses doigts.

— Ils sont trop nombreux, a soufflé Royston.

Comme si je ne l'avais pas remarqué !

L'une des Sentinelles a lancé sa sphère verte, à laquelle j'ai répliqué par un globe de glace. Je l'ai projetée avec une telle force qu'elle a explosé en échardes qui ont cloué mon adversaire au sol. Son acolyte a répliqué avec une sphère d'éclair, que j'ai réussi à contrer.

J'ai alors cherché du regard le boîtier en cuir, tout près de mes pieds, et la dernière clé, qui avait roulé contre le mur, à quelques pas de moi.

— Ils vont parvenir à contrôler la Tétrade, ai-je soufflé.

— Nous n'avons pas le temps de la libérer, ils vont tenter de nous capturer. S'ils m'attrapent, ils me tueront, et plus personne ne pourra détruire ce monstre. Il faut fuir.

Nous étions pris au piège. Cherchant des yeux une issue, j'ai alors pensé au conduit où avait fini l'éboulis, un peu plus tôt. C'était notre seule chance – à condition que je réussisse à écarter nos adversaires de notre chemin.

— Prépare-toi à courir vers le goulet où les pierres sont tombées, tout à l'heure.

Dès qu'il a acquiescé, j'ai foncé pour récupérer le bâton tout en invoquant un globe de feu que j'ai lancé sur Conemar et sa clique. Esquivant l'explosion, Nick s'est jeté sur moi. Il m'a heurtée de plein fouet, nous propulsant tous deux à terre. Heureusement, j'ai réussi à le repousser d'un coup de genou dans le ventre, et j'en ai profité pour m'emparer de la *Chiave*. L'instant d'après, une bourrasque m'a happée pour me projeter au sol sans ménagement, et la clé m'a de nouveau échappé.

Lève-toi. Ne t'arrête pas, me suis-je intimé malgré la vive douleur qui irradiait dans mon dos. J'ai roulé sur moi-même pour me remettre à genoux, avant de tendre le bras en direction du bâton. Mais à peine l'avais-je récupéré que Nick m'a forcée à rouvrir les doigts en m'écrasant la main. J'ai poussé un cri de douleur. Il n'avait plus qu'à se baisser pour reprendre l'objet.

— Non, Nick! Ne le lui donne pas! (Peine perdue, il l'a lancé à son père biologique.) Non!

Au bord du désespoir, j'ai eu l'impression que la caverne s'effondrait sur moi. Conemar a attrapé la *Chiave* avec un sourire machiavélique.

Soudain, Royston a taclé Nick, puis lui a envoyé par deux fois son poing en pleine mâchoire. Mon ami d'enfance s'est écroulé au sol, inerte.

Nick... Je ne devais pas me laisser déstabiliser par mes sentiments, mais sortir Royston de ce traquenard.

Jetant avec frénésie une pluie de boules de feu sur Conemar et ses sbires, j'ai créé entre nous un mur de flammes, qui a fini par faire reculer nos ennemis jusqu'au-dehors de la caverne.

— Cours! ai-je hurlé.

Royston s'est rué vers la rigole et je me suis précipitée à sa suite, après avoir fourré à la hâte le boîtier et le parchemin dans ma botte. J'ai lancé une dernière sphère incandescente derrière moi, avant de plonger dans le conduit où il venait de sauter. Nous avons glissé comme dans un toboggan, au milieu de pierres et de cailloux – la descente m'a paru interminable. Enfin, j'ai décollé pour atterrir sur Royston.

Nous avons escaladé l'amas rocheux, jusqu'à repérer une issue que nous avons empruntée. Soudain, nous nous sommes retrouvés au pied de la montagne, de nouveau à l'air libre, aveuglés par la lumière du jour. Il allait nous falloir de l'aide. J'ai pensé appeler Bastien, mais ma fenêtre de communication s'était brisée dans ma poche. De rage, je l'ai jetée par terre.

— Nous avons un peu d'avance, ai-je déclaré. Ils vont en avoir pour un bout de temps avant de libérer la Tétrade.

Avouer notre échec à haute voix a achevé de me déprimer. À cause de moi, nos deux mondes couraient un grave danger. Qu'adviendrait-il d'un univers gouverné par Conemar armé d'une bête invincible ?

— Comment allons-nous sortir d'ici ? a soudain demandé Royston.

Bonne question…

— Retournons à notre point de départ, ai-je proposé. Il doit bien y avoir un passage.

Tout à coup, des cris stridents ont retenti plus haut. Quand j'ai tourné la tête, une demi-douzaine de Méduses, transformées en créatures diaboliques par la magie noire de Conemar, fonçaient droit sur nous, à flanc de montagne. Leurs corps difformes, qui évitaient tous les obstacles dressés sur leur route, se déplaçaient à une vitesse inhumaine.

— Vite ! ai-je crié en me précipitant dans le sillage de Royston.

Mes poumons me brûlaient à force d'inhaler l'air glacial à pleine vitesse. Au loin, j'ai aperçu l'endroit par où nous étions arrivés : une fenêtre flottante ouverte sur la bibliothèque. Une fois arrivé à destination, Royston a ralenti, dérouté.

— Ne t'arrête pas ! ai-je hurlé en sautant dans l'ouverture.

J'ai atterri à quatre pattes sur le parquet, juste avant que Royston, propulsé par son saut, ne vienne s'encastrer dans l'étagère à ma droite. L'instant d'après, une griffe de Méduse jaillissait des pages. J'ai refermé le livre d'un coup de pied et me suis empressée de m'asseoir dessus. L'ouvrage remuait tellement que je peinais à le maintenir fermé.

— *Sei zero sette periodo zero due DOR!* ai-je appelé pour faire venir la porte-livre.

La créature, dont les hurlements me brisaient les tympans, ne se calmait pas. J'avais l'impression d'être au milieu d'un rodéo à même le sol. Heureusement, la porte-livre est apparue et Royston l'a attrapée.

— Trouve la bibliothèque de Chetham, lui ai-je indiqué sans cesser de me concentrer pour maintenir le livre de Gian fermé.

Royston a tourné les pages jusqu'à celle qui nous intéressait.

— Donne-moi la main ! a-t-il crié pour se faire entendre au milieu du vacarme assourdissant provoqué par la Méduse.

À peine m'étais-je exécutée qu'il a prononcé la formule et m'a entraînée dans son saut.

J'ai tendu la main pour tourner les pages avant de me faire happer mais le corps de Royston, plus lourd que le mien, m'avait entraînée trop vite – je n'ai réussi qu'à en effleurer le bord.

Le livre nous a expulsés sur le plancher de la bibliothèque de Chetham. Si je suis retombée sur le flanc, mon camarade a, quant à lui, atterri violemment sur ses pieds, ce qui l'a fait tituber vers l'avant.

— Gia ! s'est écrié Bastien en courant vers moi. Que s'est-il passé ?

Arik, nos Sentinelles et les gardes de Couve étaient tous réunis, prêts à en découdre.

Aussitôt, deux Méduses se sont extraites de la porte-livre en hurlant. L'une a chargé Demos, et la deuxième m'a plaquée au sol. Royston a envoyé mon assaillante valser d'un coup de poing, mais une troisième créature a jailli à son tour. Accueillie par une décharge électrique de Bastien, elle s'est contorsionnée sur le dos en gémissant.

Demos et Jaran venaient d'en empaler une autre sur leur épée.

— Comment ont-elles pu traverser la porte-livre ? ai-je demandé à la cantonade.

Lei a envoyé un éclair en direction d'une Méduse qui escaladait une étagère. Mon amie ayant manqué sa cible de peu, des ouvrages ont volé dans une pluie de pages calcinées et déchiquetées.

— Tu as vu la marque argentée sur leurs mains ? C'est un charme dont seul le Conseil possède la formule.

Au second essai, elle a touché sa cible de plein fouet. La créature s'est détachée des rayonnages avant de s'écraser par terre dans un bruit sourd.

Le livre n'en finissait plus de cracher des monstres. D'une boule de glace, j'ai figé l'une des créatures pour lui asséner un coup de pied. Elle a volé en éclats, organe par organe, répandant une odeur de pourriture nauséabonde.

Arik, de son côté, avait capturé une Méduse avec son lasso de feu.

Quant à mon petit ami, il s'avançait vers un de nos assaillants, des étincelles électriques entre les doigts. À cet instant précis, la porte-livre a de nouveau remué, derrière lui.

J'ai tenté de l'avertir, mais il ne m'a pas entendue. Je me suis donc précipitée pour m'asseoir de tout mon poids sur la couverture. Le volume a rué deux fois et, à la troisième, m'a projetée dans les airs. Je suis retombée lourdement sur le côté. Une Méduse a surgi et attrapé Bastien par la cheville pour l'attirer à l'intérieur.

Heureusement, j'ai réussi à ramper vers eux et me suis emparée de la main du magicien, juste avant que le livre ne l'aspire.

— Tiens bon ! ai-je crié en resserrant ma prise.

Soudain, alors que la moitié de son corps était encore à l'extérieur de l'ouvrage, il s'est mis à hurler.

— Qu'est-ce qui se passe ?

— Elle me lacère les jambes, a-t-il glapi en étouffant un autre cri.

— Essaie de lui envoyer des coups de pied !

Je me suis retournée, le temps d'appeler à l'aide, mais la créature a tiré d'un coup sec, m'entraînant en avant sur quelques centimètres.

— Lâche-moi, m'a implorée Bastien, le visage déformé par la douleur. Sinon elle va finir par t'avoir, toi aussi.

— Jamais ! ai-je répondu, des larmes plein les yeux. Tu ne m'as pas abandonnée quand je me suis fait aspirer dans la Somnium, je ne te laisserai pas tomber. Si tu pars, je pars aussi. On se battra ensemble.

Il a d'abord souri, puis a grimacé juste avant que ses doigts ne commencent à glisser de ma main droite.

On l'a tiré de plus belle, ce qui m'a fait glisser aussi.

— Pas cette fois... Le monde a besoin de toi, a-t-il déclaré en retirant l'une de ses mains pour former quelques étincelles d'électricité.

— Qu'est-ce que tu fais ? Non, arrête ! Non !

Sans me laisser argumenter davantage, il m'a envoyé une décharge dans les doigts qui m'a obligée à lâcher prise.

La Méduse l'a alors entraîné dans la porte-livre, et les pages ont pris feu avant que j'aie le temps de m'y engouffrer avec eux. Soudain, des bras puissants, surgis de nulle part, m'ont tirée en arrière.

Chapitre 25

Je me suis débattue pour tenter de me libérer de la poigne d'Arik.

— Lâche-moi ! Je dois le suivre, ils vont le tuer…

— La porte-livre a été détruite, a soufflé le jeune homme dans ma nuque.

— Non. Non, non, non, non… Je t'en supplie, laisse-moi y aller. Il… il ne peut pas avoir disparu.

Il a resserré ses bras autour de moi et, suffocante, j'ai redoublé d'ardeur pour tenter de me libérer. Arik n'a pas bougé. Tout le temps que j'ai pleuré, le corps secoué de violents sanglots, j'ai senti son souffle chaud dans mon cou.

Oh, Bastien…

J'ai prié pour qu'il soit sain et sauf. J'ai même tenté de me souvenir de mes cours de catéchisme pour supplier tous les saints que je connaissais de veiller sur lui et de me le ramener. Je suis allée jusqu'à souhaiter échanger ma place contre la sienne. Mais qui allait pouvoir exaucer mes prières ? Ma foi en avait pris un sacré coup. Y avait-il quelqu'un, là-haut, qui se souciait d'épargner mon cœur ou qui s'inquiétait du sort de Bastien ?

Jaran s'est accroupi devant moi et m'a essuyé les yeux avec des mouchoirs qu'il avait dû trouver en furetant dans la bibliothèque.

— Allez, viens. Il faut partir.

J'ai pris une profonde inspiration avant de secouer la tête avec détermination.

— Non. Je ne le laisserai pas.

— Il a été enlevé. Nous ne pouvons rien pour lui entre ces murs. Et nous ne lui rendrons pas service en nous faisant capturer à notre tour. Tu me comprends ?

J'ai fini par acquiescer.

Alors, seulement, Arik a desserré les bras et je me suis redressée sur mes jambes flageolantes. D'une main dans mon dos, Jaran m'a ensuite aidée à avancer jusqu'à l'entrée de Barmhilde. Mais à peine avais-je fait quelques pas que j'ai trébuché en éclatant en sanglots.

Mon ami m'a soulevée dans ses bras et je me suis accrochée à son cou.

— Je suis là, a-t-il dit. Tu n'es pas seule.

Jaran m'observait alors que je tournais en rond sous la tente où régnait une chaleur étouffante.

— Pourquoi attendre ? Partons tout de suite sauver Bastien !

J'ai serré les poings pour réprimer mes tremblements. J'étais terrifiée à l'idée de ce qu'il pouvait être en train d'endurer.

Par pitié, faites qu'il aille bien !

Tout à coup, quelqu'un a tapoté contre le tissu à l'entrée de ma tente. Mon ami est allé ouvrir.

Arik se dandinait sur le seuil, une main dans les cheveux. À côté de lui, Emily, tout sourire, portait un plateau.

— Je t'ai apporté à manger. Tu dois reprendre des forces, a-t-elle décrété.

— Je suis venu discuter de ce qui s'est passé, a enchaîné le visiteur. Si tu es d'accord. Tout ce que tu me diras pourrait nous être d'une aide précieuse pour retrouver Bastien si…

S'il est encore en vie. Arik avait beau ne pas avoir terminé sa phrase, nous avions tous compris le message.

— Je ne connais pas bien tes goûts, s'est empressée d'ajouter Emily, alors j'ai pris un peu de tout.

Elle a posé le plateau à même le sol, près des coussins. Je l'ai rejointe en quelques enjambées sur le tapis et me suis assise. Arik a pris place en face de moi.

— Raconte-moi tout ce qui s'est passé jusqu'au moment où Royston et toi avez atterri dans la bibliothèque avec une horde de Méduses à vos trousses.

— Elle a peut-être besoin d'un peu de temps, a observé Jaran, qui se tortillait à côté de moi.

— Nous n'en avons pas, a tranché son ami.

— Ne t'en fais pas, ça ira… Conemar nous a tendu une embuscade.

En revenant sur les événements qui s'étaient déroulés quelques heures auparavant, j'ai été prise d'un mauvais pressentiment.

Soudain, Demos a surgi, une boîte métallique entre les mains.

— Regardez ça. Tout le monde en parle dans le monde des Chimères !

Il a posé l'objet par terre et pressé quelques boutons sur le dessus. Une image holographique s'est élevée dans les airs, accompagnée de cris de terreur. Mi-tornade, mi-séisme destructeur, la Tétrade – cet ensemble de quatre monstres, plus terrifiants les uns que les autres – avançait, tel un roc, en détruisant tout sur son passage.

Le désespoir qui se peignait sur le visage de mes compagnons faisait parfaitement écho au sentiment qui m'étreignait.

— De quel sabbat s'agit-il ? ai-je demandé.

— Nymhold, a répondu Jaran, sans s'intéresser au plateau-repas à ses pieds.

— Tout est ma faute. J'ai échoué, me suis-je lamentée, le visage dans les mains.

— Tu es en vie et c'est tout ce qui compte, a rétorqué Arik, qui avait subitement recouvré son aura de chef. L'important, désormais, c'est de trouver un moyen d'arrêter cette créature. (Soudain, il a dû se souvenir qu'il n'était plus notre supérieur, car il a ajouté :) Demandons à Lei ce qu'elle envisage de faire.

— Notre sauveur s'appelle Royston, lui ai-je rappelé.

— Dans ce cas, il nous faut un plan, a décrété mon ancien petit ami, qui ne quittait pas l'hologramme des yeux. Et cette fois, nous devons tous en faire partie. Nous aurions été bien mieux préparés à l'attaque de la bibliothèque si nous avions su ce que vous fabriquiez et à quoi nous attendre. Que quelqu'un aille chercher Lei !

Aussitôt, l'intéressée a pénétré dans la tente.

— Je suis là. Tout le monde au campement est posté devant le Chiméricâble, a-t-elle souligné en me fusillant du regard. Comment as-tu pu te montrer aussi imprudente ?

— Je ne pensais pas… Je ne sais pas comment ils ont réussi à nous retrouver. J'ai veillé à ce que Royston et moi soyons invisibles lors de nos sauts.

Quand on parle du loup… Mon compagnon d'infortune a débarqué dans l'abri, un bras relevé. Deidre le suivait, l'air courroucé. Le chercheur argenté qu'Aetnae m'avait confié s'agitait sur le poignet de l'Élu. On aurait cru qu'il était pris dans une toile d'araignée.

— Que fait cette bestiole ? a-t-il demandé. Elle est collée là et ne cesse de m'importuner depuis des heures !

— Elle veut recouvrer sa liberté, lui ai-je appris. Souffle dessus.

Dans l'instant, le papillon s'est détaché de la peau de Royston pour voleter dans la tente et se présenter devant moi.

— *Gia*, m'a interpellée l'insecte de sa petite voix. *Va à la bibliothèque.*

— Aetnae a besoin de nous !

Interloqués, nous avons alors regardé l'insecte s'échapper au-dehors.

— Je crois que nous ferions mieux de le suivre, ai-je finalement lâché.

— Enfilez vos tenues de combat, nous a sommés Arik. Rendez-vous à l'entrée de la bibliothèque !

Tous sont sortis, à l'exception de Deidre, qui s'est tournée vers moi au moment où je me relevais.

— Je viens, a-t-elle déclaré. Tu ne me laisseras pas sur la touche encore une fois. J'ai une formation de garde.

— Hors de question, tu n'as pas de pouvoirs.

Et je ne veux plus risquer de perdre quelqu'un.

— Tu ne peux pas protéger tout le monde, Gia, a-t-elle argué en croisant les bras. Et tu ne peux pas non plus m'empêcher de m'engager pour notre cause. Ou de venger la mort de ma mère.

Mon visage devait trahir ma terreur, car elle s'est approchée pour me prendre la main avec tendresse.

— Je sais, a-t-elle soufflé. Je t'aime aussi. Et Dieu sait si j'ai peur de te perdre. Mais jamais je ne t'empêcherai d'aller au combat. Ce serait beaucoup trop égoïste de ma part. Alors allons mettre la pâtée à nos ennemis et remporter la victoire, d'accord ?

— Pop aurait dû surveiller tes connexions à Netflix, ai-je pouffé. Tu ressembles de plus en plus à une adolescente humaine. Sinead serait furieuse de…

Je me suis interrompue quand j'ai remarqué que ses yeux se voilaient de tristesse.

— Oh, pardon, me suis-je empressée d'ajouter.

— Ne t'en fais pas, tu peux parler d'elle. Je veux rire et pleurer en me rappelant nos souvenirs avec Sinead. Elle doit continuer à faire partie de nos vies, tu comprends ? (Elle a esquissé un sourire.) D'ailleurs, je la vois d'ici se mettre en colère, si on l'oubliait.

— Je crois que je ne l'ai jamais vue perdre son sang-froid.

— Ça, c'est parce que tu l'as rencontrée après ta crise d'adolescence… (Elle a fait un pas à l'extérieur de la tente.)

Crois-moi, j'ai réussi à la faire tourner en bourrique plus d'une fois. Allez, je te laisse te préparer. À tout à l'heure!

De retour dans la bibliothèque de Chetham, peur et tristesse m'ont frappée de plein fouet. Quel traitement Conemar et ses créatures réservaient-ils à Bastien ? J'ai tenté de mettre mon imagination trop productive en sourdine. Comment pouvais-je espérer le retrouver si je m'effondrais ?

Je devais garder les idées claires et me concentrer sur Conemar.

Revêtus des uniformes de Sentinelles apportés par les gardes de Couve, nous avons longé les étagères dos à dos, par groupes de deux.

Arik a jeté un coup d'œil par-dessus son épaule pour me regarder.

— Surveille le haut des étagères.

— D'accord !

Je n'étais pas vraiment à l'aise à l'idée de faire de nouveau équipe avec lui. Notre duo avait beau bien fonctionner, je n'étais plus certaine de pouvoir m'en remettre entièrement à lui. D'ailleurs, la plaie à ma lèvre me rappelait en permanence que c'était lui qui m'avait jetée dans les geôles du Vatican. Malgré tout, je m'en accommoderais. *Mieux vaut garder ses ennemis à portée de main…*

Jaran et Demos, adossés l'un à l'autre, progressaient à quelques pas de nous. Lei formait équipe avec Abre, une Sentinelle française à la carrure athlétique, aux cheveux châtains coupés court et aux lèvres charnues. Comment mon amie vivait-elle ce changement ? Depuis ses débuts à l'Académie asilienne, elle avait toujours eu le même partenaire : son petit ami, Kale, mort depuis à Branford.

Le chercheur argenté est apparu et a filé en tête de notre groupe. Nous l'avons suivi jusqu'à une pièce où trônait une table ronde, flanquée de plus d'une dizaine de chaises en cuir rouge.

Le papillon s'est engouffré dans la cheminée de pierre qui se trouvait en face de nous et qui, tout comme le mobilier, semblait hors d'usage depuis des lustres. Le foyer a coulissé vers nous, écartant les meubles rustiques. Quand le mécanisme s'est arrêté, des bruits de pas se sont fait entendre.

Un Talpar, dont les moustaches s'agitaient en tous sens, a passé la tête par l'ouverture avant de fouler le parquet de ses larges pieds. Au moment où il s'est avancé pour nous étudier l'un après l'autre, j'ai remarqué qu'il transportait une porte-livre.

Quand le chercheur est revenu s'incruster dans mon poignet, Arik s'est approché du nouvel arrivant et a récupéré l'ouvrage que le Talpar lui tendait.

— Lorsque nous avions notre propre sabbat, en dehors d'Estril, a expliqué la créature, le museau frémissant, cette porte-livre nous appartenait. Et puis Conemar a détruit notre pays, nous forçant à vivre dans les tunnels. Si, depuis, nous avons pu nous établir çà et là, dans quelques sabbats, ce n'est que grâce à la gentillesse de certains étrangers. C'est donc avec grand plaisir que nous vous cédons cet ouvrage, afin que vous puissiez éviter à d'autres peuples de subir le même sort funeste.

Sitôt sa tirade terminée, le Talpar a fait demi-tour pour disparaître dans le tunnel et la cheminée a regagné sa place initiale, contrairement aux meubles.

Soudain, le livre a commencé à frémir dans les mains d'Arik. À peine l'avait-il déposé au sol que les pages ont tourné à toute allure et qu'une Aetnae dans tous ses états en a jailli. Elle volait en tous sens et poussait des cris.

— Aetnae ! Du calme !

Elle a fini par se poser sur mon épaule, sans pour autant parvenir à contenir son émoi.

— C'est la fin des mondes ! Vous n'avez pas lu le *Chimère Observateur* ? Vu les infos ?

— Si, nous sommes tous au courant de ce qui se passe, a déclaré Arik.

— Vous saviez qu'un article sur les complots du Conseil était paru ? Un groupe de Greyhilliens aux manettes de la presse clandestine a été arrêté, et c'est juste après que la Tétrade a attaqué le sabbat ! Il y a eu un tremblement de terre phénoménal !

Elle a pris une profonde inspiration.

— Calme-toi, ai-je répété. Tu vas finir par tomber.

— As-tu entendu quoi que ce soit à propos d'une fille nommée Shyna ? a demandé Demos, qui venait de s'approcher.

— Non, désolée… Mais je demanderai aux Guérisseurs en charge de porter secours aux blessés de se renseigner.

— Je te remercie, a répondu mon compagnon, la tête basse.

— Mais ce n'est pas tout, a-t-elle continué. La Tétrade a provoqué un raz de marée à Veilig ! Aqualia, la cité sous-marine, a été ravagée. De nombreux morts sont à déplorer.

— Oh non… ai-je gémi. Il faut mettre un terme à ce désastre !

— J'ai suivi le garçon, a repris la fée des livres sans manquer de me tirer les cheveux. Tu sais, celui avec des cheveux courts et des grandes ailes… Tu disais qu'il m'aimait… Je l'ai fait sans arrière-pensée, je t'assure. Je ne voulais pas me mêler de ce qui ne me regardait pas, mais une fille doit savoir à qui elle a affaire avant de…

— Tu veux parler de Sen ? l'ai-je coupée avant qu'elle ne m'arrache une mèche.

— Oui ! (Elle a tapé du pied sur mon épaule.) Eh bien, sache que cette saleté de moustique est un espion ! La prochaine fois que je le croise, je l'écrase ! Il rapportait tes allées et venues à Conemar !

— Je comprends maintenant mieux comment il m'a trouvée… (Soudain, une idée a germé dans mon esprit.) Aetnae, crois-tu que tu pourrais le suivre à ton tour ? Bastien… (J'ai dégluti, car même prononcer son nom me désespérait.) Il a été enlevé par les Méduses de Conemar.

— Inutile de le prendre en filature ! Sen lui a révélé où tu te cachais : Conemar prépare une offensive sur Barmhilde avec son armée et sa monstrueuse créature.

À cette nouvelle, il m'a semblé que le sol se dérobait sous mes pieds. La Tétrade avait commencé son œuvre. Combien de familles vivaient dans ce sabbat ? À présent, tous ces innocents se trouvaient en danger à cause de moi.

— Bon, a lancé Lei, l'air grave. Maintenant que nous sommes au courant, allons prévenir le Rouge et Edgar afin de nous préparer au mieux. Notre tactique défensive devra s'établir autour de deux axes : sauvegarder les territoires et préserver un maximum de vies.

— Cette bibliothèque n'a pas de porte-livre attitrée, a rappelé Jaran. Voilà qui devrait les ralentir un brin.

— En effet, a approuvé Arik. Mettons ce délai à profit.

— Qu'il arrive, ce misérable, je l'attends ! a rugi Lei sur un ton plein de défi. Kale est mort par sa faute. Son cadavre sera mon trophée !

Et c'est sa faute si Bastien a disparu, ai-je ajouté mentalement. Je comptais bien moi aussi inscrire le nom de Conemar à mon tableau de chasse.

Nous sommes retournés à Barmhilde pour préparer l'offensive imminente. Assise sur un banc près du feu, j'ai entrepris d'aiguiser mon épée, au centre du campement. Posant sa gourde, Arik est venu s'asseoir à côté de moi et a ramassé une pierre pour m'imiter.

Emily est arrivée à son tour, chargée d'un panier de sandwiches enveloppés dans du papier.

— Un petit creux ?

— Je suis affamé, a répondu mon camarade.

Elle lui a tendu son chargement afin qu'il se serve.

— Prends-en deux, lui a-t-elle conseillé avec un grand sourire. Tu dois prendre des forces. (Il s'est exécuté et a posé sa collation sur le rocher à côté de lui. Notre amie s'est ensuite tournée vers moi.) Et toi ? Tu n'en veux pas ?

— Si, volontiers, merci.

J'ai reposé mon épée au sol pour m'en servir deux, moi aussi. Après quoi, la sorcière s'est dirigée vers Lei et Jaran, qui s'entraînaient à croiser le fer.

— Tu tiens le coup ? m'a demandé mon partenaire sans cesser de frotter la pierre contre le métal, dans un bruit strident.

J'ai baissé la tête, concentrée sur mon repas, tout en prenant bien soin de cacher mon visage derrière un rideau de cheveux, afin qu'il ne voie pas mes larmes.

— Je n'arrête pas de revoir la scène. Je lâche prise, et ces monstres emportent Bastien dans la porte-livre. Un vrai cauchemar…

Arik a recommencé à faire crisser son arme.

— J'ai vécu la même chose quand mes parents-fées ont été fauchés par cette bête. Ça finira par passer.

— J'en doute.

À moins que « passer » signifie se débarrasser de son cœur et ne plus jamais vouloir aimer.

— Je comprends ta souffrance, m'a-t-il assuré. Perdre quelqu'un à qui l'on tient semble inimaginable… Je commence tout juste à éprouver de nouveau des sentiments pour quelqu'un.

Son regard s'est porté sur Emily et j'en ai profité pour les observer tour à tour. Aucun doute : l'amour était à l'œuvre. J'ai mordu dans mon casse-croûte – poulet salade – qui m'a paru bien insipide. Je ne ressentais plus le moindre plaisir à manger, ni à quoi que ce soit d'autre, d'ailleurs, depuis que Bastien m'avait été retiré. Je me suis forcée à terminer, pour reprendre des forces, comme disait Emily.

Arik a souri.

— Au moins tu as retrouvé ton appétit.

J'ai écarté une mèche de cheveux collée à mes cils.

— Si on veut… Sinon, en ce qui concerne notre plan, je ne pense pas que faire évacuer les plus faibles et les enfants par les tunnels talpars soit une bonne idée. Ils n'y seront pas en sécurité. La Tétrade est assez puissante pour provoquer des tremblements de terre capables de détruire les souterrains. Le mieux serait peut-être qu'ils se cachent dans les bois, derrière les falaises.

— Tu as raison, c'est plus prudent en effet. Aurais-tu d'autres conseils judicieux à nous dispenser ?

Ses paroles réconfortantes m'ont arraché un sourire.

— Les femmes d'ici récoltent un végétal appelé « cordail » et s'en servent pour fabriquer des cordes indestructibles. On pourrait peut-être demander aux villageois de tisser une sorte de filet et nous en servir pour piéger la Tétrade ? Ça aura au moins le mérite de la ralentir.

— En voilà, une idée lumineuse ! s'est-il exclamé avant de reposer épée et pierre pour s'emparer d'un sandwich.

— Oui, enfin… Si on reste ici.

— Tu crois qu'on devrait partir à l'assaut de la Tétrade ?

— Il faut intercepter cette créature si nous voulons avoir une chance d'arrêter Conemar, ai-je affirmé tout en déballant mon second casse-croûte. Et une fois que nous nous serons débarrassés de ces monstres, il ne nous restera plus qu'à démanteler le Conseil.

— Je vais en parler à Lei.

— Merci.

Je m'étais promis de partir à la recherche de Bastien à la seconde où Royston aurait détruit la Tétrade. Je me devais de le ramener chez lui, à sa mère et à son peuple et surtout à moi. Vivre sans savoir ce qu'il était devenu, s'il était en vie ou non, m'était insupportable.

Arik a tendu une main vers mon visage pour écarter une autre mèche prise dans mes cils.

— Un jour, nous serons moins gênés en présence l'un de l'autre.

— Un jour, tu diras à Emily que tu l'aimes.

— Un jour… a-t-il répété, les yeux rivés à son sandwich.

Jaran et moi courions autour du lac. Cet entraînement me faisait un bien fou, je me sentais devenir plus forte. Depuis deux jours que Bastien avait été enlevé, je vivais dans la peur constante d'une offensive de la Tétrade.

Le dernier journal télévisé que j'avais vu datait de la veille. J'y avais appris que le monstre avait provoqué des catastrophes qui étaient passées pour « naturelles » chez les humains. Conemar rêvait depuis longtemps de prendre le contrôle de ce monde, aussi avait-il commencé par l'affaiblir. Dans le même temps, il avait déjà vaincu plusieurs sabbats, dont Darkton et Greyhill, qui avaient capitulé.

L'article que nous avions rédigé, Afton et moi, sur la corruption au sein du Conseil avait été diffusé à grande échelle dans le monde des Chimères. Aussi espérais-je que lorsque la guerre éclaterait pour de bon, plusieurs sabbats et nos alliés des différents refuges rejoindraient nos rangs.

Désormais, les refuges étaient dirigés par des partisans de Conemar. Chimères et humains s'appauvrissaient de jour en jour, car les taxes et les prix avaient déjà augmenté de près de trente pour cent. Des couvre-feux avaient été instaurés et les déplacements restreints.

En fin de compte, j'avais hâte que Conemar pointe le bout de son nez. Qu'on en finisse une bonne fois pour toutes.

Soudain, Jaran a interrompu notre entraînement : il venait de remarquer que le drapeau de Barmhilde, rouge et vert avec un cercle jaune en son centre, était en berne. Nous sommes rentrés au pas de course, longeant le lac puis les douches. Lorsque nous avons atteint le feu de camp, le Rouge, Edgar et Arik discutaient au milieu d'un attroupement qui enflait à vue d'œil.

— Je rentre d'Estril, disait le garde. Conemar y a installé sa résidence avec son armée et la Tétrade. Votre idée de vous terrer ici en attendant qu'il débarque est imprudente. Pour gagner, il faut frapper les premiers. Ce n'est que de cette manière que vous les empêcherez de s'approcher de Barmhilde et de ceux que vous aimez.

J'ai joué des coudes afin de me frayer un chemin jusqu'à lui.

— Comment veux-tu faire traverser les bibliothèques à une armée : les Surveillants nous détecteront forcément, ai-je objecté.

— Pas besoin d'armée, a-t-il rétorqué. Tout ce que nous avons à faire, c'est vous mener, Royston et toi, à la Tétrade.

— C'est du suicide ! a protesté Lei. Si nous voulons donner une chance à Gia et Royston de la détruire, il nous faut forcer le monstre à se mettre à découvert et détourner son attention.

Edgar a fait quelques pas au milieu de la foule. Au vu des cernes sous ses yeux, il ne devait pas avoir dormi depuis plusieurs jours.

— Ne comprenez-vous pas ? a-t-il lancé d'une voix forte. Si nous laissons la Tétrade venir ici, vos terres ne seront plus que mort et désolation ! Je ne me suis pas seulement rendu à Estril, j'étais là quand Darkton a été attaqué. (Il a baissé la tête en se grattant le crâne, avant de lâcher :) Un spectacle insoutenable…

Le Rouge lui a posé une main dans le dos.

— Assez. Tu dois te reposer, mon ami. Nous avons entendu tes inquiétudes. Désormais, nos chefs vont se rassembler pour en discuter.

— Tu peux toujours essayer de me rassurer, a répliqué le garde en levant les yeux vers lui. Tu es persuadé que ton plan est le meilleur, je le sais bien. Fais comme tu le souhaites. Conduis ton peuple au massacre.

Lorsque, sa harangue terminée, il s'est éloigné entre deux rangées de tentes, je me suis précipitée pour le rejoindre, Jaran sur les talons.

— Edgar ! Attends ! Je crois que tu as raison.

Il s'est retourné pour se laisser rattraper.

— Vraiment ? Qu'est-ce que ça change de toute façon ? Lei va se ranger à l'avis du Rouge et les Sentinelles devront suivre ses ordres.

Jaran a jeté un coup d'œil furtif derrière lui.

— Elle arrive, a-t-il murmuré.

— Nous avons à parler, a-t-elle déclaré en s'approchant.

— Pas le temps, ai-je répliqué. Il faut filer à Estril et frapper la Tétrade avant qu'elle ne débarque à Barmhilde.

Lei a opiné du chef, tout en réfléchissant à ce que je venais de dire.

— Que se passe-t-il ? a demandé Arik, qui nous rejoignait, accompagné de Demos.

— Nous passons à l'offensive ce soir, a tranché notre chef. Soyez prêts.

— Seras-tu des nôtres ? a demandé Arik à Edgar.

— Je le suis depuis que le mot « offensive » est sorti de ta bouche, Lei. (Il a bifurqué derrière une tente.) Retrouvez-moi à la bibliothèque à 2 heures.

2 heures… du matin ? Pourquoi choisissions-nous toujours des heures improbables pour défier la mort, au lieu d'aller dormir comme les braves gens ?

Chapitre 26

Afin de n'alerter ni le Rouge et ses hommes ni les villageois, nous avons gagné la bibliothèque en petits groupes séparés. Royston et moi rasions les murs et avancions dans l'ombre autant que possible.

— Cadby ne voulait pas me laisser partir sans lui, m'a confié mon compagnon. Ce vieil oiseau est complètement désemparé lorsque je ne suis pas sous ses yeux.

— Pourquoi l'as-tu empêché de venir ?

Il a baissé le regard.

— Il serait mort en tentant de me protéger de la Tétrade. En plus d'être inutiles, ses manœuvres auraient risqué de nous gêner… Et puis, ce serait dommage de le perdre, Cadby est un excellent garde. Accepterais-tu de le prendre à ton service, lorsque je ne serai plus de ce monde ?

— Bien sûr.

Avec mon bouclier fixé dans le dos, j'avais l'impression d'être déguisée en Tortue Ninja. J'avais glissé mon épée d'emprunt dans un fourreau qui cognait contre ma jambe. Les Sentinelles françaises nous avaient fourni tout un attirail, mais les tailles n'étaient pas forcément adaptées.

Le casque que j'avais reçu était d'ailleurs si grand que j'avais préféré le laisser sur mon matelas.

Arik et Emily attendaient déjà à l'entrée lorsque nous sommes arrivés à la bibliothèque. Les autres n'ont pas tardé à nous rejoindre, et notre ancien chef a récité le charme pour déverrouiller la porte. Les pans de lambris en bois sombre ont coulissé, le temps que nous nous faufilions à l'intérieur. Emily, qui portait une affreuse écharpe tricotée et une veste trop petite d'une taille, ne quittait pas Arik d'une semelle.

— Qu'est-ce que tu fais là ? me suis-je étonnée. Hors de question que tu viennes avec nous, c'est bien trop dangereux.

— Allez, s'il te plaît… Je suis une sorcière, je pourrais vous être utile !

J'ai lancé un regard courroucé à son compagnon, qui a haussé les épaules.

— Elle m'a suivi. Et elle est du genre têtue… D'ailleurs, elle n'est pas sans me rappeler quelqu'un d'autre.

J'avais beau savoir qu'il parlait de moi, j'ai préféré ne pas relever. La présence d'Emily pendant l'opération me rendait encore plus anxieuse.

— Ne t'en fais pas, je resterai avec elle, a tenté de me rassurer Deidre, à qui la sorcière a lancé un grand sourire.

— Tu vois ? Entre son entraînement de guerrière et ma magie, on forme une vraie Sentinelle à nous deux !

— Génial ! ai-je répondu, les lèvres déformées par un rictus.

— Qu'est-ce que c'est que ce vilain sourire forcé ? s'est offusquée Emily.

Avec les deux Sentinelles et les quatre gardes de Couve, nous étions quinze à attendre le début de la mission. Comme Edgar était celui qui connaissait le mieux Estril, il a sauté le premier. Puis nous avons tous franchi la porte-livre vers des bibliothèques différentes pour ensuite nous retrouver dans celle de Saint-Pétersbourg, afin d'avoir le temps de nous rendre à Estril avant que les Surveillants nous détectent et déclenchent l'alarme.

Une fois tout le monde arrivé au point de rendez-vous, Edgar nous a guidés dans une allée bordée d'étagères vitrées en bois de cerisier ouvragé. Il est passé sans s'arrêter devant celle qui, je le savais, menait au refuge.

— Nous avons dépassé l'entrée d'Estril, non ? lui ai-je demandé après l'avoir rattrapé.

— Passer par la grande porte ne me paraît pas très judicieux, a-t-il rétorqué.

En effet…

Il s'est arrêté devant une étagère ornée d'une rose sculptée, qu'il a pressée. Le meuble s'est avancé en grinçant sur le parquet pour dévoiler un passage sous-terrain.

— Nous allons passer par un tunnel talpar. J'ignore dans quel état il se trouve, alors soyez prudents.

Il s'est engagé dans la pente raide – ses bottes claquaient au sol. Je l'ai suivi, et les autres m'ont imitée. Jaran et Lei ont invoqué des globes lumineux, qui nous ont dévoilé les parois du tunnel : un savant entrelacs de pierres et de racines. Je n'ai pas manqué d'aviser d'un air inquiet les bestioles qui couraient sur les aspérités et se cachaient dans les interstices à notre passage.

Au bout d'un moment, la pente a fini par s'inverser et s'est faite de plus en plus raide. J'ai dérapé sur les gravillons à de nombreuses reprises, jusqu'à ce que je me résolve à m'agripper à une épaisse corde à nœuds fixée sur le côté. De cette manière, j'ai réussi à tenir la cadence derrière Edgar.

Une fois au sommet, notre guide a ouvert la trappe et s'est hissé à l'air libre avant de se retourner pour m'aider à sortir. J'ai rajusté plastron et fourreau, avant de renfoncer l'épée dans son étui pour m'assurer qu'elle n'en glisserait pas.

La plaine, plantée de rares arbres, ne m'était pas inconnue. J'étais déjà venue avec Ricardo, un Laniar qui s'était sacrifié pour sauver Carrig. Edgar et Sinead étaient présents, ce jour-là. La scène avait eu lieu à peine un an plus tôt et, pourtant, il me semblait qu'elle s'était déroulée de nombreuses années auparavant. Ma gorge s'est nouée en repensant à Ricardo et Sinead.

Edgar a attendu que nous nous soyons tous extirpés du boyau, puis nous a fait suivre un chemin relativement ombragé, sous des arbres squelettiques. Entendre nos bottes crisser dans la neige m'a fait songer aux empreintes que nous laissions : allaient-elles nous faire repérer ? Soudain, une puissante rafale a balayé la lande, soulevant la poudreuse pour nous l'envoyer en pleine figure. J'ai jeté un rapide coup d'œil en arrière et me suis vite rassurée : nos traces étaient déjà complètement recouvertes par une pellicule blanche.

J'ai alors aperçu Demos qui baissait le bras, un sourire aux lèvres. Des étincelles vertes crépitaient entre ses doigts : il avait utilisé son globe pour dissimuler nos empreintes.

De couleur sombre et juché sur un immense rocher, le château d'Estril semblait tout droit sorti d'un film d'épouvante. Accroché au toit de la plus haute tour, un drapeau noir orné d'une flamme rouge claquait violemment.

En chemin, voyant Edgar s'accroupir derrière une cabane à outils, nous l'avons tous imité.

— C'est là-bas que Conemar a dû enfermer la Tétrade, nous a-t-il indiqué. Soit au sous-sol, soit dans la grange.

— Qu'est-ce que c'est ? ai-je demandé en désignant des silhouettes à l'autre bout du parc.

— Des animaux qui devraient être à l'intérieur, normalement, a répondu notre guide. Il y a donc fort à parier que la Tétrade se trouve dans la bâtisse.

Arik s'est approché d'Edgar.

— Comment penses-tu procéder ? On s'infiltre dans la grange et Royston détruit le monstre ?

— Surtout pas ! a grondé la voix d'oncle Philip, derrière nous.

J'ai failli tomber à la renverse. Une fois revenue à moi, j'ai bondi sur mes pieds et lui ai foncé dessus pour le forcer à s'accroupir.

— Qu'est-ce que tu fais là ? ai-je murmuré.

— J'ai l'esprit clair aujourd'hui, a-t-il répondu dans un souffle. J'ai toujours mes pouvoirs, et pas des moindres : j'étais Archimage, je te rappelle. Je ne devrais pas avoir grand mal à venir à bout de Conemar.

— Mais, et si…

Comme j'étais incapable de terminer ma phrase, il l'a fait pour moi, une main rassurante sur ma joue.

— Si je me mets à divaguer ? Je suis prêt à courir le risque.

— Pas moi !

— Oui, mais, vois-tu, ce choix ne t'appartient pas, a-t-il répondu en souriant. Tu as été la plus belle surprise de ma vie, Gia. Je me battrai à tes côtés, même si je dois y laisser la vie. De toute manière, que puis-je espérer de l'existence qui m'attend ?

Je l'ai dévisagé un long moment. Même si la bataille à venir impliquait d'affronter un monstre abominable qui risquait de tous nous anéantir, je ne pouvais l'empêcher de défendre une cause qui lui tenait à cœur. J'ai soudain repensé à l'instant où Bastien m'avait électrocutée pour que je le lâche, afin que les Méduses ne m'emportent pas. Il me coûtait de le reconnaître, mais l'histoire nous avait prouvé que certains sacrifices sont parfois nécessaires pour s'assurer de la victoire du bien sur le mal. C'était, en effet, le choix d'oncle Philip, pas le mien, et je devais l'accepter.

Les yeux brûlants à force de retenir mes larmes, j'ai acquiescé en silence. À son tour, il a opiné du chef avant de s'approcher d'Edgar et Arik.

— Conemar n'aurait jamais laissé la Tétrade dans un endroit aussi exposé. Je suis certain qu'elle est au fond de la cave. C'est une vieille salle de torture, juste avant le couloir qui mène aux geôles, et elle est assez spacieuse pour abriter la bête.

Je me suis rapprochée du garde.

— Nous sommes trop nombreux pour nous infiltrer tous ensemble… Je crois que je n'ai pas vu un tel escadron depuis la fête nationale. J'irai seule avec Royston. Ces souterrains ne me sont pas inconnus, tu le sais. Je devrais pouvoir me repérer. Pendant ce temps-là, conduis les autres à l'abri avant qu'ils ne finissent congelés.

— Elle a raison, a lancé Arik. En revanche, moi, je viens avec vous.

Edgar a englobé la troupe regard.

— OK, direction la grange, alors. Lei ?

— Ça me va, a-t-elle confirmé.

— Il y a une coursive qui relie la grange au château, par laquelle vous pouvez passer, nous a appris notre guide en montrant la direction d'un signe de tête. Comme ça, nous ne serons pas trop loin en cas de souci.

— Entendu ! Allez, on y va, ai-je décrété.

Les bourrasques étaient si violentes que j'ai bien cru que nous allions finir ensevelis sous la neige. Chaque pas était un calvaire : le plus petit morceau de peau à nu était meurtri par l'air glacial. Par bonheur, nous avons enfin atteint notre destination et pu nous abriter du vent cruel. L'un des murs était percé d'un trou immense, ce qui expliquait pourquoi les animaux se trouvaient dehors : ils s'étaient probablement enfuis. Oncle Philip avait raison, Conemar n'aurait jamais laissé la Tétrade dans un tel endroit.

Notre petit groupe s'est réfugié dans les recoins les mieux couverts pour préparer la suite des événements. L'un des gardes de Couve, un jeune homme aux oreilles décollées, a confié une fenêtre de communication à Arik afin qu'il puisse garder contact avec Edgar. Puis Emily a retiré son écharpe pour la passer autour du cou de son amoureux.

— Je ne compte pas sortir, lui a-t-il fait remarquer, en observant le présent.

— C'est pour te porter chance.

Le sourire du jeune homme a fait saillir ses fossettes.

— Merci…

Au même moment, Royston prenait la main de Deidre dans la sienne.

— Tu es mon soleil dans ce monde de ténèbres. Merci de m'avoir offert des moments de vie réelle.

— J'aurais aimé te donner tellement plus, a-t-elle déploré. Il nous restait tant à découvrir.

— Découvre-les pour moi, s'il te plaît, l'a-t-il priée en relâchant sa main.

Soudain, Demos est venu me serrer dans ses bras.

— Voilà, a-t-il lâché. Comme ça, toi aussi, tu auras eu droit à tes adieux larmoyants !

J'ai éclaté de rire avant de le repousser.

— Cet instant m'accompagnera dans ma quête.

— Je n'en doute pas, a-t-il répliqué avec un clin d'œil.

Jaran est venu m'enlacer à son tour, puis Lei s'est jointe à nous.

— Reste focalisée sur ton objectif, m'a-t-elle conseillé.

— Je t'aime, petite sœur, a murmuré mon ami au même moment.

Lorsqu'ils se sont écartés, oncle Philip est venu m'embrasser sur la joue.

— Ne t'inquiète pas pour nous. Concentre-toi sur ton devoir, ne pense à rien d'autre.

— Compris.

J'ai ensuite invoqué une sphère lumineuse et me suis engagée dans le passage, Arik et Royston sur les talons. Le vent violent s'immisçait dans les moindres interstices et faisait vibrer les murs. Nous sommes même passés devant une large fissure par laquelle la neige s'engouffrait et se déposait sur le sol. Arik est venu marcher à mes côtés, un globe de feu en main. Royston, lui, nous suivait de près.

Soudain, j'ai entendu des pépiements au-dessus de nos têtes. Une chauve-souris – à moins qu'il ne s'agisse d'un dragon miniature –, nous observait, suspendue à une poutre.

Lorsque j'ai levé mon globe lumineux pour l'observer, elle s'est envolée en couinant, puis a plongé sur nous. J'ai sauté sur le côté pour l'éviter, heurtant du même coup Royston en pleine poitrine. Heureusement, à peine était-il tombé à terre qu'il s'est relevé aussitôt.

— Elle protège son nid, nous a-t-il informés en gravissant le tas de pierres amassées devant la sortie. Avancez, elle vous laissera tranquilles. Espérons seulement que le bruit n'a alerté personne. Volatile de malheur…

Suivant son conseil, j'ai baissé la tête et me suis précipitée en avant. Le passage se terminait par une double porte en métal, renforcée par une lourde barre que maintenait un épais cadenas. Arik a inspecté le dispositif.

— On dirait que les choses se corsent. C'est du tungstène, très difficile à briser.

— Le verrou est ancien, a observé Royston. Enfant, j'arrivais à ouvrir celui du cellier avec un objet pointu. Pas besoin de beaucoup de matériel…

Je lui ai lancé un regard désabusé.

— Oh, mais bien sûr ! Ne bouge pas, je vais chercher la caisse à outils.

— Encore un sarcasme ? m'a-t-il demandé, un sourcil relevé.

Un bruit s'est alors fait entendre de l'autre côté de la porte. Sur un signe d'Arik, nous avons rebroussé chemin à toute allure en essayant de faire le moins de bruit possible. Nous avons réussi à atteindre un endroit où nous camoufler juste avant que les battants ne s'ouvrent en grand. Arik s'est faufilé dehors par la brèche et nous l'avons suivi. Adossée contre la paroi extérieure, le visage battu par le blizzard, j'ai entendu les intrus s'approcher.

— Maudit animal ! a grogné l'un d'eux quand l'oiseau-dragon a piaulé. Pourquoi Conemar ne nous laisse-t-il pas lui régler son compte ?

— Ce serait la dernière représentante de son espèce, a répondu une femme.

— Dépêchons-nous de nourrir les bêtes, a dit un autre homme. Je suis gelé jusqu'aux os ! Tonella nous attend avec un bon pot-au-feu.

Dès qu'ils se sont éloignés, Arik a sorti la fenêtre de communication pour appeler l'un des gardes de Couve.

— Vous avez de la visite, l'a-t-il averti avant de ranger l'instrument. Allons-y.

Mon bouclier a recommencé à cogner dans mon dos lorsque, de retour à l'intérieur, nous avons couru jusqu'à la porte. Par chance, elle était restée ouverte. Arik et Royston m'ont suivie dans un dédale de couloirs froids et nus. Chaque fois que nous entendions approcher, nous nous précipitions pour nous cacher, tantôt dans un recoin, tantôt dans une salle.

Au bout d'un moment, nous sommes parvenus au pied d'un large escalier d'où partaient deux couloirs. Celui de droite menait aux cuisines, tandis que celui de gauche conduisait à un escalier qui descendait aux geôles.

Nous nous y sommes engagés avec précaution. Les marches étaient étroites et les petits flambeaux fixés aux murs ne diffusaient qu'une faible clarté. Nous sommes passés devant une enfilade de cellules dont les portes métalliques étaient dotées de fenêtres à barreaux. La porte que j'avais découpée afin de délivrer Carrig, à l'aide de la *Chiave*, n'avait pas été remplacée.

Si je n'avais pas été troublée par l'urgence de la situation, j'aurais sûrement remarqué qu'il n'était pas normal d'avoir pu parvenir avec autant de facilité jusqu'au cœur du château – et Arik aussi. J'ai traversé la salle des gardes pour atteindre la porte qui me semblait ouvrir la salle de torture.

D'un même mouvement, sans lâcher nos globes de feu, mon camarade et moi avons poussé le battant pour trouver la pièce vide – à l'exception de menottes pendues au plafond et de quelques instruments souillés de sang. Bref, la Tétrade n'était pas là.

— Il semblerait que la source d'Edgar lui ait menti, ai-je déploré en reculant.

Je répugnais à l'idée de rester dans cette pièce où beaucoup de prisonniers avaient sans doute perdu la vie.

— C'est quoi, ce bruit ? a demandé Royston en progressant entre les tables de torture à liens, le matériel chirurgical et les boîtes d'instruments.

Je l'ai suivi de près.

— C'est tellement glauque, ai-je maugréé.

De plus près, le son en question s'est avéré une voix minuscule. En regardant par-dessus l'épaule de l'Élu, j'ai découvert Sen, accroché au mur par des menottes. Un peu plus loin, une fée des livres bien plus jeune que lui était assise dans une cage à oiseaux. Si ses cheveux avaient la même nuance châtain, ses ailes étaient presque translucides.

— Aidez-la, nous a-t-il implorés d'une voix faible.

— Que s'est-il passé ? me suis-je étonnée, tout en cherchant des clés tout autour de moi.

Royston s'est mis à fouiller lui aussi.

— Conemar a enlevé ma sœur, a expliqué l'homme-fée que j'avais déjà rencontré. Il m'a menacé de la tuer si je ne lui servais pas d'espion. Il voulait connaître toutes les allées et venues dans les bibliothèques, en particulier les tiennes.

Pendant qu'Arik examinait la cage, j'ai ouvert un tiroir où j'ai trouvé deux minuscules clés reliées par un filin. Poussant un cri de triomphe, j'ai lancé le trousseau miniature à mon partenaire, qui a déverrouillé la petite porte, glissé un bras à l'intérieur et attrapé la captive.

— Tu es en sécurité maintenant. On va te protéger.

— Et mon frère ?

— On s'en occupe, a-t-il répondu en tendant les clés à Royston. Si tu veux bien ?

J'ai placé mes mains en coupelle pour y accueillir Sen, libéré de ses menottes.

— Je suis sincèrement désolé, a-t-il bredouillé. Je n'avais pas le choix.

J'ai jeté un regard vers sa sœur, toujours dans les mains d'Arik.

— Je sais.

— Ça devrait faire l'affaire, a décrété mon coéquipier en brandissant une petite boîte dans ma direction, après y avoir déposé la jeune fée. Ils devront continuer le voyage là-dedans. C'est tout ce que j'ai trouvé.

J'ai placé Sen à côté de sa sœur, qui s'est jetée dans ses bras.

— Merci. Je peux te les confier, Royston ?

— Me voilà donc relégué au rang de fée-sitter, a-t-il marmonné avant de se saisir de la boîte sans ménagement, forçant les créatures miniatures à se recroqueviller sur elles-mêmes.

— Une petite discussion avec les autres s'impose, a déclaré Arik en ressortant sa fenêtre de communication pour appeler son contact. Alors ? Qu'avez-vous fait de vos invités ?

— Ils sont ligotés aux poteaux.

— Passe-moi Edgar.

L'intéressé s'est avancé en se raclant la gorge.

— Un problème ?

— Aucune trace de la Tétrade.

— De notre côté non plus. Le parc du château est beaucoup trop calme à mon goût, a ajouté Edgar.

— Essaie de soutirer des informations aux prisonniers. N'hésite pas à user de la force s'il le faut. On arrive.

Ce n'est que sur le chemin du retour que j'ai enfin pris réellement conscience de la quiétude suspecte des lieux. Soudain, nous avons croisé deux femmes qui transportaient des draps. À notre vue, elles se sont enfuies en criant dans une langue inconnue.

L'instant d'après, un bruit de bottes s'est fait entendre de l'endroit où elles s'étaient réfugiées.

— Tenez-vous prêts, nous a dit Arik.

J'ai invoqué un globe de stupéfaction, persuadée que les actes de notre assaillant étaient sans doute dictés par Conemar. Ennemis ou non, ils avaient des familles, et j'étais lasse de tous ces morts.

Quatre gardes d'Estril – tous de différentes statures –, sont apparus devant nous. L'un d'eux s'est écroulé sous mon globe. Arik, lui, en a désarmé un deuxième grâce à son fouet de feu. Je n'ai pas eu le temps de créer une nouvelle sphère : le troisième abattait déjà son épée au niveau de mon cœur. Heureusement, la lame a été arrêtée par mon plastron et, à la faveur d'un pivot, j'ai dégainé la mienne.

Royston s'apprêtait à prendre part au combat lorsque je l'en ai dissuadé d'un cri :

— Surtout pas ! Tu dois rester en vie, je te rappelle. Reste en arrière et veille sur la boîte.

Il a poussé un soupir de lassitude.

— J'ai été un grand guerrier, à une époque.

— Ravie de l'apprendre, ai-je rétorqué sans quitter mon adversaire des yeux. Mais sois gentil, pour une fois, reste assis pendant la durée du spectacle !

Décidément, j'étais loin d'avoir la repartie de Demos…

Arik, qui était en train de croiser le fer, a réussi à faire tituber son opposant, qui a reculé. Au même moment, le garde que j'affrontais a hésité un instant, dès lors qu'il a entrevu mon visage.

— Gianna Bianchi ? a-t-il fini par articuler avec un très fort accent.

— Oui ? ai-je répondu, incrédule.

Il a lâché son épée et a crié une injonction à son

collègue, qui s'est éloigné de mon ami pour déposer lui aussi les armes.

— Nous sommes de vous côté, a repris le garde dans un anglais approximatif. Nous ne pas voulons Conemar chef. Finir lui. Finir la Tétrade. La paix.

Et sans plus attendre, les deux hommes se sont éclipsés vers le fond du couloir.

— C'est ce qui s'appelle un coup de théâtre, ai-je commenté en remisant mon épée dans son fourreau.

Soudain, une idée a germé dans mon esprit et j'ai couru après eux.

— Attendez !

Le garde qui parlait anglais s'est retourné vers moi.

— Je cherche un magicien, ai-je demandé sans pouvoir masquer l'appréhension dans ma voix. Bastien Renard, il est prisonnier.

— Il était ici.

J'ai eu l'impression que mon cœur recommençait à battre : il était là ! Vivant.

— Où est-il maintenant ?

Mon interlocuteur m'a observée de nouveau, intrigué.

— Avec Conemar. Ils sont partis plus tôt. Avec l'armée et la Tétrade.

— Où sont-ils allés ? a demandé Arik.

— Je n'en sais pas plus.

J'avais envie de pleurer. Était-ce de soulagement ou de terreur ? Bastien était vivant, certes, mais il était peut-être blessé, et surtout, toujours à la merci de Conemar. Mon imagination s'est emballée au souvenir de la chambre de torture et de ses instruments ensanglantés. Plus j'imaginais ce que ce monstre avait pu lui faire subir, plus j'avais le ventre noué et plus mes mains tremblaient.

Si j'avais déjà du sang sur les mains, jamais je n'avais eu l'intention de tuer. Qui étais-je pour me permettre de dérober une vie ? Pourtant, si j'en avais la possibilité, pas une seconde je n'hésiterais à trucider Conemar. J'en suis même venue à prendre peur de jubiler ainsi à l'idée de voir la dernière étincelle de vie le quitter. Cela étant, je me suis fait la promesse d'être témoin de cette scène, en hommage à toutes ses victimes, Chimères ou humaines.

Arik a posé une main dans mon dos.

— Ne nous laissons pas abattre, autrement, jamais nous ne pourrons les sauver, nos deux mondes et lui.

Il avait raison, bien sûr. Je ne pouvais pas baisser les bras. Abandonner, c'était perdre.

Sans plus nous soucier du bruit que nous faisions, nous avons retrouvé la galerie et l'avons remontée à toute allure. La chauve-souris s'est remise à piailler sur notre passage. Royston s'est penché en avant pour protéger son chargement – Sen et sa sœur semblaient terrorisés à l'idée que l'animal puisse les dévorer. Même si, sur le moment, il avait rechigné à jouer les nounous, l'Élu faisait bigrement attention à son minuscule fardeau.

De retour dans la grange, nous avons été accueillis par des visages graves.

— Que se passe-t-il ? ai-je demandé, alarmée.

Edgar s'est frotté la nuque.

— Conemar est parti pour Barmhilde avec ses troupes et la Tétrade, il y a une heure. Nous avons averti le Rouge grâce à notre fenêtre de communication. Des résistants venus en renfort de Tearmann, Veilig et Santara sont en route.

À sa voix, aussi lugubre que le paysage qui nous entourait, j'ai compris que nous n'étions pas près de nous reposer de sitôt.

— Attends une minute, suis-je intervenue. Comment comptent-ils y accéder ? Ils ne sont pas au courant pour la nouvelle porte-livre de la bibliothèque de Chetham, ils doivent penser qu'elle a brûlé quand ils ont enlevé Bastien.

Edgar s'est tourné vers les Estriliens ligotés pour leur poser la question dans une langue qui m'a semblé être du russe. C'est la femme qui lui a répondu.

— Elle dit qu'ils sont passés par les tunnels talpars.

Demos a sauté d'un portillon où il était perché.

— Vu leur nombre, ils n'arriveront pas à destination avant plusieurs heures. D'ailleurs, je doute que la Tétrade puisse y entrer.

Edgar a traduit cette remarque à la garde captive, qui a répondu avec force mouvements de la main.

— D'après elle, la créature a le pouvoir d'élargir les tunnels à sa guise.

— Alors il n'y a pas une minute à perdre, a décrété Arik. Nous pouvons encore les devancer grâce à la porte-livre.

Le Rouge avait raison. Nous aurions dû patienter en préparant notre défense. Cette mission avait été un échec cuisant. Combien de vies seraient sacrifiées à cause de cette erreur de jugement ?

Chapitre 27

Dès que nous avons atterri à la bibliothèque de Chetham, j'ai envoyé mon chercheur quérir Aetnae. Pendant que je l'attendais en compagnie d'Arik et Royston, le reste de notre équipe a suivi Edgar jusqu'à Barmhilde.

L'Élu a déposé la petite boîte sur une vitrine. À peine quelques minutes plus tard, la fée des livres est venue à notre rencontre.

— Qu'est-ce qui se passe, ici ? a-t-elle demandé.

— Viens voir, l'ai-je invitée en lui montrant ses congénères. Sen t'expliquera la situation, mais avant, peux-tu les emmener en lieu sûr dans le monde des fées ? Et surtout, n'en bougez plus. Conemar se dirige en ce moment même vers Barmhilde.

— Entendu, a-t-elle lancé, solennelle.

D'un pas lourd, je suis retournée dans l'allée, auprès de mes compagnons.

— Gia ! m'a rappelée Aetnae.

— Oui ?

— Sois prudente.

— Toi aussi.

Arik a franchi l'entrée qui menait au sabbat et je les ai rejoints, Royston et lui.

Barmhilde avait des allures de village fantôme. Les portes étaient fermées, les volets tirés… Il n'y avait pas âme qui vive dans les rues où les habitants avaient pourtant l'habitude de se masser. Les renforts tardaient à arriver, sans doute à cause de toutes les portes-livres à franchir.

Edgar et les autres nous attendaient aux abords du campement.

À notre arrivée, Cadby a décrit de grands cercles dans le ciel avant d'atterrir auprès de son protégé.

— Le Rouge et son armée sont postés à l'entrée du tunnel talpar, nous a-t-il appris, le souffle court.

Lei a grimpé sur un rocher pour s'en faire une estrade et s'adresser à tout le monde.

— Bien… Je vous rappelle à tous notre objectif: protéger Gia et Royston afin qu'ils puissent détruire la Tétrade. Quoi qu'il arrive, ils doivent rester au centre de notre bataillon. Demos, Edgar et Arik les entoureront. Jaran et moi nous positionnerons de part et d'autre. Sentinelles et gardes de Couve, vous vous déploierez pour soutenir la formation. Deidre, Emily et Philip, vous restez en arrière-garde. Tenez-vous prêts ! C'est Arik qui dirigera l'escadron.

L'intéressé n'a pu s'empêcher de lui lancer un regard ébahi, avant de laisser un sourire s'épanouir sur son visage et creuser ses fossettes. Lei était décidément un très bon chef: sachant qu'Arik avait plus d'entraînement qu'elle et que guider était dans sa nature, elle s'était effacée.

Sitôt descendue de son promontoire, elle nous a indiqué le chemin avant de se ruer vers le tunnel. Une fois arrivés au sommet de la colline, nous avons observé la scène qui se déroulait en contrebas, dans la prairie. À gauche, les falaises tombaient à pic dans le lac et l'armée du Rouge avait encerclé la pierre qui scellait l'entrée du tunnel talpar.

Arik nous a fait signe de nous arrêter. Pantelante, j'en ai profité pour reprendre mon souffle.

— Mais à quoi pense le Rouge? s'est écrié Edgar. Si la Tétrade déboule et détruit tout sur son passage, ses hommes à l'avant-garde vont y rester. Ils doivent reculer.

Lei a réfléchi un instant.

— Tu as raison. Va les prévenir et aide-les à revoir leurs positions.

— Avec plaisir, a-t-il répondu en sprintant jusqu'au bas de la colline.

— Comment tu te sens? m'a demandé Jaran, qui venait de me rejoindre.

— Terrifiée et déterminée à la fois. Mais je n'en peux plus d'attendre.

Lorsqu'il a rejoint le Rouge, je l'ai vu s'exprimer en agitant les bras.

Soudain, interpellés par un bruit de bottes qui retentissait à travers la colline, Jaran et moi nous sommes retournés à l'unisson. J'ai tout de suite reconnu les habitants de Tearmann. Quelques-uns avaient à peine mon âge. Ayant repéré Buach, je me suis précipitée à sa rencontre.

— Qu'est-ce que tu fais là?

Il m'a lancé un regard en coin.

— À ton avis ? Je suis venu combattre à vos côtés ! a-t-il déclaré, le dos droit et la poitrine gonflée.

Je l'ai attiré à l'écart des autres.

— Hors de question ! Tu es bien trop jeune. Et puis, de toute façon, Galach s'opposerait à cette idée.

— Galach n'est pas mon père. Et d'ailleurs, toi qui as le même âge que moi, ça ne t'empêche pas d'aller au combat.

— C'est différent.

— Pourquoi ?

— Très bien, si tu veux vraiment participer à cette bataille, soit, mais ce sera à mes côtés.

Je l'ai attrapé et entraîné dans ma course.

— Qu'est-ce que tu fabriques ? Tu veux me mettre la honte ?

J'ai ignoré ses protestations et me suis plantée devant l'homme à la chevelure mi-longue striée de gris, qui semblait être à la tête des rebelles.

— Pourrais-je vous parler, monsieur ? ai-je demandé après avoir relâché mon ami.

Le nez au vent, l'homme promenait les mains sur son ventre rondelet.

— Je vous écoute.

— J'ai besoin de ce… Comment dit-on ? Soldat ?

— Si ce terme vous plaît, soit, a répondu l'homme.

— Eh bien, j'en aurais besoin en renfort dans mes troupes.

— Et vous êtes ?

— Gianna Bianchi.

Il a relevé la visière de son casque.

— Mais c'est que c'est vrai, en plus ! Vous êtes plus jeune que l'image peinte dans le tunnel ne le laisserait penser… Et un peu maigrichonne, pour « faire éclater la vérité », comme ils disent dans le *Chimère Observateur* !

« Maigrichonne », merci du compliment…

Je ne savais que lui répondre, mais j'ai vite compris qu'il n'en attendait pas tant de ma part.

— C'est un honneur de vous rencontrer. Nous sommes venus vous prêter main-forte. (Il a posé les yeux sur Buach.) Obéis-lui.

Le jeune homme a acquiescé d'un léger signe de tête.

Je suis retournée au pas de course auprès d'Arik et des autres, suivie par l'adolescent qui traînait des pieds. Le champ, occupé par des Chimères qui se déployaient en groupes, semblait avoir pris vie. Des oiseaux se sont élancés des falaises pour tournoyer au-dessus du lac dans un ciel limpide dont la couleur tirait sur le bleu et le violet.

— Qu'attends-tu de moi ? m'a demandé Buach.

Je l'ai mené jusqu'à Deidre, Emily et oncle Philip.

— Tu restes avec eux. Notre escouade doit s'attaquer à la Tétrade.

Je l'ai ensuite laissé avec mes amis pour regagner mon poste près de Royston.

— Cette attente est insoutenable ! s'est impatienté Cadby dont les ailes tressautaient comme s'il s'apprêtait à s'envoler.

— Je ne te le fais pas dire, ai-je grommelé.

Les gardes et les Sentinelles de Couve étaient disposés à intervalles réguliers autour de notre formation.

Alors qu'Edgar n'en finissait plus de débattre avec le Rouge au sujet du positionnement de ses hommes, les rebelles de Tearmann ont descendu la colline pour atteindre le village dans un nuage de poussière.

J'ai d'abord cru que le sol avait tremblé sous les pas de l'armée de Tearmann, mais j'ai vite compris qu'une explosion avait retenti à l'entrée du tunnel. Des gravats ont fusé dans les airs et le rocher qui dissimulait le passage a été projeté vers le ciel, percutant deux Chimères sur son passage. Les troupes du Rouge ont reculé à la hâte.

Le Laniar et Edgar hurlaient des ordres pour tenter de rappeler chacun à sa position. Ils avaient à peu près réussi lorsque la Tétrade est sortie du boyau dans un concert de hurlements qui se sont répercutés à travers toute la colline.

J'ai jeté un coup d'œil derrière moi. Buach observait la scène avec un gadget qui ressemblait à de vieilles jumelles.

— Je peux te les emprunter?

Il a acquiescé avant de me les tendre.

Grâce à elles, je pouvais observer la scène comme si j'y étais. La créature qui hantait mes cauchemars avait pris vie et avançait vers l'armée. La bête qui dirigeait avait une tête de lion auréolée d'une crinière d'un jaune sale. La face de la créature était balafrée, son nez plat et une fente verticale séparait le dessus de ses lèvres. Elle a fait crisser ses griffes en menaçant du regard un groupe de Chimères qui s'affairaient autour d'un canon.

Cette créature était suivie de près par trois autres bêtes. L'une était affublée de deux énormes cornes de bélier qui lui sortaient du front. À l'exception de ses avant-bras et de ses jambes qui ressemblaient à ceux d'un animal, elle avait conservé une apparence humaine. La troisième avait une tête de sanglier, des défenses acérées et un pelage noir et dur, qui recouvrait presque tout son corps. La dernière, enfin, avait les membres couverts d'écailles et se mouvait comme un lézard. Sa langue fourchue allait et venait dans l'air tandis que de la bave s'écoulait entre ses dents pointues. Elle n'avait d'humain que son cou et son torse musclé. Ces quatre créatures semblaient être une nouvelle version cauchemardesque de la créature de Frankenstein.

Les quatre entités avançaient de concert à travers champ. On aurait dit qu'un fil invisible les reliait et les maintenait en formation de losange. L'homme-lion dirigeait ses congénères comme des pantins : ils imitaient chacun de ses mouvements.

Conemar est alors sorti du tunnel, escorté par Nick, puis suivi de son armée. Le mage maléfique a grimpé sur le rocher qui servait à boucher le passage pour hurler un ordre à la Tétrade. Le monstre s'est aussitôt immobilisé. Derrière lui, les troupes se sont mises au garde-à-vous.

Puis le chef ennemi a fait signe derrière lui et plusieurs gardes d'Estril se sont avancés, encadrant huit prisonniers cagoulés et menottés dans le dos. Une dizaine de Méduses ont jailli de la galerie à leur suite. Enfin, un garde a hissé Bastien à l'air libre et je me suis sentie défaillir.

Arik s'est tourné vers moi.

— Sois forte, Gia.

J'ai inspiré profondément. Si je paniquais, non seulement j'échouerais à sauver mon petit ami, mais aussi tous les autres.

D'un geste de la main, Conemar a formé un cône bleu lumineux et a collé ses lèvres à l'embout le plus étroit.

— Rendez-vous ou mourez ! (L'objet, qui était en fait un porte-voix, fonctionnait à merveille : on l'entendait d'un bout à l'autre de la vallée.) Nous sommes à l'aube d'une nouvelle ère, où les magiciens régneront sur les Chimères et les humains ! Soyez rassurés, vous serez bien traités et vos familles ne mourront pas de faim. Personne ne recevra plus de nourriture que ses voisins, car vous serez tous égaux. Je ne suis pas votre ennemi !

Des murmures ont parcouru l'armée des Chimères.

— Ne l'écoutez pas ! a vociféré le Rouge. Sa seule ambition est de vous rendre esclaves du Conseil ! En garde !

— Pauvres fous ! a glapi Conemar. Cet homme ne vous mènera nulle part, sauf à la mort !

Arik m'a lancé un regard inquiet.

— Prête ? Il faut se dépêcher de passer à l'action. Si nous ne l'arrêtons pas, il va finir par retourner les Chimères contre nous.

— C'est bon pour moi.

— Lei ?

— Quand vous voulez, a-t-elle approuvé. Prenez garde à bien resserrer les rangs autour de Gia et Royston.

Cinq chiens-garous nous entouraient. Une femelle a soudain frotté son museau contre ma jambe. C'était sa façon de m'assurer que nous pouvions compter sur eux.

Arik s'est placé en tête de notre formation.

— Dois-je boire la potion ? m'a demandé Royston.

— Pas tout de suite, non. Son effet est éphémère. Attendons de nous trouver plus près.

— Ma créature peut vous tuer d'un simple coup de patte ! continuait Conemar.

Debout à la droite de son père, Nick n'était plus que l'ombre de lui-même.

Devant nous, Arik et Demos ont accéléré le pas jusqu'à des buissons à flanc de colline. Nous nous sommes abrités derrière.

— Restez à couvert ! nous a ordonné le chef des opérations.

— Il faut trouver un moyen de gagner du temps, ai-je dit en m'accroupissant.

— Je m'occupe de le distraire.

À ces mots, Buach s'est élancé vers le bas de la pente.

— Non, Buach ! ai-je pesté tout bas. Reviens ici !

Peine perdue : j'ai dû me contenter de le suivre des yeux dans sa descente.

Qu'est-ce qu'il fabrique ?

Bastien se trouvait toujours au milieu des hommes de Conemar. Il avait les yeux fermés, ses mains étaient tournées, paumes vers le ciel, et ses lèvres remuaient comme s'il priait. Les silhouettes des otages aux têtes encapuchonnées m'ont semblé familières, même si je n'aurais su dire pourquoi.

Buach a longé en courant les troupes des Chimères jusqu'à dépasser la plus proche de l'ennemi. Il s'est ensuite approché de Conemar et s'est adressé à lui. Que pouvait-il bien lui dire ? Le mage démoniaque l'a écouté en opinant du chef avant de brandir de nouveau son mégaphone.

— Ce jeune homme vient de me poser une excellente question, a-t-il déclaré.

— On bouge ! a lancé Arik, profitant de la distraction offerte par notre camarade.

Nous nous sommes précipités à la suite de notre chef d'escadrille pendant que Conemar s'expliquait :

— Ce garçon désire savoir si le fait d'avoir pris part à cette rébellion annihilera ses chances de devenir garde du Conseil. Sachez que si vous déposez les armes et quittez les lieux sans plus tarder, vous serez pardonnés !

Nous avons dévalé la pente raide sur les fesses, escortés par les chiens-garous qui trottaient autour de nous. Une fois en bas, je me suis relevée. Arik, lui, a bondi. Royston a attrapé le bras de Deidre pour l'aider à se remettre d'aplomb et Cadby a étiré ses ailes afin de les replier dans son dos.

Lei s'est approchée de moi.

— Ce petit jeu de questions-réponses ne suffira pas. Ce qu'il nous faut pour rester inaperçus, c'est une bonne bataille. Personne ne fera attention à nous, dans le feu de l'action.

— Je suis d'accord, a acquiescé Jaran.

Buach a abordé un nouveau sujet, qui a fait éclater Conemar de rire.

— Il demande s'il sera rémunéré ! Mais tout à fait, mon jeune ami ! Cent couronnes à la semaine, pas moins.

Pendant ce temps, nous nous sommes approchés de la troupe des Chimères pour nous joindre à eux. De cette place, j'entendais bien mieux ce qui se disait.

À nouveau, des rumeurs ont commencé à enfler dans nos rangs.

— Menteur ! s'est écrié Edgar. Ne le croyez pas ! J'ai des espions dans l'entourage du Conseil : ils vous donneront à peine de quoi ne pas mourir de faim ! Leur but est de vous asservir. Vous serez tous égaux, certes, mais devant la famine. Votre seule richesse consistera à vous partager une miche de pain. Toutes ses promesses ne sont que mensonges.

Le visage de Conemar s'est déformé sous l'effet de la colère.

— Qui préférez-vous croire ? Un traître ou un Archimage ? Je ne suis pas venu pour vous détruire. J'ai d'autres projets.

Lorsque Buach s'est retourné pour jeter un coup d'œil en haut de la colline, Conemar a suivi son regard.

— Retourne d'où tu viens, lui a-t-il lancé d'un air suspicieux.

Dépêche-toi, Buach !

Comme s'il m'avait entendue, il a fait aussitôt demi-tour et s'est rangé dans les troupes de Chimères.

Conemar a porté une nouvelle fois son mégaphone à ses lèvres.

— Peuple de Barmhilde ! Une fugitive se cache parmi vous. Livrez-moi Gianna Bianchi. Ceux qui la couvrent seront punis de mort. Si l'un de vous me l'amène sur-le-champ, il recevra mille couronnes !

Je n'avais aucune idée de la valeur d'une telle somme, mais le silence qui s'est aussitôt abattu dans les troupes du Rouge m'en a donné une estimation.

Conemar a scruté la foule, puis s'est tourné vers l'un des gardes postés derrière les prisonniers.

— Personne n'est intéressé ? Il est donc temps de vous révéler l'identité de nos invités.

L'homme a retiré les cagoules des huit détenus. Sous le choc, j'ai étouffé un cri. Il y avait là Sabine, Pop, Nana, Afton, Kayla, Briony, Galach et père Peter.

Buach s'est précipité vers son frère, mais pas assez vite : d'un mouvement du poignet, Conemar lui a envoyé un éclair qui l'a frappé en plein cœur. Le choc l'a projeté en l'air et mon jeune ami a atterri lourdement, quelques mètres en arrière.

— Non ! ai-je hurlé en même temps que Galach.

Le garde royal s'est soustrait à ses geôliers pour courir vers son cadet, mais il a vite été rattrapé.

Le magicien ennemi, qui n'avait rien raté de la scène, a repris :

— Peut-être connaissais-tu ce garçon ? (D'un geste, il a intimé au garde derrière Briony de lui plaquer un poignard sous la gorge. Le soldat s'est exécuté.) Recule sagement ou tu pourras faire tes adieux à ta reine.

Avec toutes les personnes qui piétinaient devant moi, je ne pouvais plus voir Buach. Comment savoir s'il respirait ? Était-il encore en vie ? J'ai prié pour que ce soit le cas.

— Gianna ! a continué Conemar. Tu es la seule à pouvoir les sauver. Rends-toi immédiatement !

Alors que j'allais faire un pas, Lei m'a retenue.

— Reste là, sans quoi il te tuera.

— Il détient ma famille, Afton… Il va tous les massacrer. (J'ai retiré l'étui de ma botte pour le lui donner.) J'ai guidé Royston jusqu'ici, j'ai récupéré le sang des héritiers pour fabriquer cette potion… Ma mission est terminée. Si nous en sommes là, aujourd'hui, c'est par ma faute. J'aurais dû prendre plus de précautions. Je n'ai pas relevé le pont-levis…

— Mais qu'est-ce que tu racontes ? a-t-elle fait en m'observant de la tête aux pieds.

J'ai jeté un coup d'œil aux troupes qui nous entouraient.

— Après tout, je suis l'Enfant de l'Apocalypse, non ? Si je peux encore changer les choses, je dois y aller.

Jaran s'est joint à nous.

— Qu'est-ce que vous manigancez toutes les deux ?

— Conduisez Royston à la Tétrade et faites-lui boire le contenu de la fiole qui se trouve dans cette boîte, lui ai-je expliqué. Il sait ce qu'il doit faire ensuite. Je me charge de détourner l'attention de Conemar. Je vous en prie, faites-moi confiance.

Lei, indécise, continuait de me dévisager, sourcils froncés,

— J'ai foi en toi, a-t-elle fini par lâcher.

— Moi aussi, a ajouté Jaran.

— Arik et Demos vont peut-être tenter de me retenir. Empêchez-les d'agir.

Sur ce, je me suis faufilée entre une Laniar et un homme-taureau pour m'enfoncer dans la foule, les chiens-garous sur les talons. Quand les Chimères ont remarqué que Gianna Bianchi avançait parmi eux, elles se sont écartées sur mon chemin – j'avais l'impression d'être Moïse face à la mer Rouge.

— Gia ! a crié Arik dans mon dos.

Une vague de murmures et de cris étouffés a parcouru les troupes lorsque je suis sortie du rang pour me mettre à découvert.

— Restez ici, ai-je ordonné à la meute, qui m'a obéi en gémissant.

Conemar n'était plus qu'à quelques pas de moi. J'ai carré les épaules, puis parcouru la moitié de la distance qui nous séparait.

Le regard maléfique du mage s'est posé sur moi.

— En voilà une sage décision, Gia. Je savais que tu saurais entendre raison. Et je ne doute pas que tes proches apprécieront ton sacrifice à sa juste valeur.

— Non, Gia ! Cours ! a lancé Pop.

— Que puis-je faire pour toi, Conemar ?

J'ai jeté un coup d'œil à Nick, qui est resté de marbre.

La Tétrade, elle, se tenait debout, mais ses têtes pendaient, comme quatre marionnettes désarticulées qui attendraient que leur maître les ranime.

Mon ennemi a secoué la tête sans me quitter des yeux.

— C'est drôle, je m'attendais à ce que tu me demandes pourquoi je détiens ton cher Bastien.

Je n'ai rien répondu. À cet instant, le regard torturé de mon amoureux a croisé le mien et mon cœur s'est serré lentement. Un sourire mauvais s'est dessiné sur les lèvres de mon ennemi, qui a sauté de son rocher pour s'approcher de Nick.

— Tu as peur de comprendre, n'est-ce pas ? Eh bien, vois-tu, je me suis trouvé à court de magiciens pour assujettir mon fils. Les enfants, de nos jours, ne sont plus aussi obéissants qu'à mon époque… Tous les mages auxquels j'ai confié cette tâche se sont usés aussi vite que des piles bon marché. (Je gardais le silence, cherchant désespérément une faille dans son plan.) Comme tu le sais, l'assujettissement réduit de manière drastique la longévité des magiciens, qui ont d'ordinaire une durée de vie d'environ trois cents ans. Enfin je dois prendre garde à ne pas laisser le magicien mourir pendant qu'il manipule mon fils : je ne suis pas cruel à ce point. Et puis, que ferais-je d'un légume pour héritier ? Tu serais surprise de savoir tout ce que les gens sont prêts à sacrifier pour sauver ceux qu'ils aiment. Ils me donnent leur vie pour que j'en épargne d'autres.

J'étais dos au mur. Il pouvait tuer n'importe lequel de ses otages, y compris Bastien.

— Ton petit ami contrôle donc mon fils en ce moment même, a repris le mage maléfique. Pendant que tu restes plantée là, les bras ballants, sa vie s'échappe, petit à petit !

À ces mots, mon cœur a éclaté en mille morceaux et j'ai dû lutter contre la douleur et le chagrin pour rester debout.

Conemar a scruté l'armée des Chimères.

— Profitons de notre auditoire. Je rêve de cette revanche depuis le jour où tu m'as envoyé dans cette Somnium ! Jouons donc à un petit jeu, si tu es d'accord.

Bien sûr, Conemar. Tout ce que tu veux. Au moins, pendant qu'il se pavanait comme l'archétype du méchant qui s'apprête à prendre sa revanche, Lei et Jaran escortaient Royston pendant qu'il s'approchait de la Tétrade.

Mon interlocuteur s'est interrompu pour planter ses yeux dans les miens.

— Si Bastien ne m'obéit pas, huit innocents, dont sa propre mère, vont mourir. Et toi, Gia, que ferais-tu pour sauver ceux que tu aimes ?

J'ai croisé le regard de Pop, dont l'angoisse défigurait les traits. Les yeux d'Afton étaient baignés de larmes.

Nana portait un bâillon, probablement pour l'empêcher d'utiliser sa magie. Sabine, elle, restait digne et se tenait bien droite, prête à affronter un destin funeste. Briony n'avait rien perdu de son assurance, elle non plus – ce devait être l'un des premiers enseignements à l'école des princesses… Galach avait la tête penchée et la bouche en sang. Quant à Kayla, elle semblait rongée par l'inquiétude et gardait les yeux rivés sur Pop. Enfin, j'ai croisé le regard du père Peter. Ses yeux ne trahissaient aucune peur. Seules ses lèvres remuaient comme pour réciter une prière silencieuse. Je me suis de nouveau concentrée sur mon ennemi.

— Que veux-tu ? lui ai-je lancé.

— Un combat à mort. (J'ai retenu un haut-le-cœur alors qu'il se penchait pour poser une main dans le dos de mon ami d'enfance.) Tout ce que tu auras à faire, c'est tuer Nick. Avant que la vie de ton bien-aimé ne s'épuise complètement, bien entendu. Si Bastien ne se montre pas assez coopératif, je tuerai l'un des prisonniers. S'il arrête de manipuler mon fils, je les massacrerai tous. Ton amoureux a beau être jeune et plein de ressources, je ne tarderais pas, si j'étais à ta place.

J'étais incapable de tuer Nick.

Il suffirait que je me donne la mort pour mettre un terme à cette mascarade. Mais en avais-je seulement le courage ? Je me suis demandé où en étaient mes camarades. Lei et Jaran progressaient-ils avec Royston ? Arik essayait-il de me rejoindre ou d'élaborer un plan pour nous sauver, tous ? Je devais garder foi en mes amis. Eux aussi étaient sans doute en train de se démener pour faire cesser cette folie. J'avais confiance en eux. Ce n'était pas la première fois que je m'en remettais à mes frères et sœurs Sentinelles pour me sauver la vie. Nous étions nés avec la mission de combattre côte à côte. Nous nous protégions les uns les autres. Ils mourraient pour moi, tout comme je mourrais pour eux… Cette pensée me réconfortait.

— Oh, et pas la peine de songer au suicide, a ajouté Conemar, comme s'il lisait dans mes pensées. Autrement, tout ce petit monde mourra. As-tu bien compris les règles ?

J'ai plongé mes yeux pleins de larmes dans ceux de Bastien.

— Attaque de toutes tes forces, lui ai-je lancé. Ne t'arrête surtout pas. Je te l'interdis. Promets-moi de faire passer leur vie avant la mienne.

— Gia, je…

— Non ! l'ai-je coupé. Promets-le-moi. Je saurai me défendre. Fais-moi confiance.

Il a acquiescé, les yeux humides.

— Je te le promets.

— Comme c'est touchant, s'est réjoui Conemar. Bien, alors finissons-en. Bastien, prends le contrôle sur Nick et tue-la.

Allez, courage, je dois juste donner le change, le temps que les autres entrent en scène. J'ai détaché le bouclier dans mon dos.

Bastien, lui, a baissé la tête et Nick a foncé droit sur moi.

Chapitre 28

À mi-chemin entre Conemar et moi, mon ami s'est arrêté pour me lancer une boule de feu, à laquelle j'ai répliqué par une sphère de glace qui a figé les flammes – elles sont retombées et ont éclaté en un millier de fragments.

Mon adversaire, dont le regard enragé me pétrifiait, a enchaîné avec une décharge électrique que j'ai stoppée grâce à un globe de stupéfaction. Il a continué à faire pleuvoir les éclairs sur moi, si bien que j'ai dû me protéger à l'aide de mon bouclier.

La foule, dans mon dos, a commencé à s'agiter et à scander mon nom. Au même moment, une corne de brume a vrombi quelque part sur ma droite. Je n'ai pas osé tourner la tête, mais la clameur qui s'élevait des rangs des Chimères et l'expression de Conemar suffisaient à m'indiquer que mon camp était en train de prendre l'avantage.

La mâchoire crispée, Nick s'est approché de quelques pas lourds. La tête ballante, il a serré très fort les paupières. De mon côté, je suis restée campée sur mes jambes, prête à faire face à sa prochaine attaque.

Soudain, il s'est redressé et m'a foncé dessus jusqu'à me percuter.

— Gia… (Il peinait à parler, sa voix était rauque et chevrotante.) Je n'en peux plus. Tue-moi.

— Non, ai-je répondu en secouant la tête. Jamais ! Tu dois te battre, Nick, ou ils mourront tous, et Afton avec eux.

Ses traits se sont assombris.

— Je t'aime, Gia. Tu es comme une sœur pour moi. Ne l'oublie jamais, quoi qu'il arrive.

Il a cillé en poussant un grognement.

— Je t'aime aussi, Nick. Si je meurs, ce ne sera pas ta faute, mais celle de Conemar.

Son corps a émis un craquement quand Bastien a repris le contrôle sur lui. J'en ai profité pour m'écarter et jeter un coup d'œil furtif vers la colline, dont le spectacle semblait captiver Conemar.

Les rebelles de Veilig venaient d'arriver en renfort. Au-dessus d'eux, une nuée de Greyhilliens tournoyait dans le ciel. À droite, j'ai repéré Pia, en première ligne des résistants de Santara. Puis Doylis, à la tête d'un escadron, qui a dévalé la colline.

— Tétrade ! Tremblement de terre ! a grondé le mage maléfique.

À sa sommation, les quatre monstres se sont redressés et l'homme-sanglier a agité sa main tendue vers la butte en psalmodiant. La colline s'est alors scindée en deux, ce qui n'a pas arrêté pour autant Doylis et sa troupe. En revanche, de nombreux Veiligiens et Santarains ont disparu dans la crevasse. Aussitôt, les Greyhilliens ont plongé pour tenter de sauver quelques malheureux.

L'instant d'après, l'armée de Conemar nous dépassait, Nick et moi, pour charger les Chimères.

Dans mon dos, un grand vacarme a annoncé le début de la bataille.

— Tornade! a ordonné Conemar à son monstre.

Je n'aurais pas dû me laisser distraire, car une décharge électrique m'a touchée à l'épaule et je me suis écroulée. Sans attendre, j'ai roulé pour me relever, échappant de justesse à un nouvel arc. J'ai répliqué par un globe de feu, que Nick a reçu dans la jambe.

Soudain le vent et la pluie se sont déchaînés sur la plaine, projetant au sol les combattants des deux camps. J'ai atterri dans la boue, emportée par une bourrasque. J'avais perdu mon bouclier et pouvais à peine relever la tête pour évaluer l'étendue des dégâts. Les Greyhilliens tombaient du ciel. Bastien, lui, était étendu sur le dos. Incapables de se défendre avec leurs poignets liés, Pop et les autres prisonniers s'étaient recroquevillés sur eux-mêmes.

Tout à coup, j'ai repéré Arik et Demos qui bravaient la tempête pour me rejoindre.

Les intempéries n'avaient duré que quelques minutes, pourtant les dégâts étaient incommensurables. Chimères, mages et gardes se remettaient péniblement debout tandis que ceux qui n'avaient pas été blessés aidaient les autres.

Conemar, qui avait relevé Bastien de force, l'a placé face à sa mère. Au même instant, un garde s'est empressé de menacer Sabine de sa dague.

— Continue ou elle meurt.

— Fais ce qu'il te dit, ai-je insisté, les yeux rivés à ceux de mon amoureux.

Son regard troublé, que j'avais connu d'un bleu éclatant, était à présent gris orage. Il a baissé les paupières et Nick s'est relevé.

J'ai alors pensé à une sphère de stupéfaction, qui est apparue dans ma paume sans que j'aie besoin de réciter le charme. La boule que j'ai lancée a décrit un arc dans le ciel avant de retomber sur Nick, qui s'est écroulé dans un hoquet.

C'était terminé : mon ami était à terre. Si je ne dissipais pas mon globe, il mourrait étouffé. Prise de court par cette pensée, j'ai trébuché en avant et suis tombée sur les genoux.

Du coin de l'œil, j'ai aperçu Royston, accompagné de Lei et Jaran.

Ils touchent au but. Je dois continuer à faire diversion. Les jambes flageolantes, je me suis relevée pour jeter un deuxième globe de stupéfaction à Nick afin d'annuler l'effet du premier.

Tel un rescapé de la noyade, il a aspiré l'air à grandes goulées.

— Tes sentiments te perdront, Gia, a commenté Conemar avant de se tourner vers son fils. Achève-la !

Nick a roulé dans la boue où il gisait pour se mettre à quatre pattes et se relever.

La faiblesse du mage maléfique, c'était sa soif de vengeance. Conemar ne supportait pas la défaite, or je l'avais battu deux fois. Il était à présent prêt à tout pour remporter ce troisième face-à-face. Seulement, j'étais bien résolue à retourner son acharnement contre lui.

Toutefois, lorsque j'ai dérapé sur les galets, je me suis soudain rendu compte que nous étions très proches du ravin. J'étais prise en étau entre Nick et une chute mortelle.

Un large sourire s'est épanoui sur le visage de Conemar.

— Serais-tu à court d'idées, Gianna ?

De là où je me tenais, j'avais une très bonne vue sur le champ de bataille. Arik et Demos avaient presque rejoint Pop et les autres prisonniers, sans compter Lei, Jaran, Royston et Cadby qui se trouveraient bientôt à hauteur de la Tétrade. Soudain, la nouvelle chef des Sentinelles a attaqué les gardes ennemis qui leur barraient le passage à coups d'éclairs et beaucoup se sont écroulés. Puis, grâce à son globe, Jaran a provoqué un tsunami boueux qui a éloigné une autre escouade.

Le Rouge courait dans les rangs de son armée pour hurler à ses hommes de viser les gardes de Conemar.

À quelques pas de Pop, Edgar gisait face contre terre dans une flaque de boue mêlée de sang. Il avait dû être intercepté avant de pouvoir s'approcher des prisonniers. J'ai jeté un regard noir à Conemar.

— Je vais te tuer ! ai-je rugi tout en invoquant une sphère de glace que j'ai propulsée sur lui.

D'un arc électrique, il a brisé mon projectile et des cristaux sont tombés en pluie fine dans les flaques de boue.

Je n'ai pas vu venir le tacle de Nick. Par réflexe, je lui ai asséné un coup de coude dans les côtes, mais ça ne l'a pas arrêté. Il m'a plaquée au sol et s'est assis sur moi. Cela étant, j'avais beau avoir la tête enfoncée dans la boue, il était évident que Nick ne me battrait jamais à la lutte.

Il m'a envoyé un coup de son poing droit, que j'ai paré, avant de me jeter à son cou pour l'étrangler. Ma jambe droite enroulée autour de sa jambe gauche, je nous ai fait basculer de mon pied droit. Désormais, c'était moi qui menais la danse.

— Désolée, ai-je soufflé avant de lui envoyer mon poing dans le nez.

Je me suis dégagée, mais il s'est remis sur ses pieds en un clin d'œil et, déjà, une nouvelle boule de feu crépitait entre ses doigts.

J'ai reculé, les yeux rivés sur ses épaules. Lorsque ses muscles se sont bandés, j'ai su qu'il allait attaquer. Au moment où j'évitais la sphère enflammée qui filait vers moi, mon pied a dérapé sur le fil de la falaise que je ne croyais pas si proche. Avant que Nick ne puisse m'atteindre, je me suis rétablie et me suis empressée de m'éloigner du précipice.

J'avais besoin d'une pause… J'ai donc lancé un nouveau globe de stupéfaction à mon adversaire, qui s'est écroulé au sol.

Proche de l'épuisement, j'ai jeté un coup d'œil au champ de bataille. Demos et Arik luttaient contre les gardes de notre ennemi. Le Rouge, d'abord à quatre pattes, a bondi et égorgé un opposant d'un coup de ses canines acérées. Dans les rangs de Conemar, j'ai reconnu Olivier. Je n'avais pas encore remarqué sa présence. Quand le frère de Bastien a jeté sur le Laniar une boule de feu qui l'a manqué de peu, le Rouge lui a tranché la gorge d'un revers de griffes et le jeune homme s'est écroulé en tenant sa blessure béante à deux mains.

Sabine a hurlé avant de fondre en larmes. Son fils avait beau avoir choisi la voie du mal, elle l'aimait. Ce spectacle m'a brisé le cœur, m'obligeant à détourner le regard, tant sa détresse m'était insoutenable.

Un peu plus loin, Jaran tenait le flacon contenant le liquide noir pendant que Lei y versait le sang des Héritiers. Il a ensuite secoué le tout avant de le tendre à Royston.

Bastien était horriblement blême et ne tenait presque plus debout. Sa vie se consumait à une allure folle. J'ignorais combien de temps il allait encore pouvoir tenir. Oncle Philip s'est approché de Conemar en hurlant et gesticulant frénétiquement, jusqu'à ce que notre ennemi se tourne vers lui.

Non ! Que fait-il ?

J'ai lancé un nouveau globe de stupéfaction à Nick, de peur qu'il ne s'asphyxie, avant de me ruer sur mon oncle. Mes poumons me brûlaient, mais je me suis forcée à courir plus vite encore.

— Arrête ! ai-je crié à Conemar alors que des arcs électriques grésillaient entre ses doigts.

Il m'a jeté un regard noir.

J'ai soudain eu l'impression d'avoir déjà vécu cette scène et le souvenir de ce monstre assassinant Gian à coups d'éclairs m'a frappée de plein fouet. Mon pied a alors dérapé et je me suis étalée dans la boue. Un garde a surgi derrière mon oncle pour lui planter une épée dans le dos. Oncle Philip s'est effondré.

— Non ! ai-je hurlé.

Je ne pouvais plus ni bouger ni respirer.

— Gia ! a crié Pop. Il arrive !

Le ton désespéré de sa voix m'a forcée à lever les yeux, mais – était-ce le chagrin, la peur ou les deux ? – j'étais tétanisée.

Deidre, l'épée au clair, a atteint les prisonniers et, de sa lame, a transpercé la gorge du soldat qui s'était interposé. Emily la suivait en récitant des sorts pour invoquer la terre, les mains levées. Bientôt, une pluie de pierres s'est abattue sur les gardes.

Arik, qui s'était placé derrière moi, a paré avec son bouclier la charge électrique que Nick m'a envoyée.

— Debout ! s'est-il écrié. Si tu abandonnes maintenant, nous sommes perdus.

Je me suis relevée tant bien que mal, gelée et couverte de boue. Un nouvel arc électrique a frappé notre protection et mon ami a été projeté en arrière. Quand il est retombé lourdement dans la terre argileuse, Emily a foncé sur lui, les doigts écartés pour lancer un sortilège : un mur de boue s'est érigé juste devant Nick, l'envoyant au tapis.

— Lève-toi. Lève-toi, Arik ! a-t-elle supplié. Ne reste pas là !

— Ne t'inquiète pas, j'avais juste besoin d'une petite pause, a-t-il répliqué en se relevant.

— Oui, eh bien, ce sera pour plus tard, a-t-elle rétorqué avant de lui envoyer un coup dans l'épaule. Tu m'as fait peur.

Notre ami lui a adressé un sourire goguenard.

— Moi aussi, je tiens à toi. D'ailleurs, ça ne te dirait pas de te retirer dans un endroit un peu moins dangereux ?

— Puisque c'est demandé si gentiment... a-t-elle lancé en s'élançant vers l'arrière-front.

— Tu es blessée ? m'a demandé Arik.

— Non, ça va.

— Vas-y, je te couvre, a-t-il assuré, juste avant qu'un arc électrique ne le percute en pleine cuisse.

Il n'a pas pu retenir un cri mais s'est vite redressé.

— Ça pique, ces saletés !

Ma peur cédant à la rage, j'ai levé mes paumes au-dessus de ma tête, où deux globes de feu sont apparus.

— Impressionnant ! a commenté mon coéquipier.

— Merci.

— Même si tu dois tuer Nick, ne faiblis pas !

L'intéressé venait d'invoquer un tourbillon d'électricité pour contrer mes boules de feu.

— Et si tu te chargeais de mon ami sans le tuer, pendant que je règle son compte à Conemar ? C'est le seul moyen d'en finir une bonne fois pour toutes.

J'ai lancé mes deux globes, qui ont atteint leur cible. Nick s'est effondré dans un cri et ses éclairs se sont évanouis.

— Tu es sûre de toi ? m'a demandé Arik avant de jeter un coup d'œil par-dessus son épaule.

J'ai regardé dans la même direction. Conemar semblait nous avoir oubliés, trop occupé qu'il était à haranguer ses troupes qui montraient des signes de faiblesse face aux Chimères.

— Certaine. Essaie de ne pas le tuer.

J'ai foncé sur Conemar, slalomant entre les gardes que je croisais. Trop tard : il avait déjà repéré Royston, qui était en train d'avaler la potion.

— Tétrade, à l'attaque !

Les quatre monstres se sont tournés comme un seul bloc vers leur maître et, dans une cavalcade assourdissante, ils ont foncé sur Royston. Aussitôt, Lei leur a envoyé une salve d'éclairs rapprochés. L'homme-sanglier a été touché à l'épaule et l'homme-lion dans le cou. Le premier a grondé, la tête renversée en arrière, tandis que l'autre feulait.

Royston, lui, s'est mis à hurler à mesure que son corps se contorsionnait et grandissait. Ses os craquaient, sa chair enflait, le tout dans un bruit insoutenable.

Sur le champ de bataille, le temps s'est figé. Conemar était bouche bée et moi, sidérée. Seule la Tétrade continuait sa course funeste.

Jaran a projeté un globe d'eau sur les quatre bêtes, qui ont dérapé dans la boue en tentant de se redresser.

Maintenant que sa métamorphose était achevée, Royston était aussi grand et impressionnant que la Tétrade. Il ressemblait presque à une Méduse. Sa peau était devenue tellement épaisse qu'on aurait dit du cuir, ses dents s'étaient acérées et ses doigts, dotés de griffes puissantes.

Après s'être relevée tant bien que mal, la créature à trois têtes s'est jetée sur son adversaire. L'homme-lion lui a asséné un coup de griffes qui l'a fait gémir. Avec sa taille, ce gémissement s'est avéré si tonitruant que j'en avais mal aux tympans. J'ai même dû me couvrir les oreilles pour ne pas succomber à la douleur.

Soudain, j'ai perçu un hurlement de chiens-garous quelque part sur le champ de bataille.

J'ai alors détaché mon regard de ce combat de titans pour observer les environs. Conemar ne s'occupait plus de moi, je devais saisir ma chance. Reprenant ma course, je suis arrivée sur lui dans son dos, épée au clair, et la lui ai enfoncée dans le dos, exactement comme son garde l'avait fait avec mon oncle. Lorsque j'ai retiré la lame de son corps, il s'est retourné pour me dévisager d'un air ahuri. Une sphère électrique lévitait au-dessus de sa main.

— Je suis impressionné, Gianna.

Malgré l'auréole de sang qui grandissait sur sa chemise blanche, il a pivoté sur lui-même pour prendre de l'élan et lancer son projectile en l'air avec une force surhumaine. J'ai suivi des yeux le trajet du globe.

Mon coéquipier avait réussi à entraîner Nick au bord de la falaise, or la sphère d'électricité tombait droit sur eux.

— Arik ! Derrière toi ! ai-je hurlé.

Si mon camarade s'est retourné juste à temps pour éviter le danger en plongeant à terre, la charge a en revanche touché Nick, qui a basculé dans le vide.

Je suis restée là, hébétée, incapable de ressentir la moindre émotion. Mon ami n'était plus. J'avais envie de pleurer, de hurler, pourtant rien ne venait. Les yeux rivés à l'endroit où il était tombé, je m'attendais à le voir réapparaître d'un bond, fier de sa plaisanterie, pour me persuader qu'il allait bien.

Mais non : il était bel et bien mort.

Une fois le choc passé, la haine a déferlé en moi. Je me suis tournée vers Conemar, qui peinait à se tenir debout.

À cet instant précis, les chiens-garous ont attaqué les gardes qui surveillaient les prisonniers, plantant leurs crocs dans chaque morceau de chair qu'ils trouvaient. Le plus gros des canidés s'est chargé du soldat qui avait empalé mon oncle.

Un autre éclair a quitté les mains de Conemar pour venir me toucher à l'épaule. Tétanisée par la douleur, je me suis roulée à terre en hurlant. Soudain, j'ai aperçu un globe de feu qui fusait droit sur mon ennemi.

L'Archimage maléfique a poussé un cri en titubant en arrière.

J'ai jeté un coup d'œil par-dessus mon épaule : au creux de sa paume, Arik avait une autre sphère, déjà prête à voltiger. Soudain, je me suis rappelé la prédiction de Rada. « *Je ne suis sûr de rien, seuls les possibles se révèlent à moi. Votre victoire contre le mal dépendra de vos choix, à toi et à tes compagnons. Mais je peux tout de même te donner un conseil : quand viendra la fin, ne te laisse pas influencer par tes émotions. Sois pragmatique. Si tu dois ôter une vie, ne fléchis pas. La moindre hésitation te mènera à ta perte.* »

C'était parce que je m'étais laissée distraire par la chute de Nick que mon ennemi avait pu reprendre le dessus.

La rage m'a saisie de plus belle. Je me suis relevée d'un bond et, tandis que Conemar tentait de retrouver son équilibre, je lui ai enfoncé mon épée dans le ventre pour le coup de grâce. Dès lors, je ne l'ai plus quitté des yeux afin de ne pas manquer un instant de son agonie. Il a d'abord trébuché avant de s'affaler au sol. Quand la dernière étincelle de vie a disparu de ses prunelles, j'ai repensé à toutes les morts qu'il avait causées.

J'ai attendu qu'il ait rendu son dernier souffle pour m'autoriser à détourner le regard.

Chapitre 29

Le sang de Conemar se déversait en filets, mêlé à l'eau boueuse qui ruisselait entre les craquelures de la terre. J'ai observé ce qui se passait autour de moi, mais j'étais tellement ahurie que tous les sons me parvenaient étouffés. Le combat avait beau être loin de toucher à sa fin, je me sentais étrangère à ce tumulte.

De l'autre côté du champ de bataille, Royston lacérait de ses griffes le visage de l'homme-lion dont les joues étaient maculées de sang.

Arik m'a attrapée par les épaules.

— Gia ! Tu es blessée ?

Quand j'ai secoué la tête, il m'a serrée contre lui. Pourtant, j'étais moi-même incapable de la moindre réaction. Mes bras pendaient comme deux poids morts de part et d'autre de mon buste.

— Bastien a besoin de toi, m'a murmuré mon coéquipier à l'oreille.

Cette information m'a aussitôt fait sortir de ma stupeur. Je me suis dégagée de l'étreinte d'Arik pour foncer au secours de mon amoureux. Les yeux clos, il continuait de psalmodier.

J'ai saisi sa tête entre mes mains.

— Bastien, arrête. Conemar est mort, Nick aussi. Arrête-toi, je t'en prie. (Comme il ne semblait pas m'entendre, je lui ai asséné une gifle en hurlant.) Bastien, stop !

La litanie a enfin cessé et il a ouvert les yeux.

— Gia…

Je me suis jetée à son cou et nous sommes tous deux tombés à genoux.

— Oh, Bastien… Tu vas bien ! Je t'aime tant, si tu savais ! J'ai eu tellement peur… Mais tu vas bien.

Il m'a serrée encore plus fort et m'a répondu, en français :

— Je t'aime, mon amour.

Sitôt que Deidre et Emily ont eu terminé de défaire les liens des prisonniers, Pop a accouru.

— Laisse-moi vérifier son état.

J'ai lâché mon petit ami et me suis relevée.

— Ce n'est pas fini. Il faut que j'aille prêter main-forte Royston.

Mon changelin soutenait Afton, qui sanglotait contre son épaule. Je me suis alors rendu compte qu'elle avait assisté, tout comme moi, à la chute mortelle de Nick. Mais pour l'instant, je ne pouvais la consoler. Nous aurions tout le temps de pleurer lorsque la bataille serait terminée.

L'armée du Rouge, épaulée par le groupe de Méduses alliées, avait ligoté sans les tuer leurs semblables monstrueuses, grâce à des liens de cordail. Le Rouge devait vouloir essayer de leur rendre leur nature d'origine.

Sans m'attarder, j'ai traversé le champ de bataille au pas de course pour rejoindre Royston, qui a profité de ce que l'homme-lion plongeait vers l'avant pour lui planter ses griffes dans le cou. Le monstre léonin ayant été créé à partir de la dépouille du père de Royston, ce combat avait à mes yeux des allures d'infanticide – ou de parricide, au choix.

La Tétrade a tourné sur elle-même, contraignant notre camarade à lâcher prise. L'homme-bélier a alors foncé, cornes en avant, dans les côtes de l'Élu qui a titubé, malgré ses pieds de géant. Puis, c'est le lézard qui a pris le relais et en a profité pour le lacérer d'un coup de queue. Quand Royston s'est écroulé, l'homme-sanglier s'est empressé de lui piétiner la poitrine de ses sabots.

Cadby a alors fondu en piqué pour asséner un coup de botte dans le visage du monstre, qui a à peine cillé. Faute de mieux, j'ai jeté une sphère blanche sur la bête, afin de geler sa jambe et de l'empêcher de continuer son œuvre funeste. Malheureusement, la glace n'a pas tenu longtemps et la créature a vite repris sa besogne. Lorsqu'elle en a eu assez, la Tétrade a tourné ses quatre têtes vers nous, puis elle a chargé.

Les autres dans mon sillage, je me suis mise à courir en sens inverse, pour l'éloigner de Royston. Devant nous, tous se sont écartés, les Chimères comme les gardes de Conemar.

Soudain, l'Élu s'est relevé, a rejeté la tête en arrière avant de pousser un rugissement assourdissant qui a stoppé net les quatre monstres. La créature a aussitôt fait demi-tour pour foncer vers lui, l'homme-lion en tête.

Tout à coup, les images qu'Athela m'avait envoyées en rêve ont ressurgi dans ma mémoire. Grâce à elles, je savais que malgré ses quatre corps, la Tétrade ne possédait qu'une seule âme, dont le lion était le cœur. Il suffisait de l'éliminer pour que les autres tombent à leur tour.

Je devais absolument me rapprocher. J'ai couru dans la boue et, lorsque je me suis trouvée assez près pour qu'il m'entende, j'ai crié :

— Royston ! Tue le lion ! Les autres mourront !

Telle une magnifique bête au regard sauvage, l'Élu s'est préparé à encaisser le choc pendant que les quatre autres chargeaient. Les bras en avant, toutes griffes dehors, il attendait. C'est l'homme-lion qui l'a heurté le premier.

D'un simple mouvement de la main droite, Royston l'a éventré, puis de la gauche, il lui a déchiré la gorge. Le lion s'est écroulé. Aussitôt, l'homme-bélier et l'homme-sanglier ont défailli à leur tour. Puis le lézard a tourné sur lui-même, battant l'air de sa queue, avant de foncer droit sur moi en renversant tout sur son passage.

J'ai pris mes jambes à mon cou.

Derrière moi, ma grand-mère s'est avancée sans se presser. Ses yeux, devenus rouges, fixaient l'animal.

— Recule ! lui ai-je hurlé. Nana, arrête !

Sans me prêter la moindre attention, elle a continué sa marche inexorable. En me rapprochant, je l'ai entendue qui récitait un sort – elle était en transe.

Soudain, la course folle du reptile s'est interrompue et un cri strident a retenti dans la plaine.

J'ai fait volte-face : l'homme-lézard se lacérait lui-même en hurlant de plus en plus fort. Bientôt, des flammes ont jailli de ses yeux, de ses naseaux et de sa gueule, pour finir par embraser sa peau et le réduire à un tas de chair carbonisée.

Royston est tombé à genoux et s'est effondré sur le côté. J'ai couru m'accroupir auprès de lui. De nouveau, il s'est contorsionné en criant, jusqu'à ce que son corps retrouve sa taille initiale.

Cadby, dont les ailes étaient secouées de petits battements nerveux, s'est agenouillé près de son protégé.

— Royston ?

Il a ouvert les yeux.

— Gia… Avons-nous remporté la bataille ?

— Oui.

— J'ai soif.

J'ai cherché Arik du regard.

— De l'eau ! Qu'on lui apporte de l'eau !

Deidre s'est précipitée auprès de son amoureux.

— Tu es vivant ! s'est-elle exclamée, les yeux baignés de larmes.

— Pas pour très longtemps, ma sublime Deidre, a-t-il répliqué avant de se tourner vers moi. Tu t'es bien battue, Gianna.

— Mais pourquoi ? a protesté mon changelin. Tu as gagné. Tu as réussi !

Royston, le souffle court, s'est retourné vers sa bien-aimée.

— La potion était empoisonnée. J'ai toujours su que ce combat sonnerait la fin de mon existence.

Deidre s'est penchée pour le serrer dans ses bras.

— Non, je t'en supplie. Reste avec moi.

— Il paraît qu'il existe un lieu où ceux qui s'aiment se retrouvent après la mort, a-t-il murmuré, secoué par une quinte de toux. Si cet endroit existe vraiment, je t'y attendrai.

Puis les yeux du jeune homme se sont fermés, et Deidre, la tête posée contre son torse, s'est mise à pleurer.

Il nous a quittés. Aveuglée par les larmes, j'ai senti la tristesse me submerger. Quelle injustice ! Il était encore jeune, et n'avait jamais eu l'occasion de vivre vraiment, si ce n'était durant la brève période qu'il avait passée parmi nous. À cet instant, j'ai haï Athela d'avoir sacrifié son fils.

Cadby a baissé la tête. Je ne pouvais voir son visage, mais au tressautement de ses ailes, j'ai deviné qu'il pleurait aussi.

Je me suis relevée en m'essuyant les yeux de mes mains boueuses. Emily m'a tendu une longue bande de tissu, où j'ai plongé le visage.

Puis Nana est arrivée. Elle a soulevé mon menton et m'a embrassée sur la joue.

— Tu es vivante… J'ai eu tellement peur pour toi…

Tout en la serrant dans mes bras, je me suis mise à sangloter contre son épaule.

Soudain, une douleur vive m'a poignardée en plein cœur : il nous restait encore à retrouver le corps de Nick. Mais peut-être pouvions-nous attendre encore un peu avant de lancer les recherches ? Ainsi, je pourrais encore feindre de croire qu'il n'était pas mort.

Je me suis décollée de Nana et j'ai fouillé les environs du regard. Bastien se trouvait près de sa mère, qui offrait une sépulture à Olivier. À quelques mètres d'eux, le père

Peter récitait des prières au-dessus du corps d'oncle Philip. Je mourais d'envie de les rejoindre, mais je me suis forcée à attendre que le prêtre ait terminé son office. Et puis, je n'étais pas sûre d'être prête à prendre congé de mon oncle. Mes larmes ont recommencé à couler.

Au centre du champ de bataille, Briony, dans les bras de Galach, nettoyait le visage paisible et boueux de Buach. J'ai aperçu le Rouge porter la dépouille d'Edgar jusqu'à un grand arbre où tout le monde était en train de rassembler les morts. Un homme y a allongé le corps de Pia aux côtés de ceux des Santarains qui avaient péri au combat.

Doylis m'a adressé un signe de la tête avant de s'en retourner, avec les siens, en haut de la colline. Shyna, qui épiait la plaine depuis les sommets, s'est fendue d'un grand sourire de soulagement quand elle a aperçu Demos. Puis elle est repartie aider son peuple à rapatrier les morts.

Mon regard s'est alors posé sur Pop, qui soutenait Afton en pleurs, pendant que Kayla tapotait le dos de mon amie. Nana a boitillé jusqu'à eux.

Jaran m'a prise par les épaules.

— Rien de cassé ?

— Non, et toi ?

— Bizarrement, moi non plus.

— Je suis vidé, a déclaré Demos, assis dans la boue derrière nous. Je n'ai jamais vu autant de sang de ma vie.

Lei nous a rejoints et m'a attrapée par la taille.

— Tu t'es bien défendue, mon chou.

Soudain, j'ai cru percevoir une faible plainte en provenance des falaises.

— À l'aide ! Quelqu'un pourrait-il me filer un coup de main ? Si vous avez une corde, je suis preneur.

Nick ?

— Au secours ! a repris la voix.

— Nick !

Ce son suave venait de chasser les nuages noirs qui avaient obscurci mon cœur. Enfin, une lueur d'espoir ! Il était… en vie !

J'ai couru tellement vite que mes cuisses me brûlaient, puis j'ai rampé à plat ventre jusqu'au bord du précipice. Nick était étendu sur le dos, dans l'un de ces épais buissons de ronces qui recouvraient le versant.

Arik a jeté un coup d'œil dans le vide avant de repartir à la hâte.

— Je vais chercher une corde !

— Qu'est-ce que tu fiches là ? ai-je demandé à mon ami.

Y avait-il question plus idiote dans cette situation ?

— J'admire la vue…

Il m'a jeté ce regard désabusé qui, d'ordinaire, avait le don de m'horripiler, mais qui ce jour-là m'a remplie de joie.

Il était vivant !

Afton s'est allongée à côté de moi.

— Nick ! Tu es vivant ! Dépêche-toi de remonter, que je te donne le plus long baiser que l'histoire ait jamais connu !

— Ça me va !

Il a regardé vers le bas, ce qui a fait ployer les branches auxquelles il s'est rattrapé de justesse, l'air terrifié.

— Ne bouge surtout pas ! a lancé Afton.

— Merci du conseil.

C'est alors qu'une ombre d'oiseau géant nous a survolés et Cadby a plongé pour attraper Nick entre ses bras.

— Dieu merci ! s'est extasiée ma camarade. J'adore cet être ailé !

Dès que le garde du corps de Royston a étendu le rescapé sur le sol, je me suis ruée vers mon ami, oubliant qu'Afton désirait l'embrasser, oubliant tout, hormis le fait qu'il était en vie. Dans ma précipitation, j'ai trébuché et failli le blesser en lui tombant dessus.

— Oh, Nick… Tu étais mort… (J'ai marqué une pause.) J'ai cru que tu étais mort !

— Je suis là, Gia, a-t-il murmuré. On est en vie. Mais j'ai une requête à t'adresser.

Je me suis relevée en acquiesçant.

— Quoi donc ?

— Si tu n'as rien contre, on passe nos prochaines vacances dans notre monde !

J'ai ri à m'en décrocher les mâchoires. Nick n'était pas mort. Nous étions vivants.

Afton s'est approchée en se mordillant la lèvre.

— Euh, si ça ne vous dérange pas… J'aimerais bien un câlin, moi aussi !

Nick l'a saisie par la taille pour l'attirer à nous. On s'est serrés tellement fort, tous les trois, que je pouvais à peine respirer. Par-dessus l'épaule de mon ami, j'ai soudain aperçu Bastien qui se dirigeait vers nous. J'ai alors embrassé mes deux amis sur la joue avant de m'éclipser.

J'ai parcouru à toute allure la distance qui me séparait de mon amoureux. Il a pris mon visage entre ses mains et posé ses lèvres sur les miennes. Jamais il ne m'avait embrassée ainsi, avec ce mélange d'urgence et de peur. J'ai caressé ses joues de mes doigts salis par le combat.

— Bastien… ai-je murmuré entre deux baisers. Je t'aime.

— Tu ne peux pas m'aimer autant que moi je t'aime, a-t-il répondu en caressant mes lèvres de son souffle brûlant.

— Ça, c'est toi qui le dis, ai-je rétorqué, avant de sourire sans me décoller de lui.

Soudain, j'ai repensé à oncle Philip. Il me restait un dernier devoir à accomplir.

Bastien m'a suivie jusqu'à l'endroit où le père Peter faisait un signe de croix au-dessus du corps sans vie de mon oncle. Le prêtre s'est relevé avant de m'adresser un petit mouvement de la tête.

Je me suis agenouillée à côté de l'ancien Archimage d'Asile.

— On a réussi, lui ai-je confié en me baissant pour poser la tête sur sa poitrine. Tu vas me manquer terriblement. Je n'aurais pu rêver meilleur oncle. Si tu croises maman, où que tu ailles, passe-lui le bonjour de ma part. Je suis sûre qu'elle t'est reconnaissante d'avoir pris soin de moi avec autant d'égards… Je n'aurais jamais pu affronter toutes ces épreuves sans toi. (J'ai soulevé son visage pour embrasser ses joues froides, à présent mouillées par mes larmes.) Je t'aime et ton souvenir m'accompagnera jusqu'à mon dernier souffle.

Quand je me suis relevée, mes jambes flageolaient. Deux hommes équipés d'un brancard de fortune attendaient pour emporter sa dépouille. Lorsqu'ils l'ont emmené, je n'ai pu retenir un cri guttural, avant d'enfouir mon visage dans mes mains. Bastien m'a enlacée et je me suis réfugiée dans ses bras. Mes jambes ne me portaient plus, mais il m'a empêchée de m'effondrer.

— Je suis là, a-t-il murmuré.

Nous avions tant perdu… Pourtant, ce que nous avions gagné en retour n'avait pas d'égal. Malgré la douleur et les souffrances, le soleil se lèverait sur un nouveau jour dans le monde des Chimères.

Chapitre 30

Une vie normale ? Je n'étais même pas sûre de savoir encore ce que ça voulait dire.

Je me tenais face à un miroir peu complaisant qui me renvoyait une image déformée et tordue. Fronçant les sourcils, je me suis redressée dans ma robe de soirée noire.

Le pendentif avec la plume de Pip s'est accroché au cadre du miroir. Je l'ai attrapé en repensant à oncle Philip. Un mois s'était écoulé depuis son enterrement à Asile. Des milliers de Chimères s'étaient déplacées pour l'occasion.

Nous avions assisté à tant de funérailles dans la semaine qui avait suivi la bataille... Celles de Buach à Tearmann, celles d'Edgar à Asile, celles de Pia à Santara... Je me demandais si le vide immense laissé dans mon cœur par ces disparitions pourrait se combler un jour.

Quoi qu'il en soit, l'enterrement le plus grandiosc de tous restait celui de Sinead, dans le royaume des fées. Elle avait été habillée d'une robe d'un blanc scintillant et sa peau couverte de paillettes. Lors de la cérémonie, qui s'était déroulée en privé, dans un jardin magnifique,

Carrig s'était montré très digne. L'amour de Sinead le porterait tout au long de sa vie.

Deidre et lui avaient emménagé dans la même rue que nous, à Branford. De plus, mon père était désormais le tuteur de Peyton, Dag et Knox. Il allait les élever et les entraîner dans le monde des humains. Personne ne savait que ces trois Sentinelles étaient les seules survivantes de leur génération, et Carrig tenait à conserver le secret.

Ces dernières semaines, Deidre et moi avions passé beaucoup de temps ensemble, à jouer au basket ou à regarder des séries comiques jusque tard dans la nuit. C'en était fini des films d'horreur pour moi : mes nuits étaient déjà bien assez remplies de souvenirs cauchemardesques.

De leur côté, Lei, Arik et Demos étaient retournés à Asile pour y lancer une nouvelle ère.

Jaran, lui, avait emménagé avec Pop, Nana et moi. Avec l'aide de Carrig, mon père adoptif avait réussi à lui aménager une chambre supplémentaire dans notre vieille maison victorienne, au fond d'une petite impasse à la pancarte de travers.

Lorsque Pop nous avait demandé où nous voulions vivre, nous avions été unanimes : ce serait Branford, dans le Connecticut. Moi qui avais toujours pensé retourner à Boston, j'en avais été aussi surprise que lui. Mais à la réflexion, une vie plus tranquille, loin de l'agitation des grandes villes, me convenait bien. Du moins, jusqu'à mon entrée à l'université – ce qui n'arriverait pas avant un an, puisque j'avais laissé passer la date limite pour l'envoi de dossiers. Jaran, lui, était tout disposé à faire plus ample connaissance avec le président du conseil des élèves de notre lycée, un certain Cole.

— Tu vas t'admirer toute la nuit ? a soupiré Deidre depuis son ancien lit.

Emily s'est assise sur mon matelas avant de lui lancer un regard réprobateur.

— Ne la brusquons pas, ce soir ! Prends ton temps, Gia.

— Mais ça fait des heures qu'on l'attend, a grommelé Deidre.

Baron et Cléo, nos chats respectifs à Nana et à moi, étaient étendus à ses pieds et s'adonnaient à une toilette mutuelle. Momo, que Carrig m'avait ramenée d'Asile, a grimpé sur le lit et s'est risquée à les renifler. Ce petit furet menait désormais une vie de pacha. C'était bien la moindre des choses que je pouvais lui offrir, après qu'elle m'avait plusieurs fois sauvé la vie dans la Somnium, en m'alertant des dangers. À présent, Pop lui accordait même les dernières gorgées de son café-crème du matin et la gavait de céréales dès que j'avais le dos tourné.

Momo s'est faufilée sous la jambe de Deidre.

— Salut, toi, a lancé mon changelin en l'attrapant pour la caresser.

— Je ne comprends pas pourquoi on doit se donner autant de mal, ai-je ronchonné. On pourrait juste commander des pizzas. C'est une soirée entre filles, après tout. Il suffirait de louer des films…

— On sort ! a répliqué Emily. Rappelle-toi les conseils de ta psy : sortir ne peut te faire que du bien. En plus, on est le 1er novembre !

La thérapeute en question était une excentrique venue d'Asile – avec mon passé, consulter un médecin du monde humain était hors de question. Nous nous retrouvions dans la bibliothèque de Branford pour nos séances : j'avais besoin de prendre quelques distances avec le monde des Chimères.

J'ai attrapé mon baume à lèvres et m'en suis tartiné la bouche. Je n'avais jamais réussi à utiliser correctement un rouge à lèvres.

— Qu'est-ce que cette date a de spécial ? ai-je demandé.

— C'est la Toussaint, voyons ! s'est exclamée Emily, outrée.

— On ne devrait pas plutôt aller à l'église, dans ce cas, plutôt qu'à un dîner ? ai-je objecté alors que je glissais une mèche de cheveux derrière mon oreille.

— Ça te va vraiment bien, les cheveux relevés, a constaté Emily en souriant, de derrière mon épaule. Tu es splendide.

J'ai senti le rouge me monter aux joues.

— Merci. Toi aussi… Tu es ravissante dans cette robe.

Elle a frotté le tissu bleu de son vêtement, parfaitement accordé à la couleur de ses yeux.

— C'est moi qui vais rougir, maintenant, a-t-elle rétorqué.

— Vous n'allez pas vous embrasser, quand même ? s'est moquée Deidre en se levant. Allez, on a réservé. Essayons de ne pas arriver en retard.

— Une réservation ? Vous avez vraiment sorti le grand jeu.

— Oui, on a pensé que ce serait sympa, a lancé Emily en attrapant sa veste. On y va ?

La sorcière a pris soin de conduire à une vitesse légèrement en dessous des limites autorisées, pour me faire plaisir. Lorsqu'elle s'est garée devant le restaurant des D'Marco, je l'ai regardée d'un air interrogateur.

— On n'a jamais eu besoin de réserver pour manger ici, ai-je remarqué en les suivant à l'intérieur de l'établissement.

Quand j'ai vu Deidre se précipiter dans la salle de réception, j'ai attrapé Emily par le bras.

— Qu'est-ce qui se passe ?

Elle m'a serré la main pour me forcer à la suivre.

— Cesse de te méfier et profite ! a-t-elle répliqué alors que nous franchissions le seuil à notre tour.

— Surprise !

J'ai titubé, sous le coup de l'émotion.

— Ça alors… Qu'est-ce qui se passe, ici ?

— Nous avons organisé une petite fête en ton honneur, m'a annoncé Emily.

Des ballons verts et violets étaient attachés aux dossiers des chaises, tandis que sur les tables, égayant les nappes blanches, trônaient des bouquets aux mêmes couleurs.

Nick s'est approché de moi, un immense sourire aux lèvres.

— Surprise ! Ils m'ont fait le même coup quand je suis arrivé.

— Mais… en quel honneur ?

— Joyeux anniversaire, a-t-il lancé en chantonnant.

— Mon anniversaire est passé depuis des mois, ai-je répliqué.

— Je sais, mais il paraît que tu étais en pleine cavale. Quant à moi, j'étais super occupé à me faire torturer. Alors, voilà, voilà…

— C'est ta mère qui a tout manigancé ? ai-je pouffé.

— Non, on doit ça à Afton.

— Elle est là ?

— Vous m'avez appelée ? a demandé l'intéressée en passant son bras sous celui de mon ami, avant de poser la tête sur son épaule.

— Mais oui, tu es là ! me suis-je exclamée en la serrant contre moi, aux anges. C'est vraiment génial. Merci d'avoir préparé tout ça.

— De rien. Mme D'Marco m'a bien aidée. Je suis arrivée de Boston hier soir. Tu n'imagines pas la force de volonté qu'il m'a fallu pour ne pas courir te rendre visite.

— C'est une sacrée surprise !

Afton a jeté un regard à son amoureux.

— Ta mère veut prendre une photo de famille, lui a-t-elle dit avant de se tourner vers moi. Viens nous rejoindre quand tu en auras assez de faire tapisserie.

Nick lui a pris la main et elle a rajusté son col. J'étais tellement heureuse de les voir enfin réunis.

Mme D'Marco remplissait les verres d'eau, pendant que son mari disposait des corbeilles de pain entre les bouquets. Pendant ce temps, Nana, Pop et Kayla débattaient du plan de table.

Soudain, Kayla a éclaté de rire à une plaisanterie de Pop. Il avait décidé de lui donner une seconde chance, et j'étais heureuse pour lui. Il était temps que l'amour revienne dans sa vie.

— Ah, te voilà ! s'est exclamée Deidre en me rejoignant pour me planter une bise sur la joue. Alors, ça te plaît ?

— Tu plaisantes ? J'adore ! ai-je répondu en la prenant dans mes bras. Je n'arrive pas à croire que tu aies réussi à tout me cacher.

— Ce n'était pas facile, crois-moi. Tu es tellement curieuse.

Elle a plissé les yeux en voyant Peyton, Knox et Dag rôder autour de la table du gâteau. Ce dernier a jeté un regard méfiant tout autour de lui avant de planter un doigt dans le glaçage de la pâtisserie.

J'ai éclaté de rire.

— Quel garnement ! a-t-elle grommelé entre ses dents, plus amusée que vraiment en colère. Excuse-moi, mais le devoir m'appelle.

Alors qu'elle s'éloignait pour rejoindre les enfants, Lei est apparue, au bras d'un très beau brun, un peu plus grand qu'elle.

— Joyeux anniversaire, mon chou ! Tu es magnifique ! Même si tu aurais pu forcer un peu plus sur le rouge à lèvres…

— Euh… merci. Enfin, je crois… Et qui est ce charmant jeune homme ?

— Oh, pardon. Je te présente Gamon. Il n'est pas très loquace.

— Enchantée, Gamon. Je suis Gia.

— Tout le plaisir est pour moi, a-t-il répondu après avoir légèrement incliné la tête.

— On se voit plus tard, a coupé Lei. Je veux m'assurer que Nana ne va pas me placer à côté de Demos. Ma soirée n'en sera que meilleure sans ses railleries et l'interrogatoire qu'il est sans doute déjà en train de préparer à l'intention de Gamon, si tu vois ce que je veux dire.

Elle a entraîné son partenaire dans son sillage.

J'ai souri. S'ils pouvaient paraître parfois étranges, ma famille et mes amis étaient tout simplement géniaux.

Jaran est apparu à son tour, main dans la main avec Cole.

— Joyeux anniversaire, Gia ! s'est exclamé ce dernier. Oh, l'apéritif est servi ! Je te rapporte une assiette ?

— Avec plaisir, a répondu mon ami. Choisis pour moi.

— Je reviens tout de suite, a lancé le jeune homme en fonçant vers le buffet.

Jaran m'a alors tendu une petite boîte enveloppée de papier rose.

— De la part d'Aetnae.

— Mais mon anniversaire a eu lieu il y a des mois ! ai-je protesté en étudiant mon cadeau. D'ailleurs, c'est celui de Nick, mercredi prochain.

Mon ami m'a bousculée gentiment.

— La consigne était claire : on le fête aujourd'hui, que tu le veuilles ou non. Au fait... Aetnae m'a chargé de te dire de ne pas trop tarder avant de revenir.

J'ai dégluti. Je ne pouvais même pas l'imaginer. Le monde des Chimères me rappelait de terribles souvenirs et trop de mes proches y manquaient désormais.

— Qu'est-ce que tu veux boire ? m'a demandé Jaran.

— Rien, merci.

— Je t'apporte un verre quand même, a-t-il répliqué en souriant. À tout de suite !

Emily se tenait aux côtés d'Arik, qui était captivé par le récit de l'une des innombrables histoires de Carrig. La Sentinelle avait une main dans le dos de la sorcière. Lorsqu'il a ri à une plaisanterie de Carrig, elle l'a regardée avec émerveillement. Elle était follement amoureuse de lui et j'étais convaincue qu'il était chaque jour un peu plus séduit par elle.

Lorsque j'ai croisé le regard de mon coéquipier, il m'a adressé un sourire radieux. Je l'ai imité. Après avoir vaincu Conemar au cours d'une bataille mémorable, nous étions redevenus partenaires à part entière. Bien que nous soyons officiellement en vacances, il nous arrivait de croiser le fer de temps à autre, histoire de garder la main. Quoi qu'il en soit, nous étions redevenus amis, et c'était ce qui m'importait le plus.

Quand il a reporté son attention sur Carrig, j'ai contemplé mes mains. Demos, vêtu d'un jean et d'une chemise noire, a alors fait son entrée dans le restaurant.

— Salut, Gia. Joyeux anniversaire !

— Ce n'est pas… Bon, j'abandonne. Merci !

— On dirait que je n'ai pas reçu l'information au sujet de la tenue correcte exigée.

— Ne t'en fais pas, tu es parfait comme ça. Comment va Shyna ?

— Elle fréquente quelqu'un d'autre, a-t-il répondu avec un clin d'œil. De toute façon, notre relation battait de l'aile, si tu vois ce que je veux dire.

— Je vois très bien.

— Oh ! J'ai rêvé ou c'est de la nourriture, là-bas ? Excuse-moi, je reviens.

J'ai souri en pensant à cette passion des garçons pour la nourriture.

J'étais très émue de voir tout ce petit monde réuni. J'aurais voulu que cette soirée dure toujours pour tous les garder auprès de moi, dans cette pièce et à l'abri du monde extérieur – et surtout du monde des Chimères. Refuges et sabbats étaient en passe de s'unir pour ne former qu'une seule grande nation d'où les inégalités seraient bannies. Pourtant, le Rouge, Sabine, Briony et Bastien avaient encore fort à faire avant de parvenir à constituer un État stable. La reine de Tearmann conseillait mon amoureux dans son futur rôle de dirigeant d'un système parlementaire. Et même s'il était terriblement occupé, il mettait un point d'honneur à me retrouver aussi souvent que possible dans les plus belles bibliothèques du monde.

Soudain, des bras puissants m'ont enveloppée.

— Comment se fait-il que la reine de la soirée soit seule ? a chuchoté Bastien dans mon cou, avant d'y déposer un baiser. Tu es magnifique dans cette robe.

Je me suis retournée vers lui. Il était incroyablement beau, dans son costume bleu foncé, avec chemise blanche et cravate assortie. Il m'a serrée contre lui.

— Je ne pensais pas que tu pourrais venir, ai-je murmuré en me laissant hypnotiser par ses yeux du même bleu sombre que son costume.

À force de les contempler, je me suis sentie rougir, incapable de parler. Quand il m'a embrassée, j'ai dénoté un goût de menthe sur ses lèvres, comme s'il venait de se brosser les dents.

— J'aurai toujours du temps pour toi.

— Comment se fait-il que tu trouves chaque fois les mots justes ?

— Que veux-tu ? Je suis parfait !

— Et arrogant, aussi, ai-je ajouté.

— C'est ce que tu préfères chez moi.

— Faux ! Ce sont tes baisers que je préfère.

Il en a profité pour s'en donner à cœur joie.

— Je t'en réserve encore pour plus tard.

Son sourire était communicatif et j'ai dû me mordre les lèvres pour les empêcher de s'étirer jusqu'à mes oreilles.

— Viens, m'a-t-il soufflé tout à coup, en m'entraînant à l'extérieur.

— Où ça ?

— Tu verras bien…

— Non ! ai-je protesté quand il a retiré sa veste pour la déposer sur mes épaules. Tu vas avoir froid !

Il a resserré les pans du vêtement autour de moi.

— Bon, je vais faire vite, alors… Si tu ne m'interromps pas trop souvent, bien sûr. Parce que tu as cette fâcheuse tendance…

— Ce n'est pas vrai.

Il a levé un sourcil et posé un doigt sur mes lèvres.

— Je t'aime, Gianna. Je sens que tu es d'humeur morose depuis quelque temps. J'imagine que tu te poses beaucoup de questions à propos de ton appartenance à nos deux mondes. Pop m'a dit que tu avais laissé passer la date d'inscription à l'université ?

Il a fouillé dans la poche intérieure de sa veste – restée sur mes épaules – pour en tirer une enveloppe qu'il m'a tendue.

— Nous avons de nombreuses relations dans le monde des humains. Or, il se trouve que je connais un sorcier qui travaille aux admissions et qu'il m'a accordé une faveur.

— Qu'est-ce que c'est ? ai-je demandé, transie de froid.

— Ton inscription pour la rentrée prochaine. Tu partageras la même chambre qu'Afton.

— Tu es sérieux ? Je n'arrive pas à y croire.

J'ai crié de joie avant de lui sauter au cou – il a rattrapé sa veste au vol.

— Et ce n'est pas tout, a-t-il continué en rajustant le vêtement sur mon dos.

— Ah bon ?

De nouveau, il a fouillé dans la poche de la veste, caressant mes hanches au passage – j'en ai frémi de tout mon corps –, pour en tirer un coffret noir.

J'ai écarquillé les yeux.

— Avant que tu ne commences à paniquer, a-t-il prévenu, ce n'est pas ce que tu penses.

— D'accord. (J'ai ouvert l'écrin et découvert un anneau surmonté d'un saphir sur un petit coussinet rouge.) C'est une bague…

— Une promesse, a-t-il rectifié. Tu peux la porter à la main droite, si tu veux. Comme tu l'auras remarqué, je me suis renseigné sur la signification des anneaux dans ton monde. Chez nous, ils ne sont pas signe d'engagement, mais seulement gage d'affection.

— Et quelle est cette promesse, Bastien ?

— Je te promets de t'attendre jusqu'à ce que tu sois prête à me rejoindre dans le monde des Chimères. Je te promets d'être toujours présent pour toi quand tu en auras besoin, même si je dois regarder d'affreux films en noir et blanc avec Nana et toi. Je te promets que personne ne t'aimera et te chérira autant que moi, jamais. Je te promets de t'aimer jusqu'à mon dernier souffle.

— Et moi, ai-je ajouté les yeux pleins de larmes, je te promets de ne plus jamais te couper la parole.

— Tu ne devrais pas promettre l'impossible, a-t-il répliqué, un sourire aux lèvres.

Il m'a attirée contre lui et je me suis hissée sur la pointe des pieds pour que nos lèvres se rencontrent. Une vague de chaleur m'a submergée, chassant les derniers frissons glacés qui me parcouraient. J'aurais pu promettre à Bastien tout ce qu'il voulait. Je me moquais du monde où nous allions vivre, car je savais que quoi qu'il arrive, il n'hésiterait pas à se jeter dans une trappe avec moi, et moi de même.

— Ce n'est que le début, m'a-t-il juré, ses lèvres tout contre les miennes.

Il avait raison, ce n'était que le début. Le début d'une nouvelle vie dans le monde des humains et celui d'une magnifique histoire d'amour. Dire que rien de tout cela n'aurait existé si je n'avais pas été aspirée par cette maudite porte-livre ! J'ai relevé la tête pour plonger dans les magnifiques yeux bleus de mon petit ami. À ce moment-là, j'ai soudain été prise d'une certitude : si c'était à refaire, je n'hésiterais pas une seconde.

Remerciements

Mettre le point final à une série est une sensation incroyable. Je me sens à la fois très heureuse d'y être parvenue et triste de quitter le monde des *Library Jumpers* ainsi que ses personnages que j'aime tant. Ce voyage à travers les plus belles bibliothèques du monde en compagnie des Chimères n'aurait jamais vu le jour sans l'aide de tous ceux qui m'ont aidée au cours de cette aventure.

Je remercie tout d'abord mon agent, Peter Knapp, qui m'a guidée dans le processus intimidant de l'édition. Ta gentillesse et tes attentions me vont droit au cœur.

Merci à mon éditrice, Liz Pelletier, qui a donné sa chance à cette série et qui l'a fait évoluer dans le bon sens. Un merci tout particulier à Stacy Abrams pour les multiples relectures dont a bénéficié ce tome. Ce fut une expérience formidable de travailler avec toi, qui m'as constamment poussée à approfondir le caractère de mes personnages.

Merci infiniment à toute l'équipe d'*Entangled Publishing* qui a travaillé sur cet ouvrage, de l'édition à la confection de la couverture en passant par la promotion. Merci d'avoir fait de ce livre un si bel objet et d'avoir œuvré pour qu'il parvienne entre les mains des lecteurs.

Un immense merci à Pintip Dunn pour sa sévérité à l'égard de mes écrits. Je suis impressionnée par ton talent. Nos entretiens téléphoniques quotidiens sont la joie de mes journées. Merci à Heather Cashman d'avoir donné forme à mon premier jet et de me seconder sur *Pitch Wars* afin de me laisser le temps de travailler sur ce livre. Tu es tout simplement la meilleure !

À mes amis écrivains, ici, à Albuquerque, que je croise dans les cafés ou ailleurs, et à la merveilleuse communauté de *Pitch Wars* ainsi qu'à mes amis virtuels… Merci de m'avoir tenu compagnie dans cette entreprise.

Merci à ma famille et à mes amis pour leur soutien et leur compréhension lorsque j'ai dû leur fausser compagnie pour tenir une échéance dans la remise d'un manuscrit ou tout autre événement important.

Enfin, merci à mon mari et voisin de bureau, Richard Drake, pour tout le soutien qu'il m'apporte afin que je puisse poursuivre mes rêves. Je sauterais dans n'importe quelle porte-livre avec toi, aussi lugubre et effrayante soit-elle.

J'ai dédié ce livre à mon merveilleux fils, Jacob Maez, qui m'a inspiré le personnage de Nick. À l'âge de cinq ans, Jacob a vaincu un cancer et il se bat désormais contre une maladie du foie. Il a toujours été un guerrier et a su conserver son humour à travers les batailles les plus difficiles de la vie. Je suis immensément fière d'être sa mère.

Pour finir, je te remercie, toi, cher lecteur, chère lectrice, de m'avoir suivie dans les traces de Gia. J'espère que tu as apprécié ce voyage autant que j'ai pris plaisir à l'écrire.

Cet ouvrage a été composé par
Fr&co - 61290 Longny-au-Perche

Imprimé en Espagne par
Liberdúplex
S31095/03

MIXTE
Papier issu de
sources responsables
FSC® C003309
FSC
www.fsc.org

L'éditeur de cet ouvrage s'engage dans une démarche de certification FSC® qui contribue à la préservation des forêts pour les générations futures.

Pour en savoir plus :
www.editis.com/engagement-rse/

PKJ • www.pocketjeunesse.fr
POCKET JEUNESSE

92, avenue de France - 75013 PARIS